无锡市劳动模范蔡友洪（1991）

3 | 4

❶ 江阴市十一届人大代表夏港镇代表小组合影
　　前排左一为蔡友洪，后排左一为本书作者（1990）
❷ 蔡友洪夫妇带孙子蔡海威出差宜兴时合影（1991）
❸ 蔡友娣与孙子蔡海威，外甥翟江峰、花卫君合影（1993）
❹ 蔡友洪在蔡家店老家门口留影（1994）

❶ 蔡友洪与儿子蔡国明在南京亚运村合影（1999）
❷ 蔡友洪在北京天安门前留影（1999）
❸ 蔡友洪70岁生日时与妻子蔡友娣、孙子蔡海威合影（2000）
❹ 蔡友洪与儿子、孙子在海南"天涯海角"合影（2000）

1 | 2
3 | 4

❶ 蔡友洪父子在南京旅游景点中合影（2005）
❷ 蔡友洪夫妇在北京天安门广场合影（2005）
❸ 蔡友洪夫妇合影（2010）
❹ 蔡友洪夫妇与孙子、曾孙女在江阴华西村
金塔上合影（2011）

1	2
3	4

❶ 蔡友洪与干儿子赵小卯在江阴家门口合影（2013）

❷ 蔡友洪夫妇在扬州瘦西湖合影（2014）

❸ 普惠苑社区金婚庆典上全家合影（2014）

❹ 蔡友洪夫妇在苏北农家乐合影（2014）

1	2
3	4

❶ 蔡友洪全家在福建建阳合影（2015）
❷ 蔡友洪夫妇与两个曾孙女合影（2016）
❸ 蔡友洪全家在韩国一家餐厅里的合影（2017）
❹ 蔡友洪夫妇在日本合影（2017）

1 | 2
3 | 4

❶ 蔡友洪夫妇与三个女儿合影（2018）
❷ 蔡友洪夫妇参加夏港街道最美金婚盛典时的合影（2018）
❸ 蔡友洪夫妇生日与曾孙女蔡怡林合影（2018）
❹ 蔡友洪向夏港教育发展基金会捐款伍万元（2018）

《蔡友洪传》审稿会

2018 年 10 月 18 日下午, 在普惠苑社区会议室举行
《听党话 跟党走》审稿会。图为审稿人员等合影。

听党话 跟党走

——蔡友洪传

王荣方 著

文汇出版社

序

　　蔡友洪是一位普通农民，是一位普通中共党员，是我敬爱的父亲。

　　我之所以敬爱父亲，是因为父亲虽只是农民，却做到了很多农民做不到的事。

　　毛泽东曾经说过：严重的问题是教育农民。按照列宁的观点，农民是小生产者，有非无产阶级思想，在政治上可能比较短视。所以，在20世纪50年代和60年代，中国共产党运用政治运动的方式，不断地教育农民，并通过土地改革、农业合作化、人民公社化等路径，引导农民逐步走上社会主义道路。父亲跟很多农民不同的是，他7岁时目睹了日军的烧杀抢掠，11岁时遭遇日军机枪扫射，身中数弹，幸免于难，青少年时期受到中共地下党员、小学教员谢平济的深刻影响，憎恨旧社会，相信共产党。通过土地改革运动、农业合作化运动，广大农民在政治上彻底翻身得解放、生活得到快速且切实改善的不争事实，使父亲开始信仰共产党；而且在以后的人生中，无论是逆境还是顺境，始终坚守自己的政治信仰，把握住中国社会发展的大趋势。而这一点，是很多农民做不到的。

　　我之所以敬爱父亲，是因为父亲虽不是经济学家，却做到了很多农民想不到的事。父亲年轻时就做小生意，追求的是让自家人过上好日子，但在社会主义教育运动中遭到严厉警告后，开始琢磨如何让全生产队社员过上好日子。于是，在20世纪70年代初期，父亲想到为生产队社员去江苏如皋团购芦花，回来做芦靴统，发展家庭副业，增加社员收入，因为团购要比零买价格低得多；他还想到要把社员家烧饭用的作为燃料的泥炭当化工原料卖给企业，结果大赚一笔，让生产队大多数社员家翻造了新屋。在20世纪80年代和90年代初中期，父亲根据国家价格双轨制，在经销钢材中充分采用协议价，让村集体赚了个钵满盆盈。这些涉及经济学方面的事，在那特定的年代，很多农民是想不到的。

我之所以敬爱父亲，是因为父亲虽不是慈善家，却做到了很多农民不会做的事。父亲一手创办的物资回收站，十多个职工，在二十多年中，为村里赚了数千万元利润。这些收益全被用于村里的工业企业、农田水利、社会事业等发展和村民福利的改善；同时，还不时地用自己的工资、奖金，去热心接济有困难的村民。2003年退休后，父亲从自己不多的一点积蓄中，先后认捐了新沟村慈爱基金、普惠苑社区爱心基金、夏港教育发展基金，自己却宁愿过着十分俭朴的生活。可以这么说，父亲是一辈子做好事做善事。而这些，很多农民即使富了，也不一定会心甘情愿地去做。

父亲常说：关爱家人是私德，关爱社会是公德，感谢党恩是大德。父亲是一位普通农民，之所以能做到很多农民做不到、想不到、不会做的事，是因为父亲永葆着一颗感恩之心，他感恩村民，感恩社会，感恩党和政府。

《听党话　跟党走——蔡友洪传》很好地表达了我对父亲的敬爱之情、敬仰之意。

《听党话　跟党走——蔡友洪传》采用史传合一的方法，通过对蔡友洪近九十年坎坷曲折且前途光明的人生历程的记述，展示了我们的国家、我们的民族，由受日本军国主义的侵略到获得民族的独立解放，由站起来到富起来，再由富起来开始强起来的历史进程，揭示了中国共产党是领导实现中华民族伟大复兴中国梦的唯一坚强有力的核心力量这一真理。

《听党话　跟党走——蔡友洪传》准确到位、高度凝练地提炼出了蔡友洪的"一个信仰""三种精神"。"一个信仰"就是蔡友洪一生信仰中国共产党；"三种精神"就是蔡友洪甘于奉献、乐于服务的精神，执着认真、自强不息的精神，不图名利、严于律己的精神。"一个信仰"与"三种精神"之间的关系，既是统属关系，又相互关联、密不可分。正因为蔡友洪一生信仰共产党，所以他无私奉献、乐于服务——中国共产党的宗旨就是全心全意为人民服务；所以他执着认真、自强不息——中国共产党是中国历史上执着认真、自强不息的光辉典范；所以他不图名利、严于律己——中国共产党是为中国人民谋幸福的政党，一切为了人民，没有自己的任何私利。

蔡友洪身上所体现出来的精神，是一笔丰富宝贵的精神财富。我们要传承好，发扬好；同时，这种精神更是我们这个新时代不可或缺的力量源泉。

是为序。

蔡国明
2018 年 12 月于江阴

作者系中国合作经济学会农村社区小康建设专业委员会副主任，中国小康风度杂志社社长，中国小康大讲堂村、居委干部培训部教授，中共江阴市委党校客座教授，中共夏港街道普惠苑社区党委书记，中共夏港街道新沟村党总支书记。

目 录

引　言

　　我最怕也最不情愿为某个人写表扬稿式的所谓报告文学之类的文章，至今未写过此类文章，因为大凡表扬稿式文章中的人物，大都是不食人间烟火，没有喜怒哀乐，没有七情六欲的仙人、超人、神人，是不够天不着地的高大上人物。这种人物，在喧嚣的尘世间是根本不存在的。所以，这类文章，作为凡夫俗子的我，不敢写，不想写，不会写。

　　但我甘愿写了年且九十高龄、无锡市劳动模范（以下简称劳模）、一位没有多高的知名度却有很高的美誉度，没有多少奖杯却有很好口碑的平凡人物——蔡友洪，因为他的不平凡事迹在民间口口相传着，因为他的不一般精神在坊间传颂着，因而深深地感动了我，并与其有着强烈的共鸣。同时，在写作《听党话　跟党走——蔡友洪传》中，我经受了一次崇高的思想与精神之洗礼，也倾注了我对她的深厚的思想感情。

　　蔡友洪七岁时目睹了日军的烧杀掠淫，牢记了国恨；十一岁时遭遇日军机枪扫射，身中数枪，幸免于难，因而对日军有着切齿之恨；青少年时，接受了中共地下党员、教员谢先生的革命理想的教化，终生铭记并践行着谢先生的话：在任何时候、任何情况下，都要坚定地相信共产党，跟共产党走。一九五〇年土地改革中，他家被评为中农。之后，蔡友洪在合作化运动中带头入社，在粮食统购中带头向国家多卖粮食，在长江抗洪中舍小家为大家……可他政治表现再好，也加入不了中国共产党，因为他出身中农，仅是阶级团结对象，而不是阶级依靠对象。

　　在人民公社化运动中，蔡友洪被社员民主选举为公共大食堂会计，但因所谓的"盗米案"蒙冤十年。在国民经济调整恢复发展时期，蔡友洪农闲时做小生意，探索致富之路，但遭到严重警告，并在一九七〇年冬的"一打三反"政治运动中，作为"投机倒把"分子被工作队关进了"毛泽东思想学习班"达半个多月，在没有结论的情况下被放出来后，没说一句牢骚话，仍是听共产党话，跟共产党走。被生产大队借调出来办厂后，蔡友洪开始了"踏遍千山万水闯市场，吃尽千辛万苦办企业，说尽千言万语拉客户，历经千难万险谋发展"的创办发展乡镇企业的艰辛历程。

被誉为"钢铁大王"的蔡友洪，在刚刚赚了几个钱后，就开始回报村民，回报社会。一九八〇年起，蔡友洪亲手创办的新沟村物资回收站，把在近二十年中创造的所有利润，全部拿出来用于村里的工业企业、农田水利、社会事业等发展和村民福利，自己却过着"粗茶淡饭饱即休，补破遮寒暖即休"的生活，从不乱花集体的一分钱，更不用说假公谋私了。七十三岁退休后，蔡友洪还每年捐善款，帮扶弱势群体，帮助困难群众，而从未要求任何回报。但党和人民没有忘记蔡友洪为社会做出的积极贡献，一九八八年七月，五十八岁的他被新沟村党支部发展为中国共产党党员；一九九一年四月，被无锡市人民政府授予劳模称号。

一九五〇年九月二十五日至十月二日，全国战斗英雄代表会议和全国工农兵劳动模范代表会议在北京举行。毛泽东主席代表中共中央向两个会议致辞，称赞广大劳模"是全中华民族的模范人物，是推动各方面人民事业胜利前进的骨干，是人民政府的可靠支柱和人民政府联系广大群众的桥梁"，并号召全国人民学习劳模。自此，劳模的重要社会地位得以确立。

六十多年来，全国各级劳模始终是工人阶级的优秀代表，是民族的精英、国家的脊梁、人民的楷模，是时代永远的领跑者。劳模是一种爱祖国、爱人民的深厚感情的符号，是一抹照亮黑夜、温暖人心的希望之光，是一道人伦人性人道的人文注脚，是一个时代追寻脚步、道德观念和价值取向的风向标，是推进我国先进生产力和先进文化发展的代表。

概括起来说，劳模精神是为国为民的主人翁精神，艰苦奋斗、艰难创业的拼搏精神，争创一流、与时俱进的进取精神，勇于创新、敢于担当的开拓精神，淡泊名利、默默奉献的忘我精神，自觉自信、自强不息的厚德载物精神。劳模的这些精神，集中体现了工人阶级的先进性，集中凸显了工人阶级的国家主人翁精神，生动诠释了社会主义核心价值观，生动体现了以爱国主义为核心的民族精神和以改革创新为核心的时代精神，亦即中国精神，深刻揭示了中国共产党人没有任何私利可图的全心全意为人民服务的精神。劳模精神、中国精神、共产党人精神，是实现中华民族伟大复兴中国梦的极其重要和坚强有力的力量支撑。

蔡友洪身上很好体现了劳模精神、中国精神、共产党人精神的本质：甘于奉献、乐于服务的精神，自觉自信、自强不息的精神，不图名利、严于律己的精神。

蔡友洪对社会、对村民的奉献，是毫无私心杂念的奉献，是不打个人"小算盘"的奉献，是实打实的而不是假把式的奉献，是一辈子的而不是一时一事的奉献。概括地说，蔡友洪的奉献，是真奉献，是实奉献，是常奉献，是甘于奉献，是默默奉献，是不图回报的奉献。

蔡友洪乐于服务。蔡家店村凡有红白喜事，人们总要找他帮忙，他从不推托，总是尽心尽力。村民有困难找他，他总是乐意给予帮助。与自己毫无赡养关系的刘杏娣，是他把她送入养老院，十多年所有费用都由他承担。

蔡友洪信仰共产党，是自觉自愿的，是主动积极的，是一以贯之的，因为他相信共产党是为人民谋幸福的党，因为他相信共产党定会带领人民过上好日子的，因为他相信共产党定会带领人民走向美好的明天。所以，他能认真执着、自强不息，在长期的逆境与困苦中，始终乐观向上，艰苦创业，创造财富，进而为集体、为村民做出了实实在在的贡献，因而深得村委、村民的信任。村里一有困难就找蔡友洪，村民遇有困难也找蔡友洪，他总是尽力帮着解困纾难。蔡友洪自觉诚信经商，讲信誉，重质量，守信用，深得广大客户的信赖。蔡友洪自觉自信地将信仰、信念、诚信贯穿于一生。

蔡友洪不图名利，严于律己。二十世纪九十年代初期，夏港镇党委计划邀请新闻媒体集中宣传蔡友洪的先进事迹，但被他婉拒了。他为什么要这样？用他的话说：为民做善事好事，是中华民族的传统美德，是一个人的本分，更是一个共产党人最起码的要求。如果做了一点贡献，就要大肆宣传，弄得人人皆知，那就不善了，那就没意思了。

蔡友洪完全有条件高消费、奢侈享受，但在驻无锡的二十多年中，住的或是租的民房，或是条件简陋的旅社。如果没有重要客户或客人，他从不进饭店，而是用一只煤球炉子自烧自吃。他从不穿名牌服装，常穿普通的中山装或夹克衫。他最好的享受，就是在下午三四点钟时，到无锡钢铁厂职工浴室泡个澡，喝一杯红茶，小憩一小时，从未洗过桑拿浴、汗蒸浴什么的。他的这种律己是自觉的，是出自内心的，真正做到了"独行不愧影，独寝不愧衾"。

蔡友洪除了严格要求自己外，还严格要求自己的子女。他在镇里、村里都有相当的话语权，可从未为子女谋过私利。大女儿蔡华珍想调动工作，请求父亲帮忙，他没有答应；造楼房时想让父亲解决两吨便宜钢材，他按章办事，只答应了一吨，而且是破例，且还是平价。儿子蔡国明当村支书，他事先根本不知情，事后严格要求儿子，从来不许他乱花钱，要求他本分做人，多为村民谋福祉。

蔡友洪就是这样一个令我敬佩、令我敬重、令我敬羡，更令我敬慕的人。

所以，我写了他，写了他的平凡与伟大，写了他的喜乐与哀怒，写了他的执着与坚强，写了他的梦想与奋斗……

蔡友洪是一个有研究价值的人，因为他的命运始终与国家、民族的命运紧密地联系在一起，他的个人历史就是国家与民族历史的一个缩影；因为在消费主义和后现代快乐主义盛行的社会里，他为什么既有儒家的"克利"，又有道家的"简朴"，始终注重自己的主观世界的改造？而且始终昂扬着青春精神？

第一章　牢记国恨

一

蔡应川一早起来开大门，只见门框上面新挂了一张蜘蛛网，心里甚是高兴，嘴里不禁嚷了起来："今天有喜事降临了。""哪来的喜事？"妻子张氏问。"你快来看看，门框上这么大的蜘蛛网。"蔡应川说，"老话说，这蜘蛛网啊，叫早挂喜，夜挂气（指夫妻吵架，家庭不睦）。""莫非是顺灿家里人要生了？"张氏喜滋滋地问。"说弗定今天要生了。"蔡应川说。

张氏是蔡应川的填房，元配郭氏是因头胎难产而亡故的。婚后，张氏接连给蔡应川生了三个儿子：蔡顺炳、蔡顺灿、蔡顺喜。老大婚后生了个儿子。老二蔡顺灿婚后不久，妻子马英娣就怀上了，这更让蔡应川夫妇高兴不已。随着儿媳妇肚子一天天大起来，张氏就跟丈夫不止一次地说："顺灿家里人头胎一定会是儿子。""你怎么晓得？"蔡应川高兴地问。"看她的肚皮，形状是尖的，肯定是儿子。如果肚皮是圆的，就是女儿。""快给儿媳妇烧几个鸡蛋，她吃了生孩子时好有力气。"蔡应川交代妻子后就出门去了。

蔡应川兄弟四人，他是老大，婚后另立门户、独立生活时，父亲蔡兴馥分给他一间低矮且简陋的瓦房，经过二十多年的艰苦创业，置买了十五六亩地，建造了五六间瓦房，虽不在一排上，但在蔡家店也算是一个小康人家了。二儿子蔡顺灿婚后，虽在一个灶上吃饭，但住在第三廒屋里。蔡应川来到自家牛圈，见一头年轻壮实的黄牛不在圈里，就知道被二儿子蔡顺灿牵出去放了。想起二儿子结婚后变得更勤快了，更懂得吃饭念头了，蔡应川心里很是欣慰。

马英娣还未起床，婆婆张氏就把一碗潜鸡蛋端到她床前："英娣，快吃，趁热。"马英娣有些不解："婆婆，今天，你……"张氏一笑："今天，你就要生了，所以……"马英娣笑了："婆婆，我还有六天才到预产期呢。今天吃了这碗潜鸡蛋，我弗生，弗是给我白吃了？""哪有白吃的？"张氏高兴地说，"今天弗生，明天再给你潜鸡蛋吃，一直让你吃到生。"见婆婆说得这么实诚，马英娣也就不再客气，接过婆婆手中的三海碗，把六个潜鸡蛋全吃了。

一天早晨，雾很大。上午十点后，雾散去了。没有风。太阳特别好，照在人身上暖暖的。下午两点多，马英娣感觉到肚子疼，先是隐隐的，后是明显的，且是一阵阵的。"顺灿，开始发动了。"马英娣幸福地说。"发动什么？"蔡顺灿傻傻地问。"你个戆大，老子倒想当，这也弗懂？我可能要生了，快去叫你娘。"

蔡顺灿听说老婆要生了，高兴得一蹦三丈高，飞出门去。张氏听儿子说媳妇肚子已发动了，就像将军似的命令丈夫："顺炳老子，快去申港徐村请接生婆。"蔡应川衔命而去。张氏让儿子拎着一只包袱，里面是草纸、益母草干、孩子穿的毛衫等，移步着三寸金莲，走过两膺屋，来到三膺屋里，为儿媳妇生产做着一些准备工作。

吃过晚饭，马英娣的肚子疼得更厉害了，忍不住叫出了声。"忍着点，有什么好叫的？天底下又弗是你第一个生孩子。"张氏说。"疼，我疼。"马英娣说。"大疼还在后头呢，"张氏说，"弗要叫，省点力气，留给后头生孩子时用吧。"

蔡顺灿在房间外急得像热锅上的蚂蚁，等着父亲回来，等着接生婆的到来。吃晚饭时，张氏问丈夫："接生婆啥辰光到？"蔡应川说："吃过夜饭。"可晚饭吃过已有两个钟头了，接生婆还没到，急得蔡应川来到村西头等候着，迎接接生婆。

到晚上九十点钟时，蔡应川终于在村西头接到了接生婆。"怎么到现在才来？"蔡应川话中带有些责怪。接生婆年近四十，身材高挑，是个大脚婆娘。"有什么好急的。你儿媳妇还没到生的时候，我心里有数。"来到三膺屋里，接生婆吩咐蔡应川去烧两大锅开水，准备好一只木盆。见蔡顺灿在房门口不时地探头探脑，接生婆说："你个大男人的，快一边去，这屋里弗是你张望的地方。"

蔡顺灿来到头膺屋里，看着父亲坐在灶膛门前烧开水。"阿爹，我害怕。"蔡顺灿说。"怕？"蔡应川仰起头，说，"马上要做老子了，高兴都来弗及，你怕什么？""我怕她……"蔡顺灿把后面没说出口的话吃进了肚里。

听到妻子一声声的惨叫，蔡顺灿胸口发闷，喉咙发热，嘴里发干，双腿发抖。他害怕地拨开门闩，开了后门，走了出去，再转身把后门上的铁门搭扣好。他实在听不得妻子的惨叫声。他常听村上的老人说，男人，尤其是生第一个孩子时的男人，真所谓是"天弗怕，地弗怕，最怕老婆生小佬"。在那个医疗水平十分落后的年代，女人生头胎，就似过鬼门关，而好多女人往往过不了这个鬼门关，因难产死了。他刚才吃进肚里的话就是怕妻子"难产而死"，因为他曾听村上人说过，他父亲的第一个妻子就是因难产而死的，所以，听到妻子的惨叫声，他就害怕不已。生产前，受剧痛的是女人，受煎熬和惊吓的是男人。

蔡顺灿不敢走远，也不放心走远，就蹲在后墙根下，谛听着从屋里传出来的妻子的喊叫声、母亲与接生婆急切的说话声……天空中的星星，忽隐忽现。长江涨潮时的涛声，在这静谧的子夜，显得更加雄性。已是农历十月中旬，初冬的深夜，很有些凉意了。蔡顺灿双臂交叉，像袋鼠似的，将自己的头深埋在自己的双臂间，努力地不去听令他既充满期待又充满恐惧的妻子的那种独特的惨叫声。

长江似乎平潮了。屋里的喊叫声也停歇了。母亲和接生婆也不说话了。整个世界像熟睡过去了。一九三〇年十二月二日（农历十月十三日）丑时，一个婴孩的哭声，冲破屋顶，击坍屋墙，响彻天宇。蔡顺灿猛地站起，但迈不开步，因为久蹲着，双腿麻木了，站了一会儿，活动活动，双腿醒过来了。蔡顺灿推开后门，射进屋里，跳进房里。"生了？"蔡顺灿急急地问。"上街的还是烧饭的？"接生婆说："上街的（方言：上街的指男孩，烧饭的指女孩）。"蔡顺灿高兴得手足无措，不停地搓着手。

"你躲到什么地方去了？"蔡应川似责怪又不是责怪地对儿子说，"刚才找你帮把手时，就是找不到你人。""我，我一直蹲在屋外后墙根下。"蔡顺灿说。"你呀，你呀……"蔡应川笑着摇头。

一切侍弄停当，吃过半夜饭，付了接生钱，蔡应川嘱咐儿子："把你这个婶婶好好送回家。"蔡顺灿答应了。蔡顺灿把接生婆送到徐村她的家里后，回家途中，听到了不远处传来的雄鸡报晓声，心情再次激动起来。

"我当老子了——"迎着东边天际的曙光，二十四虚岁的蔡顺灿，向全世界庄严宣告。

男孩满月那天，当爷爷的蔡应川，根据蔡氏世孙次第给孙子起名叫友洪。

二

蔡友洪生下五天后才开奶。可他用足了吃奶的力气，还是吸不到多少奶水。这可把蔡顺灿和父母急坏了。按理说，马英娣有白米饭吃，有荤腥吃，应该有奶水呀，可就是奇了怪了，马英娣就是奶水少，而且还是清水奶。怎么办？找奶娘？可附近村上没有合适的人。无奈之下，作为奶奶的张氏，只得用米浆喂孙子。就这样，在母爱下，在奶奶的疼爱下，在爷爷、父亲的热望下，蔡友洪一天天长大起来。

蔡友洪依稀记得，在他三岁那年的秋天，有一天他母亲手中抱紧着一个东西，痛哭不已。他很害怕地躲到奶奶的怀中，不敢看哭疯了的母亲。后来他才知道，是他的妹妹生下来五天后就死了。从此，在他幼小的心灵中，烙下的一个深刻记忆就是，人死后，活着的亲人都要哭得死去活来的。

一九三五年九月六日（农历八月初九），马英娣又生了个儿子，说来也怪，她的奶水多且浓，把第二个儿子喂得又白又胖。满月后，蔡应川给孙子起名为禹洪。接着，蔡应川开始分家，根据哥东弟西、哥南弟北的老规矩，蔡顺灿分到两间半瓦屋，却分三处；分到七亩地。蔡应川夫妇跟长子蔡顺炳、三儿子蔡顺喜一起过日子。分家时，蔡应川对二儿子蔡顺灿说："我之所以要把近一半田产分给你，是因为……"蔡应川有些伤感起来，"你知道，你弟子个子小，腿又残疾，请了好几个媒人说媒都没成，唉……"蔡应川抽着长杆旱烟筒，过足烟瘾后接着说，"顺灿，过年你就三十岁了，应该另立门户了。"

蔡友洪七岁那年春天，母亲又生了个妹妹，可没过几个月又夭折了。蔡友洪清晰地记得，小妹死后，母亲虽很伤心，但没有痛哭，只是哽咽，不停地流泪。最后，父亲请了个木匠，用家里的旧木板钉了一口小棺材，安葬了死去的小妹。这年秋天，蔡友洪的小叔蔡顺喜成亲了。婶娘长得小巧玲珑，收拾得清清爽爽，对蔡友洪兄弟视如己出，很是喜欢疼爱。蔡友洪兄弟也都亲切地叫婶娘为"新娘娘"。

小儿子成亲后，蔡应川整日紧锁的眉头，像迎着太阳的向日葵，倾情绽放了。早已过知天命之年的蔡应川，日益感到自己体力不济、力不从心了，重体力农活都有二儿子帮着干，兄弟虽已分家，但像没分家似的，兄弟俩你帮我衬着。这一切，蔡应川看在眼里，喜在心上。同时，看到孙子蔡友洪跟自己很亲，又很聪慧，虽话语不多，蔡应川心想，该跟孙子多待在一起，给他说些什么了。

一天上午八九点钟的光景，蔡应川叫住在门前土场上玩耍的蔡友洪："走，跟阿公去白相。""阿公骗人！"蔡友洪站住，不相信爷爷会带他去玩，因为在蔡友洪看来，爷爷不是放牛，就是喂猪，还有就是整日在地里干活，是一个大忙人，从未带他出去玩过，今天爷爷怎么会带他出去玩呢？"阿公没骗你。""真的？""真的。"蔡应川的右手拉着孙子的左手，蔡友洪蹦蹦跳跳地跟着爷爷出去玩了。

蔡应川把孙子领到蔡氏宗祠门口，蔡友洪不肯进去，说："阿公，我怕。""怕什么？"蔡应川问。"听大孩子们说，这里面放的都是死人的木牌。我怕鬼。"蔡友洪说。"弗许乱说，"蔡应川虎起脸，瞪着眼，严肃地说，"这里是我们蔡氏列祖列宗住的地方。"蔡友洪不理解爷爷话的意思，只是仰起小脸，望着爷爷铁板似的脸。

走进蔡氏宗祠大门，是一座明堂。明堂上首是一座青砖砌成的圆形墓，墓前竖一块石碑，上面刻着"蔡公以忠墓"五个字；下首也竖着一块石碑，上书"理学正宗"四个字。蔡应川双膝跪在墓前，见爷爷这样，蔡友洪也学样地跪在爷爷左旁，虔诚地恭敬地三叩拜。拜毕，站起，蔡应川对蔡友洪说："我们刚才叩拜的是澄江蔡氏始祖蔡公以忠。据老辈人讲，我们蔡氏的先祖在福建建阳。南宋末年，因战乱，蔡公以忠携家人避难到江阴。曾当过南宋知事的蔡公以忠到江阴后，置房买田，耕读齐家，家业兴旺。到了元朝至正年间，蔡公以忠捐出六百亩地，让江阴衙门用来建造县城，还拿出钱来建造了一座书院（澄江书院）。"说到这里，蔡应川叹息一声，"可惜我没钱，若有了钱，也会像蔡公以忠一样，拿出钱来办学堂的。"

"阿公，我长大后会有好多好多钱，"蔡友洪天真可爱地说，"阿公，我帮你办学堂。"听孙子这么说，蔡应川高兴地摸了摸孙子的头，然后抱起，亲了孙子的脸蛋。亲完脸，深感力不从心，蔡应川又小心地把孙子放下。"友洪，记住你刚才跟阿公说的话。""嗯，我记住了。阿公，长大后，我一定挣好多好多钱，帮阿公办学堂。"

蔡应川又指着"理学正宗"石碑，对蔡友洪说："我也弗识这碑上的字，更弗懂碑上字的意思。我只听老辈人说过，福建的蔡氏祖先，在南宋的时候，都是读书人，都有大学问，连皇帝都佩服他们。这块碑上的字，大概说的就是我们蔡氏祖先很有学问的意思。""什么叫有学问？"蔡友洪求知殷地问。"就是肚里有很多墨水。"蔡应川说。"我们家里有墨水吗？"蔡友洪问。"没有。我们家里没有读书人。"蔡应川说。"阿公，墨水是一种什么样的水？"蔡友洪好奇地问。"我没见过。"蔡应川说，"听人说，好像是黑颜色的水。""黑颜色的水，怎么能吃进肚里？弗怕吃痛了肚皮？"蔡友洪问。蔡应川却笑了："孙子，阿公被你问住了。记牢阿公的话，长大后你也要做一个肚里有墨水的人。"蔡友洪朝爷爷点了点头。

穿过明堂，走进摆放着于门蔡氏祖先牌位的屋里，蔡应川和孙子一起，在香案前，又向祖先牌位虔诚叩拜；拜毕，站起，蔡应川对孙子说："我们这里的蔡氏叫作于门蔡氏，据老辈人讲，始祖是蔡公应楠，是澄江蔡氏第十五世孙，在清朝康熙皇帝的年代（大约在公历 1679 年），由江阴城里来到这里居住与开垦荒地。当时，这里属于于门镇第三保，所以称为于门蔡氏。后来随着人口增多，形成村落，又都是姓蔡的，所以被叫作蔡家店。两百多年来，蔡家店的人都是本分之人，以种地为业，既没出过七品以上的官，也没出过有名的读书人，但也没出一个盗抢之人。有句顺口溜这样说：'轰轰烈烈金家店，相骂打架曹家店，吃茶讲理蔡家店。'蔡家店人是讲理之人。孙子，长大后，你一定要做一个讲理的人。"

蔡应川给孙子上了第一堂人生大课。这一课潜移默化地影响了蔡友洪以后的人生。

三

蔡家店北面是长江，相距一里多路，处在新沟与蛇沟之间；西面是新沟河，也相距一里多路；南面是镇澄公路（江阴至镇江）和大兴街，相距同样只有一里多路；东面是孟济里村，相距近一里路，往东距离夏港集镇有三里多路，再往东距离江阴城有十二三里路。

一九三七年八月十九日，日军飞机开始轰炸江阴城。九月二十二日起，江阴海空大战爆发，至十一月中旬结束，历时近三个月，中国海军几近覆没，但也重创了日本空军。接着，中国军队与侵华日军进行了惨烈的地面战，先后与日军开展了花山抗击战，巫山、定山阻击战，江阴县城和江阴要塞守卫战，付出了重大伤亡，同时也给日本陆军以沉重打击，最终在敌强我弱的情况下，中国军队奉命撤离江阴，前往南京。十二月一日，江阴县城沦陷。

在这段时间里，蔡家店人真真切切地听见了日机投掷炸弹的爆炸声，清清楚楚地闻到了中国军队有力还击的枪炮声，明明白白地知道了矮东洋鬼子已从上海打到了江阴。更有胆大的年轻人，响应中华民国江阴县政府的号召，来到花山脚下，给中国军队送饭、送水。

在这段时间里，蔡家店男人，一到晚上就要聚集到蔡应川家，因为他家房子相对宽裕，议论战事，传播小道消息，担忧以后的日子怎么过，发泄一下对矮东洋小鬼子的愤恨："弗好好待在自己的国家里，大老远地跑到中国来干什么？"每次男人聚集在一起议论，小小年纪的蔡友洪总是偎在爷爷胸前，不说一句话，只是仔细地听着大人们散淡的议论。有一天晚上，聚集的大人们散去后，蔡友洪问蔡应川："阿公，什么叫矮东洋小鬼子？你见过吗？""阿公没见过，"蔡应川说，"听老辈人讲，为什么把日本人称作矮东洋小鬼子，因为日本人生活在东洋大海里的一块陆地上，四面都是海洋，人长得矮小，走起路来两条腿往外拐，像鸭子走路一样，一摇一摆的，又常做偷抢别国东西的事，所以，老辈人把日本人称作矮东洋小鬼子。""矮东洋小鬼子可怕吗？"蔡友洪问。"可怕，"蔡应川说，"又弗可怕。听老辈人讲过，在明朝的时候，矮东洋小鬼子，都是海上的强盗，乘着大船，从上海吴淞口，通过长江，弗止一次地来到江阴城里，抢了很多东西，也杀了弗少人。后来，有个县太爷，弗怕矮东洋小鬼子，把老百姓组织起来，武装起来，最终打败打怕了矮东洋小鬼子，他们再也弗敢来江阴抢东西和杀人了。""那，阿公，"蔡友洪说，"刚才听你们大人讲，矮东洋小鬼子又到了江阴城里，我们怕他们吗？""怕，"蔡应川望住孙子的脸，说，"也弗怕。我们人多，只要齐心，一定能把矮东洋小鬼子打跑的。"听爷爷说得这么坚定，蔡友洪张开了嘴，一高兴，禁不住流出了口水。蔡应川用右手掌擦了下蔡友洪口中流淌下来的口水。"我们困觉吧。"自弟弟蔡禹洪出生后，蔡友洪就跟爷爷睡了。

一九三七年十二月一日下午五时许，江阴县城西北角城墙被日军突破。入夜，城内一个营的中国守军，与冲入城内的日军先头部队展开激烈巷战，阻滞了日军。晚上九时许，鉴于苏州、无锡已沦陷，江防总司令刘兴，奉命下令撤退，国军 112 师余部向西突围，日军尾追不放。112 师一部撤退至于门，因饥寒交迫，实在走不动了，就借宿在曹家祠堂，以为日军不会追击了。哪知士兵们刚躺下，哨兵就与日军交上了火。士兵们又奋起冲出祠堂，抢占有利地形与日军激战至半夜，后撤退至申港。冲过于门桥后，国军把木桥炸了。日军追至河边，见木桥被炸，不能过河，无奈返城，但把气撒在了无辜百姓的身上。日军一路烧杀抢掠，奸淫妇女。据江阴市夏港街道李沟头村委会编纂的《李沟头村志》记载：一九三七年十二月二日晨，"日军烧毁朱家店 7 户 15 间、小铺头 30 户 50 余间、大铺头 6 户 11 间房屋"，这三个村庄都在镇澄公路南北两边。日军还"强奸妇女数人"。

这天，兽性大发的日军，还把大兴街烧成灰烬。大兴街坐落在镇澄公路南边，形成于清末民初，分布在新沟河东、西两岸，河上建有一座石桥，岸边建有码头。街上有茶馆、面店、饭店、杂货店、客栈，设有鱼、肉、蔬菜等摊位。新沟河中常是商船、渔船云集。大兴街成了于门乡的商业中心。

朱家店、小铺头、大铺头、大兴街，处在一片火海之中。望着自己的家园被烧，在日军的机枪威吓下，没人冲上去灭火；望着自己的财物被抢，在日军刺刀的淫逼下，没人站出来护卫。愤怒的群众，面对丧尽天良的日军，怒睁着眼，紧咬着牙，紧攥着拳，没有一人哭。

中午时分，眼见房屋烧得差不多了，财物也抢了不少，吃饱喝足后，一个中队的日军，向东返回江阴县城。日军走后，朱家店、小铺头、大铺头三个村庄的人们，老的少的、男的女的，不约而同地向天痛哭，哭声波及方圆三五里。

蔡家店、金家店、曹家店、北庄、小庄上、于门等村庄上的人们，纷纷涌往朱家店、小铺头、大铺头。看到被日军烧毁的房屋、大兴街，人们愤恨至极，怒骂矮东洋是小鬼子，猪狗不如。骂是骂了，恨是恨了，但人们不知道怎样来对付日本鬼子。

蔡友洪和村上几个小伙伴，紧跟在大人们的后面，不走田埂走麦地，抄近路来到还在燃烧着的大兴街。见儿子跟来了，蔡顺灿急忙把蔡友洪拉到身旁，生怕人多拥挤走散了。站在父亲身边，听着不认识的大人们的怒骂，蔡友洪突然大哭起来，父亲问他哭什么。蔡友洪说："大兴街上的油条大饼店，被矮东洋小鬼子烧掉了，阿爹，我以后吃弗到油条大饼了。小鬼子，我恨死你们。"平时隔三岔五，不是蔡应川，就是蔡顺灿，就要带着蔡友洪来到大兴街吃油条大饼。所以，蔡友洪日后早餐喜欢吃油条大饼的爱好，是从小养成的。

"你只晓得吃油条大饼，"蔡顺灿不满意儿子的话，"这是国恨。儿子，你要记住。"见父亲咬牙切齿，蔡友洪也紧咬住下嘴唇，竟被咬出血来了。蔡顺灿见状，吓了一跳："儿子，你在做什么？""阿爹，这是国恨，我要牢记住。"蔡友洪说。蔡顺灿猛地抱起七岁的儿子，用自己的右脸贴着儿子的右脸，说："儿子，你开始懂事了。"

大兴街被日军烧成废墟的惨景，深深地烙在了年幼的蔡友洪心中。

四

一九四〇年八月七日（农历七月十二日）中午，蔡应川家过中元节（亦叫七月半、鬼节），祭祀祖先结束后，全家老少十口人坐两小桌，蔡应川夫妇与三个儿子坐在一张八仙桌上，蔡应川三个媳妇、四个孙子（小儿子顺喜婚后头胎生了一个儿子，也会端碗吃饭了）坐在另一张小方桌上。喝着自家用小麦酿制的烧酒，撸着额头上的一把把汗，坐在八仙桌上的男人说着家里的一些事。"三个儿子都在，"喝了一口烧酒后，蔡应川说，"我们的祖上，出过大官，出过有大学问的人，可到了于门蔡氏，两百多年来，没出过一个像模像样说得出叫得响的读书人。一想到这儿，我心里就弗是滋味。我们弗如祖上？我们是一代弗如一代？我们是弗孝子孙？我咽弗下这口气。"蔡应川抽起了旱烟，边抽边说："你们看看马桥头的曹祥舫，市面做得很大，在外面很吃得开。就拿大家都晓得的一桩事情来说，前年春二三月的辰光，我们村上南面的镇澄公路上的电话线，弗晓得在夜里被什么人割断了。矮东洋小鬼子从江阴西郊开始查线，一直查到大铺头，发现电话线断在那里。于是，矮东洋小鬼子把张家牌、大铺头、小铺头三个村上的年轻人，赶到大铺头一面大场上，强行脱去他们身上的衣裳，让他们赤身裸体地站在日头下面，并用刀架在他们的颈根上，逼他们供出割断电话线的人，否则就要被统统枪毙。可那些年轻人一个也弗是割断电话线的人，又弗能胡编乱造，只得弗开口说话。正当一个矮东洋举起刀要砍一个年轻人的头的时候，曹祥舫出面说情了，并给了矮东洋弗少银圆，终于让矮东洋手下留情了。凭什么？曹祥舫凭他当过夏葫于乡乡长，当过区长，当过保安团长，在外面兜得转，吃得开。但归根结底一句话：曹祥舫也是一个读书人。虽然他在民国二十七年秋天，被澄西大刀会的周培大用枪打死在马桥头自己家里，现在是乱世，他们相互吃对，谁对谁错，我们小老百姓弗去管，也管弗了。"

蔡应川磕掉旱烟筒里的烟灰，把烟杆搁在身后的长台上，端起酒碗喝了一口烧酒后接着说："再拿马桥头来说，如果没有曹祥舫奉命在新沟口设税卡，就不可能形成今天有鱼行、茶馆、杂货店、吃食店这样的市面。还有，在民国二十四年，也是由曹祥舫出面牵头，在马桥头几个富裕的孙姓人的帮衬下，在江阴县政府的支持下，办起了国民马桥头初级小学。所以，我兜了这么大一个圈子，说了这么大一船话，意思就是要说，顺灿，你大儿子友洪今年已十一虚岁了，该上学了，弗能再耽搁了。"

一听爷爷要让自己上学读书，坐在小方桌上吃饭的蔡友洪，高兴得拍起了手。"懂点规矩，"母亲马英娣教训儿子，"大人说话，小人弗要吵嚷，好好听大人说话。再说，你阿爹还没说话呢，你就高兴成这样？"

"阿爹，听你的。"蔡顺灿说，"暑假开学，我就让友洪去上学读书。"

暑假开学前两天，蔡顺灿领着蔡友洪去国民马桥头初级小学报了名。国民马桥头初级小学，其实是一所学制两年、小学三年级程度的短期小学。

为什么会有短期小学呢？这是由中华民国的国情决定的。当时，中国的教育十分落后，文盲率很高。为了提高国民受教育程度，强盛国家与民族，一九三二年国民南京政府公布《小学法》和《小学规程》，在全国推行六年制小学义务教育，并规定没有条件办六年制小学的地方，必须办短期小学或简易小学。当时的江苏省政府，根据《小学法》和本省实际，要求苏南地区每乡（镇）设中心小学，每保设国民短期小学。就是在这样的形势下，乡绅曹祥舫才牵头，依靠地方上其他乡绅的力量，办起了国民马桥头初级小学。

根据《小学法》和江苏省政府规定，国民马桥头初级小学可招收八足岁至十二足岁的失学儿童一个班，满额为五十人，但实际招收学生三十多人。短期小学学制两年，毕业程度相当于初级小学三年级；可以灵活上课，每天三至四小时。课程为国语、算术、劳作、唱游（唱歌与做游戏）、公民训练、四维（礼义廉耻）八德（忠孝仁爱信义和平）。

国民马桥头初级小学有两位老师，一位姓周，江阴璜土前栗山人，四十多岁，教算术、劳作、四维八德三门课。另一位老师姓谢，江阴申港谢家湾人，三十岁不到，据说是大学生，在南京大屠杀前回到了老家。他教国语、唱游、公民训练三门课。

有一天晚饭后，马英娣开心地对丈夫说："友洪爹，你有没有发现，友洪上学后，懂事多了，要好多了。""我怎么没发现？说来听听。"蔡顺灿说。"你呀，只晓得从家里到田里做生活，再有从马桥头到江阴北门浮桥头赚脚头钱，哪有时间顾得上儿子？弗过呀，这家里没有你，是撑弗起来的，你最吃苦，最辛苦。"马英娣说。

马英娣说丈夫蔡顺灿"从马桥头到江阴北门浮桥头赚脚头钱"是怎么一回事？原来是马桥头形成街市后，商家们都要进货，而其中一些货，比如酱油、烧酒、碗盏、山地干货、针头线脑等，都要到江阴北门外浮桥头去批货，而这些货不是数量很大，用不着船载，只要人力挑或人工独轮车推就行了。马桥头的商家看好货、付了定金、定好货后，就要雇人去浮桥头提货，而要雇的人大有讲究。如果雇的人调皮贼骨、良心不好，就会对货物做小手脚，让马桥头的商家吃暗亏。马桥头的一些商家吃了几次暗亏后，雇人时就很谨慎了。自蔡顺灿第一次为马桥头商家挑货或用独轮木车车货起，从不做小手脚，本本分分，因而深得马桥头商家的信任，四五年来，只要进货，马桥头的商家第一个要雇的就是蔡顺灿。当地人把这种行当称作挑旱班船，不要投入一分钱，赚的是脚头钱、汗水钱，靠的是信用。所以，蔡顺灿家的小日子过得比一般人家滋润。

"快给我说说，大儿子上学后，懂哪些事，要哪些好了？"蔡顺灿说。"看你急的。"马英娣灿烂一笑，说，"友洪啊，原来是金口，很少开口叫村上大辈人的，现在啊，见人就叫，嘴巴甜多了，村上人都夸友洪懂礼貌。还有啊，友洪上学后，爱清爽多了，弗像原来，早晨给他换上去的干净衣服，弗要到吃中饭辰光，就弄得邋里邋遢，现在好多了，一件干净衣服换上身，可以穿三四天才换下来洗了。再有啊，友洪也很少跟禹洪争抢东西了，老是让着他弟弟。"

"所以说啊，学是弗会白上的。"蔡顺灿说，"我就是吃天大的苦，都要供儿子上学。我是没条件上学，当时地方上也没有学堂。如今地方上有了学堂，我们家里也供得起，一定要让两个儿子都上学，尽量让他们上，最好上到大城市里去。""但愿吧。"马英娣说。

蔡友洪回家后，父母不问他学校里的事，他也不主动说，如果父母问了，他回答，问什么就回答什么。一天吃晚饭时，蔡顺灿问儿子："友洪，你们学堂里有两位先生，你喜欢哪一位？""喜欢谢先生。"蔡友洪不假思索地说。"为什么你只喜欢谢先生？"蔡顺灿感兴趣地问。"谢先生跟我们无大无小，很亲。他特别喜欢我。我们两个单独在一起时，谢先生还会跟我讲日本鬼子如何如何弗好，罪孽很重，但并弗可怕，只要中国人都一条心，就一定能打败小日本的话。尽管我还听弗明白，但我信谢先生的话。周先生呢，整天板着脸，很难说话，动弗动就要用戒尺打同学。"

"你有没有被周先生打过？"马英娣问儿子。"被打过一次手心。"蔡友洪说。"因为什么事？"蔡顺灿问。"周先生老说我字写得弗好，骂我弗用心。"蔡友洪说。"该打！该骂！"蔡顺灿说，"一个人写的字，就像一个人的脸面。字写弗好，就像一个人弗要自己的脸面一样。一个人弗要脸面，活在世上还有什么意思？""我写字有进步了。"蔡友洪从书袋里拿出作业本："阿爹你看看，我的字写得怎样？"看到描红本上字的下面，有老师用毛笔画的红圆圈，蔡顺灿不解其意，问儿子："友洪，这本子上好多字的下面，先生为什么要画这么多红圆圈？""阿爹，你弗懂了吧。"蔡友洪骄傲地说，"画红圆圈的字，就说明我写得好。"

马英娣插话了，问儿子："友洪，我问你，你为什么弗搭理人家友娣？人家小姑娘背着她娘，偷偷地哭了几次。你要搭理人家，我们是一个家大门里的人，你和她是兄妹。"

蔡友娣比蔡友洪小一岁，是蔡顺度的养女，原名徐友娣，原是申港徐村徐奎根的第二个女儿，因蔡顺度膝下无子女，经亲戚介绍，徐友娣被蔡顺度领养了，并改姓为蔡，名字未改。在蔡家店，蔡顺度与蔡顺灿是平辈，因而蔡友洪与蔡友娣也算是堂兄妹了。

"她太烦人。"蔡友洪说，"有的时候，她说起话来像放鞭炮，快得弗得了。还有，她还比较凶。所以，我弗想搭理她。礼拜天，我也弗想和她一同出去割猪草。"

"人家友娣蛮漂亮的。"马英娣笑着说，"嘴巴甜，手脚又勤快，很讨我们大人喜欢的。""娘，你喜欢，你去搭理她。我才弗会搭理她呢。"蔡友洪倔脾气上来了。

蔡顺灿开口了："儿子，你是个小男人了，应该大度些吧。再说，人家友娣老想跟你在一起白相，一起去割猪草，说明友娣喜欢你。你是正在上学的人，总弗能老让人家的热脸孔来贴你的冷屁股吧。这样弗好。友洪，这说明你弗懂礼数，没有知识，同时也是在坍我们大人的台，说明我顺灿家没有好的家教。儿子，记住阿爹的话，弗要弗理睬人家。"

"阿爹，友娣的脸孔，可从来没有贴过我的屁股，一次也没有过，我可以对天发誓！你们大人啊，有时说话，比我们小人还弗要脸。"蔡友洪有些生气地说。见儿子生气，马英娣开心地笑出了声，"友洪，你太有意思了。你阿爹刚才打的是比方，弗是真的让友娣的脸孔来贴你的小屁股。你阿爹说话的意思是，人家对你热情，你同样要对人家热情。人家对你冷淡，你也弗要多去计较。至于友娣小姑娘，我是蛮喜欢的。如果她长大后肯做我的大媳妇，我就是烧了高香了。"

"又在说痴话了。"蔡顺灿说笑起妻子来了，"有一天你在梦头里说过，要友娣当友洪的老婆。日有所思，夜有所梦。看来，你想媳妇想痴了。友洪有多大岁数？他的卵子还没黄豆大，你就想给他找媳妇了？""有什么好大惊小怪的。人家摇篮亲弗是照攀弗误。现在作兴这样的。"马英娣说。

"你们在乱说什么呀?"因害羞,蔡友洪的小脸涨得通红,"弗听你们瞎说了,我写作业去了。"

第二章　大难不死

一

一九四一年春的一天晚上，周先生找谢先生谈话了："谢先生，我提醒过你几次，要求你弗要公开对学生进行抗战思想教育，这很危险。你弗是弗晓得，距离我们学校弗足半里地的新沟河西岸，就据守着一个小队的日本兵。你在课上给学生讲抗日道理的事，一旦被泄露出去，传到日本兵的耳朵里，后果弗堪设想。你弗怕死，我也弗怕死，我也是有血性的男人，但是我们必须为三十多个孩子着想，万一出现了飞来横祸，他们都被日本兵枪杀了，我们怎么向他们的家长交代？今天，我以学校临时负责人的身份，最后一次提醒你，弗要再在课堂上给学生进行抗战思想教育了。"

"谢谢周先生的善意提醒。"谢先生说，"我心里有数，请周先生放心。"

一九四一年初夏，日伪军开始对苏常太地区实行"清乡"，企图消灭新四军六师师部和十八旅以及澄西县党政机关。在师长谭震林指挥下，十八旅战士英勇地反"清乡"，但由于敌强我弱，再加上回旋的区域比较狭窄，十八旅被迫撤退到江阴县澄西地区。这年冬，鉴于日伪军"清乡"日益紧逼收窄和十八旅反"清乡"遭遇重大挫折的严峻形势，谭震林在西石桥主持召开会议，宣布新四军军部关于六师师部和十八旅以及澄西县党政机关渡江北撤的指示，并作出北撤部署。

根据北撤部署，澄西县党政机关分三批撤离西石桥：第一批为抗日家属、年老体弱人员和妇女干部，撤到丹阳北部地区；第二批为党政干部、地方武装骨干，他们中的大部分撤到江北的江都、高邮、宝应地区，小部分撤至丹阳北部地区；第三批由中共澄西县委书记康迪、县长张志强、江防司令梅光迪，率领县委、县政府、江防司令部主要领导干部及警卫力量，撤离西石桥，渡江至靖江西沙地区的东兴乡，并将澄西县委、县政府机关和江防司令部，设在东兴镇上。

当时的形势是这样的：除日伪军大部队从江阴的青阳、月城和武进的焦溪、郑陆桥方向进剿新四军十八旅外，在江阴澄西地区由西向东，沿江各港口都有日伪军据守：利港口有一个日军小队据守；申港口有一个伪军排据守，且申港镇上还据守着一个小队的日军及一个伪警察所；新沟口有一个小队的日军据守；夏港口有一个日军小队据守，镇上还有一个伪警察所。再往东就是江阴黄田港口。

新四军六师师部及十八旅、澄西县党政机关第二批撤离人员，虽然从新沟口往西地段，巧妙地躲过据守日伪军，比较顺利地渡江北上，但已被日伪军察觉，他们加强了夜间的江边巡逻，封锁港口，不让船只进出港口。面对严酷的形势，康迪、张志强他们派出侦察员，侦察敌情，寻找渡江地点。根据侦察员报告，新沟口至夏港口这段江堤，日伪军夜间巡逻的间隔时间比较长，同时这段江面相对比较宽，水流相对平缓，对江就是下四圩，往北不远就是靖江东兴。侦察员报告说，他们已与地下党员谢平济接上头，并由谢平济出面，出高价租到了两条渔船，而且已隐蔽待命。于是，康迪决定从新沟口至夏港口的中间——蛇沟渡江北撤。

天很黑，伸手不见五指。天上下着雨，时小时大。西北风呼呼叫，像狼嚎，似鬼哭。路很泥泞，还很滑。康迪他们率领第三批北撤人员，在子时，从西石桥驻地出发，一路往东，先后经过汉墩头、女家湾、严村、黄史塘，再折往南到镇澄公路，往东快速通过于门桥和铺头桥，再折往东北方向，经过北庄，到达蛇沟。一路上还算顺利，但到了蛇沟后，出现了紧急情况：说定两条船，结果来了一条船。先遣队一位战士向康迪报告，谢平济和另两位先遣队人员还在做那位渔民的工作，他让康书记等领导先行过江。康迪当机立断，决定领导干部先乘船过江，警卫部队大部原地待命，等待另一条船的到来。康迪命令，如果另一条船只不能到达，警卫部队留守澄西地区，坚持革命斗争。

当康迪他们乘坐的那条船已过长江中心航道后，另一条船的船主在两把手枪的逼迫下，把船摇到了蛇沟的江滩。谢平济指挥剩余人员，迅速有序地涉水爬上船。真是天帮忙。那天雾较大。在晨雾的掩护下，那条船艰险地过了江。

可周先生一早起来后发现，谢先生不见了，也不知谢先生去了什么地方。当时，周先生并没有往深里想，总以为谢先生遇到了急事，来不及与他打招呼就走人了，过几天就会回来的。于是，像往常一样，周先生给学生们上课。突然，学校附近响起了枪声。周先生知道据守在新沟口的日军又在搜索什么人了，遂停下课，组织学生逃跑。

其实，据守新沟口的日军并不是在扫荡，仅是获悉有小股新四军部队要从蛇沟过江，就追了过来，却发现江滩上留下很多杂乱的脚印，知道人早已过江，于是，朝江中乱放了一通枪后，就收队回营了。经过匡家店时，日军突然看到一个人，头上戴着一顶像新四军战士戴的帽子，左看右瞅地走着，误认为是新四军，便向那个人开枪。那个人一听到枪声，就拼命往南朝曹家店方向逃去。日军兵分两路，一路拼命地往曹家店方向追，一路往西南方向，欲从马桥头往南，经过金家店包抄逃跑的那个人。

见一队日军追来，跑在前面的周先生和其他学生，就躲到一家人家屋后的一片竹园里。人小跑得又慢的蔡友洪落在了后面，被日军发现。日军看到前面有一个人在逃，就端起机枪扫射，蔡友洪不幸中弹倒下了……日军追上前去一看，倒在血泊里的人，原来是一个小孩，就丢下蔡友洪，继续去追杀那个疑似新四军的人。

被追杀的那个人根本不是新四军，而是一个名叫童生的流浪汉，精神有点不正常，常在马桥头、匡家店、金家店、蔡家店、曹家店等村庄转悠，乞讨为生，人们都认识他，但不知道他是什么地方人。见后面有日本兵追他，童生就像没头苍蝇似的，慌不择路，逃进了曹家店村上的上双庙里。日本兵追进上双庙，没搜到童生，一怒之下，就纵火烧了上双庙。已没人性的日本兵，烧了上双庙还不过瘾，索性把马桥头烧了，被烧毁大半个村庄。日军还不满足，竟然把金家店、匡家店也烧了，两个村庄被烧毁四五十间房屋。

当蔡友洪醒来时，他已躺在由美国传教士兼西医师华尔德于一九〇八年春在江阴县城东门外河南街创办的江阴福音医院。华尔德亲自为蔡友洪动了手术，从蔡友洪枪伤处钳出了三颗子弹，蔡友洪左肋处被日军子弹打穿，左臂上三处中枪，幸好没伤着要害处。蔡友洪获救了。

一天，蔡顺度去医院看望蔡友洪时，蔡顺灿对儿子说："友洪，你这条命是顺度阿伯给捡回来的。要弗是他第一个知道你被日本兵的枪打中了，第一个追到马桥头，第一个背起你直奔江阴，你这条命就没了。医生说，只要再晚来两个小时，因你流血过多，你的性命就保弗住了。友洪，记住，顺度既是你阿伯，更是你的救命恩人。你一辈子都要记住顺度阿伯对你的大恩。"含着热泪的蔡友洪，幽泣地点头应允。

坐在病床旁的蔡顺度却呵呵地笑了起来。"顺度哥，你笑什么？"蔡顺灿问。"笑我俚友娣的痴相。"蔡顺度说，"听说我今天要来医院看望友洪，我俚友娣就缠住我弗放，哭着闹着要跟着我来医院看望她的友洪哥哥。可她人还小，要跑头二十里路才能到医院，她怎么跑得动呢？再说这世道又很乱，我也弗敢带着友娣到医院里来。后来我是骗她要去马桥头办事情，绕道来江阴的。唉，我家那个细丫头，跟她蛮难缠的。只弗过，她也是蛮讨人喜欢的。"蔡顺度说完，蔡顺灿也故意笑了起来。蔡友洪听后，只是用被子蒙住了头，因为他住院前不仅搭理蔡友娣了，而且只要一放学，两人就有点形影不离了。

住了近两个月的医院，于腊月二十二日，蔡友洪出院回家了。刚到家，蔡友娣就像一只喜鹊，飞到了蔡友洪的床边，絮絮叨叨地说个没完："友洪哥，我告诉你，你被日本鬼子的枪打中后，我心里对小鬼子有多恨啊！我恨弗得要抽他们的筋，剥他们的皮。你住院后，我偷哭了好几次。我怕你会死掉。当我阿爹去医院看你回家后说你弗碍事后，我又偷笑了几次。友洪哥，伤口还疼吗？""有点疼，"蔡友洪被蔡友娣单纯之情感动了，"我能熬住疼。"

"友洪哥，我真佩服你。"蔡友娣说，"你住院后，村上有人说你弗听先生话，犟脾气，是在作死，不出教室大门，怎么会被日本人的枪打中？听了这些话后，我心里很急，很想反驳他们，又弗敢。我一个女孩子怎么有胆气反驳大人说的话呢？可我心里弗服气。你在我心里，已是个大男人，勇敢弗怕死的大男人。"

"日本小鬼子，我咒你们十八代祖宗。"蔡友洪恨恨地说，"友娣，我比你更恨日本小鬼子，他们差点要了我的命。"蔡友洪突然想起什么事似的，急切地问蔡友娣："友娣，日本鬼子那天在抓什么人呀？""我也弗太清楚，"蔡友娣说，"听大人们议论，说是去蛇沟打新四军的，可到蛇沟江边一看，一支新四军小部队早已过江了。日本鬼子回营的时候，走到匡家店，看见一个像新四军的人，就开了枪。那人就往曹家店逃，有人看见，说是经常在我们这一带要饭的，人们叫他童生，逃进了上双庙。结果，庙被日本鬼子放火烧毁了，里面的和尚、香客，也被烧死在里面……"

"日本鬼子，我要杀了你们，杀了你们……"蔡友洪突然双眼珠暴突，上牙死命地咬紧下嘴唇，鲜红的血一滴、两滴、三滴……沿着下巴，像断线的珠子，叭叭有声地往下掉。见状，蔡友娣惊恐地叫了起来："叔、婶，快来，友洪哥他……"

二

一九四二年春节还未过完，蔡顺灿就用独轮木车，把儿子蔡友洪车到武进焦溪镇上的吴中医家，让他再给儿子望、闻、问、切。吴中医通过舌诊、面诊、脉诊、问诊，提起毛笔，铺开纸，开了药方。"就是因失血过多，造成体虚。照方子去抓药吧。"吴中医说，"无大碍，再增加些营养，很快就会痊愈。"

蔡友洪回家服药、静养两个月后，可以上学了。自去年冬到如今，蔡友洪脱了三个多月的课，心里急死了。一天早晨吃过早饭，蔡友洪背起书袋要去上学时，被蔡顺灿叫住："友洪，你身体还未完全好，从家里走到学校要里把路，你走弗动的，我背你去学校吧。""弗要，"蔡友洪说，"我走得动。再说，我已十三岁（虚岁）了，上学还要阿爹背，让同学们晓得了，弗被他们笑死才怪呢。"蔡顺灿了解儿子的脾气，也就让蔡友洪独自去学校了。

来到学校，教室里已到了三五个同学。同学们见蔡友洪走进教室，都围了上来，七嘴八舌地给蔡友洪说这说那。"友洪，你知道吗，谢先生失踪了。"一个同学告诉蔡友洪。"失踪？什么叫失踪？"蔡友洪不解地问。"是周先生在上课时告诉我们的。周先生说，是你被日本小鬼子的枪打中的那天弗见了谢先生，弗晓得谢先生去了什么地方。一句话，谢先生下落弗明，弗晓得他是死还是活。"

"友洪，快给我们讲讲。"又一个同学说，"你那天怎么就那么巧碰到了日本小鬼子？""我人矮，腿短，跑弗过你们呗。有什么好说的。"蔡友洪说，"日本小鬼子给我的枪伤，我死都弗会忘记的。我恨死了日本小鬼子。我现在人还小，等再过几年，我长大了，力气大了，一定瞅准一个机会，在马桥头街上杀死一个小鬼子。"听蔡友洪这么说，同学们都异口同声地说："好，友洪，到那时，我们几个一定帮你，杀绝那帮狗日的小鬼子。"

见有三四个同学走进教室，蔡友洪他们几个也就散了，坐到各自位置上。蔡友洪把书袋塞进课桌抽屉里后，站起，走出教室，来到教师办公室。办公室里唯有周先生一人。见蔡友洪走进办公室，周先生赶紧从办公椅上站起，显得有些激动："友洪同学，你能来上课了？好，好，你这次大难弗死，真是万幸，万幸。""周先生，我来办公室，就是告诉周先生，我蔡友洪能来上学了。谢谢周先生。"蔡友洪向周先生鞠了三个躬。

一天刚吃过晚饭，蔡友洪有点认识的一个中年男人，推门走进了蔡顺灿家。"顺灿，这是你和你老婆的'良民证'，今天乡里刚发下来的，一定要保管好，出门时一定要带在身上，否则，被日本人查到你没有'良民证'，你就会被 [[P[] 视为新四军给枪毙的。"

发放"良民证"的中年男人刚走出门，蔡友洪立即问："阿爹，什么叫'良民证'？""有这个证的，就证明你弗是新四军。"蔡顺灿说，"日本人实在可恨，绞尽脑汁在对付新四军。""我为什么没有这个'良民证'？"蔡友洪问。"我也是人呀。""你呀，"马英娣说，"是一个人，但还弗是大人，所以，你没有'良民证'。""我才弗稀罕这个'良民证'呢。"蔡友洪说。"为什么？"蔡顺灿好奇地问。"我弗愿做日本小鬼子的'良民'，我是个中国人。谢先生在的时候，就常跟我们说，弗要忘了自己是个中国人。"蔡友洪说。"小祖宗，"蔡顺灿有点害怕起来，"你这种话只能关着大门在家里说，出了自家的大门，可千万弗能乱说。如果传到马桥头日本人的耳朵里，是要被杀头的。""阿爹，你怕什么？"蔡友洪说，"我又弗是痴鬼，弗会在外面胡说八道的。我懂，弗会给阿爹惹是生非的。"

一天，蔡家店及邻村，突然鸡飞狗跳、女哭男吼起来。为什么？乡里、保里要把村上成材的树、竹园里稍粗的竹子全部砍掉，运到村后的江堤上，说是日本人要在江堤上扎竹篱笆，构筑封锁线，防止江北的新四军过江南渡。伪乡长、伪保长说了，谁家不肯把自家的树木、竹园里的粗竹头砍下来，就把谁交给日本人。同时，伪乡长、伪保长还摊派壮丁，每家出一个壮劳力，上江堤给日本人扎竹篱笆。

被逼无奈，蔡家店村上家家户户把自家成材的树木砍了，还要义务抬到江堤上。蔡顺灿家五棵楝树、两棵柏树、一棵榉树被砍了，尽管心里在滴血，尽管心里有一万个不情愿，但面对日军的刺刀、枪口，也只能是打掉的牙齿和着血往肚里咽。与此同时，蔡顺灿还被保里派了壮丁，义务去江堤上扎竹篱笆。

蔡友洪照样上着学，不过，没有原来有规律了。原来谢先生在的时候，都是上午两节课，下午两节课，由周先生和谢先生轮流着上。现在只有周先生一人了，要上两个人的课，所以，周先生有时上午上三节课，下午放学；有时下午上三节课，上午放学。更奇怪的是，周先生曾经一连三天不在学校。同学们根本弄不懂周先生为什么会这样。

蔡友洪却很喜欢这样上课。上午有课他就上，下午放学他就先割猪草后放牛；下午有课他就上，上午放学他就和蔡友娣各背着一只竹篮，各拿着一把镰刀，成双出去割草，有时还会钻进桑树地里，采摘桑葚吃，常常吃成乌嘴黄鼠狼，但他俩乐此不疲。

知了闹了。蚊子飞了。天很热了。

七月中旬的一天，周先生给同学们上最后一课。周先生说："同学们，我亲爱的同学们，这是我给你们上的最后一课。我……"周先生哽咽起来了。

同学们心里大骇，不知道周先生为什么突然哭了起来，看样子，周先生还哭得非常伤心。"周先生，"蔡友洪站了起来，"为什么说这是你给我们上的最后一课？"周先生摘下圆框金丝眼镜，从长衫口袋里掏出一块手帕，拭着双眼。把手帕放进长衫口袋，再戴上圆框金丝眼镜，周先生说："学校，办弗下去了。我，弗能给你们上课了。"

"这是为什么呀？"同学们七嘴八舌地嚷了起来，"周先生，学校为什么办弗下去呀？"

周先生仰头长叹，并竭力控制住自己的感情，努力不让沁在眼眶里的热泪流淌出来，可还是跑了出来。这次，周先生没有从长衫口袋里掏出手帕，而是用左手摘下眼镜，用右手掌，果断，决绝，勇敢地擦干双颊上的眼泪。

"我弗愿做亡国奴。"周先生说，"同学们，我已三四个月没拿到薪水了。

去年吧，有澄西县政府在，还能给我支薪水。去年冬，澄西县政府撤到江北去了，就没人给我支薪水了。我去于门桥找乡政府，那个新当的伪乡长弗认账。我去找谁要回属于我的一份薪水呀！我哭过，这个乱世呀，这个伪政府呀。孩子们、同学们，我是一直把你们当作我的孩子对待的，所以，请允许我这样叫你们。孩子们，说心里话，今年四月底，我没要到薪水后，很想撇下你们一走了之的，可我的良心弗允许我这样弗负责任。伪政府弗管你们，我是老师，再穷再苦，可弗能弗管你们，至少要管到你们这学期结束。我做到了。我已尽力了。孩子们，你们知道吗？前几天，那个伪乡长找了我，说让我暑假里去江阴城里，参加由日本人举办的培训班。孩子们，你们说，我能去吗？"

听到这里，蔡友洪心里开始紧张起来。他对日本小鬼子已是恨之入骨。"周先生，会听日本小鬼子的话吗？如果他听了呢？"蔡友洪想，"哼，如果周先生听日本小鬼子的话，我就弗认他是自己的老师，就记恨他一辈子。"

"我弗能去。"周先生说，"我是一个堂堂正正的中国人。我弗愿意，更弗能做亡国奴。孩子们，你们呢？"

"我们是堂堂正正的中国人。"

"我们弗做亡国奴。"

同学们响亮地回答。

"好，记住老师的话。"周先生说，"明天，我就要回家了。这学校，也就到今天为止。明天起，就散了……"

周先生哭了。

同学们哭了。

蔡友洪哭得最厉害。

三

重阳节那天，蔡友洪母亲的肚子突然痛起来，而且日益严重。蔡顺灿给妻子请了地方上的一位中医，中医说是肚里蛔虫多，就给马英娣开了杀灭蛔虫的药方，几服中药吃下去，一点儿不见效。奇怪的是，马英娣脸上，甚至身上，却长出了很多红斑疮，同时，人也一天比一天消瘦起来。蔡顺灿急了，一天，他叫上了蔡顺度和村上另一个人，让妻子躺在长蚕扁里，三人轮换着，把马英娣扛到江阴城里一家中医家里。那个中医仔细检查把脉后说："你们来晚了，人没法救了。"

蔡顺灿突然跪下，求那位中医："医生，你一定要救救她呀，她弗能死呀……"那位中医扶蔡顺灿起来后，说："我弗是弗救，我实在是无能为力了。你们真的来晚了，只要早来三天，或许还能有救。""医生，我妻子到底得的是什么病啊？""是绞肠痧。"那位中医说。"可是，"蔡顺灿急急地说，"我们看过中医，他说我妻子得的是蛔虫病。""庸医误人哪。"那位中医说，"回吧，回去准备后事吧。"

绞肠痧，医学名叫霍乱。马英娣是死于霍乱。据《江阴市志》记载："民国三十一年七月起，霍乱大流行，先由东乡年旺街（今属张家港市）发生，至桥头街、后塍，蔓延迅速，不几日，死数百人。伪县政府张贴布告称：'疫疠传染，甚于猛兽。为了防患于未然，即日起东城门停止开放。'"日伪政府就是如此视百姓性命如草芥，不采取任何措施进行预防，致使霍乱流行全县。

马英娣被扛回家后的第三天，也即一九四二年十月二十八日（农历九月二十日），永远地闭上了双眼，小眼角处却还挂着泪，就是不往下滚，尽管泪珠很小，但很晶莹，丢下丈夫蔡顺灿，丢下两个儿子，撒手离开了这个既令她憎恶，又使她依恋不舍的还有盼头的乱世。马英娣自得病至故去，前后共十二天。这一年，马英娣三十四虚岁。蔡友洪十三虚岁。蔡友洪弟弟蔡禹洪八虚岁。

临终前，马英娣断断续续地对跪在她跟前的蔡友洪说："友洪，儿啊，娘，弗行了……儿，啊，你，要……带好，弟弟……要听，听，你，阿爹，爹……"话没来得及说完，马英娣咽下了最后一口气。蔡友洪站起，抱住母亲："娘——娘啊——"痛哭不已。

安葬马英娣那一天，霜下得特别大，像下了一场小雪，地上铺着一层薄霜。马英娣的棺柩被葬在蔡家店村东北方向的上花墩上。自马英娣被安葬起至"五七"止，在近一个月的时间里，每天傍晚，蔡友洪都要来到母亲坟前，坐在地上，不说一句话，只是流着泪，幽泣着，陪着母亲。

　　母亲走后，本就话不多的蔡友洪，更加寡言少语了。没学上的蔡友洪，就帮着父亲，撑住这个家。蔡友洪跟父亲学干农活，精心饲养好自家的一头老黄牛。为了防止有人偷牛，每天晚上，蔡友洪独自一人，睡在牛圈隔壁的一间茅草屋里，看护着那头老黄牛。

　　马英娣走后，蔡顺灿既当爹又当妈，很是辛苦，却当不好妈。马英娣在的时候，她把丈夫和两个儿子的衣服洗得干干净净，把他们破了的衣服补得针脚细密，常受到村上女人的称道。可现在，蔡顺灿和两个儿子穿的衣服，就像从牛胴宫里拖出来似的，脏得不堪入目，同时，衣服、鞋子破了，也没人补。这些，被蔡顺灿弟媳、蔡友洪兄弟亲切地叫她"新娘娘"的，看在眼里，疼在心里。

　　有一天，"新娘娘"跟公公蔡应川说："公公，我有件事想跟你说说。""说吧。"蔡应川抽着旱烟说。"我想让二伯顺灿家，和我们家合在一起过日子。这样，我可以为顺灿二伯和两个侄儿做做饭，洗洗、补补衣服。顺灿二伯呢，力气大，又是做生活的一把好手，而我家顺喜呢，腿不好，重活干弗了。如果两家合成一家的活，就可以……""别多说了，顺喜家里人。"蔡应川说，"我懂你的心思。如能两家合在一起过日子，合在一起做生活，确实是好事。这事，我去跟顺灿说去。"

　　蔡顺灿听父亲说后，没有开口，既不表示同意，也未表示反对。"开口呀，"蔡应川说，"你是什么心思？""让我想想。"蔡顺灿说。"有什么好想的？莫非你有续弦的念头？"蔡应川问。"阿爹，我没那念头，也弗敢有那念头。像我这种情况，哪个女人敢上我的门？即使有女人敢进我的门，我也弗想。我怕亏待了两个儿子。我怕对弗起死去的英娣。""给句爽快话，你到底情弗情愿两家合在一起过日子？""阿爹，这是好事，我情愿。弗过，我怕占了顺喜的便宜。阿爹，你想啊，顺喜媳妇要一日三餐烧给我和两个儿子吃，还要给我们洗衣服、补衣服，这弗是很辛苦吗？我心里过意弗去。""没什么过意弗去。"蔡应川说，"都是同胞兄弟，没必要分得这么清。再说，顺喜家的重生活还要你帮着做呢，你也不占便宜。如你情愿，我就去回话了。""那，那，那就听阿爹的。"蔡顺灿下了很大决心后说。

　　就这样，蔡顺灿与蔡顺喜两兄弟合在一起过日子，在一个锅里吃饭，共同饲养一头黄牛，共同使用犁、耙、水车等中大型农具，共同种着两家合起来的十多亩地，收成各归各。"新娘娘"也把蔡友洪、蔡禹洪两个侄儿收拾得清清爽爽，走出去没人知道他俩是没娘的孩子，对两个侄儿知冷知暖，视如己出。蔡友洪兄弟俩则把"新娘娘"当作亲生母亲对待。两家合在一起的日子，过得其乐融融，从未有过话说。

又一年的夏忙到了。

蔡顺灿家有一头黄牛，有铁犁和耙，有一台牛拉木质斗水车，有牛拉的碾磨和碌碡，中、大型农具一应俱全，因而麦子上场后脱粒比一般人家快，翻耕麦地比一般人家快，车水莳秧更比一般人家要省力、省时。因此，蔡家店村上，甚至是邻村缺劳力、缺大型农具的人家，请蔡顺灿给他们家犁地，他去了；请蔡顺灿给他们家车水，他去了；挑了稻谷到蔡顺灿家碾坊碾米、挑了麦子到蔡顺灿家碾坊磨粉，他尽心尽力，从不多要人家一分工钱，多收一分加工费。有的人家穷，拿不出钱付工钱或加工费，蔡顺灿从不计账，从不计较，从不讨要。有的人家不好意思，就割几篮牛草给蔡顺灿家那头老黄牛吃，他照收不误。因为这样，蔡顺灿在方圆两三里内，人缘极好，口碑极佳，威信也高。

有一天下午在水稻田里耥稻，蔡友洪问父亲："阿爹，你帮人家耕田、车水，人家常缺我们家工钱，为什么弗向人家讨要？我们家也弗算富裕呀。""友洪，"蔡顺灿说，"在这个乱世，谁都活得弗容易，能帮人处就帮一把。再说，人家要弗是日子过得紧巴巴的，谁会缺那几块钱？我们应该相信人家。这些小事，弗要常放在心里盘算。"蔡友洪接受了父亲的如何为人处世的很好的教育。

一天深夜，突然雷声隆隆，接着狂风劈雨杀向人间，下了整整两个多小时的大暴雨。睡得很死的蔡友洪，根本不知道外面已是一片汪洋，根本没听见老黄牛发出的不安的躁动声，当猛然惊醒听见"轰"一声响时，他已被轰然倒塌的一堵土墼墙头压在了下面，不省人事了……

听着外面的暴雨下个不停，心里有点不放心的蔡顺灿就起床，披上蓑衣，赤着脚，提着桅灯，来到自家牛圈，只见牛圈西隔壁、每天蔡友洪晚上睡觉看牛的那间茅草屋的西山墙，因墙脚泡在雨水里，致使墙头下坠倒坍，可这堵土墼墙头不往外倒，偏偏往内倒，结果压住了蔡友洪睡的竹榻床，把蔡友洪压在了下面。见状后，蔡顺灿赶快把桅灯挂在毛竹柱头上，用双手扒开压在儿子身上的土墼，抱起儿子，发现蔡友洪没了气。蔡顺灿不管三七二十一，背起儿子，冒雨狂奔三里多路，来到夏港镇上，敲开了一家私人诊所的门。

那位中医姓秦，赶快帮蔡友洪检查身体，幸好，土墙倒坍时，蔡友洪是背着墙侧睡的，所以，除被砸破头，砸断两根右软肋，右腿受伤外，并没有生命之虞，在诊所里住了个把月后就回家了。

蔡友洪一回家，蔡友娣闻讯后就提了一只小竹篮，竹篮里放了二十八只鸡蛋，来到蔡顺灿家，看望蔡友洪。一看到蔡友洪被包扎着的头、右肋和右腿，蔡友娣的泪就不听话地扑簌着直往下掉。"友洪哥，你真是多灾多难呀……一看到你这样，我就心疼弗已。"蔡友娣说。"我命硬，死弗了。"蔡友洪说，"过几天，我就好下床走路了。""弗急，"蔡友娣说，"在床上多躺几天，好好养养。今后的日子，还长着呢，弗急。""听你的，"蔡友洪微笑一下，说，"家去吧，友娣，你家里事多，再弗家去，你娘要来叫你了。""我来看你，娘晓得。我就是想多陪你一歇。"蔡友娣说。

四

一九四五年八月下旬，一连几天，蔡家店村上的大人们，都在私下里议论着这样一件事：盘踞在马桥头新沟口七八年的日本小鬼子为什么突然走了？他们去了哪里？人们找不到答案。

进入十月，蔡家店村上的人，才知道日本小鬼子无条件投降了。据守在江阴境内的日本小鬼子都集中到无锡，向国军投降，交出武器，接受民国政府处置。过了几天，蔡家店村上的人，又在议论新四军要打过江来了，并说在申港打了一仗，消灭国军好几百人。到了这个月底，蔡家店村上的人，又在有根有据地说民国江阴县政府重新恢复了。进入十一月，蔡家店村上的人，则在议论新四军又北撤过江的事了。

"这个世道，又有点看弗懂了。"一天午饭后，几个上了岁数的人坐在蔡应川家门前晒太阳时，蔡应川这样说，"看这局势，日本人刚走，新四军与老蒋的部队，又要打起来啰。看来，我们老百姓的苦日子，还没到头。

唉——""是啊,"几个年龄与蔡应川相仿的老人说,"看来,在我们眼里,是看弗到太平世道了。"

蔡顺灿也持与老人们相同的看法。他最深切的感受是,税赋比原来更加重了。蔡顺灿和蔡顺喜两家,共有十五六亩地,除掉交这税交那费,剩下来的粮食也没多少积余,仅能解决温饱而已。马英娣病重看医与去世办丧事,蔡友洪两次遭遇不幸大难,住院治疗,花去了不少钱,使得蔡顺灿手头非但没有余钱,反而借了舅家老表一大笔钱还没还上。"唉,日本人在的时候,总盼望日本人早点滚蛋,这样,就以为老百姓可以过上太平好日子了。可日本人走后,社会仍没有太平,还是打仗,这太平好日子,什么时候才能到来啊——"蔡顺灿喟然长叹。

此外,还有一件让蔡顺灿烦心恼心的事是,他家的那头老黄牛,真的老了,老到已拉不动犁了。蔡顺灿很想把这头老黄牛卖了,再添些钱,买一头年轻力壮的牛,可他手中无钱。卖,还是不卖?蔡顺灿心里犹豫着,也煎熬着。蔡顺灿终于一咬牙,决定跟弟弟蔡顺喜商量一下,听听他的想法。蔡顺灿没想到弟弟是那么爽快,一口答应换一头牛所缺的钱,由他掏腰包。在一九四七年春暖花开的时节,蔡顺灿把自家的那头年老的黄牛卖了,又添了一笔钱,买回了一头年轻的水牛。

放牛的任务又落在了蔡友洪肩上。每天清晨,迎着东升的旭日,踏着清凉的露水;每天下午四点钟的辰光,沐浴着渐渐西沉的太阳,哼着"大刀向鬼子们的头上砍去"的歌声,蔡友洪左手牵着拴住那头水牛鼻子的牛绳,右手拿一根杨树条子,寻找草肥的田埂,或者河边。如是雨天,蔡友洪会披上一件蓑衣,头戴斗笠,赤着一双脚放牛。可这头水牛的脾气,比蔡友洪的脾气还要倔,还要犟,根本不服从蔡友洪的管教,在吃着田埂边青草的时候,往往乘蔡友洪不注意,伸长脖子,把长到路旁的麦子吃了。看到水牛偷吃路旁的麦子时,蔡友洪就挥起右手中的那根杨树条子,猛抽水牛的脸。水牛先是侧着脸,任由蔡友洪抽打,被打痛了,就昂起头,怒睁着眼,与蔡友洪对峙着。每当这时,蔡友洪总是先软下来,左手牵着牛绳,伸出右手抚摸着水牛的脸,嗬嗬地说:"弗好偷吃麦子,这样很弗好,你懂吗?我们家都是老实人,手脚干干净净。你是我们家的牛,你的嘴巴也要干干净净,绝弗能偷吃别人家的东西。以后,你要记住,要长记性。如果再偷吃,我会更加重重地抽你。"那头水牛似乎听明白了蔡友洪的话，怒睁着的眼也开始温暖起来，两只耳朵不时地扇动着，鼻孔里发出粗重的鼻息声。

一天吃晚饭时，蔡友洪说："阿爹，我们家那头水牛，弗好调教，脾气很暴。"蔡顺灿听后一笑："友洪啊，你的性子就像你娘，一个字，急。你弗要以为牛弗会说话，就弗通人性。牛啊，跟人一样，你对它好，它也对你好，你对它弗好，它会用牛角顶你。友洪啊，你要有耐心。你也看到了，那头水牛在阿爹的手里，是那样听话，乖顺。你啊，在这方面，好好跟阿爹学学。阿爹绝弗是在你面前摆老架子，事实就是如此。还有，用老话来说，叫作男子十六（岁），扛车抬轴。你今年已十七虚岁了，到麦子上场后，我该教你如何耕田和耙田了。这两种生活，是田里生活中的技术活，蛮重要的。"

夏收夏种开始了。

正当收割小麦的时候，天连续阴了两天。看来，天要变了。如果要抢在雨来之前把田里的小麦收割上场，仅靠蔡顺灿、蔡顺喜、蔡友洪，再加上上了岁数的蔡应川帮一把，要在短时间里把十二三亩小麦抢割上场，就有点来不及。于是，蔡顺灿与弟弟蔡顺喜商量后，就请了六个短工，为他们家抢割麦子。

正如蔡顺灿所料，十二三亩小麦刚收到场上，堆好麦垛，老天就下雨了，并且一连下了七八天，时大时小。有的人家来不及抢割，成熟透的小麦，被大风一刮，就倒伏在田里，被雨水一泡，就开始长芽了。蔡顺灿真为那些缺劳力的人家揪心。

只要不是劈风大雨，即使天上落着小雨，也不影响蔡顺灿耕田。一天，天上下着细雨。吃过早饭，蔡顺灿就下地耕田了，蔡友洪在旁边学着，看父亲右手扶犁把的姿势，跨步的步相，左手拉牛绳的手势，及左右手与步子是如何协调一致。耕了三个来回，停下，蔡顺灿对儿子说："友洪，你来试试。"蔡顺灿就蹲在田埂上抽起旱烟来。

蔡友洪嘴里喊一声"起——"，再用左手中的牛绳拍打一下牛身，水牛猛地跑起来，因蔡友洪没把住犁把，犁头就拱了上来，于是那头水牛拖着空犁狂奔起来，蔡友洪拉都拉不住，只好跟着牛狂奔。见状，蔡顺灿喊着："友洪，快把手中的牛绳放了。"蔡友洪没放手中的牛绳，仍跟着牛奔跑着，边跑边说:"看我等会儿怎么抽你。"

那头水牛突然止步,急转身,低下头,冷不丁地朝蔡友洪冲来。蔡友洪没有及时反应过来,被水牛的头撞出去丈把远,还未待蔡友洪爬起来,那头水牛又冲向蔡友洪,并用锐利的牛角挑起蔡友洪的身子,甩几下牛头,又把蔡友洪甩出去老远。那头水牛还不放过没有还手之力的蔡友洪,又用牛角挑起了蔡友洪。直到蔡顺灿冲上来,揪住牛鼻子,才降伏那头野性十足的雄性水牛。蔡友洪躺在地里爬不起来。蔡顺灿走上前一看,只见儿子腹部处直往外淌着血。蔡顺灿丢下牛不顾,背起儿子就往夏港赶。

那头水牛却很怪,自己做了错事心里一点不急,或许是刚才用力过度,累了,于是就趴在地里,守着那把犁,眯起眼,打起盹来。

已过了吃中饭的辰光,不见蔡顺灿与蔡友洪回家吃午饭,蔡顺喜就来到自家地里,只见那头水牛独自趴着,却未见蔡顺灿父子俩的人影,心里就犯起嘀咕来:"这父子俩怎么一回事,放着牛弗管,地弗耕,会野到什么地方去呢?"蔡顺喜想,"二哥和大侄儿,弗会出什么事吧?要出事,哪又会出什么事呢?"蔡顺喜想破了脑袋,还是想不出蔡顺灿他们会出什么事。于是,蔡顺喜牵着自家的那头水牛回家去了。

傍晚时分,蔡顺灿回家了。一家人正在吃晚饭,父亲蔡应川和弟弟蔡顺喜急急地问:"你们去哪儿了?""友洪,终于没事了。"蔡顺灿饿死了,中饭没吃,肚皮都饿瘪了,正在大口地吃着一大碗冷饭。"友洪被我们家的牛,用牛角挑破了肚皮,流了弗少血,现在躺在夏港秦医生诊所里的病床上,血止住了,已上了药,没什么大事了。"一碗饭吃完,"新娘娘"又给蔡顺灿盛了第二碗饭。"我们家那头牛,与友洪简直是一对冤家,互弗买账。"蔡顺灿咽下一口饭后说,"可在我手里,我们家那头牛,就像小姑娘,很听话。""既然这样,那就让友洪离牛远点。"蔡应川说,"今后,放牛的事,我来吧。我年纪虽大了一点,但牛还是放得动的。"吃过晚饭,从家中取了些钱,再拿了蔡友洪的替换衣服,蔡顺灿又摸黑去了夏港秦医生的诊所,陪护在儿子身边。

蔡友洪在夏港秦医生诊所里接受治疗一个多月,回家后又躺在床上休养了个把月,等他能出门时,已是秋天了。见儿子恢复得很好,没留下什么后遗症,蔡顺灿心里很是欣慰。但总有一个阴影笼罩在蔡顺灿心中,挥之不去，那就是五六年中，蔡友洪遇到三次大难：一次是遭遇日本小鬼子的枪击，一次是被土壁墙头压在下面，这次是被自家那头水牛的牛角挑破了肚皮。三次都险些要了儿子蔡友洪的命。大儿子为什么命运如此多舛？蔡顺灿准备请个算命先生给蔡友洪算算命。

中秋节前两天的下午，一位来自武进焦溪镇上有名的算命先生，被请到了蔡顺灿家里，为蔡友洪算命。蔡顺灿说了蔡友洪的生辰八字，算命先生微仰起头，口中念念有词，煞有介事："这孩子在十三岁那年，他娘走了……这孩子命苦，也很命硬，他已死过三次了。今年他十八（虚）岁，过了今年就会顺了，保他在五十年内有大福。弗过，在他六十岁那年，他又将会走近鬼门关。切记，切记……"

听了算命先生的话后，蔡顺灿及其父母、弟弟和弟媳妇，都有些将信将疑。不过有一点，他们很想希望成真，那就是十八岁以后，蔡友洪能有五十年的大福。

第三章 迎接别样的世界

一

一九四七年腊月上旬的一天午饭前，于门乡乡长石海云（江阴县于门乡北庄村人，与蔡顺灿是老相识。北庄村在蔡家店村东南方向，两村相距里把路），来到蔡顺灿家里，笑着说要在蔡顺灿家里吃饭，并点名要吃蔡顺灿亲自做的米酒。蔡顺灿一面心里想着："石乡长到家里来，会有什么事？"一面嘴上答应着："石乡长能在我家里吃饭，是弗嫌我顺灿穷，是看得起我顺灿。欢迎，欢迎。"

"新娘娘"拎得清市面，赶快去了灶间，从一只大罐头里拿出一块咸肉，又从一只小缸里拿出两条刚腌不久的鲢鱼，忙着做起菜来。正当石海云跟蔡应川、蔡顺灿、蔡顺喜父子三个聊着天时，手脚麻利的"新娘娘"，已让蔡友洪把菜端到了一张八仙桌上：一碗咸肉，一碗咸鱼，一碗焖鸡蛋，一碗炒菠菜，一碗炒青菜。石海云朝南大坐，蔡应川父子三个作陪。见蔡友洪站在桌边，石海云就说："小伙子，已成大人了，可以上桌了。来，陪我吃酒。"在爷爷蔡应川的目光鼓励下，蔡友洪红着脸坐上桌陪石海云吃酒。

"新娘娘"提了一只烫好米酒的铜酒壶，先给石海云的小汤碗里倒满酒，然后依次给公公、二伯、丈夫、大侄儿倒酒。蔡友洪见"新娘娘"给自己碗里倒酒，就站起，用左手掌按住碗口，说："'新娘娘'，我从未吃过酒，弗会吃，就弗要倒给我了。""新娘娘"笑着说："大侄儿，过了年你就十九岁了，到该吃酒的年龄了。吃吧，就吃一汤碗。"

一汤碗米酒下肚后，石海云说明来意了："顺灿，今天我来找你，弗是为了蹭顿饭吃，而是有正事找你。"石海云端起第二碗米酒，喝下一口，再揶一块咸肉放进嘴里嚼着，接着说，"我想让你当你们甲的甲长。"听到石海云这么说，蔡顺灿伸出去揶菜的筷子停住了，然后慢慢收回，再放到桌面上，站起来，恭敬地对石海云说："石乡长，我俩是邻村人，你对我蔡顺灿弗了解？论到耕田、耙田、莳秧，弗是说大话，我是一把好手。可要让我当甲长，弗行，实在弗行。石乡长，你还是去找有能力的人当吧。"

石海云喝着酒，吃着菜，不急不恼地说："顺灿，你掰着左手指头排一排，你们甲里还有几个人没当过甲长？弗要推了，甲长轮着当当嘛。你就当一年，到明年这个辰光，我就换别人当，怎么样？"蔡顺灿思忖了一会儿，还是把头摇得像拨浪鼓。"弗行。我能力有限，水平弗好，当弗了这个甲长。""弗要推三推四了。"石海云说，"当甲长又没有多少事，稻麦上场后，只要帮着政府到你甲里每户人家去收收粮食，平时再为乡里做些摊派下来的事。"

蔡顺灿还是不肯应承下来。石海云有点火了，把手中的酒碗往桌上一拖。"这酒，我吃弗下去了。"石海云站起，继续说，"顺灿，我当着你老子和你弟子的面，把话放在这里，你今天答应下来当甲长，我认你顺灿这个人。如果弗答应下来，明年给你增加五担稻谷的田赋。还有，你家以后有事，也弗要来找我石海云。我弗会为你说话的。"

见石海云把话说得这么重，这么绝，蔡应川就先替蔡顺灿应承下来了。于是，石海云又笑着坐了下来，端起酒碗继续喝酒了。"还是老蔡识时务。"见石海云强迫自己父亲当甲长，蔡友洪有点敢怒不敢言，因心里窝着火，便端起酒碗，"咕咚"一下，把大半汤碗酒倒进肚里。当石海云夸奖蔡友洪"好酒量"的话还没说完，蔡友洪坐不住，身子往后一仰，便倒在地下，没能爬得起来，是父亲把蔡友洪背了回去。躺在床上，蔡友洪只觉得肚里在翻江倒海，忍不住，吐了，吐了个一塌糊涂，然后闷睡，直至晚上七点才醒来，直喊头痛，并发誓，从今往后滴酒不沾。蔡友洪说到做到。在以后的岁月里，蔡友洪从未沾过一滴酒。

来年开春后，蔡顺灿心里很烦，常生闷气。生谁的气？生他自己的气。蔡顺灿常责怪自己，当时为什么心里一软就把当甲长的事揽下来了呢？现在可好，自己不能像往年那样，一门心思地搞春耕生产，而是要干吃力不讨好的被人骂得罪人的苦差使。

那么，蔡顺灿不愿干但又不得不硬着头皮干的苦差使是什么呢？是伐木、砍竹，摊派组织本甲的壮劳力去江边滩头工地，为国民党军队在江滩上扎竹篱笆，在江堤上筑地堡，听说这是在封锁长江，严防共产党的军队从江北打过长江来。甲里的人，也即是蔡家店村上的人，对国民党一肚子怨气、怒气，却发泄到了老实巴交、忠厚地道、平时经常帮助村里人的蔡顺灿身上，因为他是甲长，他在为国民党做事，侵犯了他们的利益，所以，有的当面顶撞蔡顺灿，有的当面谩骂蔡顺灿，有的背底里诅咒蔡顺灿。但顶归顶、骂归骂、咒归咒，只要一看到蔡顺灿求人的那种可怜状，村人们就起了恻隐之心，唉声叹气道："顺灿，实在弗容易。他本弗愿意当这个甲长，是被逼无奈，是轮到他逃弗过去。谁当这个甲长，都弗会比顺灿好。所以啊，将心比心，就弗要太为难他了。在这个乱世，谁都活得弗容易。"

蔡顺灿忙前忙后，没有一分工钱，反而是赔饭贴工夫，为国民党军队做了三个多月的白差工，非但没捞到一点好处，反而遭到区长、乡长、保长们的数次训斥，斥骂蔡顺灿办事不力，工作拖拉，延误工期。蔡顺灿像孙子似的，低着头听训斥，心里则坚定地想，做到今年年底，干满一年，我一定把头上这顶甲长帽子掼给别人。我再也不受这种窝囊气了。

夏收夏种前的一天下午，蔡顺灿去乡里参加完会议回到家，心事重重，只是一个劲儿地一筒接着一筒抽旱烟，脸色凝重，眉头紧锁，就是在吃晚饭时，也是心不在焉。蔡应川见儿子很少这种样子，禁不住问："顺灿，遇到了什么过弗去的事？""……当初，我真弗该接甲长这个差使。"说完，蔡顺灿走出门。蔡友洪随即也出门，跟在父亲的后头。

父子俩从蔡顺喜家里出来，走回他们的家。"阿爹，今晚，你怎么啦？愁眉苦脸的。"蔡友洪说。"下午到乡里开了个会，"蔡顺灿说，"乡长说了，今年，每亩田的田赋要比往年增加三分之一。""田赋也收得太多了吧，还让我们种地的人活弗活了？"蔡友洪急急地说。"唉——乡长说他也没办法，说是上头压下来的任务。乡长说，新四军准备过江了。为了弗让新四军过江，听说很多国军都布防到了长江边上，还听说，江阴城往东的江边上，突然来了好几万国军，有一种与新四军决一死战的架势。因为要打大仗了，所以要多征军粮。""打什么仗呀，"蔡友洪说，"前几年打仗，那是为了赶走日本人。日本人早滚蛋了，现在是中国人打中国人，死的也都是中国人，活受罪的还是中国的平民百姓。这仗打得有意思吗？我弄弗懂。""儿子，弗要说你弄弗懂，就是你阿爹也弄弗懂这个世道。"蔡顺灿说，"这样一来，今年我们家又要多缴五六担粮食了。明年，我们要收紧裤腰带过紧日子了。"

麦子上场后的征粮工作，蔡顺灿做得不算辛苦，可稻子上场后的征粮工作，蔡顺灿做得很不顺利，村上的人都推三推四，说自家地里的收成不好，完不成上头摊派下来的缴粮任务，一句话，就是不愿多缴粮食。蔡顺灿也学精了，不上门去一家一户催缴粮食了，而是自己带头完成上头摊派给他的缴粮任务后，就日出夜归地到外面去做小生意了，贩卖生姜、酱油等，一天下来，也能挣得几个油盐钱。

半个多月后的一天上午，乡长石海云就找上门来，把蔡顺灿痛骂了一顿。蔡顺灿不说话，只是一个劲儿地赔着笑。让石海云骂完，心里有些舒坦了，蔡顺灿说："石乡长，今天别走了，我陪你吃米酒。""我才弗吃你的酒。"石海云说，"弗过，我是讲信用的，答应让你当一年甲长，就让你当一年。今天我来，就是告诉你这件事的。话还得说回来，你顺灿这个人，本质上很弗错，厚道，人老实，就是能力差一点，确实弗是当甲长的料。还有啊，正当征粮工作处在紧要关头的时候，顺灿啊，你跟你儿子弗知去了哪里，把我急得，是我帮你擦了屁股，完成了你甲里的缴粮任务。所以，今天你留我吃酒，我吃定了，弗走了。哈，哈哈，今天天气真好。"

石海云喝得心满意足地走后，蔡顺灿也如释重负。他头上的那顶甲长帽子，就像一只烫手山芋，好不容易地被他甩掉了。

二

一九四八年隆冬的一天晚上，谢平济突然来到蔡友洪家，有点让蔡友洪不敢相认：一个头戴棉帽，鼻梁上架着一副金边眼镜，身穿棉袍，脚穿一双棉布鞋的人，站在蔡友洪面前。当认出站在自己面前的，就是自己常想念的已有六年不见的谢先生时，蔡友洪激动地握住谢平济的手，说不出一句话。

蔡友洪家有两间半屋，分三处。蔡顺灿和小儿子禹洪住在一起。蔡友洪住在后厢屋里，独自住一间屋，前头半间是房间，后头半间是猪圈。谢平济是从后门进屋的。当谢平济坐在蔡友洪的床铺上后，蔡友洪问："谢先生，吃夜饭了吗？""吃过了。"谢平济说。"谢先生，天这么黑，你怎么熟门熟路地找到我家的？"蔡友洪问。"我是你谢先生呀，哪有先生找弗到自己学生家的呢？"谢平济笑着说。

床头旁一张小桌上的一盏小油灯里的如豆灯火，闪着昏黄的光，在这灯光下，谢平济的右手握着蔡友洪的右手，侧面对坐着。"友洪同学，谢先生今天来找你，是有话跟你说。"谢平济庄重地说。因激动，蔡友洪的右手心里已出汗了。蔡友洪的右手从谢平济的右手掌中慢慢抽出，像当年做学生时那样，恭敬地站着，聆听谢平济的教导："谢先生，你说，我听着。"谢平济让蔡友洪坐下，蔡友洪仍站着，说："我弗敢跟谢先生平起平坐，弗能坏了规矩。"

谢平济望住蔡友洪紧张且严肃的脸，忽然笑了起来，说："友洪同学，你一点没变，还是当年在学校读书时的样子。我喜欢。可是，我现在弗是你的先生，而是你的朋友。从年龄上说，我只弗过大你十五六岁，是你的大哥。坐下，这样，我们就可以说说话。如你站着，我怎么好意思开口跟你说话？"

听谢平济这么说，蔡友洪就忐忑地又坐到了谢平济的身旁。"我叫谢平济。"谢平济说，"当年，我弗是失踪了，而是去了江北。我是北边人（当年人们都把新四军和共产党人，比作'北边人'）。"接着，谢平济给蔡友洪讲了苏北土地改革和共产党军队快要打过长江的形势。蔡友洪竖起耳朵，仔细地听着谢平济说的每一句话。谢平济说的事，是蔡友洪从未听说过的。谢平济描绘的苏北解放区人民土改后翻身得解放的那种人人平等的新奇且美好的崭新社会，令蔡友洪憧憬，神往。"友洪，"谢平济站起，握紧蔡友洪的手说，"你愿意的话，今夜就跟我走。"

"谢先生，我很向往你刚才讲的那种苏北人已过上的那种新生活。"蔡友洪说，"我很想现在就跟你走。可是，我离开家跟先生你走，是一件天大的事，我得跟我阿爹商量一下。如果我突然一走了之，我阿爹会受弗了的……"蔡友洪禁不住轻轻地哭了起来。"谢先生，你可能弗晓得，你离开学校第二年的秋天，我娘就生病死了。为了弗让我和弟弟受委屈，我阿爹咬住牙弗肯续弦，和我们相依为命。如果我一声弗响地走了，那是要我阿爹的命的。谢先生，允许我跟阿爹商量一下，好吗？"

"可我没时间等你。今夜我要在你这里住半宿，天弗亮必须得走。"谢平济说，"听你刚才说的，你是懂事的孩子。这样吧，下次，我如果还有机会来找你，希望你能跟我一起走，一起参加革命。如果没有机会了，友洪，请记住先生的话：任何时候、任何情况下，你要坚定地相信共产党，跟共产党走。共产党现在是为穷人翻身获解放打天下的党，以后坐了天下，是为广大人民谋幸福、让广大人民过上好日子的党。还有，你要以实际行动迎接新中国的到来。"

"谢先生，你说的话，我记在心里了。"蔡友洪说，"谢先生，你是专门来找我的？""友洪同学，你弗该多问，先生也弗便多说。这是我们的纪律。"

天未亮，谢平济就走了。之后，谢平济再也没来找过蔡友洪。解放后，蔡友洪曾多年打听，终未打听到谢平济的任何消息。不过，谢平济给蔡友洪说的"在任何时候，任何情况下，你要坚定地相信共产党，跟共产党走"这句话，让蔡友洪记住了一辈子，也践行了一辈子。

但谢平济讲的有关苏北解放区在土改中"把中农土地彻底平分"的事，使蔡友洪有点心神不宁。蔡友洪心里好几次算过这样的账：蔡家店村按人头平均算，每人不到一亩半地，而他家和小叔蔡顺喜家合起来有十八亩地（其中两亩地是去年由蔡顺灿买下的），两家共有九个人，平均每人两亩地。如按苏北土改的标准，他家要献出近五亩地给缺地的人家平分，这怎么行呢？这十八亩地，可是他阿爹和上两代人吃辛吃苦用血汗钱换来的，怎么就能平白无故地分给人家呢？蔡友洪为这，心里纠结着，因而一连好几天都闷闷不乐。

一天上午，父子俩在麦地里拍麦。蔡顺灿问儿子："友洪，你有心事？""没有，"蔡友洪有些心慌地说，"阿爹，我哪有什么心事？""你看看，"蔡顺灿说，"连儿子都弗肯跟老子说实话，看我这个老子当的。"听父亲把话说到这份上，蔡友洪不想隐瞒了，就跟父亲说了实话："谢先生前几天来找过我了。""谢先生找过你？"蔡顺灿止步，侧过身，问儿子。"他还活着？他找你有什么事？""谢先生要我跟他去江北做事。"蔡友洪说。"你答应了？"蔡顺灿问。"答应了，我今天就弗会跟你一道拍麦了。"蔡友洪说，"我跟谢先生说，我要和我阿爹商量，因为这是天大的事。""……你的真实想法呢？"蔡顺灿问。"如果谢先生再来找我，我一定会跟他走的，到时你要拦也拦弗住的。"蔡友洪说。"哼——你翅膀硬了，敢这样跟老子说话了。"蔡顺灿掮起拍麦的小木榔头就往家走。但到了嘴边的"把中农土地彻底平分"的那句话，则被蔡友洪咽进了肚里。蔡友洪怕父亲听后会日夜睡不好觉。蔡友洪深知，对父亲而言，土地就是他的命根子，土地就是他的一切。要父亲把自家的地拿出来分给缺地少地的人家，还不如拿把刀将他杀了。同样，对蔡友洪而言，土地何尝不是他的命根子？不是他的一切？

吃中饭时，父亲闷声不响，脸色很难看，蔡友洪就不看父亲那张难看的脸。吃完午饭，蔡友洪跟父亲说："阿爹，昨天已进入腊月。我弗想待在家里等过年，想在过年前出去做生意，买卖山地干货。"听儿子这么说，蔡顺灿绷紧的脸开始舒缓开来，说："这才像吃饭创家立业的样子。要多少本钱，阿爹给你。"

蔡友洪起早贪黑，早晨挑着山地干货担子，或到夏港街上，或到申港街上，或是转村头售买，下午两三点钟，则到江阴北门浮桥头批货，到家往往是过了吃晚饭的时间。辛苦虽辛苦，但蔡友洪心里甜滋滋的，因为买卖山地干货，中间赚头不小，二十多天吃辛吃苦下来，仔细盘账算算，居然赚到了一头小肉猪的钞票。蔡友洪铭记父亲常说的一句经典话："好日子，天上掉弗下来，地上长弗出来，河里汆弗来，要靠俭勤（古音读 jìng）做出来。"

尝到甜头的蔡友洪，一过完一九四九年的春节，又挑了一副苗篮，做起了换糖换针线的小生意，并兼卖生姜，一春三小生意做下来，又赚了一笔可以捉一头小猪的钱。蔡友洪天生是一块做生意的料，善于捕捉商机，且又细心，算账很精明，吃亏折本生意从来不做。蔡友洪还有一个习惯，而且这个习惯保持了几十年，就是喜欢记账。每天做生意回到家，吃过晚饭，尽管很累，他总要盘货记账，算一算今天卖出了多少，还剩余多少，本钱是多少，卖了多少，赚头是多少。每笔账的进出，他记得清清楚楚，算得明明白白，分毫不差。连父亲蔡顺灿都说："友洪，在做生意方面，我远弗如你。"

三

进入一九四九年三月，连蔡家店村上的人，都已感到大战在即，因为驻扎在新沟口、蛇沟口的国民党士兵，隔三岔五地要到靠近江边的马桥头、匡家店、后北庄，有时也会到蔡家店、金家店、曹家店、朱家店、小铺头、大铺头等村庄，抢劫财物，这是很反常的，因为自一九四六年底有国军驻扎在新沟口、蛇沟口起，没有发生过士兵抢劫老百姓家财物的事，很守规矩和纪律的，见到老百姓也不像日本兵那样凶神恶煞。

尤其是四月二十一日发生的事传到蔡家店，使蔡家店村上的人，大大小小都心惊肉跳：这天大清早，驻扎在蛇沟口的国民党二十一军二三〇师一部，横冲直撞来到前北庄，用枪托猛砸刘四度家的门，还没起床的刘四度听到"嘭嘭"的砸门声，赶紧披衣下床去开门。门刚打开，一个国民党士兵二话没说，上去一刺刀，就把刘四度捅死了。国民党士兵抢了刘四度家值钱的东西，就扬长而去。这天上午，国民党军队的士兵，又窜到前北庄、小铺头，强行拉夫，用枪把石生保、童宝荣、曹朝云、曹玉忠、曹玉兴等二十多个青年人逼进军营，让他们搬运武器弹药、军粮等，抬往无锡，然后装上火车，运往上海。

"看来，新四军大部队要过江了，否则，国民党军队为什么会忙着拉夫把东西运走呢？"这天晚上，刚吃过晚饭，蔡家店村上的人，又聚在蔡顺灿家门口，公开地议论着。"看来，天真的要变了。""会变成什么样呢？"有人问。"总归比现在国民党的天下要好。"蔡友洪说。"友洪，你怎么晓得的？你听谁说的？"有人问。"……没有人跟我说。我是猜的，也是我希望的。"蔡友洪说。"友洪说得没错。"有人说，"天应该越变越好，否则，我们怎么活？眼下这样的苦日子，谁还愿意继续过下去？还弗如投长江死了好。"

这天晚上七点多钟，人们刚从蔡顺灿家门口散去，回到家躺到床上还没来得及进入梦乡，江北开始向江南打炮了。不知道江北有多少门大炮在打炮，也不知道打出了多少发炮弹，打了多长时间，总之，炮弹落到江中或南岸江滩上爆炸时的巨响，震得蔡友洪睡的竹榻床在剧烈晃动，住的房屋在摇动，屋上面的瓦纷纷坠地，不停地发出啪啪声。蔡友洪躲到床底下，心里很是害怕，生怕自己被炮弹炸伤，同时蔡友洪心里又很激动，谢平济给他描绘的令他憧憬的人人平等、人人能过上好日子的别样的崭新社会，很快就要到来。他日思夜想的谢先生，又将会很快与他见面……

蔡友洪不知道的是，四月二十一日晚上八九点钟，中国人民解放军二十九军二四四团一营，作为渡江突击营，首先强攻突破江防要隘新沟口敌人滩头防线，迅速击溃敌军一个排。该营一连攻下敌军滩头一个地堡火力点后，立即向西逼近东江头，击溃守敌一个班，迅速占领子庄村和华家店，接着占领徐村。该营二连和三连从新沟口上岸后，打退了一个敌军连的反扑，接着与蛇沟口顽固抵抗的敌军进行激战，击溃了敌军，大批敌人向南逃窜。他们进一步扩大战果，巩固滩头阵地，保证后续大部队顺利渡江。六个突击营全部上岸后，晚上十点，解放军二十八军大部队全面渡江。

蔡友洪知道的是，四月二十二日拂晓，一支穿着黄色服装的部队（这支部队为二十八军二四九团二营，营长聂启洲、教导员郑立洲）来到金家店，稍事休息，等待迟登岸、未赶上来的六连二排与三排。一夜难眠的蔡友洪，听说一支穿黄色服装部队已到金家店后，就和同村的几个年轻人，奔跑到金家店，只见当兵的都坐在外面的场地上，一个也不肯进屋。金家店村上的人，则为解放军战士烧开水、摊面粉饼、煮鸡蛋。蔡友洪积极投入接待中，起劲地给解放军战士送开水，并打听谢先生的消息。可被问的人都摇头，表示不认识谢平济这个人。

雾很大，五步之内，只听见前面人的脚步声，却看不见人影。在雾霭的掩护下，在金和尚（金根林）向导下，部队又从金家店出发了，经过施家店，向东南方向的小铺头、朱家店挺进。当二营先头部队欲从小铺头与朱家店之间穿过镇澄公路时，与由西向东奔来阻击的据守申港的国民党二十一军二三〇师一部相遇，李沟头遭遇战就这样打响了。经过两个多小时的激战，营长聂启洲率领主力部队突出重围，按原作战部署，向舜过山挺进。营教导员郑立洲及一百多位战士，为掩护部队突出敌人重围，壮烈牺牲。这是渡江战役中在江阴境内的最大规模，也是最惨烈的一次战斗。

二十二日下午三时左右，二四九团后勤部队来到李沟头打扫战场，收拾被遗弃的武器弹药，掩埋烈士尸体。蔡友洪和附近村庄上的人一起，自发组织起来，帮助部队挖土坑，抬尸掩埋。蔡友洪内心受到极大的震撼。他想，牺牲的解放军战士，年龄大都与他相仿，他们为什么要打过长江？他们为什么不怕死？难道他们都没有父母？莫非，他们就是为了如谢先生所说的那个别样的崭新的社会？蔡友洪对他的同龄人肃然起敬，同时也经受了一场灵魂的洗礼。

一九四九年四月二十三日，江阴全境解放。四月二十三日晚，中共江阴县委、江阴县人民政府组成人员进驻江阴城，二十五日挂牌，正式对外办公。接着，一市四区的人民政权相继成立，辖四十一个乡、镇。区委给乡、镇派政治指导员，再由政治指导员委任乡、镇长，仍沿袭保甲制。原于门乡划归澄西区申港镇。

五月中旬的一天，蔡顺灿收到甲长送来的一张纸，因不识字，也就不知道纸上写了些什么。字是仿宋字，人工刻写，油印的。蔡顺灿把那张纸给了蔡友洪："你识字，帮我看看，纸上面写了什么。"蔡友洪接过纸仔细地看了起来，纸上的字不全认识，但能看懂大概的意思。"政府要我们献粮，支持解放军解放大上海。"蔡友洪说，"阿爹，我家可要带头啊。""弗要瞎起劲，"蔡顺灿说，"我肚里比你有数。"

没过几天，全保每户的当家人都集中到马桥头的孙家堂开会。蔡顺灿参加了会议。一个穿黄军装的三十多岁的男人，站在与会者前面，左手叉着腰，右手不停地做着不同的姿势，讲着献粮对解放大上海、解放全中国的必要性、重要性，讲了主动献粮如何如何光荣。蔡顺灿听明白了，穷的人家是借粮，到秋征时抵扣，富裕的人家是献粮。根据会上讲的，蔡顺灿家应该属于献粮的对象。而献粮是不抵扣今年秋征任务的，是额外的。蔡顺灿听了心里有一种隐隐的痛，但不反对政府这样做。他的态度是，不当积极分子，也不当落后分子，跟着保长、甲长走，跟着积极分子走。

开完会回到家，蔡友洪问父亲："阿爹，我们家要献多少斤粮食？""没有具体任务要求，"蔡顺灿说，"全凭良心。""我们家准备献多少？"蔡友洪问。"你想献多少？"蔡顺灿反问。"元麦快要上场了，弗要多久，小麦又可以上场了。我想，家里还有四五百斤稻谷没碾成米，家里米囤里还有头两百斤大米，在弗会饿肚皮的前提下，我们可以把没碾成米的四五百斤稻谷全部献出，争当积极分子，给政府留下个好印象。"

"你这个弗当家弗晓得柴米贵的东西，你倒器量弗小，一张口就要献四五百斤粮？亏你想得出、说得出口来。"蔡顺灿不满地说。"阿爹，这弗是器量大小的问题，而是识弗识大体的大问题。"蔡友洪说，"阿爹，我有一桩事体，一直放在肚里没有说，看来，今天该说出来了。""什么事瞒着阿爹？"蔡顺灿问。"阿爹，你知道去年冬谢先生找我给我说了什么吗？"蔡友洪问。"谢先生给你说了什么？"蔡顺灿反问。

蔡友洪跟父亲说了苏北解放区土改的事。蔡友洪说："根据谢先生讲的情况看，如果江阴也搞土改，我们家就是中农，到时我家多出的土地就要交出去给人平分。我们的手臂扭得过人民政府的大腿吗？阿爹，如果我们这次早献粮、多献粮，给政府一个好印象，给群众一个好口碑，那么，结果会怎样？阿爹，你有没有这样想过问题？尽管中国没有全部解放，但共产党坐天下是板上钉钉子的事，坐定了。阿爹，我们可要顺应大势啊。"

蔡顺灿认为儿子说的话有道理，便把没碾的四五百斤稻谷献给了解放军，果真受到了上级政府的表彰。

四

就在蔡顺灿献军粮的那天下午两点钟左右，三架国民党军机飞到夏港六圩江边上空，投了数枚炸弹后，就赶紧往上海方向溜走了。六圩西距新沟口不足两公里。巨响的炸弹爆炸声，突然把还在献粮的蔡家店村人的心，震到了喉咙口。他们惊恐地睁圆眼睛，倒吸着冷气，痴痴地望着三架飞机向东南方向远去，说不出一句话来。等到人们回过神来，顿然炸开了锅，议论纷纷。负责收粮的一位穿黄军装的干部说："乡亲们，别害怕，别担心，国民党、蒋介石注定彻底灭亡的命运，是改变弗了的。我们主动热情献军粮，就是为了尽早尽快彻底消灭国民党军队，让大家过上安宁祥和的生活。"

蔡顺灿惊呆住了，两腿发软，双手发抖，人开始摇晃，有些站立不住。见状，蔡友洪走过去，扶住父亲，问："阿爹，你这是怎么啦？""这粮，还要弗要献？"蔡顺灿声音颤抖地说，"蒋介石的飞机，丢了炸弹刚走，要是再来呢？"蔡友洪明白了父亲的意思，口吻坚定地说："献，一斤也弗能少。我相信共产党。"

事后人们才知道，国军三架飞机不是来轰炸江阴城的，而是来轰炸搁浅在六圩江滩上的国民党的"兴安"号军舰。蒋介石不甘心将这艘受到严重损伤的军舰，留给刚在江阴组建的中国人民解放军海军。

军粮献完，蔡友洪和父亲一道开始收割麦子。麦子收完，开始耕地，晒了好几个太阳后，开始给地里上肥，车水，做田，耙田，莳秧。莳完秧，已然夏收夏种结束，时间已进入七月了。

正是苏南的梅雨季节。

一连下了五天雨，时大时小，时下时停。一天，蔡友洪捎了一把钉耙，去给自家几块低洼的水稻田里放水，可水放不出去，因为田旁一条漕河里的水位，与水稻田持平了。望着自家被淹的水稻田（当然被淹的水稻田是一大片），连秧梢都看不见，完全淹没在水下，蔡友洪心里很焦急。可焦急也没有用，人是斗不过天的，农民就得靠天吃饭。

七月十日那天，又连续下了五六个小时的大暴雨。紧接着的是强台风和大暴雨。二十日，天还未全亮，靠近江边的马桥头、匡家店，突然大哭大喊起来，并敲响了铜锣。"江水漫过江堤啦！""江水倒灌啦！""快去筑江堤啊！"蔡友洪和村上人一起，拿起工具，冲向村后的江提。

据《江阴市志》记载，江阴沿江的晨阳（今属张家港市）、要塞、夏港、澄西等地区严重受灾。江、港、圩堤决口一百六十四处，被淹农田十七万亩，倒塌房屋七千五百七十二间，淹死八十人，受灾人口近十三万人。面对险情，中共江阴县委、江阴县人民政府紧急动员全县人民，火速征集门板、蒲包、树桩、毛竹，组织民工奔赴江堤，加固加高江堤，抢修危险江堤。

为了加固加高江堤，蔡友洪把家里仅有的三十多只麻袋和长布袋，全都拿到江堤上装进土，然后垒在江堤低凹处。为这，蔡友洪还跟父亲吵了一架。蔡顺灿骂儿子是"败家子"。蔡友洪回敬父亲是"小气鬼"。蔡友洪说："阿爹，你怎么这么弗明事理呀？现在是非常时期，你还肉痛几只麻袋和布袋？如果江堤保弗住，决堤了，弗要说是几只麻袋和布袋，就连我们的房屋，我们所有的一切，都将被决堤的江水冲个精光。我的阿爹呀，我们要算大账，弗要老是算小账，盘算自己的小九九。"

被儿子这么一数说，蔡顺灿心里虽不服气，但开始另眼相看儿子了，认为蔡友洪真的长大了，长得比他有出息了。在工地上，蔡顺灿也和儿子一样，总是冲在前头。至七月底，居高不下的长江水位终于下降了。随着长江水位的不断降低，内河水位也随之不断降低，因而低洼田里的水也可以流进内河了，但秧苗全烂了，补莳秧已不可能。蔡顺灿将自家被淹严重的三五亩水稻地，全部种上了绿豆。虽过了播种的好时光，但总比荒着好，到秋收时能收成多少就多少吧。

九月上旬，江阴县委、县政府进行行政区划调整，由原来一市四区四十一个乡、镇，调整为十一个区一百二十八个乡、镇。于门乡又恢复独立建制，隶属夏港区，首任政治指导员为赵阿清，首任乡长为单森燮。乡公所设在于门曹氏宗祠。蔡家店仍隶属于门乡第三保。

九月二十九日（农历八月初八），蔡顺灿家迎来了一桩大喜事：大儿子蔡友洪订婚，对象是同村的蔡友娣。媒人是蔡顺度的两个弟弟，也就是蔡友娣的两个叔叔。蔡顺度两个弟弟之所以要为侄女和蔡友洪做媒，基于两种考虑：一是蔡友洪与蔡友娣是两小无猜，青梅竹马，他俩相好的事已是公开的秘密，给他俩做媒，是成人之美，大好事一桩；二是蔡顺度最小弟弟的儿子蔡阿明，嗣给蔡顺度当了儿子，而在他们看来，蔡顺灿家是小康之家，蔡友洪又比较能干，会挣钱，对大人又孝，且讲道理，把蔡友娣做媒给他，以后蔡友洪定会更多地照应蔡阿明。

初八上午十时左右，两个媒人走在前面，蔡友娣的大叔手里拎着一只包袱，里面放有送给女方的礼金、首饰、布料等聘礼；媒人后面是一个小伙子，是蔡友洪的一个舅家老表，挑着张八月半的包袱；蔡友洪等人走在后面，朝蔡顺度家走去。将到女方家门口时，女方要放两个炮仗，这叫迎亲炮仗。进得蔡顺度家，媒人先把里面放有聘礼的一只小包袱和张八月半的两只大包袱，放到八仙桌上，再由女方母亲拎回房间，把能收下的东西从包袱里拿出来，不能收下的仍放在包袱里，然后扎好包袱，待男方人走时，再由媒人带回男方。

当妻子在房里整理包袱时，蔡顺度则招呼男方接亲的人坐到八仙桌上喝起酒来，半个小时后，再给男方迎亲的人每人一碗水潜鸡蛋，每碗六只。鸡蛋不能全部吃掉，一般碗里要剩两只鸡蛋，这叫"有吃有剩"，即有剩余的意思，讨个吉利。之后，男方接亲的人就要起身。男方接亲人走时，女方也要放两个送亲炮仗。

事先看好了时辰。中午十二时十八分，接亲的人准时来到蔡顺灿家门口，在喜庆热烈的炮仗、鞭炮声中，在村上人的笑声中，蔡友洪散发着喜糖、喜烟。蔡友娣掩嘴笑着，在男方两位女长辈的搀扶下，神圣地跨进了蔡友洪家的门，尽管这道门蔡友娣不知进过多少回，但性质有着根本的不同。

订婚酒是"送账酒"，亦叫"放债酒"，是不收礼的，仅是长辈们出两个见面钱给新娘子。蔡顺灿办了八桌酒席，主要近亲、蔡氏近房里的人全部请到。中午吃的是面条，晚上才喝喜酒。晚上坐席后，在给长辈们敬酒时，蔡友洪实话实说自己不会喝酒，实心实意地以茶敬酒，再诚心诚意地给长辈们一个个斟酒。

订婚后的第二天，亦即十月一日，是一个伟大的日子。这一天下午三时整，伟人毛泽东站在北京天安门城楼上，庄严地向全世界宣告：中华人民共和国中央人民政府，今天成立了！可是，由于当时通信十分落后，蔡友洪（包括当时广大的农民）还不知道这一重大喜讯，等他知道时，已是十月六日了。

这天一早，蔡友洪和蔡友娣在订婚后第一次也是两人相恋后第一次，双双对对步行去江阴城里玩，一进入西横街，就看到街面上贴满用红绿纸写的标语："热烈庆祝中华人民共和国成立！""共产党万岁！""毛主席万岁！"蔡友娣不识字，问蔡友洪："那些红红绿绿的纸头上，写了些什么东西？""中华人民共和国成立了。"蔡友洪说。"什么叫中华人民共和国？我们弗是一直说的是中华民国吗？它们有什么弗一样？"蔡友娣问。"我也弗晓得。"蔡友洪说，"还写了'共产党万岁！''毛主席万岁！'""共产党听说过，毛主席没听说过。毛主席是谁呀？只听长辈们说，打过长江来的部队，是'朱毛'（朱德、毛泽东）的部队。"蔡友娣兴奋地说。"我也弗太清楚。"蔡友洪说，"以后，我们会晓得的。"

蔡友洪、蔡友娣来到中山公园，见到建筑物的墙壁上也贴有很多标语，标语内容与西横街上的大体相同，仅是多了这样一条："中国人民站立起来了！"望着这条标语，蔡友洪有点不解。"为什么说'中国人民站立起来了'？是什么意思呢？"见蔡友洪望着这条标语不走，蔡友娣问："上面写的是什么？"蔡友洪回答："说是中国人民站立起来了。"听了，蔡友娣"噗"地笑了出来："城里人真新鲜，说话说到乡下人听弗懂。什么叫中国人民站立起来了？我，还有你友洪，从开始会走路那天起，哪天弗是站直身体走路，躺直身体困觉？城里人真新鲜。"两人由公园的南门进去，一路走去，先后看了"忠邦亭"、孙中山先生纪念塔、荷水池、雪浪湖、香雪亭等。

转了一圈，又从中山公园的南大门出来，来到大街上，去了陆星兴小吃店。人刚坐下，跑堂的就立即走上前，低头哈腰极其热情地问蔡友洪："来点什么？"蔡友洪第一次来到陆星兴小吃店，也是有生以来第一次坐馆子，显得有些拘束。"有什么好吃的？"蔡友洪问。"陆星兴小吃店最有名的是小笼包子。"跑堂的说。"那就来两笼。"蔡友洪说。"好嘞，"跑堂的说，"稍等，两位客官。"

陆星兴小吃店生意兴隆，食客很多。在吃小笼包子时，蔡友洪听旁桌的两个男人在议论，说下午一点，在江阴县立公共体育场举行大集会，晚上还要举行万人大游行。蔡友洪听后心里有点痒痒，就凑上去问："体育场在哪里？"那两个男人望了蔡友洪一眼，又朝蔡友娣望了一眼，其中一位笑着说："原来是乡下人，怪不得连体育场都弗认得。我告诉你，体育场在民运巷底。"

吃完小笼包，又喝了一盅茶水，蔡友洪起身结账买单，而后来到街上，已见一拨拨人向体育场走去。蔡友洪和蔡友娣跟着人群，没走弯路，径直来到体育场。体育场面积有四五千平方米。体育场内人山人海，却有序地排着队。集会人群中，有穿制服的解放军战士、机关干部、工人、职员、中小学教师与学生、城里居民等。

下午一点，集会正式开始。一个中年男人主持会议，姓王，蔡友洪既没听清爽叫王什么，也没听清楚姓王的说了些什么，只听真切了姓王的说话声是常州口音。接着就是一个中年男人发表长篇大论，苏北口音，听麦克风里介绍，发表讲话的人姓纪，是江阴县委书记。姓纪的书记讲的话，很新鲜。蔡友洪、蔡友娣听后，很带劲，很激动，于是，他俩和城里人一样，高举右手，高喊着"热烈庆祝中华人民共和国成立！""共产党万岁！""毛主席万岁！""中国人民站立起来了！"的口号。

万人集会结束，太阳已是偏西了。蔡友洪、蔡友娣急忙往回赶。一路上，两人有说有笑，很是开心。"今天，我终于认得'朱毛'了。"蔡友洪说。"我也是。"蔡友娣接口道。他们两人看到的，其实是悬挂在会场主席台正中的朱德、毛泽东的巨幅画像。"会场里的旗帜实在是多，有大的也有小的，有红的也有绿的，有布的也有纸的。人们手里举着的小旗，就是用红纸做的。这么多旗帜集中在一起，简直是旗帜的世界。"蔡友娣喜不胜喜地说。

事后，蔡友洪、蔡友娣才知道，十月六日下午主持万人集会的人叫王鹏，是江阴县人民政府县长，做报告的是中共江阴县委书记纪乐天。

蔡友洪真切地感受到新中国的新变化：他从江阴城回来没过十天，他所在的于门乡第三保被废除了，保改为村，蔡家店、匡家店、马桥头为于门乡第八行政村；甲改为组。村长、组长都有村民代表选举产生。在蔡友洪看来，这一点是最大的新变化。民国时期，谁当保长、甲长，不关老百姓半点事，都是官大一级的人说了算，根本用不着老百姓选举。经村民代表选举，于门乡第八行政村村长为蔡善云。

第四章 洞开的新生活

一

一九五〇年农历六月初八，蔡顺灿家请媒人，商量蔡友洪与蔡友娣结婚的大事。蔡顺灿与两个媒人商量后，初定于农历八月十二日为蔡友洪的完婚之吉日。两个媒人向女方传话后，女方请人算了一卦。算命先生说，农历八月十二日是秋分，在节气头上结婚，不妥不吉，建议要么选在八月初八，要么选在八月十八。女方斟酌后，认为八月十八结婚比较好。两个媒人又向蔡顺灿传话，说了女方的意见，听后，蔡顺灿同意女方的意见。蔡友洪与蔡友娣的完婚日，定于农历八月十八日。

蔡友洪家拥有九亩地，按他家三口人计算，人均三亩地，就这方面而言，蔡友洪家底不薄。其实，这仅是表面光鲜而已，实质上蔡友洪家并不富裕。蔡友洪家这种现象，在当年很有典型意义：家里有几亩地，但日常生活并不富裕，因为蔡顺灿及其父亲、爷爷这三代人，只要手里有了几个钱，就要千方百计地买田，因而手头常常是紧巴巴的。

所以，蔡顺灿分家时，父亲蔡应川分给他七亩地、两间半屋。分家五六年后，蔡顺灿把省吃俭用积攒起来的钱，又买了两亩地，再加上妻子病故、蔡友洪三次遇难住院治疗，花去了很大一笔钱，因而蔡顺灿没能力再造一间房子，仍住着父亲分给他的且不在一处的两间半屋：一间屋由蔡顺灿和小儿子禹洪住，前面半间是吃饭起坐的地方，摆着一张八仙桌，还有灶头；后半间是卧室。另一间是蔡友洪住着，前面半间是卧室，后面半间是猪圈，而且这间屋是在第三廒上，一点也不敞亮；还有那半间屋，是牛圈。

为了蔡友洪的婚房，蔡顺灿为难了好一阵子，征求蔡友洪的意见，蔡友洪说"这是你做老子的事"，把球踢给了蔡顺灿。总共就两间半屋，哪一间屋做婚房都不妥。怎么办？蔡顺灿找弟弟蔡顺喜商量，商量来商量去，蔡顺喜表态说："友洪的婚房，就做在我头廒屋里吧。""新娘娘"也同意。

可蔡顺灿心里还是有点纠结，心想，如果亲家公蔡顺度不同意怎么办？蔡顺灿就直接找了既是亲家公又是堂兄弟的蔡顺度，爽脆地把话给他挑明了："暂时把友洪和友娣的婚房，做在顺喜的头廒屋里，过几年再给他们造新屋。"知根知底的蔡顺度听了蔡顺灿的话后，没任何异议。征求蔡友娣意见时，她说"我是嫁给友洪这个人，弗是嫁给友洪家的屋"。

蔡顺灿吃下了一颗定心丸。按老规矩，农历七月不能动土。蔡顺灿请了媒人后，就于六月十二日动手准备蔡友洪的婚房：将蔡顺喜家头廒屋中间原有的一垛土墼墙拆掉，往后挪移一尺五，再砌一垛土墼墙。土墼墙后头是蔡应川老夫妇的卧室，卧室很狭小，勉强放得下一张双人铺。土墼墙前面隔出来的地方用作蔡友洪的婚房。由于那时的房子进深短，不足七米长；间口狭，三米左右宽。如果再砌墙头，再去掉进出大门的面积，那么可用于婚房的实际面积就很小了。于是，蔡顺灿穷思急想，请人用芦头编了芦簾，扎了芦簾墙头。如此，婚房里勉强放得下一张婚床、一顶大橱、一张梳头台、一只马桶。人在房里转身时都有点困难。

农历八月初二，蔡顺灿又请了两个媒人，由他们陪着新女婿蔡友洪去丈母娘家张八月半。按传统规矩，新女婿结婚那年，张八月半是很隆重的，也是很讲究的，既要礼品多，又要讲究礼品的种类。蔡顺灿不懂这些繁文缛节，都是"新娘娘"帮着操办的。张八月半的礼品有月饼十一卷，每卷八只，共八十八只；黑杜酒两小坛；红枣两份；红砂糖两份；桃酥两份；百合两份；藕两根等。还给女方备了三份钱：一份叫"开口钱"，即媒人代表男方正式告知女方结婚的具体时间；一份叫"祝飨钱"，即男方给女方祭祖的钱；一份叫"洗尿布钱"，即男方付给女方母亲为女儿从小洗尿布的辛苦钱。这"三钱"，不同家境的人家出的数额是不一样的，富裕的就多出些，不富裕的就少出些，但都是象征性的。作为女方，男方送去的"张八月半"的礼品，一般是收下一半，另一半退回给男方。男方备下的"开口钱""祝飨钱""洗尿布钱"，女方一般都会收下的。

农历八月十八日，是蔡友洪结婚大喜的日子。这天，蔡顺灿请了一位地方上有名的厨子到家里做菜，除邀请亲眷外，还请了族里每户一人，再加上女方三桌回亲的人，共办了十五六桌喜酒。第二天又请了女方三桌长辈。第三天是婚后三回门。一吃过早饭，蔡友洪和蔡友娣去了丈母娘家。这天是蔡顺喜请新女婿，也在家里办了五桌酒席。三回门后，蔡友洪与蔡友娣，开始了既幸福甜蜜又饱含艰辛的新生活。

十月下旬的一天下午，秋忙早已结束，于门乡第八行政村在蔡家店村上召开村民代表会议。会议由村长蔡善云主持，任务是选举村农会主任、村财粮委两名主要村干部（当时每个行政村只有三位村干部：村长、村农民协会主任、村财粮委员）。于门乡政治指导员赵阿清及乡农会主任曹坤林、乡财委曹明才、乡民兵队长金本度莅会。

按会议通知要求，会议对象是每户当家人与会。那天下午，蔡顺灿刚好要为马桥头一家商户去江阴北门浮桥头挑酱油，没空参加会议，便在吃午饭时对蔡友洪说："友洪，下午村里要开会，你去参加吧。我没空。友洪，今天跟你说好了，以后凡有类似的会议，我有空也弗去参加了。""为什么？阿爹，我又弗是家里的当家人。"蔡友洪说。"你早晚要当家的。"蔡顺灿说，"再说，我脑子没你好使，脑筋没你转得快。阿爹相信你。"

会议主持人蔡善云做了开场白后，乡政治指导员赵阿清发表了讲话。赵阿清讲了一大通大好革命形势后，才回到大会的主题上：为什么要民主选举村农会主任和村财粮委？赵阿清说："首先说说为什么要大家来选举你们村里的农会主任和财粮委？因为现如今是新中国，我们进入了新社会。那么，这'新'体现在什么地方呢？体现在两个方面：一方面是共产党和毛主席的领导；一方面是地主阶级弗敢贪得无厌地盘剥我们农民了，我们农民弗再受地主阶级的欺侮了。也就是说，我们在座的各位，既是我们新中国的主人，也是我们于门乡第八行政村的主人。你们村里以后的大事，由在座的各位做主说了算。"

烟瘾上来了。赵阿清从口袋里掏出一包劣质纸烟，抽出一支，把烟盒放进口袋，再掏出火柴，划燃，点着烟，猛吸一口，吐出一条烟龙，接着说："下面，我再给大家讲讲，你们怎样当好村里的主人？是弗是每个人说的话都算数？弗是的，而是要由你们选出来的你们信得过的人来代表你们当家做主。村长蔡善云同志，去年十月份，由你们在座各位选出来了，今天，还要你们选出两位主要村干部，一位是农会主任、一位是财粮委员。为什么要选举这两位主要村干部，根据上级文件讲，这是巩固新生的基层人民政权的迫切需要，这是即将全面开展土地改革运动的迫切需要。所以，大家一定要认真酝酿，慎重考虑，选出你们信得过的人来代表你们当家做主。"

赵阿清讲完话，乡农会主任曹坤林接着讲："根据蔡善云同志的推荐，经乡里考察，报区里核准，乡里推出了候选人：农会主任候选人为孙坚、财粮委候选人为孙菊祥（后接替孙坚）。下面，请大家酝酿，也可以左右前后商量，但弗要走动，十五分钟后举手表决。"

会场里先是寂静无声，之后响起了议论声，且声音越来越大，其中一个姓匡的人站起来大声说："村长由姓蔡的当，我们没意见，但农会主任、财粮委，都有姓孙的人当，我们姓匡的弗同意。应该拿掉一个姓孙的，换上一个姓匡的。这样，才平均，才公道，才合情理。"那人说完，姓匡的与会者极力附和。

眼看会场要乱起来，赵阿清示意坐着的民兵队长金本度站起来，持枪走到前面，稳住会场。见民兵队长金本度右手高擎一把长枪，听民兵队长金本度大声说："弗要站起来，弗要走动，坐在原来的位子上。谁弗听话，我就要……"会场里渐渐安静下来。

举手表决开始。

蔡友洪在第一时间举了手。

孙坚、孙菊祥均超过半数，分别当选于门乡第八行政村农会主任和村财粮委。

参加这次会议后，蔡友洪最大最深刻的心得体会是：领导说的话，就是代表共产党、毛主席说的话，必须坚决听。同时，他已捕捉到了一个重要信息：谢先生所说的在苏北解放区开展的土地改革运动，即将在江阴开展，而且农会在土地改革中的作用很大，权力也很大。

二

初冬的一天下午，村长蔡善云（按辈分，蔡善云是蔡友洪的远房叔叔）来到蔡友洪家，对蔡友洪说："你明天在吃中饭前，背着被头铺盖到夏港区里报到，下午参加培训，要十天时间，回来后当村里的冬学老师。""让我当什么学的老师？"蔡友洪问，"善云阿叔，你再说一遍，我没听明白。""冬学老师。"蔡善云说，"县里文件规定，每个行政村都要办冬学。凡年满十八足岁以上、三十五足岁以下的人，无论男女，都要进冬学上课认字。我们村干部排来排去，只有你最符合文件上规定的冬学老师的条件，所以，我们把你报到了乡里，乡里把你报到了区里。记住，培训期间，给我认认真真地学，回来后给我认认真真地教，弗要坍我善云阿叔的台。"

"弗会的，弗会的。"蔡友娣赶忙替蔡友洪回答，"善云阿叔放心，友洪只会给你争光，绝弗会坍你的台。"蔡善云听了蔡友娣的话后，满心欢喜地边走边说："我弗会看错友洪的。"

翌日上午十时左右，蔡友洪背着蔡友娣作为嫁妆陪过来的簇新的被铺，步行到夏港镇上，来到革命烈士朱杏南故居——中共夏港区委、区政府的办公地，办理冬学老师培训报到手续。蔡友洪发现，来参加培训的都是跟他年龄相近的年轻人，其中女青年近三分之一。

下午一时进行培训动员。培训班设在区委大院内的两间平房里，四十多个学员坐在固定的长条木凳上，做记录时都把记录本放在膝盖上。区委副书记于开仁主持培训动员会。区委书记成国粹做动员报告。他主要讲了三个问题：一是当前江阴县农工业生产恢复发展的大好形势；二是举办冬学的重要意义；三是对学员提出了三点要求。成国粹特别强调，所有学员必须集中精力参加培训，胜利完成党和人民交给你们的光荣而艰巨的培训任务，绝不能想家分心，更不允许偷偷谈恋爱。若发现，有一个处理一个……成国粹话没说完，学员们就笑出了声。"弗要笑，我是给你们打预防针。"

给培训班学员上课的共有三个老师，两个是夏港中心小学的老师，一个是县里派下来的，都是三四十岁的男教师。培训班一般是上午三节课，下午两节课，然后是讨论，或者是开展文娱活动。蔡友洪在培训期间，听课认真，记录认真，却有点不合群。有一次培训班开展文娱活动时，一位女学员邀请蔡友洪与她一起合唱《义勇军进行曲》，蔡友洪窘得满脸通红，立起身，逃出了教室，引得学员们哄堂大笑。事后，蔡友洪说给蔡友娣听时，蔡友娣笑着说："你为什么弗跟那个女学员一同唱歌？""我是有老婆的人，与别的女人一起唱歌，成何体统？我才弗做男女授受不亲的事。再说，我又是一个五音弗全的人。我才弗出那个洋相呢。"

一晃十天培训结束了。培训班给蔡友洪的评定等级是优。

于门乡第八行政村的冬学班，就开办在马桥头的孙家堂里。蔡友娣也被蔡友洪动员进了冬学班。冬学班不满二十个学员，仅有两个女的，大都年龄在十六足岁到二十足岁，除蔡友娣已婚外，其余都是未婚。结婚的年轻人大都不肯进冬学班，认为进冬学班认字，不实惠，又坍台，尽管当时的口号是"村村办冬学，家家上冬学，人人学识字，天天讲政治"，村里也做了不少宣传动员工作。

冬学上课时间一般安排在晚上，每晚两个小时。如果是下雨天，就安排在白天，或上午，或下午，一般也是两个小时。冬学的原则是：农忙少学，农闲多学。冬学班的口号是："来来来，来识字，识一字，写一字；说得准，读得熟，练得勤，就可用。"除识字外，冬学班还有一项任务，就是教学员唱歌。有两首歌必须会唱，一首是《解放区的天》，一首是《义勇军进行曲》。冬学班使用的教材，是由江阴县政府文教科组织人员编写的突击识字课本，就是把贴近老百姓日常生产和生活的字、词编成课本，收录常用字、词千余个。

冬学班的条件很简陋。一块小黑板是乡里发的，粉笔是村里买的，一盏桅灯是蔡友洪家的。没有课桌椅。学员坐的矮板凳，伏着写字用的长条凳，都是学员自带的，上课前带来，下课后带回去。

第一次上课前，按照培训班老师教的方法，蔡友洪非常认真地备课，还躲着蔡友娣面对着墙壁试上课。在自认为备课充分后，蔡友洪信心满满地给学员们上课了。教室外面，天空中的星星时隐时现。西北风超过六级，气温在零下二摄氏度。坐在教室里的学员，就着昏黄的桅灯灯光，冷得两个膝盖在打架，但还是新奇且认真地听着课，并不时地发出笑声。笑什么？笑蔡友洪的紧张。你看，他满头是汗，还不时地用棉袄袖子擦着额头上的汗。你听，他说话的声音跟平时有点不同，有点变调，有点变声。但紧张的蔡友洪，仍非常认真地虔诚地教着"吃饭""耕牛""镰刀""水稻""小麦""水车"六个词。两个小时内就反复地教学员们读这六个词，反复地教学员们写这六个词。蔡友洪发现，学员们读这六个词时，虽有点南腔北调，但还是八九不离十，差不了多少。比较困难的是，学员提不起握不住小小的轻轻的一支铅笔，像有千钧重似的，根本不听拿惯了钉耙柄、握惯了锄头柄的有力的右手的话，铅笔时常要从手中掉到地下。蔡友洪不气馁，一遍遍地教，还像模像样地手把手地教有的学员写字。

在课堂上一直未笑的蔡友娣，回到家后，笑得有点喘不匀气来、直不起腰来。"友洪，你还真有点像做老师的样子。然而，我有些弄弗懂，你教我们的这些人，平时大家熟得弗要再熟，可你为什么还要那么紧张，额头上弗停地冒汗，说话声音发抖，还变调？""我也弗晓得为什么会那么紧张。"蔡友洪说，"但越往后我就越老练了。"

冬学班持续两个月左右后就告一段落了。第二年冬，因学员人数不足，于门乡第八行政村的冬学班并入到了第七行政村冬学班，蔡友洪的冬学班老师也就未能继续当下去。

在当冬学班老师期间，白天蔡友洪还积极投入到轰轰烈烈的抗美援朝宣传活动中，帮着乡里出黑板报，到各个村里张贴宣传标语，深得于门乡政治指导员赵阿清的好感。蔡顺灿却有点想法了，认为儿子晚上当冬学班老师，乡里尽管给的补贴是微乎其微，但总算不是白差工，况且能当老师，也是受人尊敬的。可儿子大白天的不着家，整天在外做白差工，为公家做事，没一分钱报酬，蔡顺灿心里很有意见，虽没说出口，但把对蔡友洪的不满摆到了脸上，对儿子不理不睬。见儿子仍是我行我素，有一天吃晚饭时，蔡顺灿终于憋不住，开口说话了，碍于媳妇蔡友娣的面子，尽管努力地想把话说得委婉一点，但在蔡友洪听来，还是觉得很刺耳："友洪，这是你的家，弗是你的旅馆，弗是你的饭店。你已是成家的人了，应该想的是如何尽早立业，而弗是整天在外面弗务正业……"

父亲的话还没说完，蔡友洪有些坐不住了："阿爹，现在是新中国、新社会了，你怎么还是老思想？你说的话的意思，我听明白了。你就是嫌我义务为乡里做事。可是，阿爹，为乡里义务做事，弗是我一个人，而是有七八个人。再说，如果每个人都像你阿爹一样，这新中国怎么建设？阿爹，你想想死在李沟头战斗中的那些解放军战士吧。他们没有父母？他们的父母怎么舍得自己儿子的命丢在李沟头？"

"你上过学，现在又是冬学班的老师，识字断文，字墨精通，我说弗过你。"蔡顺灿说，"但是，我永远只相信这么一句话：要想过上好日子，就得没日没夜地干。没有哪个人会把好日子送给你，无论在哪个朝代。"

三

一九五〇年十月起，有三大运动是同时开展的：一是抗美援朝运动，二是镇压反革命运动，三是土地改革运动。蔡友洪最关注的是土地改革运动，因为这场土地改革运动关系到他家的田要不要被彻底平分的大问题，关系到他家今后的根本生计的大问题。

江阴县一百二十八个乡、镇的土地改革运动是分五批进行的。第一批是在试点乡周庄区周东乡进行，从一九五〇年九月上旬开始，至十月底基本完成；第二批为二十一个扩大试点乡，十月上旬开始，至十一月底结束；第三批为四十个乡、镇，十一月上旬开始，至十二月底结束；第四批为六十个乡、镇，从十一月中旬开始，至一九五一年一月上旬结束；第五批为六个情况复杂的乡、镇，从一月中旬开始，至三月上旬结束。

于门乡土地改革运动，是被安排在第四批进行的。于门乡有二十九个自然村，划分为九个行政村。江阴县委派到于门乡的土改工作队，有十一人组成，集中吃住在于门的曹氏宗祠堂，跟乡政府在一起。负责第八行政村土改工作的是杨同志，一位二十多岁的小伙子。第八行政村辖蔡家店、匡家店、马桥头（后改为新沟）三个自然村。

十一月中下旬，根据中共苏南区党委关于以乡为单位进行土地改革工作的要求和中共江阴县委关于土改工作的具体部署，于门乡召开土地改革工作会议。各村村长、农会主任、财粮委，各行政小组组长，全体乡干部、民兵队长，中共江阴县委派驻于门乡土地改革工作队全体成员。根据上级文件要求，会议由于门乡政治指导员赵阿清主持，县委土地改革工作队孟队长作报告。

孟队长在报告中主要讲了三个问题：一是为什么要进行土地改革？孟队长说："旧中国的封建土地制度极弗合理，这是我们中华民族被侵略、被压迫、贫困及落后的根源，是我们国家民主化、工业化、独立、统一及富强的基本障碍。这种情况如弗改变，中国人民革命的胜利就弗能巩固，农村生产力就弗能解放，新中国的工业化就没有实现的可能，人民就弗能得到革命胜利的基本果实。这就是我们要实行土地改革的基本理由。"

二是土地改革的方针政策。孟队长说:"关于土地改革的方针,就是《中华人民共和国土地改革法》中明确规定的'废除地主阶级封建剥削的土地所有制,实行农民的土地所有制,借以解放农村生产力,发展农业生产,为新中国的工业化开辟道路'。"讲到这里,孟队长提高了声音,说:"在这次土地改革中,我们必须全面贯彻执行中共中央关于保存富农经济的政策,关于对中农的土地完全弗动的政策,关于对地主除没收土地、耕蓄、农具、多余粮食及其多余的房屋外,其他财物弗予没收的政策。这次土地改革的总路线和总政策是:依靠贫农、雇农,团结中农,中立富农,有步骤地有分别地消灭封建剥削制度,发展农业生产。"

三是土地改革的方法与步骤。孟队长说:"根据试点乡的经验,概括起来,这次土地改革的方法步骤分为调查摸底、思想发动、划分阶级、没收征收与分配土地财产、总结检查。"

那天晚上,蔡友洪一吃过晚饭,就去了村长蔡善云家里。"善云阿叔,"蔡友洪说,"今天乡里会议的主要精神是什么?"蔡善云家相对比较困难,养了三男两女,还住在茅草屋里,地也不够种,所以每年夏忙和秋忙时,蔡善云都会出去打短工。"我也记不住那么多,只听了个大概。"蔡善云说,"有两点我是记住了,一点是要保存富农经济,另一点是中农土地弗平分。总之,这场土改运动,政策性很强,弗能乱来。明天,搞土改的同志就要进村了。"

听了蔡善云的话,蔡友洪心里犯起了嘀咕:"善云阿叔说的怎么和谢先生说的根本弗一样?谢先生说苏北解放区在土改中是完全平分中农土地的,善云阿叔怎么说是弗平分中农土地?是否是善云阿叔听错了?"蔡友洪心里有些急躁起来,又问:"善云阿叔,你估摸估摸看,在这场土改运动中,我家能评上什么成分?"蔡善云望了蔡友洪一眼,心里说:"友洪这个年轻人,倒挺精明的,别人家正困在梦头里,还没困醒,他倒来打听土改的事了,是个有吃饭头脑的人。"在欣赏的同时,蔡善云说:"我没有文化,对土改政策还没弄懂,所以,我弗能给你说什么。"

第二天上午,土改工作队队员杨同志和乡民兵中队一位民兵,来到第八行政村办公地马桥头孙家堂,商量迅速开展土地改革的具体工作。根据上级要求，首先决定成立村土地改革领导小组，由村农会主任担任小组长，成员主要是贫雇农中的骨干；各自然村也相应成立土地改革小组，小组长在各自然村的行政小组长中选举产生，成员由行政小组长和贫雇农骨干组成。土改小组的主要职责是，对各自然村每户的土地、房屋、人口等，进行摸底调查。其次，决定举办由村干部、村土改领导小组成员、各自然村土改小组成员、土改积极分子参加的培训班，杨同志负责辅导培训，提高他们对土改的思想认识和政策水平，确保土改按步骤有计划地顺利进行。同时，计划通过召开贫雇农会议、中农会议、农民代表会议、妇女会议，对他们进行土改重要性和必要性的教育，讲清党的土改政策，增强他们依靠农会搞好土改的信心。

蔡友洪参加了中农会议、听了土改政策的宣讲后，对于自家能否被评定为中农，心里还无底。蔡友洪担心的是，自己的父亲曾任过一年国民党时期的甲长，得罪了一些人；农忙时父亲还雇过人帮自家种过地，这属于剥削行为。蔡友洪认为这两个因素，可能会影响他家中农成分的评定。不过，有一点蔡友洪是想定了的，那就是自己必须自觉地积极地参加土改工作。

在蔡家店村土改工作小组进行摸底调查的几天中，蔡友洪热情高涨地帮着统计每家每户的人口、房屋、农具等，登记各家各户自报的土地面积。蔡友洪的积极表现，多次受到杨同志和村农会的表扬与肯定。

正当土改运动不断推进的时候，一首不知从什么地方在什么时候传到夏港区的民谣，暗中在不明真相的群众中传唱着："毛竹筒，劈劈做鸟笼，养只白头翁，只过夏来不过冬。"有的故意把"毛竹筒"唱成"毛泽东"，弄得人心惶惶。这首民谣也曾传到蔡家店。有一天晚上，蔡友洪问妻子："友娣，近来有没有听人传唱过一首对新中国不满的民谣？""昨天还听有人在唱呢。我听后极力劝阻，叫她们弗要乱唱，弗要无事弄个虱子在头里搔搔。""友娣，你做得对。从目前的情况来看，我们蔡家店表面上看无风无浪，其实暗底里并弗太平，大家的心思多着呢，弗同意见也多着呢，问题是还没有暴露出来罢了。所以说，社会还弗很稳定。听说东乡的山观，土匪们把乡干部都杀了。弗过，我相信谢先生的话：共产党一定能坐稳江山的。"蔡友洪能看到这些现象后面的本质，实属不易，进而说明蔡友洪的目光是锐利的，他能独立思考，有自己的判断，有自己的主见。

十二月中旬的一天下午，夏港区委、区政府在夏港街上的南巷场（有近二十亩地那般大，是夏港街上最大的一片场地）召开斗争恶霸地主钱某和匪特宋阿盘大会。夏港区下辖的申港镇、夏港镇、通运镇、普惠镇，滨江乡、葫桥乡、于门乡、夏五乡、文富乡、观山乡、观东乡、观西乡、景贤乡四镇九乡五六千人参加了斗争大会，其中妇女近两千人。区长刘正明主持斗争大会，区委书记沈宪棣作报告。沈宪棣在报告中指出：自全区全面开展土地改革运动一个月来，地主阶级与农民阶级之间的阶级斗争异常激烈，一些不法地主和匪特相互勾结，散布种种谣言，拉拢腐蚀革命干部，千方百计破坏轰轰烈烈的土改运动。全区发生破坏土改运动的反革命案件有十九起，其中影响最大、最恶劣的就是恶霸地主钱某和匪特宋阿盘相互勾结，企图拉拢腐蚀土改工作队队员，见拉拢不成，就密谋暗杀土改工作队队员未遂的反革命案件。

沈宪棣报告结束后，就开始进入大会的斗争议程。先后有二十多人，其中妇女七人，上台诉说旧社会的苦，控诉钱某与宋阿盘平时对他们或打或抓或关、或强奸、或敲诈勒索致使家破人亡等罪行。有一个中年女人在诉苦时，边哭边唱："七八周岁无学上，十二三岁做牛郎。二十三十长工当，四十五十夹根棒。六十无靠去流浪，一世人生苦茫茫。""正月半二月半，秧草青菜锅里转；三月半四月半，无米麦糊肚里灌；五月半六月半，三餐常在田头端；七月半八月半，豇豆茄子碗里拌；九月半十月半，一头走路一头算；冬月半腊月半，前门要债后门窜。"这次斗争大会，既伸张了正义，镇压了敌人，也进一步擦亮了群众的眼睛，坚定了群众将土改进行到底的决心与信心。

蔡友洪夫妇参加了这次斗争大会，受到了深刻的教育。在回家的路上，小夫妻俩进行了这样的对话：

"友娣，从今天斗争大会的情况来看，反革命势力再猖狂，终将敌弗过共产党政权，更斗弗过觉悟起来的广大的劳苦农民。共产党真的是为穷苦农民着想的党。"

"友洪，我们就跟着共产党干，跟着共产党走吧。"

四

于门乡土地改革运动进入了划分阶级阶段。划分阶级前，于门乡根据政务院《关于划分农村阶级成分的决定》及后来的《补充规定》，公布了本乡阶级成分划分的标准：贫农，人均耕地不足一点四亩（包括无耕地者）；中农，人均耕地超过一点四亩，有少量大型农具、耕牛（有的同他人合养一头），农忙时请短工，有轻微剥削行为；富农，人均耕地超过五亩，耕牛、大型农具齐全，自己参加主要劳动，同时请长工、雇短工，有明显的剥削行为；地主，人均耕地超过十亩，耕牛、大型农具齐全，自己不参加劳动，请长工、放牛娃，将田地租给别人种，有严重的剥削行为；小土地出租者，人均耕地超过两亩，家中无劳动力，把土地出租给别人种。同时规定，划分贫农和中农成分，以行政村为单位，在农民内部进行，由全村农民以行政小组为单位评议通过；富农、小土地出租者成分的划分，由联防村召集农民代表评议通过；地主成分划分由乡人民委员会吸收农民代表评议通过。

贫农和中农阶级成分划分时，实行对照标准自报互评，后由村农会审议，逐户划定成分。蔡家店村有二十多户人家、九十多口人，大多住着低矮简陋的平房，有的还住着茅草屋，依靠耕种度日。蔡顺灿、蔡友洪共参加三次阶级成分评议会议。蔡顺灿自报的阶级成分是中农。在自报成分前，蔡顺灿跟蔡友洪商量了两次。蔡顺灿的想法是，自家有九亩地，全家有四口人（蔡顺灿与小儿子蔡禹洪、蔡友洪夫妇俩），人均超过两亩地；农忙时请过短工，有轻微的剥削行为；自己曾当过一年国民党时期的甲长。根据这三种情况，蔡顺灿想自报富农成分。蔡友洪不同意，说只能自报中农成分。蔡顺灿听后笑了，并说："友洪，你已结了婚，怎么还弗懂事？被评上富农有什么弗好？说明我们家比一般人家富裕嘛。富裕是光彩的事。世上哪有比穷的道理？再说，我们家现在种的九亩地，又弗是抢来的，是我阿太传给我阿公，我阿公又吃辛吃苦后买了些地传给我阿爹，在我手里，我又买了两亩地。我家有九亩地，是劳动得来的，又弗是剥削得来的。"

"阿爹，"蔡友洪说，"我再跟你说吧。一九四八年冬谢先生找我时还跟我说了，在苏北解放区，被评为富农、地主成分的，是剥削阶级，是要被群众斗争批判的，是要被消灭的。阿爹，你懂弗懂？明弗明白？"蔡友洪又急起来了。

"我们这里又弗是苏北。"蔡顺灿淡淡地说。"我再告诉你，阿爹，"蔡友洪说，"前两天，我去找了土改工作队的杨同志，他告诉我，中农与富农有着根本的弗同：中农，是被党和人民团结的对象；富农，是被党和人民孤立的对象。阿爹，你仔细想想，是被团结好，还是被孤立好？"听蔡友洪这么一说，蔡顺灿不再坚持了，说："友洪，听你的，到时，就自报中农成分吧。"

可是，在一次互评阶级成分的会议上，就是有人咬住蔡顺灿曾当过国民党时期的甲长一事不放，咬定要把蔡顺灿家评为富农。蔡友洪据理力争："在我们蔡家店，当过甲长的不是我阿爹一个人，有的还当了伪甲长。再说，当甲长，在当时是轮流着当的。具体事情要具体分析嘛，不要借机报私仇。"

也有人站起来说公道话："按照阶级成分划分标准，划定顺灿家为富农成分，是高了一点，划分为小土地出租者成分吧，既符合又弗符合标准。他家的田主要是靠自己种的，只是到了忙头里实在忙弗过来时，才请两个短工。这也是很正常的。再说，顺灿在村上的为人，只要弗睁着眼睛说瞎话，人缘是很好的。他帮多少人家耕过田，帮多少人家车过水，帮多少人家碾过米和粉，大家都看在眼里。顺灿是个大量器的人。他家最多只能被评为中农。"

仍有人坚持要评蔡顺灿家为富农成分，理由仍是蔡顺灿当过国民党时期的甲长，为国民党做事，搞摊派，压榨穷苦人。这时，村农会主任孙坚站起来说话了："某某，我们都是前后村人，晓得你家和顺灿家有些小过节，但这是你们两家之间的事，我弗想说什么。我只想说的是，弗要把一些过节私事与阶级成分划分的大事乱扯在一起，这样做就有些弗厚道。况且，顺灿这个人的好人缘、好口碑，弗要说在你们蔡家店，就是在方圆几里内，谁弗知谁弗晓？再说，顺灿当过一年国民党时期的甲长弗假，他也做了上头摊派下来的事，这也好懂，也可理解。谁当甲长都一样。然而，重要的是，在当甲长一年中，顺灿没做过一件以权谋私的事，做得多的是赔饭贴工夫的事。还有，某某，在去年的献粮和抗洪中，你有顺灿积极吗？你有顺灿做得好吗？所以，一个人说话做事，要凭良心，弗要昧着良心。"

会场里很安静。这时，杨同志站起来说话了："刚才，村农会孙主任说得很好。下面，我要简单说的是蔡友洪。据村、乡干部反映，蔡友洪很要求上进，比如，在去年的献粮和抗洪中，比如现在他当冬学班老师，比如他为乡里义务张贴土改宣传标语，等等，他都表现积极。所以，评定阶级成分，是一件政策性极强的事，既要了解少数人的弗同意见，也要采纳大多数人的意见，更要执行党的土改政策。下面，我建议就蔡顺灿家的阶级成分划定进行举手表决：同意中农的请举手。"孙坚点了举起的手，只有五个人没举手，绝大部分人同意蔡顺灿家为中农成分。

自报互评阶级成分后，于门乡第八行政村土改工作领导小组便填表造册上报乡里，由乡汇总各村的名册后，上报区、县批准。一九五〇年十二月底，经江阴县人民政府批准，并张榜公布：蔡顺灿家的阶级成分为中农。蔡顺灿和蔡友洪悬着的一颗心，掷地有声地落了下来。父子俩又谋划春耕生产了。九亩地一分不少地仍由蔡顺灿种着，那头水牛仍归蔡顺灿家所有。

按贫农人均一点四亩地的标准，蔡家店不少人家或多或少都分进了土地，但蔡友洪发现，分进田多一些的人家，或是因缺少劳动力，或是因平时懒惯了，地就是种不熟，因而地里的麦苗长势就是不好。一九五一年夏忙开始了。蔡顺灿和弟弟蔡顺喜拥有的大型农具共同使用（那头水牛、犁、耙是蔡顺灿家的，牛力水车、碌碡、碾磨是蔡顺喜家的），地各自种。蔡顺灿家四口人，三个半劳力（还在上学的十六岁的蔡禹洪算半个劳力），要抢收抢种九亩地，不误农时和季节，仍显得有些吃力。为此，蔡顺灿仍想请几个短工突击一下，可蔡友洪不同意。蔡友洪说："阿爹，请短工，属于轻微的剥削行为。土改刚结束不久，我们可千万弗能再剥削人。"蔡顺灿认为儿子说的话有道理，就问："友洪，依你看，该怎么办？"蔡友洪说："阿爹，是否这样，我们村上弗少人家缺牛、缺水车，我们可以跟他们协商一下，他们帮我家抢割抢收麦子、抢莳秧，我家帮他们耕田、车水。这种互相帮工伴工，大家开心，谁也弗要出钱，谁也弗算剥削行为。"蔡顺灿认为蔡友洪说得在理，就听从了他的意见。结果，一个夏忙下来，这种互相帮工伴工的做法，很为蔡家店村上人欣然接受。

一九五一年八月中旬的一天，于门乡第八行政村召开颁发土地证大会。蔡顺灿领到了由江阴县人民政府县长王鹏签名的，盖上"江阴县人民政府印"的红印章的《土地房产所有证》。《土地房产所有证》对每户农民的每块土地、每座房屋的面积、四至，都做了明确的详细记载说明。望着手中的《土地房产所有证》，年近知天命之年的蔡顺灿流下了两行热泪，哽咽着说："我们家原有的田地、房屋，终于受到人民政府的保护了。"

蔡友洪则说："阿爹，我们只有好好种田，多收粮食，多卖公粮，才对得起共产党，才对得起人民政府。"

蔡友洪对已洞开在他眼前的新生活，展开双臂，深情拥抱；甩开两膀，挽起袖子加油干。

第五章　光明前途

一

一九五二年十一月下旬的一天，蔡善云吃过晚饭，就来到蔡顺灿家串门。蔡顺灿让蔡善云抽了三筒旱烟后，蔡善云开口了："顺灿，最近村上都在传一件事，你晓弗晓得？""传什么事？我弗晓得。"蔡顺灿说。"我听说了，"蔡友洪说，"都在传第九行政村后梅压自然村办起'红星互助组'的事。"

于门乡第九行政村后梅压自然村的"红星互助组"为常年互助组，于十一月初由刘益顺创办。刘益顺的父亲叫刘济和，俗名刘和尚，一九二七年十一月跟随中共江阴县委委员朱杏南参加农民暴动，朱杏南牺牲后继续进行地下革命斗争；抗战爆发后积极参加新四军"江抗"部队，"江抗"北撤江北后，为地下交通联络员，于一九四一年九月牺牲，一九五〇年被评为革命烈士。刘益顺继承父亲遗志，听党话，走农业合作化道路，在于门乡率先创办了"红星互助组"。该互助组由十二户农户组成，有七十九亩地。互助组内实行劳力互助、农活互帮、各户土地与农具及田里收获的粮食仍归各户所有。

"大人说话，小佬弗要插嘴。"蔡顺灿低着头抽旱烟，有些不满地对蔡友洪说。其实，蔡顺灿也听说了"红星互助组"的事，也摸准了作为村长的蔡善云晚上到自家串门的心思，就是揣着明白装糊涂。蔡顺灿已在心里盘算过了，如加入常年互助组，自己一不自由，说了话不一定会全作数；二是吃亏，到农忙时，自家的牛、犁农具等，都归大家使用了，不划算。他认为还是目前临时的季节性互助组比较好，过了农忙就解散，到下一个农忙时再组建，想跟谁互助在一起就跟谁互助在一起。他和弟弟有牛，有犁，有水车，还怕没有人互助？"善云，说来听听。"蔡顺灿说。

蔡善云说："乡里组织我们村干部去后梅压学习取经了。刘益顺他们的做法，我们村上也可以学学。""我们村上有二十多户人家，这么多人怎么学？善云，你们办常年互助组，我弗反对，但我弗会加入的。"蔡顺灿说。"为什么？"蔡善云笑笑说，"顺灿，我们是兄弟，有其他什么想法，说出来让我听听？""有什么好多说的，"蔡顺灿说，"某某、某某评阶级成分时评了贫农，因为他家穷。为什么穷？善云，你我心里明白，是懒出来的穷。而土改政策中没有因为懒而致穷弗能被评为贫农这一条政策。如果组织了常年互助组，弗又是勤快人帮助了好吃懒做的人？我弗想吃亏，也弗想占别人的便宜。"蔡善云摸清了蔡顺灿的心思，站起来，嘴里说着"顺灿，你再想想"，就走了。

一九五三年的春节，蔡友娣过得有些寡欢，总有一种寄人篱下的感觉，尽管"新娘娘"视她如嫡亲儿媳妇。正月初五的晚上，小珍珍好不容易被蔡友娣哄得睡着了。小珍珍是临时名，是一个正在学走路的小女孩，去年底被蔡友洪夫妇从江阴县救济院领回外育的孤儿，但不作为他们的孩子。当时救济院收养孤儿的方法分为内育与外育两种，内育由救济院内的保育员负责抚养；外育委托郊区农村妇女抚养，政府每月给予抚养费和婴儿生活费。双方签好外育协议，规定外育年限，年限一到，就要把外育的孤儿归还救济院。蔡友娣外育小珍珍，不是为了挣那几个抚养费，而是想用小珍珍来"压子"的。这是江阴地区的一种传统习惯。蔡友娣结婚两年来，肚子未见动静，心里很着急，为了使自己尽快怀孕，跟蔡友洪商量，想去城里救济院抱养一个孩子，用来"压子"，讨个吉利。蔡友洪欣然同意了。

"友洪，我俩结婚都两年多了，如今还住在你小阿叔家里，这总弗是长久之事。如果我怀孕了，总弗能把我们的孩子养在你小阿叔家里吧？作为大人，我们心里也说弗过去，面子上也很坍台。你是男人，该动动脑筋，好好想想办法。"蔡友娣说。蔡友洪点燃一支劣质纸烟。结婚后，蔡友洪就开始抽烟，已有两年多烟龄了。"我心里有数，你弗要多操心了。"蔡友洪说。

刚进入农历三月没几天，蔡友娣突然像病了似的，脸色蜡黄，不时呕吐，只想吃酸的东西，整天乏力，急得蔡友洪请来了一位老中医。老中医把完脉，笑吟吟地说："有喜了。"蔡友洪不谙妇道之事，不解地问老中医："有什么喜了？""你妻子有身孕了。"老中医说。蔡友洪还是没明白"身孕"是什么意思，急着问："医生，把话说明白点，急死我了。"蔡友娣实在忍不住了，掩嘴而笑："你个戆大，还弗明白？你要当老子了！""我要当老子了？"蔡友洪笑了。"就是说，友娣，你诞生了。""是，你妻子诞生了。"老中医说，"你妻子妊娠反应大，要注意休息。你呢，要多照顾她。"蔡友洪高兴地答应着，爽快地付给老中医出诊费，热情地送老中医出村子。

　　造房子的事终于被蔡友洪摆到议事日程上。一天晚饭后，蔡友洪跟父亲蔡顺灿商量："阿爹，你也知道，友娣怀上了。可是，她总弗能把孩子生在小叔家里吧？""我也想过这个问题。"蔡顺灿问，"友洪，你有什么打算？""阿爹，我想，家里要想造房子，一时也造弗起来。我想了一个过渡办法，跟村上某某家换两间草屋。我已探过他家的话风，他家的意思，只要我家舍得一亩好田，就能换到他家两间草屋。我的意思是，愿意跟他家换，因为两间草屋的屋基地及其屋前屋后占用的地方，都是我家的，仔细算起来，我家吃了点小亏。我还想，如果今后和禹洪分家，这一亩田就算在我名下。"听蔡友洪说完，蔡顺灿默想一会儿，也就点头同意了。

　　蔡友洪用一亩好田换了某某家两间草屋后，双方喜欢，但村上人的一些闲言碎语冒出来了。有的说，蔡友洪做生意在行，算盘精明，怎么会吃这么大亏，用一亩好田换那两间破草屋？有的说，某某也太心大了，邻里邻舍的，怎么好意思用那两间弗值几钱的破草屋换友洪家那块好田？弄弗懂，看弗明白。这些闲言碎语，蔡友洪根本没听进去，因为他愿意，因为蔡友娣支持他这样做。于是，蔡友洪请人把那两间草屋整修了一番，开了后门，砌了窗，换了大门，砌了一具双眼灶头。一个月后，看好吉日，蔡友洪和蔡友娣从小叔蔡顺喜家搬出，搬到那两间草屋里。搬家时，蔡友娣将她的陪嫁东西和公用物品，都留在小叔家，作为对"新娘娘"和小叔的一点报答。

　　夏忙开始了。

　　蔡顺灿困惑了。困惑在什么地方？困惑在村里的于正月底建立起来的常年互助组，组内的农户相互伴工，出工出力，生产进度比蔡顺灿单干要快得多；困惑在自己愿用自家的牛、犁与组内的农户换工，他们说不需要，想请短工，他们说没工夫；困惑在去外村请短工，也难请到，因为他们都参加了常年互助组。由于没请到短工，家中劳力又不够，因而没能抓住农事季节，晚莳秧的三亩田的稻，到秋收时，明显稻穗小，稻谷瘪，产量低。事实教育了蔡顺灿，众人的力量大于个体的力量。秋忙后，蔡顺灿自愿加入了常年互助组，还高兴地请村长蔡善云、常年互助组组长吃了一顿酒。

蔡顺灿家的秋熟收成，虽然有点儿不尽如人意，但他家迎来了另一个秋季大收成——他的儿媳妇蔡友娣，于十月十三日（农历九月初六）生了个女儿。这可把蔡顺灿乐坏了，虽然头胎是女孩，但这叫先开花，不愁以后没有孙子。更把蔡友洪乐颠了。自和妻子搬到两间草屋里居住后，以前不太会洗刷和做饭的蔡友洪，因为体贴妻子，不让她多受累，也开始学做婆婆妈妈的事。妻子生产后，蔡友洪更是灶前转到床前，精心伺候着坐月子中的妻子，尽管有丈母娘帮衬着。

秋收后，蔡顺灿也被一件事难住了。他家今年种八亩田（原有九亩田，后用一亩田换了两间草房），实种三麦六亩（其中扣除秧田、油菜田）、水稻八亩，稻麦脱粒、扬净、晒干后，蔡顺灿用大秤称了称，不很精确，大约三麦平均亩产为一百十斤、水稻平均亩产五百斤左右，总收成三麦有六百六十斤、水稻有四千斤，除去口粮、猪牛饲料粮、种子粮、上缴国家公粮外，还有近千斤余粮。按往年，这些余粮，蔡顺灿要卖给哪家粮行、哪个粮贩子，有自由挑选的主动权，还可以讨价还价，可今年不行了。蔡顺灿先去了夏港的一家粮行，粮行老板说，国家有规定，粮行弗准自由收购粮食，只按国家计划，为国家加工粮食；又去了申港一家粮行，粮行老板的口气跟夏港的一样。于是，蔡顺灿又去找了两个比较熟悉的粮贩子，那两个粮贩子把头摇得像拨浪鼓，说："今年打死我也弗敢做贩粮的生意了。""有钱也弗要赚？"蔡顺灿不解地问。"顺灿，你没听到风声？"一个粮贩子说，"国家政策刚下来。今年，所有私人粮行、粮贩子，都弗允许私自收购、囤积粮食。谁私自收购，一旦查出来，轻则坐牢，重则杀头。有的地方已开始这样做了。"

于是，蔡顺灿把余粮存放在了家里，没有按规定，主动把余粮卖给国家，因为国家收购余粮的粮价要低于去年私人粮行和粮贩子的收购价格。他要等等、看看后再做打算。

二

蔡友洪的女儿满月了。女儿满月那天，蔡友洪没有大摆酒席，仅请了丈母娘家和自家的几个长辈，共三桌人。因外育着一个孤儿珍珍，蛮讨人喜欢的，于是，蔡友洪与妻子商量后，给自己的女儿起了个"华珍"的名字。女儿满月后没过半个月，粮食统购工作大张旗鼓地开始了。于是，有一天晚上，蔡友洪主动向父亲提出了分家的要求："阿爹，我想过了，现在，我有了个女儿，还外育了一个孤儿，有四张嘴吃饭，这对禹洪弗公平，尽管他嘴上没说什么，但我这个当哥的，应该多为弟弟着想才是。阿爹，我的意思是，原来家里有九亩田，为了换我现在住的两间草屋，换掉了一亩田，当时说好，这一亩田算在我头上，现在家里有八亩田，还应该分给我三亩半田。这是一。二是我家现有两间半瓦屋，按老规矩，我应得一间加两步屋。但考虑到阿爹你要住，考虑到弟弟禹洪还未成家，还在申港上中学（时称申港初中文化补习学校），阿爹，你就把那半间破牛圈屋分给我。至于粮食怎么分，阿爹说了算，我听你的。还有，分家后，你就和弟弟吃住在一起，帮他做生活，帮他结婚，我没一点意见。过几年你做弗动生活了，禹洪也结婚了，到那时，我和他一起养你。"

听蔡友洪说得这么多，这么体贴，蔡顺灿心里很有点感动，心想，大儿子友洪平时话虽不多，但心思很重，想得也周到，处处做出长兄的样子，事事为弟弟着想，懂得体谅大人的苦衷，心里很是满意。不过，蔡顺灿有点担心，这会不会是蔡友洪一个人的想法？他深知自己这个大儿子：善于拿大，敢于做主，勇于担责，便问："你们，商量过了？""商量过了。"蔡友洪说，"刚才我讲的意思里面，好多就是阿珍娘的意思。"自妻子生了孩子后，蔡友洪就不叫妻子名字了，而改口叫"阿珍娘"了。这是老规矩。江阴西乡作兴在妻子生了头胎后，丈夫以孩子名＋娘称呼妻子；妻子则以孩子名＋爹称呼丈夫。听丈夫改口叫自己"阿珍娘"后，蔡友娣也改口叫丈夫"阿珍爹"，但叫了几次后感到别扭，就不叫了，仍叫"友洪"。蔡友洪则听之任之。"友洪，"蔡顺灿说，"你找到了一个明理懂事的好女人。好好待她，好好过日子。""记住了，阿爹。"蔡友洪说。

按老规矩，在娘舅的主持下，在无话无说、开开心心的氛围下分了家。从此，蔡友洪开始独立门户、创家立业了。一天晚上，蔡友洪与妻子聊起了对以后生活打算的话题。蔡友洪说："这次分家，又分到了那半间破牛圈屋，我打算自己动手收作一下，做成一只大猪圈，过年前头，捉两只小猪回来养养，既能造肥，猪长大后，又能卖几个钱，为家里增加点经济收入。平时呢，田里的生活由互助组相互帮着做，用不着我们多操心，由组长操心着。如果田里无生活做，我就出门去做点小生意，赚点外快，攒点钱，过几年，再把这两间破草屋翻造成两间高高的大厅屋。总之，阿珍娘，凭你的勤快把家，凭我的精明生意经，我敢拍着胸脯对你说，我们今后的日子，一定会过得比村上大多数人家要好得多。"

"你呀，"蔡友娣笑着用右手食指戳了一下蔡友洪的左边太阳穴，"可以去当乡长、区长了。看你把今后的生活计得这么好。弗过，友洪，我要提醒你一点，那就是没分家前，家里的一切都由你爹挡在最前面，弗用你瞎操心。现在弗同了，我们已分家过日子了，你是这个家的当家人，以后在外面，就是你说了算。所以啊，友洪，结婚三年多来，我算是了解你了。你呀什么都好，就是有一点欠缺，那就是喜欢瞎急头，弗善于跟别人多攀谈，动弗动就跟人家急。你这脾气要改改。还有，该拿大做主时就要拿大做主，弗该或者说在没有十分把握的情况下，千万弗要瞎拿大乱做主，回家来跟我商量后再说。""阿珍娘的话说得对，我记在心里就是了。"蔡友洪说。

进入腊月后，蔡家店村上热闹极了。区干部、乡干部、村干部，天天来村里催交统购粮。有的人家实在拿不出多余的粮食卖给国家，有的干部就冲进家里去搜查，弄得鸡飞狗跳，骂声不绝，哭声喧天。虽然村里开了这个会那个会，乡干部讲了一大堆实行粮食统购的重大意义，但村民的思想问题还是没有得到很好解决。更主要的是，一些乡、村干部工作方法的简单粗暴、言语中的盛气凌人，很让村民们反感。而乡、村干部也有说不出的苦衷啊。上头压下来的粮食统购指标任务，超过了农民的实际负担能力，可县里、区里不管这些实际困难，只是一个劲儿地高压、命令，因而出于被迫无奈，为了在短时间内完成统购任务，乡、村干部只得动粗。据《中共江阴历史（1949—1978）》记载："1953年是执行统购统销政策的第一年，苏州地委下达给江阴县粮食统购任务为11227万公斤，当年全县粮食总产量为24330万公斤，按全县农业总人口57.45万人计，统购后实有粮食13103万公斤，农民人均原粮仅有228公斤，扣除种子、饲料粮等，全年人均口粮200公斤左右，日人均成品粮不足0.5公斤。这说明上级下达给江阴的统购任务十分繁重。"

　　就在第八行政村粮食统购工作一时难以推进的时候（这在当时是一种普遍现象），一天下午，于门乡乡长刘雪良、村长蔡善云一行五人，来到蔡友洪家里，动员他再次卖统购粮，给村里带个头，起个表率。蔡友洪分家时分到了一千三百斤稻谷，前几天，在村里动员及催促后，已卖了三百五十二斤稻谷，按分配给他家的统购任务，已超售了三十斤。听到还要让他再卖统购粮时，蔡友洪开始急起来了。这时，妻子蔡友娣假咳三声，提醒丈夫不要急，有话好好说慢慢说。蔡友洪领会了妻子假咳三声的意思，努力让自己的心平静下来，连咽了三口口水后，站起，给干部们每人分发了一根纸烟，自己也点燃一根烟，猛吸一大口，随着一条烟龙从口中冲出，徐徐地说："刘乡长、蔡村长，我刚分家，一切从零开始，家底薄，实在无多余的粮食可卖。"

　　刘乡长吐着烟，笑了笑说："友洪，你家的具体情况，乡里、村里了解。你本人一贯的表现，乡里、村里也了解。前几天你家卖了统购粮，还多卖了三十几斤，你这种爱国主义行为和精神，值得表扬，更值得你继续发扬。友洪，你知道，我们当干部的也弗容易，当然，我们也知道，你友洪也弗容易。我们要相互理解，相互体谅。我们这次上你门，弗是非要强行让你再卖统购粮，绝弗是这个意思，我们绝弗违反党的政策，而是来跟你商量，看看你家还有没有潜力可挖，想让你再次起个表率，为我们当领导的减轻些压力。"

　　听刘乡长把话都说到这份上了，蔡友洪欲表态时，蔡友娣适时地接过了话头："刘乡长，我是第一次认识你。你能上我们家的门，我和友洪很高兴，因为你刘乡长眼里有我家友洪这个人，是看得起我家友洪。可是，话也得说回来，当然，我先声明，我弗是翻旧账。前几年土改中评阶级成分时，村上一些没良心的人，欺侮我公公忠厚老实，非要评我家为富农，是善云阿叔、是当时土改工作队的杨同志，当场说了公道话，才使我家被评上中农。我们会记住政府对我家的好。然而，这些土改中分到田的人，得到人民政府给予好处最多的人，在这次粮食统购中，却是千方百计地与乡里、村里干部玩猫捉老鼠的把戏，能少卖一斤粮就少卖一斤，良心都被狗吃了。我们都看在眼里。更可气的是，村里有个别人，解放前，家里穷得连裤子都没裆，且好吃懒做，没想到，土改中还分到了田地，但又弗好好种，整天跟在村干部屁股后头，赔笑脸，拍马屁，假积极。弗多说了，刘乡长，你要我家友洪再次带头多卖统购粮，弗是弗可以，虽我们刚分家，粮食并弗宽裕，但我们多吃几餐粥，勒紧些裤腰带，再挤出百把斤粮食卖给国家，也弗是天大的难事。我最后要说的意思是，假如我家友洪这次又带了头，给了你们领导大面子，那么，你们领导打算给我家友洪什么大面子？"

"友娣，友洪要什么大面子？"蔡善云不解地问。

"善云阿叔，你比我公公还要老实。"蔡友娣笑了笑说，"刚才的话，我已说得很明白。你们意味吧。"

刘乡长明白蔡友娣的意思，笑着说："乡里会考虑的。友洪，我们定下来，你家再多卖一百斤统购粮。""阿珍娘刚才已表态了。"蔡友洪说。

蔡友洪多卖了一百斤统购粮后，又有人闲言碎语起来，妄言蔡友洪是在出风头，是在给少卖统购粮的人难堪，是别有用心……刘雪良并没有忘记蔡友娣暗示的话，在粮食统购任务完成后，在乡党支部的一次会议上，郑重地提出了考察蔡友洪入党的问题。不料，反对声音不少，阻力不小，理由是蔡友洪出身中农，仅是阶级团结对象，不是阶级依靠对象，其政治表现再好，也不能比贫农出身的人早入党。

没有不通风的墙。蔡友洪知道自己因出身中农而不能入党的事后，没言一句，只是脸憋得通红，从鼻孔里不时喷出粗重的"哼哼"的鼻息声。

三

一九五四年三月底，夏港区委党的总路线宣讲队进驻于门乡，一个村一个村地宣讲党的总路线。各村也纷纷成立党的总路线宣传队，运用快板说唱、张贴宣传标语的形式，逐个自然村地进行宣传。村民接受的教育是标语式的、口号式的，笼统而不具体，浅出而不深入。一天晚饭后，蔡友洪来到蔡善云家："阿叔，这几天宣传党的总路线很热闹嘛，看看，我们村上随处可见红红绿绿的宣传标语，连我家草屋的土墼山墙上，也贴了两张标语，用掉弗少糨糊吧。"

"友洪，你有什么想法？"蔡善云问。"阿叔，我能有什么想法？"蔡友洪递给蔡善云一支香烟，帮他点着，然后再点着自己的一支烟，吸一口后，接着说，"对于党的总路线的具体内容，我弗晓得。我也弗太明白为什么非要这么热热闹闹地宣传，究竟是为什么呀？"蔡善云站起，左手托着一盏油盏灯，走进房里，让蔡友洪与蔡善云的妻儿坐在黑暗中，大约过了十分钟，蔡善云左手托着那盏油盏灯，右手拿着一小叠纸，从房里走出来，将油盏灯小心地放到吃饭台子上，然后说："友洪，这是一份宣传材料，县里编的，我到乡里参加会议时会上发的，我又弗识字，放我床头，它认得我，而我弗认得它，没用。你字墨精通，拿去看看吧，到时村里开会时，你好帮着宣传宣传。"

回到家，见妻孩睡着后，蔡友洪从房里出来，来到吃饭的地方，点亮吃饭台上的油盏灯，然后坐在一条长凳上，就着时常跳跃的如豆灯火，翻开蔡善云给他的那份宣传材料。宣讲材料是由江阴县委宣传部翻印、苏州地委宣传部编写的。蔡友洪认真地读了起来。

"党在过渡时期总路线的完整表述是：从中华人民共和国成立，到社会主义改造基本完成，这是一个过渡时期。党在这个过渡时期的总路线和总任务，是要在一个相当长的时期内，逐步实现国家的社会主义工业化，并逐步实现国家对农业、对手工业和对资本主义工商业的社会主义改造。这条总路线是照耀我们各项工作的灯塔，各项工作离开它，就要犯右倾或'左'倾的错误。"

蔡友洪认真研读着这一段文字。他虽读过短期小学，具有初小文化水平，但仅比文盲多识一些字而已，同时其理解能力也是有限的。蔡友洪勉强能读通这段文字，但不是很理解，很懂。有一点蔡友洪是读明白了：从今往后，国家的根本任务就是要实现社会主义工业化。至于为什么要实现社会主义工业化，如何实现社会主义工业化，蔡友洪就弄不明白了。

蔡友洪硬着头皮继续看下去。

"在中国实现社会主义，是中国共产党自创建时起就确定的奋斗目标。因此，新中国成立以后，中国共产党的历史任务，就是引导全国人民实现两个转变，一是稳步地由农业国转变为工业国，二是由新民主主义国家转变为社会主义国家。所以，中华人民共和国的成立，标志着中国革命的第一阶段——新民主主义革命的基本结束和第二阶段的开始。中国革命第二阶段的任务，就是要在中国建立社会主义社会。

"概括起来说，党在过渡时期的总路线，就是'一化三改造'：实现社会主义工业化，实现对农业、手工业及资本主义工商业的社会主义改造。发展社会主义工业和实行社会主义改造的任务，是相互关联、不可分割的……我们目前在农村正在开展的互助合作、粮食统购，就是在逐步地对农业进行社会主义改造所采取的重要战略措施，是实现社会主义工业化的迫切需要，是在中国建立社会主义社会的根本需要。"

吃力地读完这份八页内容的宣讲材料，蔡友洪有些头昏脑涨，眼睛却逐渐明亮起来。他已分明感觉到，一场比土改运动还要厉害的运动即将到来。至于那是一场什么运动，蔡友洪说不好，但他的那种预感是明确且强烈的。

蔡友洪看了那份宣讲材料后没几天，根据上级要求，一天晚上，蔡家店自然村召开了回忆对比大会。乡里的一位干部亲自主持了会议。回忆什么呢？回忆就是诉苦，诉国民党反动派、地主富农、高利贷者对农民的剥削之苦，诉个体小农经济无力抵御自然灾害之苦，诉日本鬼子对农民的烧杀抢掠奸淫之苦。对比什么呢？与在旧社会所受的苦相比，对比出解放四年来农民翻身得解放、当家做主之甜，对比出土改后分到田地不饿肚皮之甜，对比出建立常年互助组后粮食增产之甜。

会议冷场了一段时间。

"谁，第一个进行回忆对比？"会议主持人问。

会场里热闹起来了。人们开始七嘴八舌地议论开了。有的说"我们村上最高阶级成分是中农，没人受过地主富农的剥削之苦"，有的说"如果要诉国民党反动派的苦，可以三天三夜诉弗完"，有的说"如果要诉日本鬼子的苦，我们满肚子都是苦水，尤其是蔡友洪"，有的说"如果说新社会的甜，除土改以外，也没尝到什么甜头。罪倒受了不少。去年年底，粮食统购，那哪是在统购？简直就是在抢粮。我恨弗得拿起菜刀，把乡、村干部砍了。他们实在不像话，与旧社会的土匪无两样，竟然冲到人家家里搜查，连空罐头都弗放过"。

听有的人开始发牢骚，会议主持人及时站起来，打断人们的议论，说："弗要嚷嚷着议论，要说站起来说。哪个先说？"见没有人站起来说，会议主持人说，"那好，下面，我们就请蔡友洪来诉诉日本鬼子对他的枪杀之苦。"

蔡友洪先是摇手推托，见推托不了，就站起来，讲了蔡家店人人皆知的他遭遇日本鬼子枪击的事。讲完，蔡友洪接着说："我们想要永远弗受日本人的欺侮，唯一的办法，就是要实现社会主义工业化，而国家要实现社会主义工业化，就需要很多粮食。因此，我们要好好种田，多收粮食，多卖粮食给国家。"人们听着听着，感觉蔡友洪说的话很新鲜，也有点深奥，感到很奇怪，都在想，友洪怎么会说出那样有水平的话，他到哪里去请了高师指点了？

会议主持人第一个鼓掌。接着，会场里响起了由不热烈到热烈的掌声。

四

蔡友娣收到了嫡亲弟弟徐荣发于一九五四年农历五月初二结婚的请帖，本该高兴，可她非但高兴不起来，反而愁死了。这似乎有悖常理、常情，但实为隐情所致。那么，这隐情是什么呢？

蔡友娣本姓徐，是申港徐村人，姐妹四人，还有一个弟弟。她在家排行老二，自从七虚岁那年被蔡家店的蔡顺度收为养女前，双方就说定，友娣的亲生父母亲不认友娣为自己的嫡亲女儿，也不相互往来。所以，十六七年来，友娣从未去过徐村的娘家，她的父母也从未来过蔡顺度家，就是友娣结婚，也未发请帖给徐村的娘家。如今，蔡友娣收到了亲弟弟结婚的请帖，是去还是不去参加婚礼？如去，就说明她已与徐村的娘家来往，已认徐村的亲生父母，而这有违当初的约定，是一种不守信用的食言。同时，养父母会有很大意见，会很生气。如不去，又不合情理，毕竟是自己的同胞弟弟，有着血缘浓情，况且亲生父母都健在，怎么说得过去？

"友洪，帮我拿拿主意。去，还是弗去？"蔡友娣说。"去，一定要去。如果弗去，阿珍娘，我们以后还怎么做人？"蔡友洪说。"可怎么开口去跟我现在的父母说？"蔡友娣问。"好开口说，"蔡友洪吐了一口烟后说，"关键只要心诚，心真。""弗要给我卖关节，"蔡友娣说，"有话直说。""好，我直说。"蔡友洪笑笑，将烟屁股往地上一掷，用右脚尖一跺，烟屁股被跺得粉碎。"要开口去说，还是我去说比较好。""为什么？"蔡友娣不解。"因为我是女婿，是你养父母的半个儿子。"蔡友洪说。蔡友娣表示同意。

一天吃过晚饭，收拾好碗筷，蔡友娣抱着女儿华珍，蔡友洪右手搀着孤儿小珍珍，左手拎着两小包山地干货，去了丈母娘家。蔡友洪拎着的两小包干货，一包是菇干，一包是笋干。这两种干货，在当时被称作"山珍"，一般人是吃不到也是买不起的。蔡友洪常做的生意就是贩卖诸如此类的南北山地干货。蔡友洪今晚送给他丈人丈母的，就是还未卖掉存放在家里的干货。

一进门，丈母就接过蔡友娣手中的华珍，一个劲地亲着外甥女。蔡顺度则接过蔡友洪手中的小珍珍。"夜饭到弗来吃，反而还拎着两包值钱的干货来，姐夫真是大量器。"小舅子蔡阿明说。

蔡顺度心里有数。除过年过节女儿女婿上门送礼物外，平时上门是不送礼物的。今天既不是年，又不是节，女儿女婿上门送礼物，肯定有什么事。至于是什么事，蔡顺度猜不到。蔡友洪也不急于开口说正事，先与丈人聊些家常话。还是丈人先开口了："友洪，今晚来弗会就是跟我丈人说说话的吧？""也差弗多。"蔡友洪给丈人递了一支烟，"阿爹，你看着我长大，是我的伯，还救过我的命。我跟友娣结婚后，你又成为了我的丈人。阿爹，你说，你看中的这个女婿怎么样？"

"这还用说，"丈母开口了，"总说一个女婿半个儿，要我说啊，友洪这个女婿啊，就是全个儿，比我家阿明还要孝我们。""娘，少说点啊，我听弗进去。"蔡阿明说，"姐夫是好，是能干，我比弗上他，可你说他好，也弗要带上我啊。我也是个要脸皮的人啊。再说，我还要讨老婆呢。""晓得要脸皮，晓得还要讨老婆，好事，好事。说明阿明有吃饭的念头。"蔡顺度说，"弗过，阿明，弗是老子说你，你应该好好跟你姐夫学学生意经，更要学学他如何做人。你姐夫也大弗了你几岁。你啊，就是长弗大。"

"弗要扯远了，顺度。"丈母说，"友娣友洪你们今晚来，肯定有啥事体要商量，快说吧。"

蔡友娣假咳了一声，欲开口先说，但被蔡友洪打断了："阿爹、阿娘，我们今晚来，是有一件事想跟你们商量商量。在徐村的也算是我的小舅子、友娣的弟弟，快要结婚了。你们看——"

气氛突然开始沉重起来。

丈母的脸有点难看。丈人抽起了旱烟。蔡阿明不说话。坐了一会儿，蔡阿明说："弗关我事。你们商量，我困觉去了。"

丈人、丈母不说话。

蔡友洪说："阿爹、阿娘，友娣经常说，她七虚岁被领养到阿爹、阿娘家里，到结婚这十二三年中，阿爹、阿娘对她像亲生女儿一样，她很感激。你们永远是友娣的父母，永远是我的丈人、丈母。友娣以前怎么待你们的，以后仍会那样待你们的。我以前怎么待你们的，今后仍旧那样待你们。我友洪对你们保证，一定说到做到。请阿爹、阿娘相信我和友娣。"

"阿爹、阿娘，"蔡友娣哭了，"你们对我的好，我一定记住，也一定会报答你们对我的养育之恩。我曾答应过你们，永远弗认徐村的亲娘，那是小时候，你们怕我跑回家去了不回来，我也怕你们伤心。现在，我都结婚了，也有了女儿，你们还怕我回徐村的娘家后就弗回来了？弗可能的。我终究是友洪的妻子，永远是蔡家店人。你们还怕我们以后弗会照顾你们？你们放一百个心，我和友洪弗是那种没良心的人。"

丈人说话了："友洪、友娣，你们都已把话挑明说透了，那就去吧。人心都是肉做的，应该将心比心。人都是吃五谷长大的，应该讲道理。友娣，你嫡亲弟弟结婚，你作为二姐，必须回家去祝贺。否则，蔡家店人、徐村人，会说我顺度是吃着五谷弗讲道理的人。"

丈母也开口了："友娣、友洪，既然你们刚才把该说的话都说了，我也无啥话好说了。我心里只有一种担心，就是这次友娣去认了亲生大人后，心里会弗会有什么新变化？"

"会有什么新变化？"蔡友娣问，"阿娘，说出来听听。""会弗会偏向徐村那头多一点。"母亲说。"阿娘，你想多了。你女儿是个什么样的人，你当娘的心里弗清楚？放一百个心，阿娘，弗管是你这个娘，还是徐村的那个娘，你们都是我友娣的亲娘，对你们，我会一视同仁，同等看待，弗会偏向哪一个。"蔡友娣说。

蔡顺度夫妇的思想顾虑，终于被蔡友洪夫妇打消了。

蔡友娣又被另一件事为难住了，那就是蔡友洪去徐村娘家吃喜酒，没有一件像样的衣服可穿。虽是阳历五月底了，按节气天该比较热了，是穿短袖子的辰光了，可是进入五月中旬后，天老是作变，不是阴天，就是落雨落勿完，气温不满二十摄氏度，穿了两件衣裳还觉冷。给蔡友洪做件新的吧，就单做一件衣裳，请一个裁缝很不划算，况且一时也无钱剪布请裁缝，家里仅有的几个钱都投在南北干货上，有一部分还没出手，出去借吧，也无借处，大家都穷，有的连饭都吃不囵囵。

"怎么办？"蔡友娣问蔡友洪。"什么怎么办？"蔡友洪说，"我就穿着结婚那年做的中山装去徐村丈母家吃喜酒。""弗行。"蔡友娣说，"你是第一次上门，是新女婿，穿了一件旧中山装去吃喜酒，坍弗坍台？弗行，让我再想想办法。"

过了两天，蔡友娣终于给蔡友洪借来一件大半新的男式列宁装，一试穿，稍嫌大了一点，但还说得过去。农历五月初二那天，上午是阴天。蔡友娣抱着女儿华珍，蔡友洪抱着孤儿小珍珍，两人肩上各背着一个包袱，去徐村丈母家吃喜酒。包袱里面是木耳、干菇、笋干等干货，是送给徐荣发结婚的礼物。这两包干货，在当时是值几个钱的，作为礼物送，也是比较贵重的，因而也很体面。

徐奎根夫妇见从小被领养出去的女儿相隔十六七年后，领着女婿，带着两个外甥女（他们把孤儿小珍珍当作亲外甥女了）上门来，激动得说话时连喉咙都有点发抖了，尤其是徐奎根妻子，更是喜极而泣。亲眷们看到蔡友洪送那么重的礼，纷纷交头接耳："奎根的从小送出去的二丫头，嫁了个这么好的女婿，真是好福气。"

按老习惯，徐村人办喜事，中午吃面条，不讲究坐位；晚上吃喜酒时，坐位子就很讲究了，不能乱坐。外甥结婚，娘舅都是坐在主桌朝南位子上，姨夫、姑夫等长辈坐辅桌朝南位子。但徐荣发结婚那天，徐奎根破了点老规矩，安排徐荣发的大娘舅和蔡友洪坐在主桌朝南位子上。蔡友洪不肯坐，一个劲地谦让徐荣发的二娘舅坐，二娘舅也不肯坐。大娘舅发话了："外甥女婿，我们是头一次见面，今天又是我外甥结婚，按老规矩，你是弗好坐朝南大位子的。可如今是新社会了，现在都在讲移风易俗，就弗要死守住老规矩弗放了。再说呢，让你坐朝南大位子，是你丈人、丈母跟我们兄弟几个商量好的，快坐下来吧。这是你丈人、丈母会做人，给你这个新女婿十八个大面子。他们昨天还担心你们弗会来吃喜酒呢，想弗到，你们来了。好事，也是喜事。"

就这样，蔡友洪忐忑地朝南大坐了，坐在蔡友娣大娘舅下首位子上。蔡友洪滴酒不沾，所以没主动站起来敬长辈们的酒，长辈们却先站起来敬蔡友洪酒了。不善言辞的蔡友洪，真有点应付不了这种局面，窘得手足无措。见状，蔡友娣站起来，从另一桌走过来，为蔡友洪解围："各位娘舅、姨夫、姑夫，谢谢你们看得起我家友洪，但说实话，友洪从弗吃酒。我和他结婚那天，友洪都没有吃一滴酒。他敬他娘舅用的还是白开水。"

听蔡友娣这么一解释，长辈们也就不为难蔡友洪了。蔡友洪酒不吃一滴，但烟发得勤，自己带在身边的三包香烟很快就发完了。长辈们抽着烟（那时酒桌上是不摆放香烟的），吃着酒，说着话，很是高兴。

蔡友洪给徐村的丈人、丈母及长辈们，留下了很好的印象。蔡友娣对蔡友洪的表现，很是满意。

第六章　经历曲折

一

蔡友洪去申港徐村吃了内弟徐荣发的结婚喜酒回来一个月后，就上了江堤，挑土加固江堤，在江堤上连续坚守了八天八夜没有回家。

据《江阴市志》记载：一九五四年五月至七月，下雨日有五六十天，降雨八百四十七点一毫米，长江上游多次洪峰下泄，长江江阴段最高水位达六点七二米，内河最高水位达四点九一米，江水倒灌内河。全县夏熟作物五次受淹，受灾面积二十三点零七万亩；秋熟作物四次受淹，受灾面积四十二点五六万亩，致使粮食减产四百九十三点四五万公斤。为阻挡长江潮水倒灌，中共江阴县委、县政府果断决定，将沿江的夏港河、新沟河、申港河、芦埠港河、桃花港河的港口，临时筑坝封堵，并组织沿江乡镇的数万青壮男劳力，上江堤加固、抢修江堤。

蔡家店及周边村庄倒塌房屋上百间，大部分农田被淹。

蔡友洪家草屋的两垛土墼墙头也倒塌，因蔡友洪在江堤工地上不能回家，坚强的蔡友娣含着泪，在父亲和公公的相帮下，垒起了临时性土墙，暂时用来抵风挡雨。

大灾过后，江阴县政府下拨救济款、救济物、救济粮，解决灾民口粮问题，帮助灾民恢复生产、建设家园。蔡友洪家因是中农成分，没能享受到政府的救济。蔡友洪不抱怨，无牢骚，请来瓦工，把倒塌的墙头重新砌好，把被狂风吹走的草屋顶上的稻草重新补上，咬紧牙，勒紧裤带，自力更生，度过大灾后的艰难日子。

从这次大灾后未能享受到政府救济这件事中，蔡友洪深切感受到，他作为出身中农的子女，只能是团结对象，难以成为依靠对象了，因而不再奢望自己能成为村里或常年互助组里的干部。但有一条底线或一个信念，他一直是坚守住的，那就是谢先生要求他的"听党话，跟党走"。同时，在这次大灾后的恢复生产中，蔡友洪也看到了常年互助组这个集体力量的强大，凭他的经验，如果还是单干，是不可能这么快地恢复生产。但他也看到了存在着的一些矛盾与问题，比如农活安排有时不尽合理、记工评分没有严格按照劳动质量评定、农具保管制度粗放。蔡友洪曾向组长提过建议意见，但未被采纳。

十一月，在于门乡钱家巷"新建社"的示范影响下，在县、区、乡的大力推动下，于门乡境内的百分之九十八以上的常年互助组，都在几天内迅速转为初级农业生产合作社。蔡友洪所在的常年互助组也快速地转为了初级合作社。

办社的阶级政策是依靠贫农、团结中农、限制富农，原则是自愿入社，方针是民主办社。按照初级社的规模一般控制在三十户以内的要求，蔡家店村刚好符合办初级社的规模要求。宣传口径上讲是自愿入社，但在实际工作中，是带有一定的强制性的，所以，蔡顺灿虽不完全愿意入社，对蔡友洪积极入社也有微词，但在当时那种暴风骤雨式的政治运动中，也只得被裹挟着入社。

在协商解决土地入股、耕牛与农具折价、评工记分、土劳分红等具体问题时，蔡家店人争论激烈，最终以简单粗放的举手表决方法，结束了争论：无论田地肥沃贫瘠、质量高低，都以田亩数入股；无论耕牛岁数大小、体质强弱，每头牛都以一个价入社；土劳分红比例为五比五。很明显，蔡友洪他们家吃亏了，把蔡顺灿气得好几天晚上没睡好，但他们家是中农，在蔡家店村上是绝对少数，他们家应得的正当合法的利益，被简单多数人侵占了。

进入十二月，在周边"闹退社"的影响下，蔡顺灿和村上的一些人，把自家屋前屋后的成材树木都砍了，有的人家甚至把还未达到出栏标准的肉猪都杀了，根本没心思积肥与备耕生产。蔡友洪也搞不懂为什么会突然发生"闹退社"的事，但他不掺和"闹退社"风波，而是一心一意地做小生意，卖他的南北干货去了。

那么，为什么会出现"闹退社"的情况？根据《中共江阴历史（1949—1978）》中记载："这一时期，由于初级社发展过急过猛，出现了违反自愿原则、耕牛农具折价偏低、损害中农利益等急躁冒进的倾向。加之农业因受灾减产，国家又向农民多购了两千多万公斤余粮，因而引起部分社员对社会主义改造的抵触和顾虑，致使一些乡出现了社员思想动摇，闹退社，甚至非正常地杀猪宰羊、滥砍树木，不热心积肥和备耕生产情绪低落等现象。"

蔡友洪把生意做到了江阴东乡。一天，他来到华士集镇，铺摊设位，售卖南北干货。问价的人不少，还价的不多，成交的更少。有的说，你这干货东西不错，价格也不太贵，就是口袋里没钱。今年是大灾之年呀。有的说，为了交统购粮，家里的罐头都被干部们倒空了，年关都过不去，哪还有什么余钱买你这干货？东西是好东西，可不能当饭吃呀！有的说，要么你欠给我，明年有钱了我还你。蔡友洪摇头，说："欠账生意弗做。"

蔡友洪在东乡几个镇奔波了十多天，扣除住宿、吃饭等费用，净到手的没几个钱。他深感灾年生意难做。一天傍晚时回到家，见被西北风刮得满脸灰尘的又黑又瘦的蔡友洪，妻子蔡友娣心疼得直流泪，赶紧烧热水，让蔡友洪洗脸洗脚，换上干净衣服。小珍珍的外育年限已到，已被送回了江阴县救济院。蹒跚学步的蔡华珍，见父亲回家，高兴得张开双臂，牙牙学语道："爹，爹爹，抱，抱——"蔡友洪蹲下身子，抱起心爱的女儿，不停地亲着。蔡华珍不时发出稚嫩的笑声，使这两间漏风的草屋里，顿然充满了春日般的暖意。蔡友洪十多天中积攒起来的倦意，被这暖意融化得无踪无影。

温存后，蔡友娣说："友洪，我身上又有了。""真的？"蔡友洪高兴地问，"会是丫头还是老小？"蔡友娣说："头丫头，二丫头，三老小。我估计还是个丫头。""丫头就丫头，"蔡友洪说，"现在已是新社会，讲究男女平等。""能平等得了吗？"蔡友娣说，"在初级社里，你们男人出工一天能计十分工，我们女人同样出工一天，只能计八分半工，平等吗？还有，我还弗晓得你心思，你嘴上说'丫头就丫头'，其实心里整天盼着有个儿子。""还是阿珍娘懂我的心思，弗急，我们好好用功。儿子早晚会有的。"蔡友娣被蔡友洪逗笑了。

一九五五年，由于实行了新的耕作技术，全面推行由籼稻改种粳稻，广种老来青晚粳新品种，再加上科学的田间管理，及时的防治病虫，粮食收成好于去年。年终分配时，因出工足，再加上土地股份分红，蔡友洪家分红到了一百二十多元，再加上做点小生意凑凑，积攒了近二百元钱。"阿珍娘，我们再苦它两三年，就可以造新瓦房了。"蔡友洪说。"你就是整天想着发家致富造新房子，就弗怕别人说你思想弗好？"蔡友娣说。"能发家致富弗好吗？"蔡友洪又有点激动了，"我们一弗抢，二弗偷，全凭我们一双手。如能发家致富，有什么弗好呢？再说，什么叫思想好，什么叫思想弗好？如果我能通过劳动，不怕吃辛吃苦，最终过上了好日子，我宁愿被人家说我思想弗好。我才弗在乎思想好弗好呢。思想好能当饭吃吗？"

一九五六年三月，为加速对农业的社会主义改造的进程，根据省、地委要求，中共江阴县委、县政府进行区、乡镇行政区划调整，由原来的十二个区、一百六十二个乡镇，调整为七个区、三个县属镇、六十九个乡。在这次行政区划调整中，于门乡与三元乡合并为于门乡，乡公所设在后北庄。书记为赵阿清，乡长为於中枢。四月，于门乡所有初级社转为高级社，其速度之快，令人眩晕。新沟河东面的原属于门乡第三行政村（辖小铺头、大铺头、张家牌、顾家店四个自然村）、第七行政村（辖施家店、金家店、曹家店三个自然村）、第八行政村（辖蔡家店、匡家店、新沟三个自然村），与原属三元乡的前北庄、后北庄、朱家店及孟济里等六个自然村，组建为于门乡第一高级农业生产合作社。

二

高级农业生产合作社，取消土地分红，耕牛、农具等生产资料折价入社；下设若干生产小队（一般一个自然村为一个生产小队），以生产小队为核算单位，实行按劳计酬和按劳分配。为帮助扶持快速建立起来的高级社，各区建立了农村信用合作社，为高级社发放小额贷款，解决高级社在生产中的困难；在各乡建立农村供销合作社，收购高级社和农民生产的农副产品，为农民供应生产和生活资料。每个高级社都召开成立大会。会后还组织庆祝游行活动。

四月中旬的一天下午，蔡顺灿参加完高级社成立大会后，没有像其他人那样，满脸洋溢着笑容，而是一脸阴郁，双眉紧蹙。一回到家，蔡顺灿没有像往日那样，忙着烧夜饭、喂猪，而是躺在床上，用被子蒙住头，呜呜地哭将起来。这可把蔡禹洪吓坏了，赶快奔到蔡友洪家："哥，快，快去看看阿爹。""阿爹怎么啦？"见弟弟一脸着急，蔡友洪急切地问。"我也弗清楚。"蔡禹洪说，"只听阿爹蒙在被头里哭，夜饭也弗烧，猪也弗喂。""友洪，快，快去看看你爹。"蔡友娣说，"猪，我去帮着喂吧。"蔡友洪放下正在拌猪食的活，洗了手，急忙去看蔡顺灿。

见两个儿子站在床前，蔡顺灿呜呜地哭得更伤心了。"阿爹，好好的，哭什么呀？"蔡友洪问。"你们弗懂的。"蔡顺灿呜呜地说，"我对弗起我阿爹呀。我对弗起我阿公呀。他们两代人吃辛吃苦置下的田地，到我手里怎么就全部被充公了呢？我没出息呀。我没本事呀。我保弗住我们家的田弗被充公啊……"蔡友洪终于明白父亲为什么哭了。

蔡顺灿是把属于自己的地，视如自己的生命。一九五〇年土改后，当阶级成分没评定时，蔡顺灿的脸也阴了几天。那几天，蔡顺灿吃不香、睡不踏实。当评定为中农，家中土地不要拿出来被分掉，特别是拿到土地证后，一脸阳光，人也变得年轻了几岁。然而，根据上级要求，高级社成立大会后，各农户就要把土地证交给社里，由社里交到乡里、区里，最终交到县里，统一处理。把土地证交出去，就标志着土地不再属于蔡顺灿了。这让为土地生、为土地死的老农民蔡顺灿，怎么心甘？怎么不心痛？

蔡友洪还记得，自己的爷爷蔡应川于一九五〇年农历九月二十日逝世时，自己的奶奶张氏于一九五二年农历六月初七过辈时，父亲都没这么痛哭过。父亲对土地的感情太深了，深入到了骨髓中，深入到了血液中，深入到了灵魂中。想起父亲的种种，蔡友洪也不禁唏嘘起来。

"没出息。"蔡顺灿猛然从床上坐起，"老子哭，是因为老子老了。你哭什么，友洪？你们还年轻，日子还要过下去，弗要学你爹的样，没出息，跟弗上形势，满脑子老思想。"蔡顺灿下床，趿好鞋，说，"友洪，老子弗烧夜饭了，你去买点冷菜，老子要去你家吃酒。禹洪，你快去喂猪，喂好后去你哥家吃夜饭。""弗要去喂了，阿珍娘已去喂好了。"蔡友洪说。

蔡友洪奔回家交代妻子几句话后，就去马桥头买冷菜去了。那天晚上，蔡顺灿父子三人没去参加高级社成立后的庆祝游行活动，而是吃酒（蔡友洪坚持不喝一滴酒）说话至半夜。蔡友洪和弟弟说得不多，主要是听父亲说。在他们兄弟俩印象中，二十多年中父亲说的话加起来，还没有今晚说得多。

父亲给他们说家史，说他心中的梦想，说他心中的困惑，说他心中的痛苦，更有对两个儿子的殷切期盼。蔡友洪是第一次看到父亲丰富的热烈的纠结的内心世界。这个晚上蔡顺灿的酒话，不是胡言乱语，而是借酒力勇敢裸露胸膛说出来的真实的强烈的由衷之言，深深印在了蔡友洪的脑海，坚固地烙在了蔡友洪的心坎上。

高级社以生产队为单位，实行劳力、土地、耕牛、农具"四固定"和包产量、包成本、包工分，超产奖超产部分的百分之六十、减产赔偿减产部分的百分之四十的"三包一奖"生产责任制。加入高级社后，蔡友洪逐渐发现了问题。这些问题在初级社时就已初露端倪，进入高级社后，仍未引起社干部的重视：劳动的数量与质量没有和社员个人利益挂钩，已出现干多干少、干好干坏一个样的倾向性苗头；生产安排中出现了不分农活缓急的混乱现象，造成窝工浪工。于是，蔡友洪向生产队领导反映问题，提出改进意见。队长也有苦衷。他对蔡友洪说："友洪啊，你发现的问题，我也看到了。问题是，高级社的情况，与初级社完全弗同了。生产队里的自主权几乎没有了，现在一切都得听高级社的。弗要多想了，友洪，别人过得去，你友洪就过弗去？跟着大流走吧。"

"随就随大流吧，"蔡友洪想，"我又弗是干部，我也当弗成干部，按政策，谁会让我这个中农的儿子当干部？队里的事弗去多操心了，还是多操操自己家里的心吧。"蔡友洪把自己的心思跟妻子一说，妻子立马赞成："友洪，我们管弗了队里的事，却可以管好自家的事。如今，家里又添了一张嘴（二女儿素珍已一周岁多了），我们负担重了。你啊，把心思多用点在如何做小生意上，多寻几个钱，赶快把房子造起来。我们总弗能老住在这两间破草屋里吧？"

"弗会的，"蔡友洪说，"我想，明年春起，家里养些春蚕，再把养肉猪换成养老猪婆，能做生意时我就做点生意。我相信，只要我们夫妻俩一条心，肯吃苦，最多过一两年，新房子肯定会造起来的。"然而，这年冬年终分配后，蔡友娣哭了。蔡友洪叹息了。为何？蔡友洪家加入高级社后，年终分红明显少于初级社时的分红。

初级社时，年终按"土劳分红"。加入初级社时，蔡友洪以三亩半田入股，头一年入股土地分红占百分之三十五，吃了亏，第二年改正了，占百分之四十；劳动工分分红占百分之六十。因蔡友洪与妻子在包工责任制中舍得吃苦，多包了一些农活，多得了一些工分，再加上入股土地比一般人家要多些，所以分红也比一般人家要多。可加入高级社后，取消了土地分红，又不实行个人包工制，还多了一个人，所以，到年终时，除了扣掉口粮款后，再加上队里提取掉的公积金、公益金，致使可分配总收入减少，因而蔡友洪家年终分红明显少于去年和前年的年终分红。

蔡友洪安慰妻子："阿珍娘，天下大众事，像我们家这种情况，在全江阴弗晓得有多少？别再难过了，我们硬着头皮适应吧。再说，从竖里看，今年收入是少于去年和前年了；但从横里看，与大多数人家比，我们家的收入还可以。人活着，就要朝前看。要相信，来年的日子一定比今年好。这样，人才有活头，才有奔头，才有盼头。"

高级社存在的问题不仅蔡友洪所在社有，而且有的高级社存在的问题还非常严重。一九五七年春，大岸村集体吵闹退出高级社的事，在江阴西乡传得沸沸扬扬，影响很大。一天晚上，蔡友洪与蔡善云、蔡汝洪等人在一起闲聊时，聊到了大岸村闹退社的事。蔡善云是队长，隔三岔五地要到社里、乡里参加会议，知道的情况要比社员多得多。蔡善云说："你们弗晓得实际情况要比传的严重得多。前两天去乡里开会，赵阿清书记详细讲了大岸村闹退社的事。事情的前因后果是这样的。今年初，澄西区篁村乡为了便于领导，在未做细致工作的情况下，就命令式地将大岸村的两个初级社并进了第五高级社。同时，并社前也没有对两个初级社的账目进行审计，更没有公开，是一笔糊涂账。因此，社员们认为两个初级社的主要干部存在挪用、贪污问题，反映到高级社，要求查账，但高级社领导弗理事。于是，弗少社员就自发地组织起来，闹到高级社、乡政府，而乡政府又未及时处理，结果，事情闹大了，一百多个男女社员围堵高级社，强迫社主任和会计交出入高级社后他们交出的土地证及库存现金，吵嚷着要退出高级社，并罢工三天，弗肯下田做生活。后来在江阴县委的高度重视下，在区、乡调查组的调查处理下，公开了原来账目，几名主要社干部退赔了挪用款或贪污款，并受到了相应的处分。这才平息了闹退社的风波。其实，高级社中存在的问题真弗少。"

"是弗是高级社办早了？"蔡汝洪问。"弗见得。"蔡友洪说，"我看还是人的问题。""弗要说半句头话，友洪，"蔡汝洪说，"说完整的。说下去，我倒要听听你怎么说。""一是社干部大多没有文化。你们看看，我们社里的几个干部，哪个是字墨精通的？笆斗大的字弗识半个，怎么能搞好高级社？况且，高级社又是个新东西，以前从来没有人搞过。二是有的人一当干部就贪，一时又没有好办法能管住他们。"蔡友洪说。

"依你的意思，"蔡汝洪说，"友洪，我们这个高级社就弗要搞了？""你错了，"蔡友洪说，"汝洪，高级社要搞，而且要搞好，但弗能操之过急。它是个新东西，我们还没有完全弄懂搞明白，在发展过程中，出点差错，也是正常的，就像小孩儿学跑路，哪个弗要摔了多少跟斗后才会走路的？两者的道理是一样的。"

"所以，友洪，"蔡善云说，"现在开展的'三自给'运动，正是解决高级社遇到困难和问题的应急办法。你仍要带好头呀。""带头说弗上，"蔡友洪说，"我是中农，更弗是队干部，弗大可能会走到最前面去的，但我也弗会落后。干部走在前，我友洪紧跟在后。这一点我能做到。"

三

蔡善云说的"三自给"运动，指的是从一九五七年三月中旬起，江阴自主开展的"资金、肥料、饲料自给"的运动。开展以农业增产为中心的"三自给"运动的原因是，一九五六年江阴全县水稻由于病虫害严重而歉收，年终分配时又片面强调少留多分，结果，使得大多数高级社没有预留或预留生产资金不足百分之五十，导致来年生产资金严重不足，再加上一九五七年江阴全县肥料、饲料供应指标严重不足，因而造成生产资金、肥料、牲畜饲料严重短缺。开展"三自给"运动的目的，就是要解决高级社农业生产中遇到的这三大困难，努力增产增收。

蔡友洪所在生产队同样面临生产资金、肥料、饲料严重不足的困难。为了解决"三自给"、发展农业生产，生产队根据上级要求，队干部带头，动员、引领社员有钱出钱、有实物以物抵资，拓宽融资渠道，解决生产资金问题，并规定，投入到社里的钱，其本息随要随取。同时，生产队为解决肥料问题，将积肥任务分配到户，并确定工分定额；为解决饲料问题，将旱地、屋基、部分地势高不能灌溉的旱地，按人头数划给社员用作饲料地。

在队干部的动员下，经与妻子商量并达成共识后，蔡友洪拿出了积攒起来的准备建造新房的二百六十元钱，作为投资投给了高级社。同时，蔡友洪夫妇俩起早摸黑去河滩、江滩边割青草沤肥，种好饲料地，养好老母猪，因而忽视了两个孩子，特别是二女儿素珍。她已发烧多日，还不时呕吐。蔡友娣以为孩子发几天烧，无碍大事，便用冷水毛巾敷在素珍的额头上，用以退烧。那个年代，农村医疗条件十分落后，农民的医疗意识也比较淡薄。蔡友洪夫妇根本没意识到二女儿素珍病情的严重与危险，照样早出晚归，一心扑在农业生产上，结果，在一天傍晚收工回到家，蔡友洪忙于喂猪，蔡友娣忙于做晚饭，当他们把该做的家务都做完，准备吃晚饭时，才想起房里的两个女儿。蔡友娣提着灯，走进房间，只见大女儿华珍坐在地上，身体靠在幼儿坐车上，口角处淌着涎水还在酣睡。蔡友娣只闻到一股臭味，低头一检查，发现素珍屙了一屁股屎，弄到满身都是。蔡友娣抱起素珍，欲给素珍擦洗屁股，换干净衣服，可素珍没有往日的反应。到这时，蔡友娣才发现，三虚岁的二女儿素珍的身体已硬了。蔡友娣顿时痛哭起来。

进入四月，由于天气忽热忽冷，变化无常，致使流行性脑膜炎在江阴蔓延。一九五七年四五月，江阴全县死于流行性脑膜炎多人。蔡友洪三虚岁的二女儿素珍，也是死于流行性急性脑膜炎。可当他们知道后，已为时已晚了。因此，二女儿的夭折，给了蔡友洪不小的心理打击。蔡友洪心痛、自责。"阿珍娘，是我太大意了。如果我早两天抱她去医院，就弗会……我对弗起女儿。我弗是一个好爹呀……"见丈夫陷入痛苦的自责中，蔡友娣安慰说："友洪，弗要自己责怪自己。你没有错，你若有错，那么，我也有错。可我们弗晓得素珍得的是急性脑膜炎啊，要是早知道，我们怎么会……友洪，素珍已走了……我们还有华珍。我们以后还会有孩子的。"

对蔡友洪来说，一九五七年，是一悲两喜的一年。一悲，是三虚岁的二女儿素珍不幸夭亡；两喜：一喜是妻子蔡友娣又怀孕了，二喜是年终分配时分红到了二百十二块钱，因为这年是丰收之年。在双喜中，蔡友洪迎来了崭新的一九五八年。

春节期间，蔡友洪跟父亲商量，他准备在今年上半年把新房子造起来。"友洪，手里的钱搭得够吗？"蔡顺灿问。"问题弗大。阿爹，在年底我跟善云说过了，他答应过年后队里安排我们家六间屋基。"蔡友洪说，"阿爹，我是这样想的。我们先造四间正屋，我和禹洪各两间，再各人搭一间草屋，养养猪。阿爹，你看怎样？""你的想法蛮好。"蔡顺灿说，"友洪啊，你真像长兄了，事事处处想着你弟弟。这样吧，过年后我去窑上定好砖瓦，准备在麦上场后动手起屋。"

造房子的事就这样定下来了。正月半一过，队里安排给蔡友洪兄弟俩造房的六间屋基，高级社也批准同意了。同时，乘农闲队里不出工，蔡友洪去了两趟溧水，购买造房用的梁柱、椽子。一切准备就绪，夏忙一过，蔡友洪就请了瓦、木匠和帮工，动手造房了，一星期后，四间丈三大六（指屋脊高一丈三尺六寸）新瓦房落成。

就在蔡友洪准备房料造房时，江阴和全国一样，开始了农业生产的"大跃进"。当时，"学常熟、赶常熟、超常熟""以革命战斗的意志、顽强的信心和'愚公移山'的精神向大自然进军""三麦赶水稻、水稻翻一番"等口号标语，贴满各自然村。面对这样突如其来的"大跃进"，蔡友洪感到新鲜，但渐渐地开始困惑。一天晚上，蔡友洪去蔡善云家串门时，问："善云阿叔，你从解放起就是村长、初级社社长，现在又是生产队队长。你相信三麦产量能超过水稻产量吗？水稻产量有翻一番的可能性吗？""友洪啊，"蔡善云说，"你喜欢动脑筋，本来是好事，但你的脑筋只能动在家里，弗好动在队里，更弗好动在社里。你还没看出来？高级社后，弗要说是社员，就是队长我，种田也弗要动脑筋，也用弗着你动脑筋。怎么种田，上面都给你想好了，下面只要照着做就行了。还有，友洪，我要提醒你，弗要怀疑三麦弗能超水稻。你这种思想很弗好。前天社里开队长会议，有像你一样想法的队长，遭到了社长的批评，说这是弗辨是非的表现，要弗得。现在是新社会，什么人间奇迹都可以造出来。"

听蔡善云这么一提醒，蔡友洪的嘴巴闭得更紧，随大溜地"大跃进"，队里开社员大会时，也不发言，只是听，但心中的疑虑并没有被打消。

九月二日，江阴县委召开县、乡、社三级干部会议，学习贯彻中共中央、江苏省委、苏州地委关于兴办人民公社的文件精神，讨论并通过《关于兴办人民公社的规划》。会上，江阴县委决定在夏港（为适应农业合作化发展的需要，一九五七年九月，进行区、乡行政区划调整。原于门乡被撤销，其第一高级农业生产合作社划归夏港乡，仍为夏港乡第一高级社）、马镇、周庄三个乡进行成立人民公社的典型试验。会后，夏港乡各高级社组织社员进行要不要办人民公社、怎样以实际行动办好人民公社的大讨论。

夏港乡第一高级农业生产合作社组织发动各生产队社员讨论时，起先，社员对人民公社成立后将实行工资制和供给制，非常感兴趣，话题很多。有的说，新鲜事。农民还能月月拿工资，这是自古以来从未有过的。好，好，好，我愿意加入人民公社。有的说，我们吃、穿都有人民公社供给，这样的好日子谁弗想过？我一百个愿意加入人民公社。可当讨论人民公社"一大二公"（即人多、地多规模大；生产资料公有制程度比高级社更高、更社会主义；入社后，要把社员家的自留地、社员家屋前屋后种的树、社员家饲养的家禽牲畜都收归公社所有）优越性时，社员们大多沉默了。主持讨论会的社干部，一再启发也无济于事。

可在白天出工劳动时，社员们的议论倒有不少。有的说，办公社与前两年的小社并大社是一样的，换汤弗换药。有的说，这次办公社，资本主义尾巴大的中农又要吃亏了。有的说，一切都要归公社，是否社员家好的衣服也要归公社？有的说，人民公社后要平坟增地，那么，我们今后死了就没有葬身之地了？等等，不一而足。

在这场大讨论中，蔡友洪的思想也经历了阵痛，经受了洗礼，由起先的兴奋到疑惑，再由疑惑到以实际行动积极加入人民公社。在这一转变过程中，蔡友洪最终是被描绘的人民公社的美好愿景所吸引，所鼓舞。

为体现社员的自愿性，根据县、乡的要求，每家每户都写入社申请书。据九月十五日《江阴日报》报道：九月十二日晚上，夏港乡各高级社都集中组织社员讨论入社工作。"在讨论到十点钟以后，要求入社的决心再也熬不住了，他们连夜写了申请书，穿了新衣服，组织了整齐的队伍，敲锣打鼓，抬着申请书向夏港乡党委、夏港人民公社筹委会（驻地）进发……在用一张大红纸写的入社申请书上，贴上了土改后发的土地证，以此来表示衷心加入人民公社的决心。""这天晚上，夏港街上家家户户挂灯结彩，满街红光冲天，少先队员们高兴地打着腰鼓，成群的学生放开喉咙高唱。当地群众说，夏港街上的热闹程度超过了以往的盛大节日。各个村子里，也都锣鼓喧天，爆竹轰鸣，彻夜未停，盛况赛过春节。全乡 12000 多名农业高级社社员，沉浸在这欢乐的气氛、浓厚的社会主义新鲜空气中，他们在写着参加人民公社的申请书、决心书、保证书。"

在这天晚上的入社大讨论中，蔡友洪积极发言，表示在共产党的领导下，坚决走在社会主义的康庄大道上，立大志，鼓大劲，十五年赶上英国，二十年超过美国，建设电灯电话、楼上楼下，建设看病、上学、吃饭……不要钱的美好社会，跑步奔向共产主义。同时积极撰写自愿参加人民公社的申请书，并为不识字的社员代写了几份申请书。十点钟后，热血沸腾的蔡友洪和其他社员一起，加入到了欢庆的游行队伍中，回到家时，已是凌晨了。

九月十五日下午一时，在夏港镇上的南巷场隆重举行夏港人民公社成立大会，逾万名社员参加会议。会场中的蔡友洪手擎着一面红旗，挥舞着，欢呼着，歌唱着……无数面红旗汇聚成了红色的海洋，震耳欲聋的锣鼓声似惊雷在空中激荡，此起彼伏的口号声似奔涌的江涛……在这忘我无我的氛围中，蔡友洪仿佛看到了他常思念的谢先生正向他走来……

会后，蔡友洪作为代表，参加了一支由工、农、商、学、兵组成的千余人队伍，扛着三面大红旗，敲锣打鼓，一路高呼着口号，高唱着歌曲，浩浩荡荡，沿着镇澄公路，朝江阴县城进发，向江阴县委、县政府报告成立夏港人民公社的特大喜讯。

至九月二十五日，在短短的十天时间内，江阴全县实现了人民公社化，先后将六百四十二个高级社合并升级为三十五个政社合一的人民公社。

四

原夏港乡第一高级农业生产合作社，在成立人民公社后，被划入夏港人民公社第一工区，原生产队建制不变。

江阴县对人民公社的设想规划是"生产战斗化、种田机械化、运输车船化、河道水网化、农村电气化、粮食满仓化、畜牧成群化、养鱼满塘化、教育普及化、技术科学化、全民体育化、治病公费化"（《中共江阴历史（1949—1978）》）。为了实现这一设想规划，各高级社加入人民公社后，一切财产上缴公社，实行统一核算、统一分配，社与社、农村与县城之间进行劳动力、运输工具和农副产品等无偿调拨，施行工资制和供给制相结合的分配制度，其中工资部分占百分之四十一点八，每月发放；供给部分占百分之五十八点二。

为了便于领导，人民公社全面推行组织军事化、行动战斗化、生产集体化，实行团、营、连、排、班军事制度，统一制订各项工农业生产规划，按片（江阴全县被划分为六个片）定指标、定成本、定规格、定措施，以规模化和集团化的形式，进行工农业生产。

人民公社成立后不久，便是秋忙。根据上级命令，夏港人民公社在播种三麦时，一半以上的农田进行深翻，耕深一尺两寸（原耕深三至四寸），把原来的熟泥翻到一尺两寸以下，把埋在一尺两寸下的生泥翻到上面，严重破坏了耕作层。同时进行密植，由原撒播麦种每亩三至五公斤，跃升为每亩十五公斤以上。结果是，长出来的麦苗细如丝、穗头小、易倒伏、产量低，致使一九五九年夏熟严重减产。

可在当时，没有一个人持公开反对意见，就是一把农活好手的蔡顺灿，虽认为这种深耕密植是瞎胡闹，但仅在背底里叹息外，公开场合从未有过言语表达。同时，他还反复告诫儿子蔡友洪，有不同的想法放在肚里，不要放在面上，否则要被插上"黑旗"（指遭到批判）的。蔡友洪听从了父亲的话，跟着众人"大跃进"。在积极投入农业"大跃进"的同时，蔡友洪还积极投入到"以钢为纲"的炼钢"大跃进"中，拆铁窗，砸铁锅，把家里所能找到的铁质物，无偿地献出去，支持"钢铁元帅"升帐。

秋忙刚结束，就以生产队为单位，办起公共大食堂。根据上级要求，将社员家的自留地、饲养的家禽家畜、屋前屋后的树木，全部收归公社所有；社员将家里所有的粮、油、盐、酱、醋、柴，在规定时间内交到公共大食堂，实行吃饭不要钱；社员家的灶头全部拆掉，灶土当作肥料壅田。

公共大食堂由连长或排长、食堂管理员（食堂会计）、三五个社员组成管理委员会，主任由连长或排长兼任，食堂会计任副主任。其职责一是听取社员意见，研究改善伙食；二是结清账目，每半月公布一次；三是保管好粮油，严防霉烂或被盗；四是检查清洁卫生。公共大食堂在行政上接受工区领导。

公共大食堂的会计与炊事员，都由社员民主直选。食堂会计的任职条件是：政治立场坚定，大公无私，办事认真，在社员中有一定的威信；炊事员的任职条件是：思想纯洁，身体健康，有一定的烹饪技能。食堂会计和炊事员的任务是搞好伙食；种好菜园地；养好猪、羊、鸡、鸭、鹅，搞好副食品加工；给劳动工地上的社员送水送点心。

蔡友洪被社员民主直选为公共大食堂会计。上任后，蔡友洪严格执行公共大食堂每人年均六百斤的粮食定量标准和每人每月零点四元钱的伙食标准；按照"鼓足干劲生产，敞开肚皮吃饭"的精神，加强计划管理，天天核算，防止前吃后空；调动炊事员的积极性，在尽力做好饭菜的同时，种好菜园地，养一些猪、羊、鸡、鸭，逐步增加荤菜，努力丰富社员的伙食；狠抓食堂卫生工作，坚持标准不放松。因此，在"红旗、白旗、黑旗"三旗竞赛中，蔡友洪管理的公共大食堂，多数时候获得"红旗"，从未得过"黑旗"。

蔡友洪还努力为病人、产妇、孕妇、老人和孩子着想，在用餐时间上和次数上适当照顾，延长供饭时间，增加供应次数，专门为他们供应面食、热菜、热汤等；还热情招待社员的亲友，如是夏港公社范围内的亲友，只要凭公社的代粮券，就可以到食堂吃饭，不受时间限制，保证吃饱肚皮；如是外公社的亲友，每天每人只收现金三角，代粮券一斤。如果是自家的亲戚，蔡友洪同样照章办事，从不徇私情，从而获得了干部社员的好口碑。

蔡友洪也遇到忧心事，即社员的实际用粮标准不断地突破定量标准，为这他常与公社粮食管理股的工作人员吵得面红耳赤："你们是饱人弗知饿人饥。社员们披星戴月、没日没夜地大干社会主义，肚里油水弗足，多吃几斤粮食怎么啦？种粮食的吃弗饱肚皮，还有力气种粮食？""你们早已在前吃后空了，"粮食股一位工作人员说，"弗是我们弗批给你，而是粮库里快要空了。全公社有一百三十多个食堂，一个个都要增加供粮指标，我们跟谁去要粮食啊？我们也没办法。"争归争，吵归吵，在公社领导的协调下，蔡友洪还是每次能够提取到公共大食堂所需的粮食。

然而好景不长。正如《中共江阴历史（1949—1978）》中所云："1958年的农业'大跃进'是以严重的浮夸风为显著特征的……虽然迎合了当时全国'大跃进'的形势，却使人民群众'吃尽了苦头'。'大跃进'导致了生产力与生产关系的不协调，粮食产、购、销的比例严重失调，使粮食生产不但不丰收，加之城镇非农业人口剧增和'一大二公'造成的粮食严重浪费，致使翌年粮食供应趋于紧张。"

一九五九年四月，根据中共中央和中共江苏省委的指示精神，中共江阴县委对人民公社管理体制实行初步调整：撤销工区，取消班、排、连、营、团的军事化管理体制，恢复公社、生产大队、生产小队管理体制；由以公社为核算单位改为以生产大队为基本核算单位，调整工资与供给在分配中的比例，社员分配占大队总收入的百分之四十四点一三，比以公社为核算单位的分配比例降低了八点三六个百分点，其中工资占百分之七十点三七，比原来提高了二十八点五七个百分点，供给占百分之二十九点六三，比原来降低了二十八点五七个百分点；将由公社使用的耕牛和大中型农具、猪羊鸡鸭、自留地等下放给生产大队使用与管理；允许社员私人饲养家禽家畜，屋前屋后不便于生产大队经营的零星土地，由生产小队统一规划、社员种植，谁种谁收，零星树木仍归社员个人所有。

六月，麦子上场后，一日三顿仍由公共大食堂供给，但不集中用餐，而是由社员把粥饭打回家去吃，下饭菜自行解决。于是，每家每户都砌起了简易灶，供烧菜使用。

蔡友洪夫妇利用工余时间，起早摸黑，养猪养鸡；见缝插针，种好屋前屋后的零星地上的蔬菜，勉强管饱了全家四口人的肚皮。一九五九年的除夕年夜饭，蔡友洪家吃得既寒酸，是与往年比，又很丰盛，是与队里的其他社员家比。蔡友娣烧了一海碗红烧肉（过年前每人分到了四两肉，她全家四口人分到了一斤六两肉），把肉块头切得薄薄的；烧了一碗鱼，是两条鲢鱼，每条半斤多重，也是大队分配的；杀了一只公鸡。为了杀这只公鸡，蔡友洪夫妇还拌了几句嘴。妻子舍不得杀，说明年开春后可以卖几个油盐钱。蔡友洪则说，过年了，应该有肉有鱼有鸡，图个吉利，祈个希望。再说也不能太苦了两个孩子。最后妻子听从了蔡友洪的话。

除夕那天中午，蔡友洪把父亲和村上的丈人丈母请到家里吃了年夜饭。父亲和丈人都喝醉了，两人喝掉一斤江阴产的烧酒。"我很想念土改后的那几年的舒坦日子。"蔡顺灿说。"是呀，"蔡顺度说，"现在这个社会，看弗懂。去年吃食堂时，把肚皮撑得蛮蛮大。今年下半年起，食堂里的粥越来越稀，饭越烧越烂。估计，开年后，连烂饭都吃弗着了。"

"弗要说酒话了，两个阿爹。"蔡友洪说，"要相信共产党。"

　　"是呀，两个阿爹。"蔡友娣说，"友洪现在也算是个干部。你们在家里说说酒话弗要紧，出了门就弗能说了。弗要影响友洪的进步。"

　　"晓得，"蔡顺灿说，"我们还没有老糊涂到说话弗知进出。"

　　蔡顺度附和地点着头。

第七章　蒙受不白之冤

一

　　一九六〇年的春荒，实在难熬。难熬在公共大食堂供应的一日三顿粥越来越稀，稀到可以照出人影，且还灌不饱肚子；难熬在没有多少东西可以替代粮食充饥，却还要照样干重体力活。社员们更奇怪的是，地里的麦子长得又稀又瘦，红花草、秧草却长得很肥。可这红花草、秧草是大队所有的，社员个人没有半点自由支配的权利，必须由生产大队统一按计划按人头分配。如有人偷了一把红花草或秧草，一经发现，立即被批斗。

　　一天早晨，开了早工后的蔡友娣，拿了一只陶瓷钵头去食堂打粥，按规定，整劳力是每人三铁勺（一勺粥相当于半斤重），半劳力是一勺半，老人和孩子是每人一勺。蔡友娣的钵头里打了八勺粥，端到家里，刚把钵头放到桌上，两个女儿就扑了上来，动手舀粥吃，被蔡友娣喝住了："两个饿煞鬼，弗许吃，等你们阿爹从食堂里回来后再吃。"两个女儿站着不动，只是一个劲地咽着口水。蔡友娣则揭开锅盖，舀了三瓢水放进锅里，再盖上锅盖，然后坐到灶门前生起了火。当锅里的水烧开后，蔡友娣站起，揭开锅盖，用匙勺在盐钵头里刮了一点盐放进锅里，再提起水缸盖上的一只竹篮，将半竹篮红花草倒进锅里煮了起来，煮熟，捞到一只小钵头里，再端到桌上。此时，蔡友洪从食堂里回来了。两个女儿急不可待地拿起碗，舀了半碗粥，再用筷子捞起一大筷子红花草放进碗里，再像拌猪食那样拌了几下，就狼吞虎咽地吃起来。最后，姐妹俩为抢着舔粥钵头，差点动起手来，最终还是当姐的华珍让给了妹妹华娣。看到这一幕，蔡友娣心酸地幽泣了。蔡友洪则不住地唉声叹气。

　　暮春的一天子夜，天很有耐心地下起淅淅沥沥的雨，下了半小时后突然停了，仅弄湿了场地上道路上细腻的尘埃而已。人们都还在酣睡中，连平时很警觉的一条黑公狗，今夜仿佛喝醉了酒似的，失去了警惕性。一条人影，忽隐忽现，像一只黄鼠狼似的，动作迅捷地奔向蔡家店村的公共大食堂。那条人影来到食堂，转了一圈，发现有一扇窗没关实，便用力掰断了那扇窗的木栅栏后，灵活得像猴子似的钻进窗户，来到食堂仓库，撬开里屋一扇门的挂锁后，划燃一根火柴，找到几车袋米。那人力气很大，两手拎起了两车袋（每车袋米重一百二十斤左右）米，走了几米又停下，放下了一车袋米，只捎了一车袋米，再通过爬窗户，逃离了食堂。

第二天天刚亮，去食堂烧粥的蔡荷娣，开了食堂的大门，走进去，来到里间的仓库门前，只见仓库门打开着，门口还躺着一车袋米，心里就疑惑了，心想，昨天打完晚饭后离开食堂时，仓库门、食堂门都锁得好好的，怎么会……蔡荷娣走进仓库，一清点，发现少了一车袋米。于是，她急忙拿起食堂里的一面铜锣敲了起来，边敲边喊："有人偷米啰，有人偷米啰……"

急促的锣声引来了队长和社员们。经过勘查，发现小偷是从食堂后窗进出的，并在后窗台留下清晰的脚印。人们随着脚印寻找，到了一块红花草田旁，脚印不见了……

新沟大队治保主任金志建立即打电话向夏港公社公安特派员报案。公安特派员接到报案后，立即骑自行车来到蔡家店村公共大食堂案发现场，用照相机拍下了作案现场和留在现场的脚印。蔡荷娣是个有心人，用右手的食指与中指，丈量了留在作案现场的球鞋脚印的大致尺寸。公安特派员在蔡家店待了三天，召开了多次座谈会，并进行逐户逐人排查，均没有找到线索，没能排查出盗米嫌疑人。

一天队里开早工。蔡友娣和几个养蚕的女社员，去生产队的桑树地里采桑叶，因露水大，一个早工开下来，蔡友娣脚上的一双大半新的球鞋被弄脏了，回家后就脱了下来，吃过早饭，就提着那双脏球鞋，来到屋后的大池河塘的码头洗球鞋。此时，蔡荷娣也恰好在码头上汰衣裳，见蔡友娣在洗一双球鞋，就顺口说："友娣，你什么时候买的球鞋？我从未见你穿过嘛。"蔡友娣笑说："荷娣，你整天在食堂，弗跟我们一起做生活，怎么见得到我穿这双球鞋呢？""友娣，你这双球鞋买掉几块钱？"蔡荷娣问。"弗是我买的。"蔡友娣说，"是我弟弟阿明的。他穿了几回嫌小，就没穿，放在家里一年多了。去年底，阿明把他那双嫌小的球鞋送给了我家友洪，友洪穿了几回后却嫌大了一点，就给我穿了。我一穿正合脚。今朝一早起，我就穿了这双球鞋去采桑叶了，结果，被露水弄脏了，所以，一吃过早饭，我就赶快来把球鞋洗了，趁今朝太阳好，一个太阳晒下来就可以干了。"在蔡友娣洗另一只球鞋的时候，蔡荷娣顺手拿起蔡友娣刚洗好的那只球鞋，用右手的食指和中指比画着球鞋底。"你在比画什么呀？"蔡友娣见状后问。"我在估估这双球鞋有多大尺码。"蔡荷娣说。

蔡友娣没在意蔡荷娣的用意。蔡荷娣一回到家，也顾不上晾衣服，就赶到队长蔡善云家，说了她对蔡友洪盗米的怀疑。队长边听边摇头。当蔡荷娣说完，蔡善云说："荷娣，你可弗能瞎猜疑。友洪这个人，村上人谁弗晓得？他是个安分守己、手脚干净的人。他弗可能做出偷米的事。""知人知面弗知心。现在，到处是阶级敌人，我们弗得弗提高阶级觉悟，提高革命警惕性。"蔡荷娣说。

听蔡荷娣这么一说，蔡善云说："荷娣，你这张嘴给我把紧点，弗要再跟其他人说了。我去大队部报告了再说。"蔡善云吹了上工哨子、社员们上工后，就去了大队部，因是农闲，大队干部都在。蔡善云向大队书记金本度一汇报，把金本度也吓呆了："弗可能，弗可能。友洪根本弗是那种人。"

"我也弗相信。"蔡善云说，"可是，金书记，既然有人提出了怀疑，如果我们弗理事，一旦……我们弗好交代吧。"于是，金本度把大队治保主任金志建叫到他办公室，商量如何处理。"首先，拿蔡友娣穿的球鞋与拍下照片的球鞋脚印的尺码进行比对，如果一致，接下来就直接到蔡友洪家抄家。如抄到有米，就好办了；如抄弗到，再抄他弟弟家和他的丈母家，严防他把米藏到他们家。"金志建说。"也只能这样了，"想了一会儿，金本度说，"志建，你们的动静要尽可能小一点，弗要到头来事情没弄清楚，流言蜚语满天飞。这对友洪影响弗好。"

金志建和蔡善云来到蔡友洪家，门打开着，大女儿华珍正陪着妹妹华娣在家里玩着呢。金志建拿起晾晒在窗台上的那双球鞋，也用右手的食指与中指，多次比画了球鞋底，觉得尺码与盗米者穿的球鞋的尺码差不多大，式样又相同，心里也起了疑心，于是，开始搜查蔡友洪家，搜遍角角落落，哪怕是床底下，所有的罐头，没搜查到一粒米。金志建问八虚岁的蔡华珍："你家烧过白米饭吃吗？"蔡华珍摇了摇头。

金志建和蔡善云又先后去蔡禹洪、蔡阿明家。那时社员们家的大门从来不上锁的，因为家里无什么东西好偷，所以，搜查的结果也是一无所获。金志建把搜查的结果汇报给金本度听后，金本度说："看来，这要成为一件悬案了。志建，此案侦查就到此为止吧。"

然而，蔡友洪是偷米的那个贼的一股阴风，不知从哪个角落里刮了出来，而且刮得越来越强劲，传的范围也越来越大。蔡友洪坐不住了，他一趟趟地跑大队，要大队给他一个说法。大队没有说法给他。他就责问金本度："既然这样，你们为什么要偷偷地搜查我的家、我弟弟的家、我丈母娘家？"金本度劝说："抄你们家，弗犯法，现在是作兴的。友洪，你也弗要多想，老话说得好，清者自清，浊者自浊。事情早晚会弄清楚的。"

然而，蔡友洪还是被免去了蔡家店村公共大食堂会计的职务。但在人们的口口相传中，蔡友洪是被撤销了公共大食堂的会计职务。结果，自此起十年内，蔡友洪在生产队只要一开口，有人就拿"你这个偷米的贼没有说话的资格"这句话呛他。蔡友洪则泰然处之，该为集体献计献策时照样献计献策，自己把自己当作生产队的主人看待。

二

一九六〇年七月下旬的一天晚上，蔡家店村在打谷场上召开社员大会。一盏散发着雪亮且刺眼的白炽光的汽油灯，挂在一只人力水车的塔砧上。大会纪律非常严肃：老人、小孩一律不准进入会场。会场气氛有点紧张：大队基干民兵连的五六个民兵，背着长枪站在会场四周维持秩序。会议由江阴县委派驻到夏港公社工作组的一位组员钱同志主持。会议的主题是：反资本主义投机活动、反贪污多占、反铺张浪费和官僚主义（简称新"三反"运动）。会议的任务是：充分发动社员，彻底揭发新沟大队干部特别是蔡家店本生产队队干部（正副队长、会计、记工员）中存在的资本主义投机活动、贪污多占、铺张浪费和官僚主义方面的问题。

钱同志做了开场白后，会场里鸦雀无声，噤若寒蝉。

钱同志接着说："这次江阴县委派工作组进驻你们夏港公社搞'三反'

运动试点，是根据中央和江苏省委的指示下派的，目的是通过这次'三反'运动，对农村广大干部群众进行'一次社会主义教育，从根本上解决社会主义道路战胜资本主义道路、无产阶级战胜资产阶级的这一大是大非问题'。下面，请社员同志们检举揭发你们生产队干部中存在的问题。"

会场里，大家你看看我我看看你，谁都不想第一个发言。见如此冷场，钱同志站起来说："社员同志们，弗要有什么思想顾虑。'三反'运动事关两条道路、两个阶级的生死斗争的大问题，必须旗帜鲜明，立场坚定。弗是站在无产阶级立场上，就是站在资产阶级立场上，两者必居其一。"

听到这里，蔡友洪再也坐不住了，猛地站起来，坐在他旁边的蔡友娣拉都没拉住。他说："钱同志，我有两个问题想弗明白，想请教你。"钱同志听后心里一怔，心想，这位社员同志会请教我什么问题？是弗是想改变会议风向？如果是……"你叫什么名字？家庭成分是什么？"钱同志突然问。"我叫蔡友洪。家庭成分中农。""是团结对象。"钱同志想，看他的貌相，倒像是个老实巴交的人。于是说："请问吧。"

"我当了近两年的食堂会计，对于社员的口粮，我肚里是有数的。一九五八年，我们队里社员的平均口粮是六百三十多斤毛粮，去年弗到四百斤毛粮，今年估计也弗会超过四百斤毛粮。而在社员连肚皮都填弗饱的情况下，我们队里上缴国家公粮的任务却是弗减反增。这是因为什么？第二个问题，现在地里为什么长弗出好庄稼来？看看今年秧棵发棵情况，秋熟也弗会有好收成。这两个问题，我想弗明白。"

社员们屏住了呼吸，想不到蔡友洪会问这种既很实际又很敏感的问题。社员们都把目光集中到钱同志身上，看他怎么回答。钱同志也一时愣住了，根本没想到蔡友洪会问这种问题。不过，钱同志在心里倒有点欣赏蔡友洪，认为他是一个善于动脑筋、想问题的人。然而，他有点为蔡友洪这个年轻人担心，担心蔡友洪的这种思想倾向不符合当前政治思想意识形态的要求。"要不要回答？如何回答？"钱同志心里没底。他自喻为自己是"政治传声筒"，上面怎么说，他就怎么传，从不敢越雷池半步。不过，钱同志毕竟在县级机关待了七八年，虽不能说是政治老油子，但也算得上是一个在政治上打太极的能手。于是，钱同志说："蔡友洪同志刚才提出的两个问题，很有意思，但弗适宜在今天会议上提出，我也弗适宜在今天会议上回答你。这样吧，会后我们交换意见吧。"

这时，有个社员站起来说："我要检举揭发队干部们多吃多占的问题。自办食堂以来，队干部们弗晓得在食堂里多吃了多少顿白食，有的以讨论工作为名，有的以上头干部来队里检查工作为名。总之，他们吃的是社员们的血汗。还有，今年春上县里下拨了一批青糠给社员们度饥荒，可有的队干部多分了好几斤。"

平时不多话的蔡汝洪开口了："钱同志，我叫蔡汝洪，贫农出身。我听毛主席话，跟共产党走。可我也有两个问题要提出来，大家可以想想，议议。一个是这次'三反'，为什么只整公社、大队、生产小队三级干部？依我看，其实根子都在上头。另一个是去年、今年，没有大涝大旱，可以说是风调雨顺，为什么田里长出来的庄稼没有一九五八年前好？产量没有一九五八年前高？我说的都是看得见摸得着的大实话。"

钱同志已先后参加过几个生产队的检举揭发会议，情况大致与蔡家店村类似，社员群众对大队、生产队干部中存在的多吃多占、铺张浪费、官僚主义现象是有意见，但他们更多的是能够看到现象后的本质或根子，且敢于表达出来。看来，真正敢于坚持实事求是的是整天与土地打交道的农民。他们不实事求是，就要饿肚皮。

社员大会结束后回到家，蔡友洪问妻子："阿珍娘，通过今天开会，你有没有新发现？""新发现？"蔡友娣打了个哈欠，说，"肚皮歇瘪，手脚无力，只想困觉，哪有神思去想什么新发现？""你们丫头家呀，就是头发长见识短。"蔡友洪说，"依我看，共产党根本弗同于国民党，更弗同于以前的官吏。自古以来包括国民党在内，都是官官相护，哪有让老百姓检举揭发干部的错误的？想都弗敢想。但共产党做到了。还有，在去年五六月份进行的清算退赔工作中，我们家弗是退赔到了十五六元钱嘛。这也只有共产党能做到，自己做错了事自己纠正。而国民党是从来弗会也弗敢这么做的。我就是相信谢先生说的话：共产党是一心为人民谋幸福的党。今夜会议上汝洪说'听毛主席话，跟共产党走'这句话，我最听得进耳朵里去。"

"友洪，幸亏你没有当上干部，否则，你这张嘴可以理论一套一套地说个没完没了。我真有点受弗了你。"蔡友娣说，"友洪，你肚皮饿到背心上，哪来这么好的精神、这么大的力气说个没完没了？我是要困觉了，弗听你高谈阔论，明朝还要上早工呢。""我也是随口一说，"蔡友洪说，"我哪会理论套套啊？我如有这个本事，早到公社去吃公家饭了。弗说了，困觉。但是，共产党我们必须相信。"蔡友娣已打起鼾来。

秋熟收成果然不如往年。

上面也对一九六〇年的秋熟分配政策进行了调整：社员分配占全大队总收入的百分之五十三点五，高于一九五九年九点三七个百分点，其中工资占百分之七十，低于一九五九年零点三七个百分点，供给占百分之三十，高于一九五九年零点三七个百分点。

这年蔡家店村的口粮标准：全年人均毛粮近四百斤。公共大食堂作为人民公社化的产物，仍艰难地维持着。

三

一九六一年春，农村饥荒罕见严重，由于营养长期严重不足，因而导致相当部分的农民患上了浮肿病，患者连鞋皮都拖不动。尽管江阴县委、县政府想尽了办法，调剂粮食，向上努力多争取返销量，但终究是杯水车薪。当时的黑市上大米每斤卖到二元五角钱，猪肉每斤卖到四元至五元，一只鸡蛋要卖三角钱，一斤白菜要卖两角钱，而当时的农民人均年分配收入仅有五十六元，劳动力人均分配收入不足一百三十元。换句话说，在当年，一个劳动力的一年分配收入，只能在黑市上买到五十多斤大米。可见当时的粮食有多紧张，多金贵。

为什么会造成这种严重困难的局面？流行的观点认为，这是由三年的自然灾害造成的。全国的情况不去说它，就说江阴吧，实际情况是怎样的呢？根据一九九二年出版的《江阴市志》记载："1959—1961年，江阴无水灾、风灾、雪灾，仅1959年7—8月旱灾，受灾面积仅有4万亩；1960年冰雹，南闸龙游大队受灾，50亩三麦颗粒无收；1961年冰灾，西郊、澄江蔬菜大队瓜苗、蔬菜受损。"也就是说，造成三年严重困难的主要因素不是天灾，而是什么呢？《中共江阴历史（1949—1978）》中如实总结："1958年'大跃进'和人民公社化运动以后的两年多时间里，江阴因在经济工作中违反客观规律，追求高指标，急于求成，造成许多领域的投资和决策失误，各种资源浪费严重，生产力遭到破坏……生活水平的下降，直接影响了人民的体质和健康水平。1957 年江阴县的人口出生率为 32.27‰，人口死亡率为 9.28‰，人口自然增长率 22.99‰。到了 1961 年，人口出生率下降到 16.45‰，人口死亡率上升到 14.61‰，人口自然增长率仅为 1.84‰。出生人口由 1957 年的 21926 人下降到 1961 年的 11717 人，死亡人口则从 1957 年的 6303 人上升到 1961 年 10407 人。""这一时期，江阴农业生产力遭到严重破坏。至 1960 年末，全县耕地面积比 1957 年减少 7 万亩；耕牛由 1957 年的 15547 头下降到 1960 年的 12421 头，减少了 3126 头，减幅 20.1%；生猪圈存量，1960 年比 1957 年减少 16.92 万头，减幅 52%。中小型农具也大幅减少，1960 年与 1957 年比，水车减少 13%，农船减少 14%，犁具减少 16.5%，各种农具共计损（散）失 48.96 万件。"

江阴只是全国的一个缩影。

挺着大肚子的蔡友娣，也患上了浮肿病。她的一双脚肿得连圆口褡襻布鞋都穿不进，只得整天拖着鞋皮。见妻子怀孕，蔡友洪是既高兴又担心，高兴的是妻子已连生了三个女儿，这第四胎肯定是儿子无疑。老话这样说，三丫头，四老小。担心的是在这个大饥荒年代，妻子患上了浮肿病，能否挺得过去？

"不用担心，友洪，"蔡友娣宽慰丈夫。"我死弗了。我能挺住。我还没给你生儿子呢。"蔡友娣说着竟笑了起来。"你都成这样了，还笑得出来。我快愁死了。"蔡友洪说。"笑是过一天，哭也是过一天。笑总比哭好吧。越是苦，越是难，我们越要苦中求乐，否则，生活就没奔头了。"蔡友娣说。

一天上午，大女儿蔡华珍哭着嚷着要母亲给她做"跃进团子"吃。蔡友娣没好气地说："你一日三顿的薄浪汤粥吃到老已是你的福分了，还想吃'跃进团子'。你吃了'跃进团子'，以后的日子你就弗过了？""弗过了。"蔡华珍赌气地说，"别人家早就做了，只有我们家，囤着米粉弗肯做。"说着说着，蔡华珍哭了起来。

看着瘦弱、脸色蜡黄、头发像茅草、严重缺乏营养的大女儿蔡华珍，蔡友娣心酸了，流泪了，叹息着说："华珍，别哭，别哭，娘给你做'跃进团子'吃。"听母亲答应做"跃进团子",蔡华珍高兴地揭开锅盖,用水瓢把水缸里的水舀到锅里,舀满半锅,再盖上锅盖,就麻利地坐到灶膛前,生火烧水。水烧开后,蔡华珍从灶膛前站起,飞到门前,提起半篮洗干净的红花草,倒进开水锅里煮到烂熟,再捞到竹篮里,用凉水冲一下,晾放在篮里。九虚岁的蔡华珍,手脚麻利,一气呵成,做好了做"跃进团子"前的准备工作。

见母亲挺着大肚子,腿脚浮肿,行动不便,蔡华珍便乖巧地把一块刀砧板和一把菜刀拿到八仙桌上,再把盛放着的已烂好的红花草的一只竹篮提到八仙桌上,说:"姆妈,我都为你准备好了。""你呀,为了吃到娘给你做的'跃进团子',什么事都愿意干了。"蔡友娣说。"姆妈,你要这样说我,我弗听,也弗想吃'跃进团子'了。姆妈,我什么时候弗听你话的?你交代我的事,我哪一桩没做好?"蔡华珍说。"娘就随口一说,你倒说了这么多。你这张嘴呀,今后哪个小伙子受得了你?"蔡友娣说。

蔡友娣动作缓慢地将篮里的红花草倒在桌面上,然后一把一把捞到刀砧板上,用菜刀把红花草剁细,再用菜刀将剁细的红花草从刀砧板上刮到桌面上。蔡华珍则把剁细的红花草中的水分挤干,再放到一只钵头里。红花草全部剁细、水分挤干后,蔡友娣在钵头里放少许盐,没放一滴油(家中没有菜油),用筷子拌了拌,放下,再把桌面揩干,去房里拿出一只很小的布袋,布袋里大约有头两斤米粉。

这米粉还是过年时剩下的。过年前,食堂里按人头每人分配一斤糯米粉、每人三斤白米、每人一斤面粉,因为从腊月二十八日至来年正月初五期间,食堂不开伙仓。这就是当年过年的年货了。在大饥荒的三年中,过年没年味,亲戚也不来往,但新年还是要过的。夏港有个传统习俗,每年过年前,家家户户都要做团子馒头,寓意来年的日子发发发;每年年初一早餐,家家户户都要吃糖圆,寓意全家团团圆圆,寓意新一年日子过得圆圆满满。蔡友洪一家四口人,分配到四斤米粉,想做团子也不可能。于是,精打细算过日子的蔡友娣,在吃好除夕夜的年夜饭后,烧水泼了米粉,搓了两斤多米粉的糖圆,放到明日年初一早餐吃。剩下的头两斤米粉,过年后,蔡友娣不止晒了几个太阳,就是留着为了给丈夫、给孩子解解馋。今天,这可怜的米粉,终于派上用场了。

　　蔡友娣解开小布袋口，小心地倒出一些米粉在桌面上，用手抹均匀，抹成薄薄一层，用右手从钵头里抄起一把剁细的红花草，放在两只手掌里，轻柔地揉成一个圆圆的菜团子，再把它放到桌面上薄薄的米粉层上，小心滚动，给菜团子裹上一件白白的薄如蝉翼的衣服，成为一只"跃进团子"。如此往复，蔡友娣共做了十二只"跃进团子"，花去米粉约半斤。做好后，再把"跃进团子"放到锅里蒸熟。当"跃进团子"将熟时从锅里溢出来的喷香的气味被蔡华珍嗅进鼻腔后，她高兴地拍起了瘦瘦的小小的双手："多香啊——"

　　中午，蔡友洪回到家，吃了一只"跃进团子"后再也不吃了。"怎么弗吃了？"蔡友娣问。"阿珍娘，你和孩子们吃吧。"蔡友洪说，"你有点弗会过日子了。""什么意思？我弗会过日子？"蔡友娣问。"别误会，"蔡友洪说，"我是说，你怎么舍得现在就把米粉拿出来吃了？我是准备在你生了孩子后，再拿出来做几顿团子给你吃的。"听丈夫这么一说，蔡友娣心中顿然有了一种感动："看看两个女儿，吃得有多香。""是我这个男人没本事让你们母女吃饱肚皮。"蔡友洪说。"怎么能自责呢？现在，全中国，有几个人弗在饿肚皮？"

　　这种苦难的日子有个完头日吗？

　　六月，麦子上场后，公共大食堂终于坚持不下去了，无奈解散了。

　　蔡友洪接连上了几趟街，想再买一只铁锅回来，拆除原有的简易灶，请瓦匠砌一副两眼大灶，可就是没能买到铁锅。想当年"大跃进"时，上头一声号令，砸锅支援大炼钢铁，大家都把自家的铁锅砸了。如今，上头又是一声令下，公共大食堂停办了。于是，大家又蜂拥着去买铁锅。可铁锅一时间来不及生产、供不应求呀。蔡友洪到八月才买到了一只铁锅，拆除旧灶后新砌了一副两眼大灶头。

　　这年冬天，根据上头指示，取消以生产大队为基本核算单位，改为以生产小队为基本核算单位。摸索了三年多，又回到了高级社时期以生产队为基本核算单位的原点。

四

吃饭不要钱的公共大食堂解散后不久，蔡友娣生了个儿子。蔡友娣肚皮看似很大，其实是浮肿的表象，出生的儿子却很小，皮包骨头，营养不良。蔡友洪夫妇却喜极了，因为他们结婚十一年后，终于有了儿子，终于结了果。可产后蔡友娣的奶水不足，饿得待哺的儿子嗷嗷哭。怎么办？吃粥糊。蔡友娣先喝一小口，在嘴里拌几下，感觉温度适宜了，便嘴对着嘴，一口一口地喂着儿子。

儿子快满月了，还没起名字。夫妻俩商议了几次，仍未定夺下来。那时候父母给孩子起名，是很郑重其事的，既要考虑在族里的辈分，又得紧跟当时的政治形势，两者都要兼顾好，不像现在年轻父母给孩子起的奇葩名字，男孩起的女孩名，女孩起的男孩名，更有甚者，有的年轻父母，不用他们的姓，而是给孩子另起了一个姓。在儿子满月的隔夜，蔡友洪对妻子说："阿珍娘，我又想到了一个名字，叫国华。""国华？"蔡友娣问。"这名字有哪些讲究？""我想，没有国，哪有家？只有国家好了，我们的小家才会好；只有国家繁荣了，我们的小家才能富起来。我起这个名字，是相信我们的国家早晚会强盛起来的，是希望我们的儿子长大后有一个好的前途。"听丈夫这么一说，蔡友娣首肯了："到底是吃过墨水的人，想得就是深，就是远。国华这名字很好，喊起来顺口，响亮。"

就这样，蔡友洪长子的名字叫蔡国华。

儿子满月那天天刚亮，蔡友洪就背着一只竹篮去夏港街上买菜去了，准备一桌饭菜，请丈人、丈母、父亲、叔与婶几个长辈吃顿便饭，庆贺庆贺，热闹热闹。要是在往年，蔡友洪肯定会为儿子办七八桌满月酒的，可现在是一九六一年的八月，正处在大饥荒时期，蔡友洪是有心无力办不起。

那时的产妇没有现在的金贵。蔡友娣生儿子一星期后就下床洗衣做饭了，还要到自留地摘菜，家务活样样都干。儿子满月那天，蔡友娣也早早起床，把家里的角角落落打扫得干干净净，把中午要用的碗筷洗得干干净净后再放到碗橱里，把锅屑灰刮得干干净净，把锅盖刷得清清爽爽，把灶面砖揩得能照出人影来。见大女儿起床后，蔡友娣就下达命令："华珍，你今天最大的事情，就是带好你妹妹华娣，看好她，千万弗要让她到河边码头上去弄水。听见了吗？""听见了。"蔡华珍用手背擦着惺忪的双眼回答。

蔡友洪好不容易托熟人走后门在食品站的肉墩头上斩到了一刀肉，一称斤两一斤三两缺一点，斩肉的给了一块小骨头充数，蔡友洪皱了几下眉头。那年头斩肉，谁要你的骨头啊，要的就是肥肉，越肥越好。肥肉油啊，那时人们连肚皮都填不饱，肚里需要油水呀！蔡友洪还想在鱼摊头上买条大一点的鱼，找来找去没找到，无奈，只好在一个鱼摊头上横还价竖还价，最终花一元钱买了两斤小杂鱼，其中有小鲫鱼、串条鱼、小鳊鱼等。蔡友洪又去供销社，托熟人买了一斤散装江阴白酒。

中午，长辈们围坐一桌，蔡友洪夫妇坐在桌上陪着。蔡华珍姐妹俩端着饭碗，饭碗上搛着一些菜，就坐在桌下的小凳上吃着。吃的是麦片饭，饭中不见几粒白米。八仙桌上放着这样几碗菜：一碗红烧肉、一碗红烧小杂鱼、一碗茄子烧长豆、一碗炒苋菜、一碗炒丝瓜、一碗韭菜炒北瓜丝。在那年头，蔡友娣能烧出这样一桌菜来，实属不易。长辈们难得吃到肉，恨不得一人把那一碗肉全吃光了才解馋，可他们各吃了一块肉后再也不吃第二块了。

蔡国华在一天天地长大。

苦日子在一天天地过去。

这年冬，由以生产大队为基本核算单位改为以生产小队为基本核算单位后，蔡家店村因村大人多不利于管理，经上级批准，将原来的一个生产队分为两个生产队，前蔡家店为一个生产队，后蔡家店为另一个生产队。蔡友洪家在前蔡家店，经社员选举，蔡汝洪担任生产队长。蔡友洪因所谓的"盗米案"最终未能当上生产队会计。蔡友娣则被社员选举为生产队妇女队长。

以生产队为基本核算单位后，原被收归公社和大队所有的社员自留地，又重新分给了社员，原由生产队集体饲养的生猪，也改为由社员家庭饲养，并给社员家下达生猪出栏指标，超指标奖，完不成指标罚。同时根据中共中央《农村人民公社工作条例（草案）》要求，生产队实行"四固定"（固定土地、劳力、耕畜、农具）和"三基本"（基本劳动日、基本肥料、基本口粮）制度，并实行包工、包产、包成本和超产奖励的"三包一奖"政策。

实行以生产队为基本核算单位后，队长手中有权了，但责任也更大了。在以公社和以大队为基本核算单位时，生产队干部特别是小队长，不需要动脑筋，担责任，只要管好秤杆子、印把子、算盘子就好了，至于种什么，怎么种，今天干什么农活，明天干什么农活，都由公社或大队说了算，生产队长只要照着做就行，不用操半点心。现在不同了。生产队搞得好不好，粮食产量能否上得去，副业收入能否增加，社员工分分配收入能否提高，某种意义上说，全系于队长一个人身上。可见队长的压力有多大。

刚担任队长的蔡汝洪，一天晚上来到蔡友洪家，刚坐下，蔡友洪就递给蔡汝洪自卷的一支香烟。蔡汝洪烟瘾很大，点燃后就大口地吸了起来，仅吸了两口，就大咳起来，咳得鼻涕眼泪一大把。"友洪，你这是什么烟啊，怎么这么呛人哪？"蔡汝洪问。"好烟，"蔡友洪呵呵笑了笑。"抽这烟弗能太猛，只能小口抽慢慢吸。"见蔡汝洪还在咳，蔡友娣开口了："汝洪，别被友洪忽悠了。他是个老烟枪，他抽的烟是别人买弗到的。""友娣，别卖关子了，快给我说，友洪抽的烟是什么牌子的烟丝？"蔡汝洪说。"告诉你也弗坍台。友洪抽的烟里面，一半是烟丝，一半是向日葵的枯叶子。"蔡友娣说。"怪弗得这么呛人，友洪，你怎么会想到这种法子？"蔡汝洪问。"是急办法，"蔡友洪说，"想戒烟又戒弗掉，想抽纯烟丝又抽弗起，我烟瘾大，所以，只得穷思极想，想出了这个法子。反正，烟无论好坏，吸到嘴里，大多是被吐出来的。"

聊完烟的话题，蔡汝洪就转入正题了："友洪，队长的差使我已应承下来了，可我这几天夜里老是困弗着，脑子里老在盘心思。我从未当过队长，没有一点经验，心里急死了。友洪，你点子多，帮我出出点子。""你没种过田？"蔡友洪说，"汝洪，我跟你说，你作为队长，起码要把握住三条：一条是弗能再像'大跃进'时那样瞎来乱来，要遵守种田的规矩；二条是也弗能老是按老脑筋种田，要接受新的耕种方法，要注重使用高产稳产的稻麦新品种；三条是要把社员的心弄齐，人心弗齐，什么事都做弗成。""我再加一条，"蔡友娣说，"汝洪，你作为队长，既要多听上头领导的话，也弗要少听下面社员的意见。一句话，要想吃好自己的饭，终究还得靠自己。"

"听你们夫妻俩刚才一点拨，"蔡汝洪说，"我有点头绪了。友洪，说句心里话，你是一个有想法、有点子的人，又字墨精通，能写会算，为人又弗错，能力也有，就是被你的中农成分限制住了，同时你也被只是怀疑又没证据的所谓'盗米案'害死了。否则，你当个生产队会计绰绰有余，就是当个大队干部也弗成问题。"

　　"我现在弗是蛮好的吗？"蔡友洪说，"凭良心说话，凭良心做事，凭良心做人。这是我的原则。我弗做亏心事，夜里弗怕鬼敲门。我的头只要一搁着枕头，就呼呼困着了。""困得像死猪一样，有时推都推弗醒他。"蔡友娣说。

第八章　试蹚致富路

一

蔡友洪的耐心从未有过这么好。儿子蔡国华近段时间来，白天很乖，吃了睡，饿了吃，不挑人，无论谁抱他，他都乐意。可一到晚上九十点钟，蔡国华就不消停了，一个劲地哭，就算蔡友娣把奶头塞到他嘴里，他还是一边吮奶一边哭，且两只脚蹬个不歇，吵得蔡友娣心里很烦："你这个夜啼郎，夜里弗肯困被你烦死了。再哭，你还哭。"一天夜里，蔡友娣第一次打了儿子两个屁股。

蔡友洪坐起，穿好衣服，接过妻子手中的儿子，再给儿子披上棉斗篷，裹紧，抱在怀里，走出房间，来到厅堂来回踱步，嘴里还喃喃着"儿子乖，弗哭"，哄着儿子。可儿子不领父亲的情，照哭不误。无奈，蔡友洪开了一扇大门，走出屋外。这时，村上一条狗蹿到蔡友洪跟前，狂吠起来。"正是瞎了狗眼，人都弗认得了？畜生。"被蔡友洪这么一骂，那条狗听出了蔡友洪的声音，不再狂吠，反而是婀娜地走到蔡友洪身旁，用柔软的身子蹭着蔡友洪的腿肚子，嘴里还发出"呜呜"的撒娇般的声音。"去，前面带路。"那条狗很听蔡友洪的话，听话地走到前面去了。

春风沉醉的夜晚。

繁星闪烁的夜空。

静谧温馨的村庄。

蔡友洪怀抱着儿子，从村东头踱步到村西头，再由村西头踱步到村东头……儿子在父亲怀中，沐浴在父亲的汗臭与体香的气息中，和这个沉醉的春夜一样，安静甜美地睡着了。此时的蔡友洪，居然五音不全地哼起了锡剧《千金一笑》中的唱段："……倩人传语更商量，只得千金一笑也甘当……道千金一笑相逢夜，似近蓝桥那般惬……"

　　回到家，将儿子递给妻子，妻子再让儿子睡在床上，儿子竟然睡得沉沉的。"友洪，我服了你。你这个一打就要跳三跳的急性子人，想弗到有这么大的耐心，能把夜啼郎的儿子哄睡了。"蔡友娣说。"阿珍娘，你这就弗懂了。弗要以为只有母子连心，其实，父子弗仅连心，而且连命。这世上，最疼爱儿子的是父亲，最懂儿子的也是父亲，最愿意为儿子去死的更是父亲。国华就是我的命。"蔡友洪说。

　　半夜了，夫妻俩已然毫无睡意。"弗想睡，就说说话。"蔡友洪说。"你想说什么？"蔡友娣说，"你说话声音可要轻点，三个孩子都睡着呢，弗要一激动，说话声音就蛮大。""我晓得，我晓得。"蔡友洪说，"前几天，我先后去了夏港和申港，到集市上转了转，发现了新变化。我发现，集市上的私人摊头多了，原来只能在地下偷偷摸摸卖的猪肉、鸡、鸡蛋、鱼，还有米、麦，都能触目触相地卖了，市管会（市场管理委员会的简称）的人也弗大管了。由此看来，国家的政策已放宽了。"

　　"我晓得你下面要说什么了。"蔡友娣说，"友洪，你这个人啊，眼睛就是比一般人毒，看问题总比一般人看得准，看得深，看得远。你啊，就是性子急点，脾气倔点，但我拿得住你。说吧，你接下来准备做什么小生意？"

　　"阿珍娘，你的话说得一点弗错。"蔡友洪说，"我这个臭脾气人，也就服你，也就听你。只要你声音稍微大一点，我就弗响了。这很奇怪啊。""有啥好奇怪的。"蔡友娣说，"这叫知夫莫如妻。你的暗心思，也只有我蔡友娣弄得懂，拎得清，说话能说到你心里去，所以你服我呀。如果换个人试试，日里弗被你赶出家门，夜里必定被你逐出家门。你这匹千里烈马，也只有我骑得住你。"

　　"所以呀，也只有你阿珍娘配做我蔡友洪的老婆。"蔡友洪说，"我已打听好了，申港供销社废品收购站大量收购破布头、旧麻袋、老棉絮胎等，但收购到的货色弗多。我看准了，这是暗行，一般人发现弗了。我想明朝准备准备，后天一早就出门沿村收购那些破旧东西，肯定能赚几个活络钱，而且肯定比在队里挣一天工分要多得多。现在虽是春耕生产时期，但弗是大忙头里，队里农活也弗很紧，脱掉几天工分弗碍大事。""既然你都想定了，就去做吧。家务事我一人做就是了。"蔡友娣说。

　　自蔡友洪第一天出门做小生意起，天刚亮，蔡友娣就起床烧粥，摊面粉饼。饼摊好后，冷一冷，再用一块布将两块饼包好，作为蔡友洪的午餐。吃好粥，蔡友洪就挑着一副空苗篮出门，有时候到申港地界上转村头，有时候在夏港地界上转村头，挨家挨户询问有没有破鞋子、破麻袋、破旧老棉絮胎卖。那时，农民家都穷，衣服是破了再补，补了再穿，直至不能补为止，所以，能卖的不多。但毕竟人家多，这家卖一点，那家卖一点，大半天下来，总能收购到几十斤破旧东西。蔡友洪每天都掐好点，总是在下午申港或夏港供销社废品收购站关门打烊前到达，把当天收购到的东西当天卖给收购站，当天结清账，然后再挑一副空苗篮回家，到家时，常常是掌灯时分了。半个月下来，一盘账，蔡友洪赚了二十一块五角三分钱，心里一高兴话就多了起来："阿珍娘，怎么样？比在队里挣工分划算吧。在这闲头里，在队里做两个月生活也挣弗到这些钱。我明天还得继续起早……"

蔡友洪还想说下去，却被妻子打断了："友洪，歇两天看看情况再说吧。你还弗晓得，队里社员对你意见很大，有的公开说你是在走资本主义道路。今天收工后在家来的路上，汝洪已对我说了，要我对你说，你友洪要注意影响，要注意群众的反映。"

一听蔡友娣这么说，蔡友洪的牛脾气就上来了："弗要听有些人乱嚼舌头根。什么叫走资本主义道路？难道肚皮吃不饱就叫走社会主义道路？我真是弄弗明白。要我说，一日到夜在田里死做活做，是发弗了财的。要发财，要过上好日子，我看还是要靠做生意，因为做生意，钞票来得现，来得快。再说，他们以为做生意轻快？其实比在队里做生活还要吃力辛苦，既要花笨力气，还要动脑筋，会算账，会还价，弗能出差错。其实，那些人是没本事，是在眼红我蔡友洪。"

"看看，又要说豁边了，"蔡友娣提醒，"友洪，你做生意很辛苦，你吃的辛苦，也只有我晓得。但话还是要说回来，汝洪说的话也弗错。目前来说，国家的政策是比前几年放得宽，但是否会一直这样宽下去？如果再来一次社会主义大教育运动呢？所以，友洪，人要学会见好就收。你做小生意半个月就赚了二十几块钱，能让一家五个人的日子过囫囵，我已很满足了。你弗要老想着做生意发财。发财梦弗是我们这种人做的。听话，友洪，明天出工吧。好歹，我也是个队委干部，给我一点面子。"

蔡友洪一口接一口地抽着烟，低着头不说话。"开口呀。"蔡友娣说。蔡友洪把烟屁股往地上一丢，再用左脚一踩，蹍成碎末。“听你的。但是，我要跟你说，我的想法是弗错的。阿珍娘，你想想，我们刚结婚那几年，政策没有现在紧，出去做点小本生意也没人管，我贩卖南北干货，大钞票没赚到，小钞票可是赚到几个的。那几年，我们手头有多活络？弗像现在，一分钱要掰成两半花。这种日子实在弗是人过的。”

“别发牢骚了。”蔡友娣说，“别人家过得了苦日子，我们就过弗了？再说，我友娣老倌比别人家老倌有本事，会做生意，能赚活络钱，日子比一般人家过得要滋润，我心里真的很高兴，也感到很骄傲。真的，友洪，你是个能人，但你生弗逢时。你就委屈点吧。没办法，生活在这个年代，就得低下头顺从这个年代。”

听后，蔡友洪“嗯”了一声。

蔡友娣知道，自己说的话，丈夫听进耳朵里去了。

二

一九六二年的暑假快要开学了，村上的同学都去金家店小学报了名。这可把蔡华珍急坏了，她父母还没给她钱去学校报名，又不敢问。八月三十一日晚上，蔡友娣终于跟大女儿说了：“华珍，娘知道，你很想上学，你成绩也很好，可娘弗能让你上学了。”“为什么？”蔡华珍霍地站起来：“为什么弗让我上学？为什么？”

“小孩子别问为什么？”蔡友洪说，“国华没人带。今年你已十（虚）岁了，就在家里带带国华，烧烧饭，替替大人的手脚。一个细丫头，弗用上多少学，识得一些字，会算点账就行了。我老子也只上了两年学。”

“我弗带国华。我要上学，”蔡华珍哭了起来，“别人家孩子能上学，我为什么弗能？为什么？”见大女儿不听话，蔡友洪火了，欲动手打大女儿，被蔡友娣制止住了。“弗要动弗动就打孩子。”蔡友娣说，“你抱着国华出门去白相一下，我跟华珍再好好说说。”蔡友洪抱着儿子出门去了。

蔡友娣用左手将大女儿搂在怀里，用右手扇着扇子，说：“华珍，弗是娘弗让你上学，而是娘实在没办法。你也晓得，你妹妹华娣今年五虚岁，你弟弟国华今年两虚岁，我和你阿爹整天要出工挣工分，你说你让我做娘的怎么办？华珍，能让你读两年小学，我和你阿爹已尽了很大的力。我们弗是供弗起你上学，而是你妹妹和弟弟实在没人带。华珍，你想想，如果你弗带他们，谁来带？我娘来带？"蔡华珍还在抽泣。"华珍，我的好女儿，懂事的好女儿，你就帮帮你娘吧！就算我做娘的欠你的，好吗？""姆妈——"蔡华珍大哭了起来，"我弗上学了，我弗上学了，我……姆妈，你为什么要第一个生我呀……"

就这样，为了带妹妹和弟弟，更是为了家庭生计，正是读书年龄的蔡华珍无奈辍学了。学校老师曾三次上门做过动员工作，最终仍然未能使蔡华珍继续上学。

二〇一七年十二月十五日，星期五的下午，笔者在蔡华珍家里采访时，她提起当年辍学的事时这样说："对于辍学这件事，在没结婚前，我在心里是常要埋怨我父母的，总认为他们偏心，是有意弗让我上学。可当我结婚成为两个儿子的母亲后，我才真切地感受到生活的艰辛，才深切地体会到父母当年的弗易。当年，我没奶奶，也没姑姑，爷爷和叔叔一起过，每天也要出工挣工分，没一个人帮衬我父母，没一个人能帮着照顾我妹妹和弟弟。在那种情况下，父母让我辍学，实在是出于无奈。哪个父母不愿让自己的孩子多上学？现在，只要一想起当年我辍学的事，我就要怪自己当年为什么那么弗懂事？我今年六十五岁了，因而更懂更理解父母当年为何要让我辍学了。我父母这辈子弗容易，尤其是我父亲。"

转眼就已深秋了。

稻子一天比一天黄了，有望是个丰收年成。

秋天也是芦苇花飘意绵时。

芦苇是一种多年水生或湿生的高大禾草，生长在灌溉沟渠旁、河堤沼泽地、溪边浅水区，常形成苇塘。有诗这样称芦苇的："浅水之中潮湿地，婀娜芦苇一丛丛。迎风摇曳多姿态，质朴无华野趣浓。"芦花既具诗意，更是爱深意长。阎维文是这样歌唱《芦花》的："芦花白芦花美 / 花絮满飞天 / 千丝万缕意绵绵 / 路上彩云追 / 追过山追过水 / 花为了谁 / 大雁成行人双对

/ 相思花为媒 / 情和爱 / 花为媒 / 千里万里梦相随 / 莫忘故乡秋光好 / 早戴红花报春晖。"

芦苇浑身都是宝。由于芦苇的叶、叶鞘、茎、根都具有通气组织，所以它能净化污水；芦苇茎秆坚韧，纤维含量高，是造纸的极佳原材料；根部可入药，有利尿、解毒、清凉、防脑炎等药用功效；可以用芦苇编制芦席，用于盖房或搭建临时建筑物；芦苇穗还可做扫帚。芦花在夏港地区的用场更大，可以用它来编织芦花靴。在二十世纪九十年代前，编织芦花靴是夏港地区的主要传统副业，是夏港闻名苏南的品牌农副产品，拥有一两百年的历史。

芦花靴形似蒙古人的马靴，编织材料为稻草和芦花。芦花靴一般是在春节过后就搓筋搓双，清明后就推靴底，大、中、小尺码都有；立秋后再用芦花做帮，最后"锁口修毛"，霜降过后开始卖芦花靴。所以芦花靴都用于冷天穿，具有透气、保暖、舒适的特点，且价格便宜，一双芦花靴一般只要三角钱，最贵也仅是五角钱，每双获毛利一角两分钱左右。当时，一般人家都可编织千余双，能获毛利一百四五十元。

一天晚饭后，蔡友洪手中抱着儿子，蔡友娣正站在灶前洗碗涮锅，蔡华珍在学着推芦花靴底。蔡友洪跟妻子说话了："阿珍娘，我跟你商量一件事。"蔡友娣正在洗碗的手停住，没有转身，仍是站着背对着丈夫，心想，丈夫要跟自己商量的事，一般都是重要的事。"你说，我听。"蔡友娣又开始洗碗了。

"我想去趟江北的如皋。"蔡友洪说。"去干什么？"蔡友娣问。"买芦花。快要过秋忙了，忙前把芦花买回来，可以起早摸黑多做几双靴帮。"蔡友洪说。"想买多少？"蔡友娣问。"还没统计。"蔡友洪说。"统计什么？"蔡友娣说，"自家要用多少斤芦花，还要统计？""我弗是这个意思。"蔡友洪说，"我想统计一下，把全队每户所需要的芦花一同买回来。""……你又要做吃力弗讨好的事了。"蔡友娣说。"只要做得值，我无所谓。阿珍娘，我是这样想的，以前买芦花都是各有各的门路，各买各的，但这样分散买，形弗成数量优势，跟人家讨价还价的余地就小。如果全队的芦花集中到一起去买，这样就形成了数量优势，我们还价就有底气。如能这样，就可以降低芦花的价格，还可以让社员少跑路，少吃苦。再说，如皋的芦苇多，芦花质量好。"

"想法是弗错。"蔡友娣说，"最好再去跟队长汝洪商量一下，由他出面经办为好。""你跟我想到一起去了。"蔡友洪说，"我怕你弗同意我的想法，所以先跟你商量一下。""你这是说的什么话？"蔡友娣涮好锅，用一块干布头擦着湿手说，"你老婆是那种弗讲理的人？你弗要从门缝里看人——小瞧我。"

"岂敢。"蔡友洪呵呵地笑了两声，"阿珍娘是我的军师，我敢小瞧你？来，把儿子抱过去，我现在就去找汝洪。"来到蔡汝洪家，蔡友洪见他家大小四个人都就着一盏油盏灯在做芦花靴，便直奔主题："汝洪，今晚来，我要跟你商量一下买芦花的事。"于是，蔡友洪便把他的想法、计划讲给蔡汝洪听。蔡汝洪听后，默想一会儿，表态说："好事，你友洪就是脑子灵活。这样吧，明天早晨上工前，我把社员召集一下，你跟他们再具体说说你的生意经。"

第二天早晨上工前，蔡汝洪把社员们召集到生产队仓库门前的打谷场上，开了一个短会。蔡汝洪先讲了一个开场白，接着蔡友洪再具体讲。社员们听后一致赞成蔡友洪的想法。于是，蔡汝洪决定，给大家两天时间考虑：愿意的请到蔡友洪家交钱。

两天后，全队每户都把要买芦花的钱交到了蔡友洪手里，蔡友洪用一本本子一一记账，哪家交多少钱，笔笔记得清清楚楚，明明白白。第四天，蔡友洪和另一位社员去了如皋。

"如"，往也；"皋"是水边的高地。如皋的意思，就是到了水边的高地。如皋地处长江三角洲北翼，南临长江，北与海安、东与如东、东南与通州毗邻，西与泰兴、西南与靖江接壤，拥有四十八公里长江岸线，通扬运河、如海运河、如泰运河纵横全境，且多小河道，水域面积大，芦苇资源丰富。蔡友洪之所以青睐如皋的芦花，除了货多质量好外，在如皋还有几个朋友，比较好办事。

在如皋的几天时间里，在朋友的引荐下，蔡友洪不断地看芦花，不停地谈价钱。蔡友洪做惯小生意，在讨价还价上很内行，不会着地砍价，他只会不停地说："还是价高了一点。"于是再商量，在这和风细雨般的商量中，最终达成双方都能接受的价格。

需要的芦花备齐后，蔡友洪又托朋友在当地租了一条船装货，过长江，进老新沟口，在马桥头卸货，然后再一家一户称还芦花，最后账结算下来，每百斤芦花的价格，与往年比要降低百分之二十多。社员们心里服气蔡友洪了，都说蔡友洪思想好，大公无私，千方百计为社员增加家庭副业收入而吃尽千辛万苦。

自此起，蔡友洪在社员群众中的好口碑，开始树立起来。

三

编织芦花靴很辛苦。一般是在农闲期间，凌晨四点多起床，编织两个多小时后吃早饭，然后下田干活；吃过晚饭后接着编织，到夜里十二点左右才睡觉，一晚仅睡四五个小时。如果是下雨天生产队里不出工，那么一天就要编织十五六个小时，使人坐到腰酸背痛，两眼发花；使人的双手粗糙皮裂，橡皮膏药贴满手，大的裂缝处还会出血。

卖芦花靴更苦。那时没有自行车，卖芦花靴都是靠肩挑，往东要卖到江阴的周庄、华士，沙洲的杨舍、后塍；往西要卖到武进的湖塘桥、西夏墅等地，都要走八九十里路。所以，为了赶市，卖芦花靴的人往往一吃过晚饭，稍事休息，于晚上八点左右就要肩挑六七十双芦花靴出门了，一路走走歇歇，到目的地时，已是集市开市了。他们忍饥挨冻，吆喝招徕，费尽口舌，临近中午时才能把芦花靴卖掉，有的还不能全部卖掉，仍得把剩下的芦花靴挑回来。出门一趟吃尽万般苦，行情好时，能赚到八九元钱，行情不好时，只能赚到四五元钱，但亏本生意他们是不做的。

蔡友洪身高不足一米七，人又瘦，编织芦花靴是快手，出门去卖芦花靴也很内行，价格总要比一般人卖得高一点，但他力气小，人家能挑七十双，他只能挑六十双，所以，同样出门一趟，他赚的钱要比一般人少。然而，蔡友洪胜人一筹的是善于捕捉商机，讲究综合效益。

隆冬的一天下午，有两个江阴东乡人推着自行车来到蔡家店沿门收购芦花靴，大号每双两角八分钱、中号每双两角三分钱、小号每双两角，核算起来，每双要比集市便宜五六分钱。两个东乡人兜了大半个村子，仅收购到几双芦花靴，来到蔡友洪家门口，问有没有芦花靴卖？蔡友洪走出门，与两个东乡人攀谈起来，论起了生意经，最终把家里的两百三十多双成品芦花靴卖给了那两个东乡人，与一般行情比，要少卖七八元钱，别人不愿卖，蔡友洪愿意卖。

蔡友娣一肚子不高兴，但她是一贯来维护丈夫面子的，所以，在蔡友洪跟两个东乡人讨价还价时，尽管自己心里不乐意，站在一旁的蔡友娣始终没置一词。当两个东乡人付了钱，用自行车驮了二百三十多双芦花靴走了以后，蔡友娣开口了："友洪，你眼里有没有我这个老婆？你为什么弗跟我商量一下，就自作主张把二百三十多双芦花靴那么便宜地卖给了那两个贩子？我好心痛啊。"

"别心痛，"蔡友洪说，"阿珍娘，算账要算活账，弗要算死账；要算大账，弗要算细账。我跟你算一算，刚才卖掉的二百三十多双芦花靴，是少卖了七块多钱，但是，我们要比其他人少吃多少苦头？挑了一担芦花靴，要跑八九十里路，又是很冷的天，挑担走路时一身汗，一到集市卖芦花靴时人冻得浑身发抖。那种苦头弗是好吃的。还有，你也听见，刚才我跟那两个贩子也说好了，他们如果卖得好，有钱赚，下次就再到我们家来收购，他们答应了。阿珍娘，如果真能做到这样，我们最终是弗吃亏的。做生意嘛，要讲究双方都要有钱赚。这样才能长久下去。这是其一。其二，我出去卖一趟芦花靴，也要花销三五角钱，还要跑穿半双鞋底，这笔账你有弗有算进去？最后，我还想好了，准备利用队里的养猪屋，办两个月羊汤店，羊肉、羊皮、羊肠、羊骨头、羊苦胆、羊汤，样样可以卖钱，一只羊弗要多赚，赚它个五六块钱，两个月下来，至少可以杀一二十只羊，两个人各人赚它个五六十块钱没多大问题。我有这个把握。这样一算，我们弗是大赚了？"

听丈夫这么一讲，蔡友娣心里顺畅多了。她相信丈夫一定能说到做到。他做不到的事是绝对不会先说的。"你这个人的脑子，十个人都比弗上你。"蔡友娣说，"就听你的。你管开好羊汤店，我管做好芦花靴，争取来个双丰收。"

蔡友洪说做就做，与本队的一个社员一起，收拾干净队里的一间猪舍屋，砌好土灶头，到利港沿江滩里买回了三只被阉的公羊，自己动手宰羊，剥羊皮，理内脏，煮羊肉，拆羊肉，再用白铁皮敲成的托盘压成磕板羊肉。另一个社员则做好他的下手。两人配合默契，精打细算，公平买卖，平均分钱，头个月下来，共杀了八只羊，两人各分了二十块钱的利润，心里甚为高兴，干劲也更大。

不仅赚到钱高兴，而且家里大大小小的人能吃到羊汤心里更高兴，特别高兴的是小孩，他们时常能啃到羊骨头上没能剔干净的羊肉。蔡友洪做事很公平，有肉的羊骨头两人平均分后带回家，但啃完肉的羊骨头都要带回羊汤店，一块小骨头都不能弄丢，晒几个太阳后就和羊皮、羊肠、羊苦胆一起卖给夏港供销社收购站。

一天晚上九点多钟，睡一床的蔡华珍和蔡华娣姐妹俩，听着屋外鬼哭狼嚎般的西北风声，躺在暖和的被窝里，就是睡不着觉。姐姐听到妹妹的翻身声，妹妹听到姐姐不住地咽口水的声音。"姐，我知道，你在等阿爹的羊骨头。"蔡华娣说。"我才没你嘴馋。"蔡华珍说，"每次阿爹带回家的羊骨头，你都比我啃得多。""比你多啃又怎么啦？"蔡华娣说，"是阿爹多给我的。""偏心，哼，阿爹就是偏心。"蔡华珍说。

"别说话，姐，你听，是阿爹的脚步声。"蔡华娣说。蔡华珍竖起耳朵谛听。"我怎么没听到阿爹的脚步声。"蔡华珍说。可机灵的蔡华娣已坐起，赶快穿棉袄，并嚷着"姐，姐，快起来点灯，阿爹已到家门口了"。听妹妹这么一说，蔡华珍也像被传染似的，也坐起摸黑穿棉袄，再摸到火柴，划燃，点亮油盏灯。当蔡华珍刚把油盏灯放到桌上，蔡友洪恰好推开一扇大门走进屋里，蔡华娣就提着一双棉鞋给父亲。"阿爹，快换棉鞋，你的芦花靴潮了。""你怎么晓得？"蔡友洪问。"阿爹，你每次回家，芦花靴不都是潮的吗？我看在眼里呢。"蔡友洪接过二女儿递过来的干爽棉鞋，心里顿然有了一种温暖，一种感动。"小马屁精，就你比我会讨阿爹的欢喜。"蔡华珍说。"姐，弗好这样说我。"蔡华娣说，"阿爹很辛苦。我给阿爹递双棉鞋又怎么啦？""你弗安好心。"蔡华珍说，"你想多啃羊骨头。"

"好了。"蔡友洪换好棉鞋后说，"今天阿爹又给你们带回来一些羊骨头了。"说着话，蔡友洪打开裹着羊骨头的围腰布。蔡华娣伸手拿起一块羊骨头就啃。"放下。今天，华珍、华娣你们两个，谁也弗许啃羊骨头。明天中午，我洗几棵青菜，和羊骨头放在一起烧，味道弗是更好？"蔡友娣也起床了，来到外屋，对两个女儿说。见到母亲一脸严肃，啃了两口羊骨头的蔡华娣，乖乖地把手中的羊骨头放下，不情不愿十分憋屈地望着母亲，眼泪差点从眼眶中爬出来。

政策放松，不再折腾，田里的庄稼也像病人似的正在恢复健康。总之，一九六二年，前蔡家店的粮食产量大大高于前两年，副业收入也高于前两年，社员的工分分配收入也高于前两年。年终分配结果，蔡友洪家分红到五十六元一角七分钱，再加上一年卖了两头生猪，还有靠编芦花靴、蔡友洪农闲时做小生意、冬天开羊汤店卖羊肉、羊汤等赚到的钱，累计进项近三百元，收入可观。

一九六三年新年，蔡友洪家过得眉开眼笑。

四

和一九六二年一样，一九六三年，蔡友洪一家过得顺风顺水。这一年，蔡友洪还有一项重大收获，就是他妻子在农历三月又怀孕了，而且妊娠反应很大，看样子又要生个儿子了。可是到了这年底，在蔡友洪看来，风向似乎又开始变了。他的这种直觉、这种潜意识，萌芽于这一年的下半年。

这年九月中旬的一天中午，蔡友洪挑着一副空苗篮，到西石桥公社的东支、苍墩一带去沿村收购破布头、老棉絮胎等，当他来到东支大队高田村时，被一个白面书生样的三十多岁的男子拦住，并受到其严肃的盘问："你是哪个公社哪个大队的人？"蔡友洪不睬他，嘴里照样喊道："收破布头、收老棉絮胎啰——""你给我住嘴，"白面书生提高了嗓门，"回答我，你是哪个公社的？哪个大队的？姓什么名什么？家庭出身是什么阶级成分？"

在蔡友洪和白面书生的周围，已围了七八个男女社员。见白面书生气势汹汹，不像一般的爱管闲事的人，蔡友洪就和缓地说："你这位老兄，一看就像城里人。可是，我串村头收购破布头、收购老棉絮胎，也不是一天两天了，从来没有人像你今天这样对我盘问这盘问那的。这高田村发生了什么事？"

"我们这里正在搞'四清'运动。"一个男社员说。"搞'四清'？清什么呀？"蔡友洪好奇地问。"清什么？好，我来告诉你。"白面书生说，"就是清理账目、清理仓库、清理财务、清理工分。"听了，默想一会儿，蔡友洪说："这'四清'好是好，可是，清不到我头上呀，与我毫无关系呀。""听听，社员同志们，"白面书生对在场的男女社员说，"没经过'四清'运动的，与经过'四清'运动的，其思想认识、阶级觉悟，就是完全不一样。谁来告诉他'四清'到底与我们每个人有没有关系？"

一个年轻女社员说："张同志，我来说。'四清'能帮助干部、社员提高阶级觉悟，划清敌我界限；'四清'能很好解决干部与社员之间的矛盾，有利于民主办社；'四清'能让我们社员分辨清什么是社会主义道路，什么是资本主义道路。我告诉你这个人，你弗安心农业生产，整天走村串户收购破烂东西，你这是在走资本主义道路，是忘记了阶级苦，是在帮阶级敌人的忙，非常危险。我们革命社员奉劝你，立即悬崖勒马，回头是岸，迅速回到毛主席无产阶级的革命路线上来，回到社会主义的金光大道上来。"

"对，说得对。"几个社员附和道。

蔡友洪见这阵势不好惹，便顺势说："好，好，我一定回到社会主义的金光大道上来。"说着，蔡友洪挑起担子就往东走，来到属于申港公社六大队的女家湾村，刚进村，就被一个中年妇女叫住，说："我家有一床老棉絮胎卖，要弗要？""要，要，只弗过呢……"蔡友洪欲言又止。见蔡友洪欲说还休、犹疑徘徊的样子，那个中年妇女说："你这个收破烂货的，怎么这么弗爽快？还是一个男人呢。"蔡友洪说："大嫂，弗是我弗爽快，而是我刚刚在西面的高田村上被上了一课。他们说我收破烂货是在走资本主义道路。"

中年妇女听后笑了，说："那是西石桥公社，听说县里在那里搞'四清'运动的试点，已有两三个月了。弗管它。这里是女家湾村，属于申港公社，弗搞'四清'，你就放心吧。"于是蔡友洪放心地收购了中年妇女家的一床老棉絮胎，还有几双破鞋子。

秋忙开镰第一天，挺着大肚子的蔡友娣坚持要下田割稻，可割了半天下来，再也坚持不住了，就在家里躺了半天。第二天吃过早饭，队长蔡汝洪就来到蔡友洪家，跟蔡友娣说："友娣，从今天起，这个忙头里，你就弗用下田了，就在场上负责脱粒，把场头工作给我抓好就行了。""谢谢汝洪的关照，我会抓好场头工作的。"蔡友娣感激地说。

秋忙结束，国家公粮卖完，生产队开始忙于工分结算、编制上报待批分配预算方案。作为工分记工员的蔡友洪，全程参与了生产队的预、决算分配过程，常常算账、核对到半夜才回家。分配预算方案上报大队后，蔡友洪又开起了羊汤店。

一天晚上，队委干部集中到蔡友洪家，队长蔡汝洪说了两件事：头一件事是队里的年终分配方案，大队部已批下来了，同意队里上报的方案，也就是说，今年的分配水平又高于去年。第二件事是，过几天，全县要开展群众性的社会主义教育运动。据说，要在过春节前搞完。"在这里，友洪，我提醒你一下，你开的羊汤店这几天就赶快停下来，弗要戳在枪口上。听说这次社会主义教育运动很结棍，你小心些识相些为好。听后，蔡友洪点了点头，并在两天后把办得比较红火的羊汤店停了下来。"

一九六四年元旦过后，根据江阴县委的部署，夏港公社各生产大队，以生产队为单位，开展群众性的社会主义教育活动。宣讲队员深入各生产队对干部社员宣讲社会主义教育运动的意义、目的、方针和政策。

一天下午，宣讲队员来到前蔡家店村。社员们都集中在生产队仓库里，有的站着，有的蹲着，有的倚靠在墙壁上。宣讲队员是夏港公社的一位青年干部，大家都认识他，姓谭。谭同志宣讲了开展社会主义教育运动的意义、目的、方针和政策后，还要求社员通过诉小农经济的苦，比集体经济的优越性；诉投机倒把、物价飞涨的苦，比计划经济、物价稳定的好处；诉封建迷信的苦，比科学文明的好处的"三诉三比"，来进行自我教育。

谭同志要队长蔡汝洪第一个讲。蔡汝洪也不推辞，就讲了："我没上过学，没有文化，说得弗好，大家弗要笑我。"蔡汝洪说："刚才谭同志说了，江阴县委有规定，这次'四清'弗对一九六三年以前的粮、钱、物、工进行清理，所以，要我说，我们队干部特别是我这个队长，是经得起'四清'的。我用弗着'洗手洗澡'，浑身上下，干干净净。"

蔡汝洪刚说完，一个男社员就开起了玩笑："汝洪，你弗要说大话。我肯定，你身上有两个地方是不干净的，是很臭的。""弗要瞎说，"蔡汝洪开始紧张起来。"说话要有依据。""有啊，"那个男社员嬉皮笑脸地说，"一个前面，一个后面，那两个地方，你肯定弗干净。"

一时间社员们没听明白，当意会了一番后，明白了"前面""后面"的意思后，顿然哄堂大笑起来。有的年轻姑娘的脸涨得绯红。

笑完、开心后，谭同志脸一板，严肃地说："正经些，这里是进行社会主义教育的神圣场所，弗是欢愉场所，要注意政治影响。接下去，谁讲？"大家你看我我看你，看着看着就把头低下去了。

见启而不发，谭同志开始唱独角戏了。他说："你们生产队里虽然没地主、富农、历史反革命分子、坏分子，但并弗能说弗存在走社会主义道路与走资本主义道路之间的两条道路斗争的问题。你们生产队有。比如，你们生产队某人，家庭成分是中农。据反映，可以这样说，自土改以来，这个人始终没有忘记他的中农的小康生活，始终游离在社会主义道路的边缘，只要有机会，就会千方百计地钻政策的空子，削尖脑袋做生意赚钱，只顾他自家的日子过好，根本弗把心思放在集体上，一门心思想的是资本主义的独木桥。在这里，我要向某人猛喝一声，该清醒了，该刹车了。你虽弗是这次'四清'的对象，但说弗定下次什么政治运动会盯上你。"

前蔡家店村是一九六一年六月公共大食堂解散后分拆出来的一个生产队，队委主要干部都是新选出来的，不存在被"四清"的问题。

蔡友洪通过群众性的社会主义教育运动，特别是被宣讲队员谭同志的一番话警醒了。他从自土改运动以来的历次政治运动中，深切地感受到了政治运动力量的强大无比，无论是谁都无能力与政治运动相抵抗的。于是，蔡友洪决定，跟随大流，和生产队社员一样，养好猪，出足勤，多挣工分，空余时间编织芦花靴，不再另类显眼地走村串户收购废品、冬天开羊汤店了，少挣就少挣几个钱吧，只要全家老少无病无灾平平安安地过日子就好。

一九六三年就这样翻篇了。

一九六四年，蔡友洪实现了开门红。正月初三，蔡友洪的第二个儿子呱呱坠地。蔡友洪喜不胜喜。他为第二个儿子取名国明——希望国家的明天会更好！更希望儿子的明天更加灿烂辉煌！

第九章　经受洗礼

一

群众性的"三诉三苦"社会主义教育运动突然改变了方向。从一九六五年一月起，由原来的以清账目、清仓库、清财物、清工分为主的"小四清"，转变为以清政治、清经济、清组织、清思想为主的"大四清"，而且这次"大四清"运动的重点是整党内那些走资本主义道路的当权派（简称"走资派"）。

队长蔡汝洪参加江阴县委召开的学习贯彻中共中央《农村社会主义教育运动中目前提出的一些问题》（简称"二十三条"）四级干部会议后一回到家，就把队干部召集到他家，扼要地说了县四级干部会议的精神。蔡汝洪说："我虽然参加了五六天会议，但完全弄明白的弗多。有三点我是印象深刻的：第一点，在运动中严禁打人；第二点，这次运动的性质是社会主义与资本主义的矛盾斗争，阶级斗争非常严重；第三点，对我们基层干部弗信任，所以，要整'走资派'。"

"汝洪，接下来你是弗是也会被整？"妇女队长蔡友娣担心地问。"我屁股后头干干净净，一弗偷二弗抢三弗贪，我弗怕。如果要整我，我就弗当这个队长好了。队长这个东西，对我来说，捡在手里弗喜欢，丢在地上弗懊悔。我当队长也三年多了，也感到吃力了，很想卸肩弗干了。"

"汝洪，你说的是气话。就目前来说，在我们队里，你汝洪弗当队长，谁能当得了队长？"蔡友洪说。"你友洪就可以当嘛。"蔡汝洪说。"弗要这么说我。"蔡友洪摇着右手说，"我有自知之明。我永远是团结对象，弗是依靠对象。这一点，我弗会忘记的。我能当上队里记工员，已是心满意足了。汝洪，我有一点弄弗懂。你见过什么是资本主义、什么是社会主义吗？"

"友洪，你老是喜欢问一些弗着边际的稀奇古怪的问题。我又弗是什么大干部，怎么会见过资本主义是什么样子？社会主义是什么样子？这些问题谁搞得懂？当然，也弗用我们搞懂。我们只要按上面说的去做就是了。"

"汝洪，你说的也弗是无道理。"蔡友洪说，"从互助组起，我们讲了十多年的社会主义和资本主义，结果还是谁也讲弗清。我总有一种感觉，共产党的干部弗是那么好当的，规矩多，要求高，这是好事情。只弗过呢，过几年就来一次运动，整的大多是大大小小的各级干部，长此以往，我看也未必是一件好事。其实呢，干部贪污腐化了，只要有证据，抓人就是了，用弗着发动群众，大搞群众运动，这样做有些折腾，把人的心都折腾得弗古了。"

"友洪，我提醒你呀，你想得有点多，刚才话有点多。"蔡友娣说，"当心祸从口出。""友娣说得对。"蔡汝洪说，"今天让大家碰个头，意思是跟大家通一下气，'大四清'运动又要开始了。至于怎么搞，跟着上面走就行了。我最后要说的是，我们在座的，嘴巴还要比原来更紧一点，什么话该说，什么话弗该说，心里要有数。总之一句话，我希望我们队委干部中，在这次'大四清'中，没一个人被'四清'掉。"

根据上面要求，公社、大队成立了贫下中农协会，生产队成立了贫下中农协会小组。在此基础上，从二月下旬起，江阴县委向各公社派驻"大四清"工作组，全面领导"大四清"运动。工作组深入到各大队，通过召开贫下中农代表会议，全面发动贫下中农，组织阶级队伍，发现和培养贫下中农积极分子，使他们成为"大四清"运动的领导核心。

在工作组的领导下，在贫下中农协会小组的主持下，各生产队召开社员会议，宣传贯彻中共中央的"二十三条"，全面依靠贫下中农，运用阶级斗争观点，检举、揭发生产大队与生产小队干部所犯的错误，督促他们主动坦白交代"四不清"的问题。此次"大四清"运动历时两年多，至一九六五年上半年基本结束。在"小四清"与"大四清"运动中，前蔡家店虽没清出干部中的经济问题，也没有干部受到组织上的处分，但由于搞人人过关，自我检查，干部在政治上、思想上确实受到了一次深刻的教育。

就前蔡家店而言，在"大四清"运动中受到震动最大的要数蔡友洪。他虽不是生产队主要干部，但因为他是生产队记工员，也算队委干部之一；因为他很有生意经，赚钞票有本事；因为他爱想问题，时常能说出一般人想不到的话；因为他出身中农，不属于贫下中农阶级，在生产队里属于少数；更因为"盗米案"悬案还在，他盗米的嫌疑还没有被排除，所以，生产队里的广大贫下中农，在生产队贫下中农协会小组的领导下，对蔡友洪的非社会主义思想进行了全面清理，数次让他进行自我检查，同时贫下中农再对其进行帮助。由于蔡友洪平时人缘好，器量又大，再加上他自我检查深刻到位，因而贫下中农都认为他"洗澡"洗得认真，洗得干净。贫下中农尤其欣赏蔡友洪发自内心的由衷表态："从现在起，我蔡友洪保证弗再做小生意，弗再讲生意经，坚定走社会主义道路，一心扑在集体上，多想多做能让大家一起富的事。"

蔡友洪经受了一次思想洗礼，发生了一次思想质变。

蔡友洪像变了个人似的。感觉蔡友洪有新变化的首先是妻子。一天晚饭时，蔡友娣说："友洪，'四清'后，你变了个人。我都有点弗习惯了。""没什么新变化呀，我还是老样子。"蔡友洪说。"你自己弗觉得，我觉得到。比如，我晾在外面竹竿上的衣服，以前你从来弗晓得收的，现在啊，你自觉地收了。还有啊，你现在跟别人说话时，态度比以前好多了。这就是你的新变化。你这新变化，好。"

感到蔡友洪有新变化的还有队长蔡汝洪。蔡友洪以往很少串门，无事很少去蔡汝洪家。如今，只要一吃过夜饭，就会有事没事地往蔡汝洪家里跑，屁股一坐下来，就会说队里的事，为蔡汝洪出谋划策，提建议意见，比如，生产队养猪场可以扩大规模；比如可以利用生产队的旱垾地栽种桑树，发展队里的养蚕副业，增加收入，提高分配水平等。蔡汝洪认为蔡友洪说得有道理，随即发动社员多搭了两间养猪屋，多养了两头老母猪；来年春栽种了五亩多旱垾地的桑树，发展养蚕副业。

就这样，时间似流水，无声无息地由一九六五年流进了一九六六年。

这年春，脑膜炎从江阴东乡流行到西乡，范围很广，囿于当时落后的医疗水平，疫情未能得到及时有效控制，病人死亡率很高。据《江阴市志》记载：一九六六年春，脑膜炎患者死亡率高达百分之二点八七。

蔡友洪长子蔡国华从三月中旬开始发热，高烧不退，且尿中带血。当年，夏港公社卫生院为方便群众就近就医，在新沟大队后北庄石家祠堂设立了医疗点。见儿子高烧不退，心急如焚的蔡友洪，驮着六虚岁的儿子来到后北庄医疗点就诊，由于当时的医疗设备很简陋，再加上医生医术水平的限制，医生初步诊断后认为，蔡国华患的是脑膜炎，对蔡国华注射了医治脑膜炎的药水，并让蔡国华服用治疗脑膜炎的药物。可治疗了半个月，蔡国华的病情反而加重，无奈之下，蔡友洪把儿子送到江阴县人民医院治疗，经初诊、复诊、会诊，最终的结论是，蔡国华患的不是脑膜炎，而是肾炎病。因为肾炎病与脑膜炎病的症状都首先表现为高烧不退，使得夏港卫生院新沟医疗点医生出现误诊，错过了最佳治疗期，最终导致蔡国华肾衰竭而死亡。

蔡友洪抱着死去的长子，失声痛哭。

如果是现在，蔡国华被误诊而死，就是一起严重的医疗事故，病人家属可以通过法律追究医生责任，要求医院进行经济赔偿。可在当年，医院发生误诊乃至医疗事故，没有人会追究医生和医院的责任。

蔡友洪长子蔡国华，就这样因医生的误诊而夭逝了，年仅六虚岁。

长子的死，给了蔡友洪精神上沉重的打击。他因悲伤过度而倒下，在床上躺了一个多星期，才缓过劲来。

"日子还要过的。人活着总会有明天。"蔡友洪想。同时，这也成了蔡友洪的生活信念。

二

突然间，冒出了这么多兵——穿着杂色服装、臂戴红袖套、振臂高喊着口号、不知天高地厚的娃娃红卫兵。这群红卫兵都是金家店小学高年级学生，大都十二三岁，稚气未脱，革命热情却很高涨。他们不听父母的话，更不听老师的话，像着了魔似的，砸碎窗玻璃，捣毁课桌椅，焚烧图书，写大字报，给老师戴高帽子、挂小黑板，斗争批判老师，到了暑假不放假，九月一日开学后不上课，却美其名曰"停课闹革命"。

读完小学一年级的蔡华娣，看到大同学"闹革命"很好玩，也就常去学校看热闹。一天午饭时，蔡友娣问："华娣，现在是暑假里，你还往学校里跑，去干什么？""看热闹。"蔡华娣说，"很好玩。老师戴着高帽子的样子好有趣。姆妈，你弗晓得，现在呀，弗是学生怕老师，而是老师怕学生。"

"你怕我这个阿爹吗？"蔡友洪听了二女儿的话后问。"怕。"蔡华娣说。

"你敢弗敢造你爹娘的反？"蔡友洪问。"弗敢。"蔡华娣说。"那好，"蔡友洪说，"从今天下午起，你弗许去学校，就待在家里，抱抱国明弟弟，帮着你姐做些家务事。""难得去一次学校也要的，"蔡友娣说，"友洪，你没看见，我们队里的某某、某某，弗是天天去学校的吗？""你弗懂。"蔡友洪说，"人家是男小佬，我们家华娣是细丫头，与他们弗能比。重要的是，我怕华娣会学坏。我有点看弗懂，学生怎么能斗批老师？这好比儿女可以斗批父母，成何体统？自古以来从未发生过这种弗孝忤逆之事。这个世道，我活到三十七岁，头回看见。"

九月，新沟大队也成立了红卫兵组织。他们紧跟形势，勒令大队党政领导"靠边站"，大力度地破"四旧"（旧思想、旧文化、旧风俗、旧习惯），抄地主、富农的家，让他们挂黑牌、戴高帽，游村示众，农业生产一时无人过问。

看到这种乱象，蔡友洪心里急啊，找到队长蔡汝洪说："汝洪，年轻人造反革命，我们可弗能呀，田还是要种好的。否则，我们都得喝西北风去。""我也看弗惯目前的乱市面，弗晓得上面怎么会搞这样的运动？"蔡汝洪说，"友洪，你说怎么办？""吹哨子上工呀，"蔡友洪说，"田里的草要拔，秋肥要积，明年我们还要吃饭哪。"停了几天工后，蔡汝洪吹响上工的哨子。可下地劳动的都是中老年社员。年轻社员大多去大队部闹革命了。

一九六六年，在前几年的"调整、巩固、充实、提高"全面调整方针的惯性作用下，还算顺利地过去了，农业也获得了丰收。进入一九六七年春天，局势更乱了。受江阴城里"造反派"组织向县委、县人委夺权的影响，新沟大队的南片、北片、东片的三个"造反派"组织，也相继向大队党支部、管委会夺权。党支部书记石金康、大队长范进云等领导被"造反派"打成"走资派"，遭到揪斗。

"乱套了，全乱套了。"一天晚饭后，蔡汝洪来到蔡友洪家，屁股刚坐到凳上，就忧心忡忡地说，"大队里没一个人管农业生产。问'接管会'（接收权力的红卫兵造反机构）的人，他们回答说'把无产阶级文化大革命进行到底'是压倒一切的中心政治任务，其他工作必须让路。友洪，你听听，这是什么话？亏他们说得出口。"

"别听年轻人唱高调，"蔡友洪说，"你又没被夺权，还是队长嘛。眼下正是春耕生产时节，汝洪，我们往年怎么安排农活，今年照样怎么安排。他们革他们的命，我们做好田里的生活。弗要怕这怕那，我帮你。我就弗信，农民种好田，多打粮食，会错到哪里去？"

蔡友洪说虽然这么说，做也这么做了，但他和蔡汝洪及类似的人，终究是社会最底层的小人物，不可能扭转乾坤，只能守本分，尽自己的一点绵薄之力。"造反有理""革命无罪"就像瘟疫一样，传染了无数人，个个病得不轻。由于年轻人"造反"去了，出工的人又出工不出力，因而延误了农事；由于供销社生产资料部的职工都去"闹革命"了，因而也无人售卖农药化肥，错过了治虫施肥的最佳时机。后果是，前蔡家店和江阴全县各生产队一样，一九六七年粮食大减产，平均亩产比一九六六年减少一百二十多斤。虽然连农村生产大队也实行了所谓的"军管"，但终究无济于事。

一九六七年，蔡友洪过得很不顺心，但这不是因为家庭的问题，而是因为他对打乱生产和生活秩序的越来越升级的社会动乱的担忧。他为此常唉声叹气。妻子则劝慰说："天下大众事，人家过得去，我们也过得去，你一人发愁有何用？还是多关心关心我肚里的孩子吧。""阿珍娘，你说得有道理。我一人发愁有何用？其实，我弗是为自己发愁呀，而是为即将出生的孩子发愁。他（她）一出生，就要经历动乱，这如何是好呢？"在蔡友洪的发愁中，他的小女儿蔡苏华，于农历四月十三日出生了。可爱的小苏华，终于使愁苦的蔡友洪不时展露出笑容来。

乱久必治。于是，中央要求各地"造反派"实行"大联合""大团结"，其组织形式就是各级"革命委员会"（以下简称"革委会"）相继成立。一九六八年七月，新沟大队革委会成立。自此起，农村渐趋稳定，农业生产有人抓了，社会治安有人管了，邻里有了矛盾有人调解了，但阶级斗争的弦绷得更紧了，"清理阶级队伍"大张旗鼓地进行，谁一不小心说错一句话，就立马成了现行反革命分子，成了阶级敌人。

一九六九年，新沟大队发生了一件大事。九月，经上级批准，新沟大队分为三个大队：原新沟大队北片的施家店、金家店、曹家店、蔡家店、匡家店、新沟为卫东大队，下辖十个生产队，蔡友洪所在生产队为第五生产队，队长为蔡金龙；原新沟大队南片的顾家店、张家牌、大铺头、小铺头、朱家店、前北庄、后北庄为朝阳大队，下辖七个生产队；原新沟大队东片的赵家店、孟济里、徐家店、李家店、黄坎上、野鸡村为迎九大队，下辖七个生产队。由于在贯彻中共九大精神中，因而这三个大队名称的政治色彩、时代特征非常鲜明。

分大队后不久，卫东大队第五生产队会计蔡苟度，是个大龄青年，经人介绍做了上门女婿。这样，队里就缺了个会计。队长蔡金龙建议由蔡友洪接任会计，其他队委干部都不同意，理由是生产队会计这么重大的权力，必须掌握在贫下中农手里。可在贫下中农中排来排去，队里没一个人适合担任会计，无奈之下，蔡金龙把自己的建议意见和队委干部的意见汇报给了卫东大队革委会。卫东大队革委会召开两次会议进行了研究，会上意见分歧也较大，主要分歧点在于蔡友洪是中农出身，不太符合上级培养积极分子的政治标准；再者，仍有干部揪住蔡友洪"偷米"的嫌疑不放，认为像蔡友洪这种手脚不干净的人怎么能当会计？怎么放心让他当会计？但第五生产队不能没有会计。于是，大队革委会主任翟金生来了一个变通，建议蔡友洪代理第五生产队会计，并说第五生产队一旦有了合适的会计人选，就立即把蔡友洪换下来。就这样，蔡友洪担任了第五生产队代理会计。

虽是代理会计，但蔡友洪并没有因此而敷衍塞责，而是尽心尽责，把生产队的每笔收支账目记得清清楚楚，把每一个社员的工分、分配收入算得明明白白，经得起社员的查问，经得住大队的财务审计。不仅如此，蔡友洪作为生产队主要干部，还处处为社员着想。一九六九年秋忙前，卫东大队通上了电。蔡友洪就及时向队长建议购买一台电动稻麦脱粒机，不仅能减轻社员的劳动负荷，而且能提高脱粒效率。蔡金龙同意了，并授权蔡友洪经办此事。蔡友洪和生产队现金保管员来到苏州吴县农具制造厂，挑中了一台六人电动脱粒机。脱粒机运回安装好一使用，社员们高兴地欢呼起来："太好了！太省力了！友洪为我们做了一件大好事！"

这年底，蔡友娣又生了个儿子，蔡友洪很是高兴，并给小儿子取名国光。蔡友娣的奶却很少。同时，小儿子肚脐眼里在不停地出血。这可把蔡友洪急坏了。为了给妻子催奶，蔡友洪到夏港街上的羊汤店里去买拆剩下来的羊脆骨，再买几条鲫鱼，回来给妻子做鲫鱼羊汤，既补身子又催奶。吃了几顿鲫鱼羊汤后，蔡友娣的奶有了些，但不浓。小儿子国光常吃不饱奶，已过百天了，身上还没长肉，仍似出生时的样子，面黄肌瘦。

　　蔡友洪看在眼里，急在心里，却只能干着急。他没有丝毫的办法能让小儿子胖起来，健康起来，也就像他没有办法让二女儿素珍、长子国华不夭逝一样。

三

　　一九七〇年三月的一天深夜，春雨淅淅沥沥地下个不停。这时，一个黑影像一只猴子似的，敏捷地窜到卫东大队第五生产队养猪场，熟门熟路地撬开仓库门的锁，提着一只麻袋，推开门，钻了进去。在那"阶级斗争"要"年年讲，月月讲，天天讲"的年代，革命群众尤其是卫东大队的基干民兵连，革命警惕性是非常高的，每天夜里（如是下雨天加派人员）要派民兵巡逻。那个黑影刚窜到第五生产队养猪场，就被巡逻的两个基干民兵发现了，便尾随其后。当那个黑影钻进养猪场仓库后，两个基干民兵，一人手中拿着一根木棍，一人手中拿着一条麻绳，就蹲在仓库门口两旁。十多分钟后，那个黑影刚跨出仓库门，就被两个基干民兵逮个正着，用手电筒一照，原来是第五生产队的蔡某某，大家都认识，但基干民兵不徇私情，认为蔡某某偷本队养猪场里的豆饼，是阶级敌人的一种破坏活动，是阶级斗争的一种新动向，必须对其实行无产阶级专政。于是，两个基干民兵把蔡某某押送到大队部，关进了"学习班"。

　　"学习班"的全称是"毛泽东思想学习班"，是"清理阶级队伍"政治运动中的产物。那个年代的"学习班"，不像现在的培训班、研讨班什么的，而是"专政"的代名词，说白了，凡是进"学习班"的人，不死也要脱掉几层皮。在"学习班"里待了几天后，蔡某某终于经受不住"强有力的攻势"，哭着坦白了自己偷本队养猪场豆饼的"反革命罪行"。这还不算，通过"灵魂深处闹革命"，蔡某某还交代了他于一九六〇年春天偷公共大食堂仓库里的一袋一百二十斤大米的事。

　　蔡某某这样交代：

　　我跟蔡友洪的舅子蔡阿明同岁，两人差不多高，脚也差不多大。有一天我们一起上街，来到夏港供销社商店各买了一双球鞋，都是四十码。我穿着很合脚，可蔡阿明穿了几月后就不穿了，说球鞋小了一点，穿着脚趾痛。于是，他就把那双大半新旧的球鞋送给他姐夫蔡友洪穿，有一天被我看见了，就灵机一动，在心里盘算几番后，乘一个下雨天的夜里，穿了我的那双球鞋，去村里的公共大食堂仓库里偷了一袋米。我穿着球鞋走了一段路后，就走进了一块红花草田里，把球鞋换下，穿上早已准备好的一双芦花靴，回家后，心里开始怕起来，怕被人发现我穿的那双球鞋。先想把它烧掉，但那时家里无灶头，怎么烧？拿到外面去烧，也弗行，因为球鞋底是橡胶的，只要一烧，橡胶的臭味就会出来，容易被人发现。想来想去，最后，我把自己穿的那双球鞋用麻绳绑在一块石头上，沉到了自家的粪坑底里。结果，到头来居然真的怀疑到了蔡友洪头上，让他为我背了十年黑锅……我对不住他。

终于水落石出，真相大白。蒙受十年不白之冤的蔡友洪知道"盗米案"真相后，非但没有因为自己的清白得到证明后而感到高兴，反而欲哭无泪。他没有听从一些人的唆使，上门去找蔡某某算账，狠狠地揍他一顿，出出憋在心中十年的恶气，反而是上门看望刚从大队"学习班"出来后回家没几天的蔡某某："某某，说我心里弗恨你，那是假话。我恨你。这十年来，我因'盗米案'常常抬弗起头来，现在，很想打你一顿，消消我心中的怒气。但我今天弗打你，也弗骂你，只是来看看你。某某，我弗会原谅你对我十年来的伤害，但我会宽恕你，饶恕你，希望你以后好好做人，弗要再丢于门蔡氏祖宗的脸。"

夏忙刚结束，卫东大队党支部书记翟金生就去第五生产队找了队长蔡金龙，跟他商量欲把蔡友洪调到大队办铁粉加工厂。翟金生话还没说完，蔡金龙就把头摇得像拨浪鼓似的，一口回绝了："弗行，绝对弗行。翟书记，弗是我弗给你面子，而是队里离弗开友洪，他一走，队里会计谁来当？再说，友洪大女儿华珍去年就去了大队纸盒厂，如果友洪再到大队厂里去，一家两个人在大队厂里工作，社员知道后肯定会闹翻天。""一点也没有商量余地？"翟金生问。"除非大队里把我这个队长撤了。"蔡金龙说。

翟金生碰了个软钉子回到大队部，把事情跟副书记翟阿洪一说，翟阿洪灵机一动，说"有办法"。"什么办法？"翟金生问。"我们可以借调。"翟阿洪说。"借调？"翟金生一时没转过脑子来，不解地问。"借调。"翟阿洪说，"借调是机动性临时性的，时间可长可短。如果友洪办厂确实行，我们就长期借调；如果弗行，我们随时可以将他退回给生产队。这样，群众的意见就会小些。我们在工作上也可以把握主动权。""那就这样办。"翟金生说，"阿洪，你去五队把这件事办妥了。"

过了几天，翟阿洪去了第五生产队，在田头先跟队长通了气，说明大队党支部借调蔡友洪办厂的意图。蔡金龙听后则说："这件事我一人做弗了主，必须召开社员大会，由大家决定。""也好，你把社员们召集过来，我们现在就开一个田头现场会。"翟阿洪说。于是，蔡金龙吹响了哨子，把正在水稻田里撸草的男女社员叫到田埂上，开了一个短会。会上，翟阿洪代表卫东大队党支部说明了借调蔡友洪办厂的意图。翟阿洪最后说："我们大队党支部决定借调蔡友洪去大队办厂，已是后退了一步，是在跟大家商量，是尊重大家。我们为什么会选中蔡友洪？因为他年轻时候起就开始做生意，懂经营，有经济头脑，这是办厂的基本条件，而符合这个条件的，你们队里就只有蔡友洪一个人，全大队也弗过两三个人。所以，办厂弗是谁都有本事办的。我就说到这里。下面，请大家思考一下，同意的，我们就鼓掌通过。"等了几分钟，不见有人鼓掌，队长蔡金龙就问："你们同弗同意借调友洪？""金龙，你是队长，你同弗同意？"有社员问。"我听翟书记的。"蔡金龙说。"既然你队长这么说了，我们还能说什么。听大队里的吧。"几个社员这样说。就这样，借调蔡友洪去大队办厂的事在田头社员会议上通过了。

一九六九年入秋，卫东大队率先在夏港公社农村地区通了电，这为发展工业提供了电力保障。敢为人先的卫东大队主要领导，不愿让千余名社员始终被"捆绑"在农田上受穷，他们想通过办工业来富裕农民，却又苦于没有搞工业的门路。他们听说夏港公社红星大队西小庄村的吴桂兴在上海有门路后，就登门拜访，吴桂兴答应愿意从中撮合，并于十月上旬，由他引荐，请了一个上海退休工人师傅沈志高，利用上双庙的房屋，办起了夏港公社第一家队办企业——卫东纸盒厂，利用废纸等手工制作仪表纸管，利用废旧硬板纸做纸盒，仅有七八个职工，大多是上了点年纪的女社员，唯有蔡华珍未满二十岁，是其中最年轻的一个职工。

那时办厂很不容易，表现在四方面：国家政策不允许，只能偷偷摸摸地干，冒着相当的政治风险；银行不贷给你一分钱，办厂所需资金，必须自筹；没有技术，必须自己解决；没有市场，不纳入国家计划，你生产出来的产品，全得由自己去找市场，找用户。尽管办厂这么难，卫东大队还是把纸盒厂办起来了，而且经济效益还不错，投入与产出比例，比农副业要高得多。初步尝到办工业甜头的卫东大队，接着又办起了卫东铁粉加工厂。在一无资金、二无技术、三无设备厂房的艰难条件下，翟金生、翟阿洪动员大队干部借钱，七凑八凑凑到了三五千元钱，利用横沟河闸上的几间房屋，置了几只石臼，从外地聘请了几个熟练工人，人工舂料，把铁屑加工成铁粉。加工成的铁粉主要用于染料和医药生产，产品主要销往山东廊坊益都染料厂。然而，当时的厂长、供销员大都不识字，不善管理，不懂经营，虽产品有销路，但最终还是亏本了。在这样的情况下，卫东大队党支部才决定把蔡友洪借调到卫东铁粉加工厂的，希望他协助厂长，搞好管理，搞好经营，争取扭亏为盈。

蔡友洪进厂后，担任了供销员，专门负责原材料进货，确保厂里正常生产。同时，蔡友洪还建议厂长注重减少损耗，降低产品成本，提高产出效益；还亲自下车间第一线，督促职工按规程生产，节约原材料。经过半年努力，铁粉加工厂扭亏为盈。蔡友洪的经营才能得到初步发挥。

正当蔡友洪展望来年豪情满怀的时候，"一打三反"政治运动开始了。在十二月底的一个寒冷的下午，蔡友洪进了"毛泽东思想学习班"，被关在了横沟河上施家店电灌站里。

四

"斗、批、改"是中共九大规定的今后的主要任务。"清理阶级队伍"则是"斗、批、改"运动的一项重要内容。但事实证明，"清理阶级队伍"运动破坏国家法制，摧残公民权利，严重挫伤了广大干部群众建设社会主义的积极性。这一运动后期，又在经济领域开展了"一打三反"（"打击反革命破坏活动"，反对贪污盗窃、投机倒把、铺张浪费）运动。运动中也出现了严重的扩大化。

江阴县是于一九七〇年二月下旬全面开展"一打三反"运动的。县革委会首先召开全县三级干部动员大会，会后各公社召开广播动员大会，各生产队组织社员收听大会实况。三月初，县革委会召开由三万人参加的斗批大会，批斗九名现行反革命分子和贪污盗窃、投机倒把犯；接着，各公社相继召开类似的万人斗批大会，"上挂黑主子，下打活靶子"。这年冬，根据上级关于"有重点的分批开展运动"的指示要求，江阴县分三批在二百八十三个重点生产大队、企事业单位开展运动，并派驻了工作队。

新沟大队是第二批重点运动单位。在运动中，为了把所谓的违法犯罪事件清查出来，根据县里要求，工作队在新沟大队以批判"阶级斗争熄灭论"开路，把轻微问题与阶级斗争挂钩，搞人人过关，办重点人员学习班。蔡友洪在"人人过关"中没过得了关，因而作为"投机倒把"重点人员被关进了学习班。

在学习班里，工作队员为敦促蔡友洪"丢掉幻想""坦白交代"，一遍又一遍地向蔡友洪宣读毛泽东著作《丢掉幻想，准备斗争》和《敦促杜聿明等投降书》。蔡友洪一遍又一遍地重复说："我没有什么幻想，也弗存在丢弗丢幻想的问题。我该坦白交代的，都坦白了，都交代了，没有一点隐瞒。我的问题主要是在解放后到'四清'运动前这十几年时间里，利用农闲、春节前时间，买卖南北干货、串村走户收购一些废旧棉絮胎等废品、冬天开了几年羊汤店，赚了几个油盐钱。这也算是投机倒把？再说我已有五六年弗做小本生意了，怎么就成了投机倒把的重点人员呢？更重要的是，我没有违反中央关于'投机倒把'的文件：我在运动前没有做小生意，没有从事任何商业活动；我走过'后门'采购原料，那是为大队厂里，为集体，我没有谋私利；我没有属于自己的地下工厂、地下商店、地下包工队、地下运输队、地下俱乐部。中央文件规定的几种投机倒把行为，我一条都弗符合，怎么就被关进学习班了呢？"

工作队员不听蔡友洪的申诉，也没对他动粗，就是不让他好好睡觉，搞车轮转，逼他坦白交代自己的问题，逼他检举揭发别人的问题。蔡友洪不被误导，只说自己的问题，不提别人的问题。

蔡友洪是被关在施家店电灌站里的。该站于一九六四年春建在横沟河上，前不巴村后不着店，很是荒僻。被关在里面的蔡友洪，只听到屋外呼叫的北风声，还有深更半夜远处的狗吠声，很少听到人声。屋子没有窗户，里面有一张简易床铺，有一只木尿桶，有一盏电灯。因时常停电，电灯常常不亮。蔡友洪像一只被囚禁在铁笼中的狼，在心里嗥嗥地嘶吼着，与黑暗抗争着。蔡友洪烟瘾很大，但自进入学习班后，不准抽烟，常常因犯烟瘾而难受得一把鼻涕一把泪。他的心理承受力几近极限。

蔡友洪可以随时走出学习班，条件是只要他深刻地检讨自己的问题，包括检举揭发别人的问题，哪怕是捕风捉影地编造伪造。但蔡友洪宁愿被囚在黑暗中，受煎熬，忍痛苦，也不肯出卖自己，更不肯出卖别人。

在黑暗中，蔡友洪与世隔绝，已分辨不出白天与黑夜，这正是他反省自己的好时机。他不断地梳理自己四十年来所走过的路、所经历的事。他承认自己因缺乏经验或因思想认识不到位而做过一些错事，但他从未做过一件昧良心、坑害他人、危害社会的坏事。他问心无愧。他不禁又想起了深刻而又深远地影响他一生的共产党员、启蒙老师谢平济（有的说他牺牲了，但他家里解放后没收到他的烈士证；有的说他听从党组织派遣，解放前夕去了台湾，继续从事党的地下工作，最终死在了国民党监狱里）。"谢先生，我没有给你丢过脸。我一直记住你的话：任何时候、任何情况下，都要相信共产党，因为共产党是为千千万万穷苦大众谋幸福的党。"蔡友洪在心里说。

蔡友洪的一日三餐，都是有大女儿蔡华珍送的。可她见不到父亲的面，她送给父亲吃的粥饭，都是由负责看守蔡友洪的大队基干民兵送进去的。一天中午，饭被送进去后，蔡华珍站在屋外，把嗓门提到最高，哭喊着："阿爹，国光发热不退，医生打了针也没用，姆妈快要哭瞎眼睛了。阿爹，你在里面听见吗？你什么时候能够出来？"听到大女儿的哭喊声后，蔡友洪发怒了，把饭碗摔得粉碎，并握紧右拳，拼命地擂门："快开门，放我出去，放我出去——我有什么罪啊？如果我有罪，你们可以把我拉出去枪毙，为什么要把我关在这个鬼地方？放我出去，放我出去——我儿子病了，病得弗轻。我是父亲，我要把他送去医院。放我出去——"

看守蔡友洪的两个基干民兵，充耳不闻，任由蔡友洪在屋里怒吼，就是不理他，也不好理他，因为他俩没有这个权力，权力都集中在工作队。在门外的蔡华珍也哭求着看守的两个基干民兵放她父亲出来，可蔡华珍的眼泪丝毫不起作用。两个基干民兵坚守岗位，忠于职守，不说一句话，任由蔡华珍哭骂。

将近年关了。

　　工作队把蔡友洪关了大半个月后，既没书面结论，也无口头说法，决定不清不白、糊里糊涂放他出去。可蔡友洪不走，非要跟工作队讨个说法。"还要什么说法？"负责审查蔡友洪的工作队员说，"放你出去，就说明你没多大问题。""什么叫没多大问题？"蔡友洪的倔脾气也上来了，"我还有哪些问题？你们工作队必须给我一个明确的书面结论性说法。否则，我就一直坐在学习班里。"

　　然而，工作队怎么可能给蔡友洪书面的结论性说法呢？明明是工作队在"一打三反"运动中搞了扩大化，错关了蔡友洪，伤害了蔡友洪，如要给蔡友洪结论，那么这结论怎么写？即使工作队错了，工作队也不能承认，因为那时的政治不允许工作队这么做。所以，工作队只能给蔡友洪以不了了之、不明不白、不清不楚，后头还要给蔡友洪留着一条尾巴：蔡友洪"没有多大问题"。这既是工作队给蔡友洪的口头结论，也是工作队给蔡友洪头上套上的一个金箍："你蔡友洪还是一个有小问题的人。"

　　蔡友洪于一天下午无奈地走出了学习班，经冷风一吹，被太阳一照，突然倒在了地上。两个基干民兵见状，就立即上去把蔡友洪搀扶起来。"怎么啦，友洪？""被关了头二十天，腿软了，见弗得太阳了，有点弗适应……慢慢就能适应的。"站稳，蔡友洪问："金某某，能给我一支烟吗？"金某某掏出了一角四分钱一包的跃进牌香烟，抽出一支，递给蔡友洪，并划燃火柴，帮他点着烟。蔡友洪猛吸两大口，竟然抽去了小半支烟，结果被呛得大咳起来，一把眼泪一把鼻涕的，还咳出一口血来。"友洪，你这……"金某某骇然。蔡友洪蹲下，摇着右手，说："弗要紧，死弗了。"又抽起烟来，但不咳了，一支烟抽完，又向金某某要了一支，用香烟屁股续接上，又猛吸了一大口，吐出一条烟龙，舒坦地说："十七八天没烟抽，瘾煞我了。烟，真好，比粥饭还好。"说着话，抽着烟，蔡友洪摇摇晃晃地回家去了。

　　回到家，妻子抱住蔡友洪痛哭了起来。哭完，蔡友娣让蔡友洪抱着小儿子国光，两人步行到江阴县人民医院，经医生诊断，国光生的是脊髓灰质炎病，俗称小儿麻痹症，且属于瘫痪型。医生责怪道："你们是怎么当父母的？竟如此弗重视孩子的病？到现在才来人民医院？来晚了，你们错过了最佳治疗期。我弗是华佗，没有回天之力。你们这个儿子下肢终生瘫痪是确定无疑的了，至于还有没有其他后遗症，我就说弗准了。"听了医生的话，蔡友娣压抑地轻嗳起来。

蔡国光在医院住了一星期，于腊月二十日出院回家了。

正被医生说准了，蔡国光下肢瘫痪了，并于一九七四年春不幸夭殇。

如果蔡友洪不被关进学习班，蔡国光就会得到及时治疗，就不会……

蔡友洪抱着小儿子的尸体，站在门前的场地上，仰天大哭："谁害了我儿子？谁赔我儿子？"

蔡友洪生了三个儿子，大儿子蔡国华、小儿子蔡国光，都在五六岁时夭亡，尤其是小儿子蔡国光，本可以不死的，然而……死了。

蔡友洪哭天天不应，哭地地不应。

第十章　活着总会有明天

一

　　蔡友洪虽然受到了"一打三反"运动扩大化的严重伤害，但他没有因此而意志消沉，也没有因此而抱怨这抱怨那，而是一头扎进了他的供销工作中。蔡友洪在跑铁屑业务过程中越来越感觉到，由于铁粉加工厂的技术落后，设备原始，因而产量老是上不去，且质量不很稳定，发展前景不看好。

　　有一次蔡友洪出差到上海，在一个居委办的街道厂里，结识了一个叫罗浩明（音）的，是厂里的生产副厂长，江阴石庄人。在一天的饭桌上，罗浩明建议蔡友洪回去搞热饼铁球，他说他可以保证供应蔡友洪铁屑，除他厂里的铁屑外，还可以帮蔡友洪联系落实无锡的几家机械厂和电机厂，他们有业务往来，关系不一般。蔡友洪则说自己不知道用什么设备才能把铁屑压缩成热饼铁球。罗浩明说："老蔡，我们都是江阴澄西老乡，虽是初次打交道，但我认为你这个人厚道，讲信用，话弗多，说一弗二。我愿意交你这个朋友，也愿意帮你的忙。这样吧，老蔡，饭后再去我厂里一下，我给你写封信。"下午到了厂里，罗浩明为蔡友洪写了一封信，写好，塞进信封，交给蔡友洪，并说："老蔡，你拿着这封信去靖江县柏木中学校办厂找姚厂长。他厂里就是制造那种冲压设备的。他会帮你的。"

　　从上海出差一回来，蔡友洪就找了卫东大队书记翟金生和副书记翟阿洪以及分管工业的党支部委员金阿甫，汇报自己创办併铁厂的想法与打算。听后，金阿甫问："友洪，你有绝对把握办成功吗？"蔡友洪望了金阿甫一眼，说："哪有媒人包养儿子的？"被蔡友洪这么一呛，金阿甫的脸涨得通红。此时，翟金生开口了："友洪，你的想法弗错，打算也行。只弗过，大队里没有一分钱给你。你要办併铁厂，大队支持，可以划土地给你，可以调人手给你，但办厂经费你得自己解决，所得净利润五五分成，一半利润留作你厂里的再生产资金，一半上缴给大队。"蔡友洪苦笑一下："假使我折了本呢？"翟阿洪说："还没办起来，怎么就想着亏本呢？要一心想着赚钱，赚多赚少那是另一回事。友洪，你比我清楚，我们办厂，是赚得起而折弗起啊。你要想好想定。"

回到家，蔡友洪把自己想办併铁厂的想法和打算说给妻子听，征求蔡友娣的意见。"大队领导知道你办併铁厂的想法和打算吗？"蔡友娣问。"今天上午跟他们汇报了。"蔡友洪说。"他们的意见呢？"蔡友娣问。"原则同意，但资金要我想办法解决。"蔡友洪说。蔡友娣没接话，只是定定地望住丈夫，少顷，问："友洪，你有没有估摸一下，需要多少钱？""……我粗略估算了一下，至少要三千块钱。"蔡友洪说。当时，三千元钱相当于农村二十个男劳力一年的总收入。"要这么多？"蔡友娣倒吸了一口冷气。"友洪，要是投进去的三千块钱最终都折掉了，那最后是大队承担，还是你个人承担？"蔡友娣问。"估计要算在我头上。"蔡友洪说，"大队里来了个一脚踢，只给我提供土地等，资金都要有我承担负责。"听后，蔡友娣就没有继续把话头接续下去，但蔡友洪已知道了妻子的心思：妻子并不反对他新办併铁厂，只是担心他亏本后日子不好过。然而蔡友洪心里明白，办併铁厂不会亏本，只会赚钱，只是办厂起头难，办起来了，也就没什么大问题了。蔡友洪告诫自己，要抓紧时间建造厂房，尽快落实冲压设备。于是，蔡友洪决定先去靖江柏木中学校办厂。

那时候，凡是出差，除钱外，还必须准备好两样东西：一是粮票，一是介绍信。如果出差目的地是在本省，那就要准备好全省通用粮票；如果出差目的地在外省，就要准备好全国通用粮票。否则，没有粮票，即使有钱，也是吃不到饭的。还有就是介绍信也是必备的。如果没有介绍信，就不能证明其身份，非但对方单位不会接待你、住不到旅馆，还极有可能会把你当作流窜犯而被当地公安局拘留，然后再被遣送回原籍。

一天吃过早饭，蔡友洪对妻子说："阿珍娘，你去给我灌二十斤米，我要去粮管所换粮票。"蔡友娣坐着没动。蔡友洪朝妻子看了一眼，说："阿珍娘，我知道，我让你和孩子受苦了。你们平时吃粥多，把米省下来让我去换粮票，用于出差，支持我工作。我很感激你。阿珍娘，只有你懂我的心思，我弗愿做一个永无出息的男人。我要闯一闯世界，做成一些事情，让我们家、让队里人、让更多的人能过上好日子。"

蔡友娣站起，叹一口气，走进房里，掀开米囤盖，伸手到米囤内这里撸撸，那里刮刮，给蔡友洪凑了二十多斤米。"拿去吧。"蔡友娣将一只小米袋递给丈夫时流泪了："现在已是八月，有北瓜吃，还有面条吃，饿弗死人，日子要比三年困难时期好过些。"

妻子的眼泪，妻子说话时的那种压抑着的平静，使蔡友洪心头一颤。蔡友洪知道家里米囤里的米不多了，但他也没什么好办法，为了厂里，要出差，只能苦了家人。可这些，在当时，有多少外人知道？又有多少外人理解？人们总以为蔡友洪出差在外，可以吃香的喝辣的。可他们哪里知道，蔡友洪出差在外有多么艰苦，有多么辛苦？按当时的政策规定：出差本县，每天补助伙食费一角五分；出差本省，每天补助伙食费三角钱；出差外省，每天补助伙食费五角。还规定，坐火车只能坐硬座。如坐硬卧，超过标准的部分一律不得报销；住宿费每晚不能超过五角，超过部分自理；在城里只能坐公交车，不能坐私车，否则不予报销。而蔡友洪每年的工资，都是在年终由大队核定，然后汇到生产队，参加生产队的工分分配。蔡友洪出差在外舒服吗？不舒服。不仅不舒服，而且很难受。难受在哪里？难受在蔡友洪常常从家里拿钱做差旅费，能报销的报销了，可按当时国家规定的出差报销标准，蔡友洪是不够的（当时社队企业供销人员都是不够的）。怎么办？自己垫付。怎么处理？求爹爹告奶奶，找大队书记批。大队书记有时做不了主，要召开会议集体研究决定，有些干部往往死扣报销规定不放，逼得蔡友洪掼纱帽，不跑供销了，可厂里又离不开他。于是，大队书记只得做主批了。那时的队办企业厂长、供销人员就是这么艰难，这么为难。

来到夏港粮管所，蔡友洪拿出铁粉加工厂介绍信给营业员，营业员一看是因出差外省之需来粮管所换粮票的，符合上级规定，便收下介绍信，称了蔡友洪给他的米，然后给了蔡友洪二十一斤全国通用粮票和每斤一角四分钱的米钱。蔡友洪没回家，而是在夏港汽车站候车直接去了江阴，到江阴西门汽车站下车后，在附近一家面馆里吃了一碗面后，又赶到黄田港轮渡码头，乘轮渡船过江，傍晚才来到靖江柏木中学校办厂，厂里已空无一人。跟看厂门的人打听姚厂长住址，看门人说姚厂长就住在镇上某条弄堂。蔡友洪按照地址找了去，折腾了一个多小时，到晚上七时多，终于找到姚厂长家。蔡友洪拿出罗浩明给姚厂长的亲笔信,看完,姚厂长热情接待了蔡友洪,并吩咐其爱人再给蔡友洪做晚饭。饭后两人讲了很多话,很投机,有点相见恨晚。

第二天上午,蔡友洪去了厂里,现场看了冲压热拼铁球的设备,亲自操作后,对冲压设备比较满意。中午,蔡友洪要请姚厂长吃饭,姚厂长说:"老蔡,你是客,我是主,哪有客人请主人吃饭的?不行,这顿饭由我请,下次我去你厂里,由你请我。""好,姚厂长,爽快。"蔡友洪说。在饭桌上,双方又敲定了设备运到卫东大队后如何安装、教授职工如何操作的具体细节。

饭毕,蔡友洪又立即赶到渡口,乘轮渡船过江,到黄田港渡口时,已夕阳西下,没有末班车了。于是,蔡友洪决定步行十七八里路回家,到家时已近晚上七点了。这可把妻子惊呆了:"友洪,你这是在奔命?急什么呀。你昨天下午去的靖江,今天怎么回来了?事情办得怎么样?""办妥了。"蔡友洪喝着稀粥说,"弗抓紧时间弗行啊。设备落实了,可钱还没落实。等会儿我还要出去筹钱。"

在蔡友洪紧张有序的张罗下,一个月后卫东拼铁厂在横沟河东岸的施家店电灌站旁建起来了,每月产量达到上百吨,经营良好,资金回笼快,做到投产快,产出快,效益好,仅生产九个月,就收回了三千五百多元的投资,还清了所有借款。这给了蔡友洪办好拼铁厂以极大的信心。

二

二十世纪七十年代初期起,中国的经济环境开始发生有利于社队工业发展的变化。一方面农村人口的持续快速增长,尤其是人口密集的江浙地区,农业劳动力出现过剩,人多地少的矛盾日益突出尖锐;另一方面国家号召实现农业机械化,但又拿不出较多的资金给予扶持,而国营大中型企业由于"文化大革命",生产不正常,效益不好,不能满足社会与市场需要。于是,不需要国家投资一分钱的社队集体工业企业,抢抓机遇,自己走出了一条路来。特别是一九七〇年十月中共中央召开的全国北方农业会议提出大办地方农机厂、农具厂以及与农业有关的其他企业的方针后，社队企业如雨后春笋，蓬勃发展。与此同时，江阴县委乘势而上，相继出台了一些扶持社队企业发展的地方政策，助推江阴社队企业健康稳步发展。

卫东大队併铁厂的顺利发展，也得益于江阴县商业局（一九七〇年一月，县供销社并入县商业局，其职能由商业局行使）的支持。废金属本由江阴县供销社统一经营管理，每年收购量不过三千吨，改由县商业局统一经营管理后，每年能收购五千多吨废钢铁，其中上交一千三百多吨，调拨江阴县铁合金厂和周庄农具厂七百吨、常熟铁合金厂三十吨，剩余两千余吨调往无锡钢铁厂。蔡友洪通过卫东人金子才的引荐，认识了江阴县商业局第二负责人（当时不称局长或副局长）陈春安。金子才长年在江阴县政府办公室工作，跟分管供销合作工作的陈春安比较熟悉。通过几次交道打下来，陈春安非常认可蔡友洪的为人处世，于是将卫东併铁厂生产的热併铁球纳入县计划，并从一九七二年起，由卫东併铁厂按计划内指标直供无锡钢铁厂。

那时，运输主要靠水泥船，还没有柴油动力机，全靠人工摇橹、人力背纤。卫东併铁厂要把压成的热併铁球送到无锡钢铁厂，就靠一条载重五吨的水泥船。四十多岁的蔡友洪跟厂里的年轻人一起，每趟运输都少不了他，不是摇橹把舵，就是在河岸上躬身背纤，不辞辛劳。经由锡澄运河到了无锡钢铁厂的专用码头，蔡友洪还要负责卸货过磅、对账结账，事必躬亲。他总有一股使不完的劲。

一九七二年四月中旬的一天上午十点左右，武进县戚墅堰机械厂供销科的老马及两位同事，来到卫东併铁厂。戚墅堰机械厂与卫东併铁厂是业务关系户，该厂的大部分铁屑、刨花都供给卫东併铁厂。老马与蔡友洪是生意场上的朋友。那时，卫东併铁厂还没装上电话，通信十分落后，所以蔡友洪根本不知道老马他们会去他厂里。老马他们的到来，使蔡友洪既惊喜又为难。惊喜的是老马他们的到来，是蔡友洪巴望都巴望不来的，今天来了，真是喜从天降。在蔡友洪看来，作为供销科长的老马及其同事，能到卫东併铁厂来，这本身就说明老马他们看得起蔡友洪，信得过蔡友洪，热情接待好老马他们，必将有利于今后双方业务关系的巩固、拓展与深化，有利于卫东併铁厂的快速发展。

但蔡友洪也为难起来了。当时卫东併铁厂里没有职工食堂，去夏港街上的饭店吃饭，路远不说，就是请吃后账单也不容易报销；去街上买菜也买不到了。怎么办？为难归为难，但难不住蔡友洪，因为像老马他们此类的事他经历得多了，也就不足为怪了。让蔡友洪为难的是，老马不是一般的业务关系户，不好怠慢他。但又没法子，谁叫你老马不事先告诉我的？蔡友洪想，还是按老办法办。

蔡友洪马上让厂里的一位职工去纸盒厂，告诉他大女儿蔡华珍，说厂里来客人了，让她赶快回家和母亲蔡友娣一起准备中饭。蔡友洪自己则在厂里陪老马他们抽烟，喝茶，说事。"老马，你来之前怎么不告诉我一声。"蔡友洪说。"老蔡，不好意思。我们三人今天不是专程来你厂里的，是路过江阴，顺道来看看你老蔡这个朋友。"老马笑着说。

卫东大队党支部给大队纸盒厂和第五生产队打过招呼：一旦卫东併铁厂有客人到蔡友洪家吃中饭或晚饭，蔡华珍和蔡友娣须回家做饭，因此而耽误的工时，纸盒厂不得扣蔡华珍的工资，第五生产队不得扣蔡友娣的工分，年终由大队统一结算。

蔡华珍跟厂长蔡和云打了一声招呼，就奔回家，来到田头，把母亲叫上了田埂，说厂里客人马上要到家里来吃饭，赶快回家做饭。蔡友娣已习惯了，也有抱怨，曾对蔡友洪这样说过："友洪，你为集体，一次次地把客人领到家里吃饭，把家里的粮吃光，把家里的钱用尽，你图的是什么？哪有为公家办事还要私人倒贴的？"在那时，每个农民的全年口粮都是由上级核定的，一般来说，平均毛粮每人每年不超过四百五十斤，净粮也就三百多斤，平均每天一斤粮都不到，还要每天参加重体力活，怎么够？蔡友洪家全家六口人，只有三个整劳力，还有三个都是未成年的孩子，吃不到平均粮，因而口粮更紧了。因此，蔡友洪时不时地把厂里的客人领回家吃饭，使家里的粮食更紧缺了，虽然到年终大队里有所补偿，但也是十赔九不全，蔡友洪还是要倒贴出一些。但抱怨归抱怨，蔡友娣还是每次都给丈夫撑面子的，虽然没有满桌佳肴，但每次都把饭菜做得很可口，客人吃后都说好吃。

蔡友娣跟女儿分工。蔡华珍到自家自留地上去寻蔬菜，见没有什么蔬菜可寻，已被割得差不多了，就到别人家自留地上去借了大蒜、菠菜、青菜（蔡华珍常向别人家自留地上借蔬菜，事后主动跟别人家打招呼，不是算钱，就是过段时间后待自家地里长出来后再还同等量的蔬菜，因为人缘好，关系好，所以，队里人跟蔡友洪家从未有过什么话说）。蔡友娣先到阿叔蔡禹洪家借了半筲箕米到大池河里去淘洗后回家倒进锅里，再坐到灶膛前生火烧饭；烧好，立即起身，再到别人家去借咸肉、咸鱼、鸡蛋。待她回家时，蔡华珍已把一只烧猪食的锅子洗干净了。于是，母女联手，母亲在灶上烧菜，女儿坐在灶膛前烧火，抢手夺脚，在一个多小时内把饭菜做好。

蔡友洪抬腕看了一下凭内部券花二十八元购买的钟山牌手表，时间已是十一点半了，估计家里的饭做得差不多了，于是，站起，邀请老马他们去自己家用午餐。从横沟河边的併铁厂走到蔡家店，起码要走二十分钟。当蔡友洪领着客人进家时，蔡友娣早把菜端到桌上，碗筷放好。蔡友洪坐在桌上陪客人吃饭，蔡友娣和蔡华珍忙着喂猪，放了饭学回家后的蔡华娣和五岁的妹妹蔡苏华坐在门口玩耍，儿子蔡国明则被父亲叫到桌上陪客人吃饭。蔡国明认真地学着父亲是怎样招待客人的，是怎样与客人谈业务上的事的。待客人吃好饭，把客人送走后，蔡友娣才和三个女儿坐到桌上吃剩下的饭菜，由于米饭做得不多，客人他们吃后已所剩不多了，为了让三个女儿能吃上米饭，蔡友娣只喝了两碗稀粥。

两年下来，卫东併铁厂办得很红火，铁屑、刨花原料供应充足，生产出来的热併铁球有多少销多少，无锡钢铁厂对卫东併铁厂所供货的质量很满意，因而汇款及时，一般情况下，一批货送到无锡钢铁厂，款项在半个月内就汇到卫东併铁厂的账号上，很少有应收款。大队党支部对蔡友洪很满意。蔡友洪按规定每年上交大队的上交款，到年终非但一分不少，而且还会多上交一点。厂里十多个职工对蔡友洪也很满意。用他们的话说，"跟蔡友洪干很吃苦，但蔡友洪待我们也不薄，很看得起我们。跟着他干，我们很放心很乐意。"蔡友洪每年年终除给职工结清工资外，在放假前，还会给职工发一点奖金。这在当时是很少有的。蔡友洪常说这么一句话："土改时让我明白了这样一个道理，是农民养活了地主，而弗是地主养活了农民。如今要办好工厂，必须要靠每一个职工。我蔡友洪本事再大，也仅是职工中的一分子。"

蔡友洪在跑市场中逐渐发现，冷压块比热併铁球更有市场前景。于是，他又当机立断，于一九七三年春由热併铁球转产为冷压块件，并采用半机械化设备，使生产能力翻倍，月产量由原来的上百吨跃升到五百多吨，渐渐成为无锡钢铁厂废钢供应的主要客户之一。

三

二十世纪七十年代初起，随着"双季稻"种植面积和稻草还田造肥面积的不断扩大，农民烧柴也随之日趋紧张。当时有一首这样形容农民无柴烧的顺口溜："三只蒲鞋烧顿粥，一边烧来一边哭；三只蒲鞋烧脱落，锅里粥还无烧熟；一顿夜饭勿着落，饿着肚皮听咕噜。"虽有点夸张，却反映了农民缺柴烧的事实。

为了解决农民的烧柴问题，江阴县革命委员会（后更名为县政府）与归属苏州地区煤矿筹建组领导的金童桥煤矿建设工程团（在江阴要塞公社境内）商量，请求他们派出地质勘测人员在沿江地区进行勘测，能否发现泥煤，亦叫泥炭，俗称乌泥，可以作为燃料，以此解决农民烧柴难的燃眉之急。

金童桥煤矿建设工程团派出技术人员，在沿江地区进行勘探，并在多地勘探到了泥炭，其中在卫东大队也勘探到了泥炭。泥炭是由高等植物遗体在沼泽中堆积，在有水存在和微生物的参与下，经过长期的分解与化合等复杂的生物化学变化后才形成的。卫东大队北滨长江，地处长江冲积平原，为新三角洲冲积平原，属扬子地层区江南地层分区，自老至新，有古生界泥盆系、古生界石炭系、古生界二叠系及中生界三叠系、中生界侏罗系、中生界白垩系和新生界第四系。此种地质地貌为地下储存泥炭提供了极大的可能。

经探测，在地面五米以下就发现了泥炭，而且泥炭质量较好。于是，夏港公社革委会组织有关大队的强壮劳力，于一九七二年一开春，就集中在卫东大队人工开挖泥炭，开挖出来的泥炭再在有关大队进行统一分配，当然，卫东大队的分配数量要多一点。开挖出来的每一块泥炭大体是正方形的，重约七十斤，分到社员家后，再把泥炭切成一块块薄片，然后再由人工掰成像麻将牌大小的一小块一小块，摊在场上晒干后，就可作为燃料。那时，为了能烧泥炭，家家户户都把原来烧柴火的灶膛改造成了煤炉似的灶膛，并打了一只风箱用以扇风。所以，每到生火烧饭时，家家灶间屋里会传出噼啪噼啪的风箱声，并汇成一曲奇特怪异的农村炊烟乐章。

泥炭和煤（褐煤、烟煤、无烟煤）一样，同样具有碳、氢、氧、氮、硫等有机质元素和硅、铅、铁、钙、镁等无机质元素。因此，除了做燃料外，泥炭也可以作为化工原料，经过技术处理，提炼成焦煤油，用于生产化肥、农药、染料等。如能技术攻关成功，将可大力降低生产成本，因为泥炭的开采成本要远远低于煤的开采成本。

江阴红卫染整厂（一九七九年更名为江阴印染厂）正在进行技术攻关，试图从泥炭中提炼出焦煤油，用于染料生产。如果技术攻关成功，其市场前景很广阔。蔡友洪得知这个信息后，又及时找到金子才，通过他再去找江阴县工业局负责人吉鹤。吉鹤再把蔡友洪介绍给红卫染整厂负责人。通过商洽，并化验了蔡友洪提供的泥炭样品后，认为泥炭质量不错，江阴红卫染整厂遂决定收购蔡友洪提供的干泥炭。

蔡友洪知道，江阴红卫染整厂对泥炭的需求量不是很多，但第五生产队的干泥炭红卫染整厂还是吃得下的。于是，蔡友洪找队长蔡金龙商量，想把队里社员家的干泥炭卖给江阴红卫染整厂，而且能卖个好价钱。蔡金龙听后一拍大腿说："这是天上掉下来的好事，干。"第二天蔡金龙就主持召开生产队各户当家人会议，在会上具体听了蔡友洪讲后，与会者纷纷赞成把自家的干泥炭卖给红卫染整厂。就这样，半年下来，全生产队每家仅卖干泥炭这一项就收入好几百元，再加上生产队里办有砖窑，队委会决定，便宜卖给本队社员砖瓦用于翻造房子。于是到一九七三年春，第五生产队绝大多数人家翻造了新屋，由原来的高为丈三大六的矮房子统一翻造为高为丈五大六的新瓦房，成为卫东大队及附近大队的社会主义新农村建设的一个样板，其中，蔡友洪功不可没。社员们都记住了蔡友洪对他们的好。由于蔡友洪千方百计地为本队社员致富着想，因而在社员中的威望高过了队长、会计。人们开始称蔡友洪为"老大"。一遇到什么事，人们总会说"找'老大'商量去。"

一九七三年春，卫东大队购买了三台手扶拖拉机，农忙时为各生产队耕田、耙田，农闲时为大队厂里装运货物。那时，从镇澄公路往北通往卫东大队的是一条狭窄的土路，且弯弯曲曲，手扶拖拉机不能走。于是大队决定在原有道路的基础上，采取截弯取直的方法，做一条长两公里、宽三米的能走手扶拖拉机的大路，并取名为卫东大路。要做卫东大路，需要占用朝阳大队小铺头和大铺头村的田，须以田换田。这一协调工作由两个大队的主要领导协商解决了。但这条路只直通到大队部和两家工厂门口，各生产队要把机耕路延伸到自己队里，则由各生产队自行解决，大队不过问，不强求。前蔡家店（第五生产队）想把机耕路延伸到自己村上，这样，不仅拖拉机能顺利开到村上，而且更有利于村上人出行、推独轮木车行走。而要做一条从卫东大路往东延伸到前蔡家店村上的一条大路，需要占用前村曹家店村上的田。为此，队长蔡金龙找了曹家店即第四生产队队长石志林，商量调换田块的问题，但没商量通。无奈，蔡金龙只好请蔡友洪再次出面。

一天晚上，蔡友洪来到石志林家，刚坐下，石志林就开口了："友洪，你又弗是队长，换弗换田又弗关你的事。你来找我做什么？"蔡友洪递给石志林一支飞马牌香烟。"但我也是五队的一分子。"蔡友洪说，"大路做好了，我每天走着也舒心，怎么弗关我的事？""那好，"石志林说，"我就直来直去地说了。金龙找过我，他用你们队里的好田换我队里的田做路，我俚队里也是弗吃亏，但我就是弗松口。我要等你上门来找我。""为什么？"蔡友洪笑笑问。"你是五队里的'老大'呀，虽弗是队长，但队长都听你的。说吧，你怎么换田？"

"田换田呀，"蔡友洪说，"金龙弗是跟你说了嘛，用我俚队里最好的田换你队里被做路所占用的田。我想想，你们队里弗吃亏。""是弗吃亏，"石志林说，"但我们总弗能站在旁边看着你们队住在社会主义新农村里吧。"听后，蔡友洪心里有数了，石志林要向自己提附加条件了。又递给石志林一支烟后，蔡友洪呵呵地笑了一下，说："志林，谁跟谁呀，有话就直说，放在肚里弗说，难受弗难受？""那我说了，"石志林吸了一口烟后说，"能否帮我队里的窑上搞些燃料？友洪，你常在外面跑，人头熟，关系多，门路广，容易开得着后门。""就为这？"蔡友洪问。"就为这。"石志林说。"好，我答应你。"蔡友洪说，"志林，换田的事呢？""让金龙和你队里的会计一起来找我，明早就把田换好。"石志林说。

就这样，在蔡友洪的协调与帮助下，两个生产队很快把田换好，从卫东大路延伸到前蔡家店的一条能开拖拉机的土路也很快做好。蔡友洪也没食言，通过县粮食局的关系，为第四生产队搞到三吨粗砻糠，作为烧砖瓦的燃料。由此，蔡友洪在外村的威望也树立起来了。

快要夏收夏种了。

蔡友洪刚出差回来的那天晚上，队长蔡金龙就来到蔡友洪家，蔡友洪即刻起身，走到房里，拿着一包未拆封的大前门烟给了蔡金龙。蔡金龙迅即从凳上站起，像被什么东西烫了似的，右手有点抖，不敢接蔡友洪给他的整包大前门烟。那时有句顺口溜：县里领导抽牡丹，公社领导抽前门，大队领导抽飞马，队里领导抽劳动。大前门香烟是公社书记一级干部才能抽得到的，作为队长，蔡金龙还是第一次看见货真价实的大前门香烟，而且是一整包，因而怎么也不敢接。

见蔡金龙很窘的样子，蔡友洪说："拿着，只是一包香烟，又弗是什么金贵的东西。"蔡金龙接过整包大前门烟，再接过蔡友洪递给他的一支劳动牌烟，点燃后说："'老大'，你怎么抽劳动牌烟？"蔡友洪说："我可抽不起劳动牌烟。我平时抽的一般都是一角五分钱一包的勇士牌烟。我口袋里的好烟，都是发给客户和走后门时发给当事人抽的。做人难呀。我给你一包大前门，因为你是队长，拍拍你马屁罢了。"难得开玩笑的蔡友洪，说完竟然笑了起来。

"金龙，你弗晓得，现在的蔡友洪，弗是以前的蔡友洪了。"蔡友娣说，"他现在也开窍了，见什么人会发什么烟，手段也比以前大了。这么多年的供销没有白跑，世面没有白见。男人嘛，就该这样，弗能跟我俚娘娘们一般见识。"

聊了一些闲话后，蔡金龙切入正题："友洪，眼看快要夏忙了，可队里的肥料弗足，上面分配给队里的化肥就那么点。我来想跟你商量一下，你能否帮队里搞点化肥回来？"蔡友洪没立即接话，而是只顾埋头抽烟，像是在想什么心事似的。一支烟抽完，蔡友洪说："好化肥搞弗到，但江阴化肥厂的碳酸氢氨可以搞到一些。过几天给你回音。"

蔡友洪通过关系找了江阴化肥厂的负责人，那个负责人知道蔡友洪与无锡钢铁厂有长期的业务关系，能搞到钢材，而当时化肥厂正准备扩建，急需钢材，便提出让蔡友洪用钢材串换化肥的建议。蔡友洪同意了。就这样，化肥的事搞定了。但蔡友洪有这样的想法，买一吨也是开一次口，走一次后门，买几吨也是开一次口，走一次后门，他想把口开大一点。于是，蔡友洪跟蔡金龙商量，他可以搞到三吨碳酸氢氨，问队里吃得下吃弗下？蔡金龙想了一会儿说："我再去跟后蔡家店六队队长蔡玉林商量一下，看看他们队里需弗需要。"

蔡金龙与蔡玉林一说，蔡玉林立即表态："要，要。现在化肥这么紧张，到哪里去搞得到啊，也只有友洪有这样天大的本事。"于是，在插秧前，三吨碳酸氢氨运到了蔡家店两个生产队。一九七三年，两个生产队水稻亩产都有大幅提高。

四

暑假开学后，蔡国明升入金家店小学四年级学习。一天晚饭后，匡洁教导和另一位老师一起到蔡国明家进行家访。蔡友洪在外面出差。蔡友娣热情接待了两位老师。蔡华珍在灶上忙着烧开水和炒北瓜子，蔡华娣坐在灶膛前烧火。蔡国明见老师来家访，吓得从后门溜走了。蔡国明心里清楚，开学两个星期来，自己在上课时老是开小差，不专心听老师讲，作业时常不能及时完成；下课后老跟学生追逐，有时还要追到校园外，连上课的钟声都没听见。所以，在蔡国明看来，老师到他家家访，就是来向他父母亲告状的，幸好父亲出差在外不在家，否则，被父亲一顿训斥是少不了的。

喝着白开水，嗑着北瓜子，匡洁跟蔡友娣聊起了蔡国明近来在学校的表现："国明这个学生，很有礼貌，见到老师就叫；也很勤快，值日卫生工作搞得很好；人很聪明，记忆力很好，上课时老师讲的东西，只要听进耳朵就能记住，题目就会做，而且弗错，没听进去的，就弗会做了；在学生中很有号召力，只要他说什么，学生都听他，所以，综合这几方面的情况来看，国明是一个很有前途的好孩子、好学生。这与你们家良好的家庭教育是分不开的。"

"匡老师，你我都是前后两村人，早就熟悉，我家里的情况，你也一清二楚。别的大话我蔡友娣弗敢多说，但有一点我是敢拍着胸脯说的，那就是我和友洪，对三个女儿和一个儿子特别是国明，从小就严格管教的，教他们如何做人，如何做事。当然，国明是我儿子，我最了解他。刚才匡老师都讲我家国明这好那好，其实明白人一听就明白，匡老师是话里有话的。匡老师，你碍于面子弗好直说，那我帮你说出来。"蔡友娣说。匡洁是卫东大队匡家店人，他所在的村就在蔡家店村的北面，靠近长江。同时，匡洁的年龄与蔡友洪夫妇的年龄也差不了几岁，可以说都是同出道的人，相互间知根知底。听蔡友娣这么一说，匡洁接口了："友洪嫂子，你说出来听听。"

"我家国明啊，嘴很活络，也很甜，懂礼貌，弗要说在学校里，就是在村上，见到长辈就叫的。还有啊，国明在家里也是很勤快，割猪草、赶赶鸡，扫扫地，都会做的。他虽是独子，但我和友洪从未宠惯他。我家友洪有句话说得好：特别是独子尤其从小起就要严格管教，否则老来连粥都吃弗到的，弗要说吃饭了。所以，在对国明的教育上，我们是弗会放松的。当然了，国明弗是什么都好。我做娘的肚里清楚。他很顽皮，爱动脑子，从小主意多；在村上也是小孩中的王，小孩中的头，好动，贪玩，做作业马虎，只求过得去。国明身上的这些小毛病确实存在，而且我们也经常说他，他一时还改弗掉。所以，匡老师，我们家庭和学校要多联系，共同把我家国明教育好。"

"友洪嫂子，"匡洁站起，笑着说，"我们本来还想要讲的话，都被你讲出来了，真所谓知子莫如母呀。今天家访，我们很有收获。谢谢你的热情招待。平时，再多关心一下国明这个孩子，我很看好他的今后发展前途。"

匡洁他们刚从大门出去，蔡国明就从后门进屋了，正想往自己房间里钻的时候，被母亲叫住了："国明，来桌上坐坐，台上还有北瓜子，坐上来吃一点，姆妈有话要跟你说。"蔡国明有点怵母亲，就坐上了桌子，低眉顺眼地嗑着北瓜子，不敢大出气。"给姆妈说说，近来在学校里表现怎样？""一般化。"蔡国明说。"什么叫一般化？"蔡友娣说，"给姆妈具体说说。""这……一般……化嘛，就是叫一般化，怎么说得清楚？"蔡国明说。"那好，你说弗清楚一般化，那你就跟姆妈说清楚什么叫二般化、三般化。"蔡友娣说。

"姆妈，你就别难为我了。"蔡国明痛快地说了。"开学两个礼拜来，我学习上退步了。""说具体点。"蔡友娣说。"算术题老是做错，抄书还要抄错，默写生字也老有默错的。"蔡国明说。"为什么会这样的？"蔡友娣问。"贪玩，上课弗专心听讲。"蔡国明说。"为什么上课的辰光弗专心听老师讲？"蔡友娣问。"好动呗。"蔡国明说，"姆妈，我知道错了，我改。明天起，我保证上课专心听老师讲。""弗要说得好听，"蔡友娣说，"姆妈要见你的行动，见你的实际成绩。"

几天后，蔡友洪从无锡、上海等地出差回来了。回到家的当天晚上，蔡友娣就跟丈夫说了匡洁他们来家访儿子的事。"老师怎么说？"蔡友洪问。"还能说什么？自己的儿子我们弗晓得？国明啊，近来贪玩，心野，学习退步了。"蔡友娣说。"这弗行。我要好好管管他了。"蔡友洪说。"你怎么管？还是老办法把他臭骂一顿？甚或打他一顿？有用吗？"蔡友娣说，"友洪，你该换换方法。你老是那一套，儿子弗吃。我把话跟你说清楚，三个女儿的教育，我费心。可对儿子国明的教育，你得上心。他一年年长大，做娘的在小时候教育他的那一套，我觉得也开始弗管用了。你要做一个负责任的老子。老话弗是这么说吗？子弗教父之过。为什么弗说子弗教母之过？这是有道理的。"

"我心里明白，"蔡友洪跟妻子推心置腹了，"以前，我很相信读书，总认为自己读的书很少，上的学很少，如果我能读到中学，甚至大学，我一定会怎样怎样行。现在想想，庆幸当年我没能上那么多学，否则，我也会去扫厕所的。""扫厕所？你扫？"蔡友娣不解地问。"是呀，前两天在上海，在罗浩明的引荐下，去见了上海一家机械厂的供销科长。那家企业是国营企业，规模很大。我们在供销科谈事，因茶喝多了，尿也多了，就急着下楼去了趟厕所，在厕所小便时，只见一个戴着眼镜的和我年纪相仿的中年男子，很斯文的样子，用竹扫帚在打扫厕所，边打扫边做着跳舞的动作，很是滑稽，也很是可怜。后来跟那家机械厂的供销科长一打听，才知道那个打扫厕所的中年男子，原是那家厂里的高级工程师，在苏联留过学，现在是资产阶级反动学术权威，被厂里的造反派派去打扫厕所了。他们的说法是：知识越多越反动。既然那个中年男子学问很大，那就很反动了，所以，只配去扫厕所。"

　　"友洪，你说现在这个世道是否有点黑白颠倒了？前两天家里的小喇叭里也在批判读书做官，宣扬读书无用呢。怎么会这样？我们的思想都被搞乱了。既然读书无用，还办学校干啥？有什么用？"蔡友娣说。"是呀，我也弄弗明白。你看啊，现在是干部下放，教师下放，知青下放，都从城里下放到乡下，跟农民抢饭吃。弄弗懂，这个社会怎么会被搞成这样？所以，阿珍娘，说句心里话，对于国明上弗上得好学，我真的弗大关心；就算国明读到高中毕业，也上弗了大学，还是家来种田。但有一点我们两人必须统一思想，统一意见，那就是决弗允许国明学坏道，搭坏道，做坏事，一定要注意他的一举一动，要让他搭好道，走正道，做个像他老子一样的厚道人。"

　　"国明长大后像他娘也弗差。"蔡友娣开心地说，"友洪，你看，三个女儿是很听话的，让我们少费了不少心，我心里很高兴。国明呢，也很好，就是顽皮点，贪玩点，这或许是男孩子的天性，长大后就会好的。""说得有道理，我小时候也蛮顽皮的，常把你弄哭过。你还记得吗？""你还说，还说，"蔡友娣握起绣花拳头打了丈夫几下，接着说，"友洪，你作为老子，该给儿子上规矩时一定要上，我支持你。""我会的。但我发现，国明这个孩子，头脑比一般男小佬活络，人小点子多，今后他吃的最好饭水，也可能像我一样，办厂搞经济。"蔡友洪说。"弗管国明今后吃什么饭水，我只希望他长大后做一个本本分分的人，做一个有好口碑的人。"蔡友娣说。

第十一章　春风乍起

一

　　"友洪，顺采阿叔已很少吃东西了，吃过夜饭，我们去看看他。"一天蔡友洪从厂里下班刚回到家，妻子这样对他说。"要去看的，虽是远房阿叔，但终究是我们的阿叔，是我们的长辈。可我们总弗能空着两手去吧，多少要买点吃的东西给他吧。"蔡友洪说。"东西就别买了，"蔡友娣说，"他连水都咽弗进了，还能吃什么东西？我们去看看他，也就是尽我们一点心意。友洪，今天下午在做生活时，队里就有人议论了，说顺采只有一个女儿桂香，又早就嫁出去了，没有儿子，弗是五保户，他老下来后谁来料理他的丧事？""议论有没有最终的结论？"蔡友洪问。"结论？会有什么结论？涉及钞票的事体，谁会出头担肩？""队里应该承担呀。"蔡友洪说。"应该的事多了。"蔡友娣说，"顺采又弗是五保户，队里怎么好负责料理他的后事？看来，只好桂香承担了。""桂香承担？她承担得起吗？她自家的日子都过勿囫囵，能承担得起她老子的丧事？""那怎么办？"蔡友娣问。"到时候总会有办法的。"蔡友洪说。

　　吃过晚饭，洗好浴，蔡友洪夫妇去看望住在同一生产队的远房阿叔蔡顺采了。蔡顺采躺在床上，床前坐着女儿蔡桂香。蔡桂香见蔡友洪夫妇走进房里，就赶快站起，嘴里叫着"友洪阿哥、友娣阿嫂"，然后，俯下身，凑到父亲耳旁，大声说："阿爹，友洪阿哥、友娣阿嫂来看你了。"蔡友洪夫妇走到床前，就着昏黄的十五瓦电灯光，说："顺采阿叔，我是友洪，我和友娣一起来看你了。"蔡顺采努力将两眼的眼皮掀开一条缝，微翕着嘴，说不出话来，眼角处则爬下了断线的泪珠。

　　"友洪阿哥、友娣阿嫂，你们今晚来得正好，我本来要去找你们商量的。"蔡桂香说，"我家里的情况你们都清楚，我虽是女儿，但弗想得我老子留下来的这一间屋，更没能力料理我老子的后事，阿哥、阿嫂，你们说，我桂香该怎么办？"蔡桂香出生于一九五四年，后嫁到夏港公社向阳大队蔡花村（原名菜荒田，一九六六年十月改名为菜花村，一九七四年十月又改名为蔡花村），家庭条件很一般。

蔡友娣朝丈夫望望，见丈夫没开口，也就不说什么了。坐了半个多小时，说了些其他事后，蔡友洪夫妇就起身告辞了。回到家，蔡友娣有些急了，问丈夫："友洪，顺采阿叔一旦断了气，接下来该怎么办？""你瞎急有什么用？"蔡友洪说，"船到河直，办法总会有的。""你有什么好办法？"蔡友娣问。"没有。"蔡友洪说。"没有，你还让我吃定心团子？"蔡友娣说，"友洪，你最好去找金龙商议商议，探探他的口风？"

蔡友洪"嗯"了一声后就开了大门出去找队长蔡金龙了。那时正值秋忙前，是家家户户赶做芦花靴的好辰光，所以睡得都比较晚。晚上八点左右，蔡友洪敲了蔡金龙家的门。蔡金龙开了门。坐定，蔡友洪先开口了："金龙，我和友娣刚去看了顺采，看情况拖弗过秋忙，就在眼门前。顺采一旦过辈了，队里有什么打算？""队里能有什么打算？'老大'，我懂你的意思了，要队里按五保户要求来办顺采的丧事。""有可能吗？"蔡友洪问。"弗可能。"蔡金龙说，"弗能破例。再说，顺采有女儿，桂香应该承办丧事。""弗是顺采还有一间房屋在吗？如果队里给顺采办了丧事，那间屋可以归队里嘛。"蔡友洪说。"'老大'，你那个念头千万动弗得，"蔡金龙说，"顺采那间破屋能值几个钱？我做主给顺采办了丧事，以后弗是会被一些臭嘴巴的社员骂死？这种吃力弗讨好的事，我蔡金龙才弗会做。"

蔡友洪心里有谱了。

一九七五年十月二十一日（农历九月十七日），蔡顺采不幸离世。随之，矛盾也集中化了。谁来承办蔡顺采的丧事？没人站起来表态。可死人不等人呀。按老规矩，要么搁三天短朝，要么搁五天长朝，也就是说，按老规矩，死人最多只能等活人五天时间。老话说，死人为大。就算有天大的事，也要让位于死人，让死人入土为安后再说。

蔡友洪终于站起来表态了："开丧，所有费用我蔡友洪一人来承担。我声明：顺采的那间屋，谁要谁拿去，我蔡友洪弗要一砖一瓦。友娣，快家去拿两百块钞票来给金龙，让他负责操办。"蔡友娣迟疑了一下。"快回家去拿钞票呀。"急性子蔡友洪催着妻子。"哎,我家去拿。"蔡友娣答应着回去拿钱了。未几,蔡友娣回家拿了钱来了。蔡友洪接过妻子手中的钱给了蔡金龙:"你当面把钞票点一下。"蔡金龙点了,没错,是二十张十元面额的钱。"弗够再问我要,"蔡友洪对蔡金龙说,"但是,你要把账给我记清楚,一分一厘弗能差。""知道,'老大',放心吧。"蔡金龙说。

就这样,蔡顺采的丧事按部就班、合规合矩地办了起来,在家里搁到第三天,就把蔡顺采的遗体用拖拉机载到江阴南闸火葬场火化了。丧事办完,人们的评价是:有几个儿子的也不一定会把老子的丧事办得像蔡顺采这样好。全靠蔡友洪,气魄大,器量大,手段大,了不起。

在蔡顺采被安葬的第二天晚上,由于还剩有一些菜,所以主要帮忙的十几个人就坐在一起吃晚饭了,吃到一半,蔡友洪遇到了一件令他极其为难的事:蔡顺采的女儿蔡桂香跪在蔡友洪跟前,一定要认蔡友洪为干爹。"弗行,桂香,你弗能这样做的。"蔡友洪急出了一身汗,"快起来,桂香,你这样跪着算什么?桂香,我是你远房堂兄,我们是平辈,我怎好当你干爹?弗成体统,人家要闲话我友洪的。"

蔡桂香跪在蔡友洪面前只是一个劲地哭泣,不肯站起来,当着十多个人的面,表明了自己的心迹:"友洪阿哥,我比你家华珍小一岁,我们是要好小姐妹,你是看着我长大的,我出嫁时,你和友娣阿嫂帮了我爹很多忙,我心里一直感激着你们。我们是平辈,但从年纪上说,你完全可以当我爹。友洪阿哥,我桂香今天非要认你做我的干爹,并弗因为你现在是红人,在外面吃得开,家里条件好,想靠你什么势。我根本没有这种想法。我娘死得早。如今,我爹又走了。我成了孤儿,没有了娘家。友洪阿哥,我认你做我的干爹,是想有个娘家呀。还有,我认你做我的干爹,也是想好好地报答你的大恩大德。友洪阿哥,这次要弗是你料理我爹的后事,我弗晓得该如何是好。友洪阿哥,你就答应我吧……"

蔡桂香已泣不成声,成了泪人。

"友洪,答应吧,桂香是一片真心,一片诚心。"蔡金龙说,"她刚才已说得很清楚了,她弗想没有娘家,她要报答你的大恩大德。说得实在,说得在理。弗要有什么想法,从年龄上说,你完全可以当桂香的爹。从辈分上说,你虽是桂香的阿哥,但弗是近房,没有血缘关系。"在座的众人也附和道："友洪，答应吧。我们弗会说你什么的。你啊，是个大好人、大善人。"

"这样吧，我回去跟友娣商量商量再说。"蔡友洪说。蔡桂香又哭出声来。"还商量什么呀，禹洪，快去，把你阿嫂叫来，当场把这桩事决定下来。看到桂香哭个弗歇，我的眼泪也快要流下来了。"蔡金龙说。

蔡禹洪把蔡友娣叫到了蔡顺采家。蔡友娣见蔡桂香跪在丈夫面前，心里大骇，不知发生了什么事，便去搀扶蔡桂香站起来。不知是跪久了已跪不动了，还是其他什么原因，蔡友娣一搀扶，蔡桂香居然站不起来了，摇晃了几下身子，便倒在蔡友娣怀里。"干妈……"蔡桂香又哭了起来。"你刚才叫我什么？"蔡友娣让蔡桂香站稳后问。"弗好乱叫的。我是你阿嫂，你叫了二十多年，刚才怎么叫我干妈了？怎么一回事？"

蔡金龙把蔡桂香非要认蔡友洪做干爹的事说给蔡友娣听。听后，蔡友娣问丈夫："友洪，你是什么态度？""你的态度就是我的态度。"蔡友洪说。"滑头。"蔡友娣说，"桂香也怪可怜的，认就认吧。"

蔡桂香破涕为笑，高高兴兴地恭恭敬敬地和丈夫一起，亲切地叫蔡友洪"干爹"，叫蔡友娣"干妈"。

在座的人鼓起了掌。

二

一九七五年十一月中下旬，江阴县委在周庄公社农田基本建设工地召开由三千人参加的农业学大寨誓师大会后，全县掀起了以开河筑渠、平整土地为重点的冬季农田基本建设热潮。新沟大队党支部积极响应江阴县委提出的"革命再加拼命干，一年建成大寨县"号召，于十二月组织干部社员平整"盘头湾"。盘头湾是由老新沟河河道走势形成的。那一方大概有八十多亩田，高低不平，落差大，最高的田块与最低的田块地势要相距一米，不容易灌溉，常年低产。

已是寒冬天。在大队主要领导翟金生、翟阿洪带领下，全大队主要劳动力，每天顶朔风，踏白霜，挑灯夜战到晚上十一二点钟，凌晨五点又上工地了，很是辛苦，但干部社员们响亮地喊出了"大战盘头湾，平田八十三""宁愿瘦掉几斤肉，半月拿下盘头湾"的口号。作为大队书记的翟金生，为了鼓励拼命干的社员，想方设法提高社员们的伙食标准，让他们中、晚两顿都能吃上大块的肉。可是，大队账上早已没钱了。怎么办？"找友洪商量去。"翟金生想。

一天上午，翟金生来到併铁厂，走进蔡友洪办公室。"你弗在平整方工地上，转到我厂里来干什么？找我有事？"蔡友洪递给翟金生一支飞马牌香烟后说，"有事快说，我在等上海的一个长途电话呢。""无事就弗能到亲家公厂里来走走，看看？作为大队书记，我更有资格吧。"翟金生说。"嘿，太阳从西边出来了。"蔡友洪说，"一贯来派头十足的人，说起话来也会跟平头百姓无大无小的，少见。"蔡友洪继续开着玩笑。"你少跟我来这一套，"翟金生说，"亲家公，我又要在你这只羊身上拔毛了。""打住，"蔡友洪说，"说公事，你就弗能喊我亲家公，我们公事公办；说私事，去我家或去你家，厂里弗是说私事的地方。"

翟金生掏出大前门，递给蔡友洪一支："友洪，跟你说公事。你看，天这么冷，西北风这么大，我坐在你办公室里都觉得有点冷，弗要说在盘头湾平整方工地上做重生活的社员有多吃苦了。他们饭虽吃得饱，但肚里没有油水，需要给他们一点油水接接力啊。"蔡友洪已明白翟金生的来意了。"要多少，说个数。"蔡友洪说。"弗要多，一千吧。"翟金生说。"一千就一千，"蔡友洪说，"反正厂里年终时要交大队上交款的，就从上交款中扣除吧。"

"弗行，弗行。"翟金生急急地说，"如果扣除了你併铁厂里的一千元，我们大队干部的工资就发弗全了。友洪，你就出点血、吃点亏吧，为了集体，同时也看在我这个大队书记的面子上吧。""翟书记，话弗好这么说，听你这么一说，我友洪好像是个弗好商量说话的人，是个没有觉悟、没有公心的人。我友洪弗是那种人。再说，这併铁厂是属于大队集体所有的，我友洪只弗过是这个厂里领头做生活的一个人。一千元我拿出来，也弗在上交款里扣除了。"

"友洪，说句良心话，目前大队办的三家厂，就数你办的併铁厂经营得最好，利润最多，上交款交得最多最快。这四五年来，你吃的苦，做的事，做出的贡献，全大队的干部社员都看在眼里，更记在大队的账上，弗会忘记你的。再说句实打实的话，你友洪办这爿铁厂，没要大队出一分钱，都是你友洪借出来的；也没要大队出面为你到银行里去贷一分钱的款，厂里所需要的周转资金，都是你友洪到外面拨头寸拨回来的。因此，如果要从根本上说，这家爿铁厂是你友洪个人的，虽然现在国家政策决弗允许私人办厂。你弗要让大队尤其是我这个书记操半点心，但上交款交得倒是最多，我心里头有时真有点过意弗去。"翟金生说。

"亲家公啊，今天你哪来这么多话啊。这样，下午我让人到银行里取了钱给你送去，但你要写张收条给我，财务上好做账。"蔡友洪说。临近中午了，蔡友洪挂上海的一个长途电话，三个多钟头过去了，竟然还没有挂通，急得蔡友洪恨不得把电话机都要摔了。见蔡友洪这么急着等长途电话，翟金生也就走了。

社员们听各队队长说了他们能吃到大块肥肉、钱都是蔡友洪厂里贡献出来的事后，嘴里边嚼着油滋滋的肥肉，边夸蔡友洪思想好，觉悟高，心里装着社员，体谅社员的艰辛。

八十多亩面积的盘头湾平整方工程结束后，也快要进入腊月了，各生产队开始忙着年终分配的事。蔡友娣则忙着大女儿蔡华珍出嫁的事。

蔡华珍的对象叫翟汉兴，是卫东大队施家店人。说来也怪，施家店人没有一人姓施，大多姓翟。既然大多姓翟，应该叫翟家店呀，而不应该叫施家店呀。其实，施家店的前身就叫翟家店，于民国初，由武进县郑陆桥乡翟家店翟金哲等人迁徙此地，经过二三十年的繁衍生息，才形成了村落，便取名为翟家店。"翟"在普通话里读音为"zhái"，方言则读为"zá"，即"杂"的读音，有"不单纯""不正规""混杂不清"的含义，听起来不好听。于是，为了好听，翟姓中的一个断文识字的人，学究了一阵子后，便将"翟家店"改称为"施家店"，因为"翟"姓人乐善好施，而"施"又与"诗"同音，读起来很亲切，也有诗意。就这样，"翟家店"变成"施家店"了。

翟汉兴是卫东大队书记翟金生的长子，与蔡华珍年龄相仿，又是同一个大队，那时年轻人活动多，两人常有接触的机会，一来二往，两人便对上了眼。于是，男方主动请金阿甫和曹秀娣当媒人，出面去蔡友洪家说亲了。当时，蔡友娣认为翟金生家人家不错，翟汉兴小伙子嘴蛮活络，人品也不错，但心里还是有两个疙瘩：一是顾虑他人会说蔡友洪把大女儿给翟金生当大媳妇，是为了巴结翟金生，是在拍大队书记的马屁；二是认为翟汉兴长得矮，与身材高挑的蔡华珍站在一起有点不相衬。

蔡友娣的这两个思想顾虑一说出来，就被能说会道的曹秀娣化解得无影无踪。再说，这两个媒人都有来头：金阿甫是卫东大队党支部委员，分管工业，可以说是蔡友洪的直接领导；曹秀娣是卫东大队妇女主任、金子才的妻子。两个媒人都是大队干部，在全大队都说得上话，不是一般的人。所以蔡友娣定会给两个媒人面子的。再者，蔡友娣后来能爽快答应大女儿的亲事，主要还是被曹秀娣说服了："友娣，我们两人从小认得，从小就搭道，双方的脾性两人都晓得。你说你怕别人会说你们闲话，那就让别人说去。我们弗听也弗理睬他们就是了。但我要说，如果论家庭条件，翟书记家里还弗及你家里。还有，友洪也弗是一般的人，他在外头市面那么大，用得着拍翟书记的马屁吗？你们两家是门当户对。华珍与汉兴是两厢情愿。我说得对弗对？至于你说汉兴人长得矮，这更弗是大事体了。友娣，我们暂且弗说华珍和汉兴，先说你和友洪。当年，友洪弗是也长得既矮又瘦，你为什么弗嫌他矮呢？结果呢，你看看，今天的友洪多有出息。所以，老话说得好，矮子肚里一段筋，本事大着呢。说弗定十年二十年后，汉兴也会有大出息呢？"听曹秀娣这么一说，蔡友娣把自己的思想顾虑抛到九霄云外去了，笑着答应了大女儿这门亲事。蔡友洪在儿女婚姻问题上，都听从妻子的意见。他相信妻子的眼力、思考力、决断力。

蔡华珍与翟汉兴于一九七五年春节订婚。当两个媒人陪着翟汉兴去蔡友洪家张八月半时，又向蔡友娣提亲，经商量决定于一九七六年正月初二完婚。婚期定好后，八月半一过，蔡友娣就忙着请漆匠到家里来油漆困桶、浴盆、脚盆、提桶、五斗橱、搁牌凳、拗手、子孙桶（亦叫马桶）、大官箱、小官箱等。这些白坯嫁妆在春二三月，蔡友娣就请木匠来家里打制好了，过了大伏天油漆是最好了。

进入腊月，蔡友娣又请弹被絮的人到家里来弹被絮，大大小小共弹了八条被头；到下旬，再请人帮忙，把八条嫁妆新被头全部翻好。蔡友洪还托人在上海买了一台手提收录机，既可收听，又好录音，这在当时是很时髦的，一般人既买不到，更买不起，但蔡友洪买了给大女儿作为陪嫁。

按规矩，嫁妆都是在结婚当天，由男方派人到女方去抬的。但在一九七五年，广播喇叭里天天在批判"资产阶级法权"，常常广播某公社某大队某青年举行了革命的婚礼：女方不要男方一分彩礼。女方最革命的嫁妆是一支革命的扁担、一副革命的土垡（装土的一种竹器，形似畚箕）。因此，对于结婚，在当时有明文规定或限制，比如放多少炮仗，办几桌喜酒，都有明确规定。如果谁在白天抬嫁妆，只要被大队基干民兵碰到，就会被没收……翟金生是大队书记，蔡友洪也是常在外面跑的人，拎得清当时的市面，为了注意政治影响，经商量，决定在腊月二十二日晚上，分两次将蔡华珍的嫁妆抬到翟汉兴新房里。尽管如此低调，施家店人到翟汉兴新房里一看，惊讶了，谁都没想到蔡华珍的嫁妆有这么多，而且还有收录机，这是许多农村人见未所见、闻未所闻的，羡慕极了。于是，一传二、二传四、四传八……卫东全大队及周边大队很多人都知道蔡友洪大女儿的陪嫁不得了多，并议论说很少有人能够与之相比。

一九七六年正月初二，翟汉兴与蔡华珍的婚礼，在翟家举行。

三

一九七七年十月的一天晚上，刚从上海出差回到家的蔡友洪，在饭桌上说起了恢复高考的话题："坐在从上海到常州的火车上，我的座位周围都在议论恢复高考的事，有几个年轻人，竟然激动得哭了出来。我只上过两年学，一开始有点理解弗了那几个年轻人为什么要哭。后来，我听了他们的议论，慢慢地明白，恢复高考关系到国家的生死存亡。这弗得了。看来考大学弗单单是个人的小事，更是国家的大事。可我有一点还弄弗明白，毛主席在世时为什么上大学就弗要考，而邓小平再次上台后就要抓住恢复考大学弗放呢？前两年全社会都在批判读书做官，现如今，国家又开始十分重视读书上学了。这个变化太快了，我有点跟弗上。话再说回来。我上两年学，我是肚里弗满半桶水的货色，从土改到人民公社，在我们队里还觉得自己是个识字的人，算算写写也难弗到我，但从一九七〇年到大队厂里跑供销起，走的地方多了，见的人多了，经的事也多了，开始觉得自己原来学到的那一点东西，弗顶事了，派弗上多大用场了，觉着自己很吃力，才深感自己学上得太少，书读得太少，肚里装的墨水太少，进而才开始认识到上学的重要。所以，国明啊，老子这一世人生是无希望再进学堂门了，你要认认真真上学。到明年暑假开学，你就要上初中了。老子希望你读完初中读高中，读完高中上大学。你要认清目前国家形势的变化发展，不要老是瞎白相。"

蔡友洪说完，蔡友娣接口了："友洪，你倒蛮关心国家大事的嘛。你刚才说的话有道理，但你当老子的，弗要弗是出差，就是整天待在厂里，把家当作旅馆、当作饭店，家里大小事体不问，还好意思说儿子。要我说啊，友洪，厂里的事是大事，多关心多督促儿子上好学更是大事，孰轻孰重，你心里要明白。""阿珍娘你说的话没有错，但我要说，国明上学还是要靠自觉。他弗自觉，就算大人整天盯着，他也是上弗好学的。""你就推卸责任吧。"蔡友娣说。

蔡国明说话了："阿爹、姆妈，你们做大人的，就是话多。你们多说了，我就一定能上好学了？你们弗说，我就一定上弗好学？谁弗想好好上学？问题是弗是人人都能上大学的，能上大学的毕竟是少数人。我尽力土好学。即使上弗上高中，上弗上大学，我也弗急。我可以跟阿爹学跑供销，学办厂。这也蛮好的。"说完，调皮的蔡国明还做了个鬼脸，把父母都逗乐了。

刚吃过晚饭，本队的蔡兆洪就到蔡友洪家白相了。蔡兆洪仅比蔡国明大七八岁，常去蔡友洪家白相，国明小时还帮着带国明，抱着国明满村头跑，因而也讨蔡友娣欢喜。从辈分上说，蔡兆洪是蔡友洪的侄子。蔡友娣招呼蔡兆洪坐下后，蔡兆洪突然变得像个害羞的小姑娘似的，有点忸怩。这很少见。这一状况被蔡友洪看在了眼里，心想，兆洪这个孩子，今晚怎么啦？尽管心里有疑问，但蔡兆洪不说，他也不问。

坐了一会儿，蔡兆洪憋不住了，脸涨得通红地说："友洪阿叔，我老子一点也弗关心我的事，跟他说了好几次，他都弗当一回事。""什么事，兆洪？"蔡友娣问。"友娣阿婶。是这样一件事，你也知道，我今年也二十一岁了，再吃几个月饭，过了年就二十二岁了，总不能一直在队里种田吧。如果是这样的话，我还能讨到老婆？我跟我老子说过好几次，让他来跟友洪阿叔说说情，走走后门，让我也到大队併铁厂里去当名工人。可我老子就是弗肯来你家，说他没有那么大面子让友洪阿叔同意我到併铁厂去上班，怕开钝口，丢面子。气死我了。老子弗管我的事，我只好自己管自己的事了。友洪阿叔，让我去你厂里上班吧，我弗怕吃苦，一定会好好工作，绝弗会坍你台的。"

"就为这事？"蔡友洪问。"就为这事。"蔡兆洪紧张地回答。他平时就怵蔡友洪的严肃、一板三眼。"十月快要过去了，你现在进厂有点不合时宜。"听蔡友洪这么一说，本来抱着希望的蔡兆洪，突然有点像泄了气的皮球，变得蔫蔫起来。"友洪，兆洪也是我们一个家门里人，能让他进厂就让他进吧。他家里的情况你又弗是弗晓得，能帮就帮他一把吧。"蔡友娣说。

"这话用弗着你说。"蔡友洪对妻子说，"能帮我一定帮，别人的忙我都会帮，自家人的忙怎能弗帮？但这併铁厂弗属于我友洪私人所有，是大队集体所有，我一人说了弗算数。兆洪，你听着，首先要队里同意你去併铁厂，接下来大队里要同意，第三才是我厂里需弗需要添人。兆洪，从目前情况来看，我厂里暂时弗需要添人，过段辰光再说吧。"

听到这里，蔡兆洪失望极了，眼泪含在眼眶里，不再开口说话，站起身就走出了蔡友洪家的大门。"友洪，兆洪人也走了，你给我透个底，你能弗能把他弄进你厂里上班？"蔡友娣问。"你说呢，阿珍娘？"蔡友洪反问。"弗晓得。"蔡友娣白了丈夫一眼。蔡友洪感觉到妻子对自己有点不满，便说："把兆洪弄进厂里去上班，说难也难，说容易也容易。刚才我为什么要那样跟兆洪说，目的是要让他晓得现在进厂弗是很容易的事体。我要刹刹他身上的那种浮里浮躁的弗良习性。这对他有好处。今年是弗可能让他进厂了，再过三个月就要过年了，要进厂也要过了年再讲。""我懂你的心思了。友洪，你可要把兆洪进厂的事放在心上。兆洪人弗错，你记弗记得，国明上小学前，兆洪常到我们家里来跟国明一起白相，就是现在，有时两个人还在一起白相。""怎会弗记得？我友洪是一个有恩必报，有仇弗一定报的有良心的善人。我晓得好歹。"蔡友洪说。

有一天中午收工回家吃饭，在路上蔡兆洪对蔡友娣说："友娣阿婶，我们还算是一个家门里的人了，可友洪阿叔一点弗给一个家门里人的面子。"蔡友娣听后笑了。"笑什么？我刚才说错了？"蔡兆洪问。"兆洪，要我说啊，你一点也弗了解你友洪阿叔。还有啊，你正是年轻，没一点耐心。你啊，要多改改浮里浮躁的脾气。明白我说话的意思吗？"蔡友娣说。"听弗明白。"望着走到前面去的蔡友娣，蔡兆洪咕哝了一句。

蔡友洪确实把蔡兆洪进厂的事放在了心上。过年前，蔡友洪先找了接任金阿甫分管队办工业的大队党支部委员匡炳兴："炳兴，你是分管工业的大队领导，有一桩事体我要向你请示汇报一下：我厂里的运输船上缺一个人手，我想过年后招一个人到船上去。""有合适的人了吗？"匡炳兴说，"要弗要我给你推荐一个人？""用弗着，"蔡友洪说，"我已看中了一个人，但要你点头同意才行。""你看中的是谁呀？几队的？叫什么名字？"匡炳兴问。"我们五队的，叫蔡兆洪，过年二十二岁了，人本分，力气也有。"蔡友洪说。"是兆洪啊，我认得。"匡炳兴说，"你看中的人，我没意见，你跟蔡和云书记再通一下气，最主要的还是你队里的队长金龙要同意。他弗同意，事情蛮难成的。现在啊，为了你进他进我进大队厂，常常弄得意见蛮蛮大，吵得蛮蛮凶，甚至动手打架，打破头的事都发生过。"

蔡友洪又找了新任大队书记不久的蔡和云。蔡和云在蔡氏家族里是大房，是蔡友洪的叔辈，又是同一个生产队的。蔡和云说："只要分管工业的匡炳兴和队长金龙同意，蔡兆洪进併铁厂，我没有弗同意见。"

蔡友洪心里有底了。腊月二十四日，蔡友洪家里过年祝飨。那天中午，蔡友洪把队长蔡金龙叫到家里吃饭，一小汤碗自酿的老白酒下肚后，蔡金龙开口了："你今朝请我吃酒，弗会仅仅是请我吃酒吧。"蔡金龙与蔡友洪平辈，是远房堂兄弟，年纪要比蔡友洪小好多岁。蔡友洪滴酒不沾。蔡友娣平时却喜欢吃两口酒。她端起酒碗，对蔡金龙说："金龙，你会弗会说话？友洪每次请你到我家里吃酒，有事体求过你吗？""没有过。"蔡金龙说。"那你刚才还要那么说？"蔡友娣说，"来，金龙，阿嫂敬你一碗酒。"说着，蔡友娣一口气把一汤碗老白酒吃下肚去了。蔡金龙也把满满的一汤碗老白酒吃了下去。"爽气。"蔡友娣在给蔡金龙碗里倒酒时说，"金龙，今朝友洪确实有一件事要跟你商量，要由你点头同意才行，但弗是我家里的事体。"

"啥事体？"蔡金龙问。"过年后，想让兆洪到我厂里去上班。这事我已跟炳兴、和云书记通过气了，他们没有弗同意见，就看你金龙答弗答应了。"蔡友洪说。"我倒无所谓，关键要摆平其他人。这样吧，过年后开个队委会，我们研究商量一下。""少跟我要滑头，我也是队委干部一分子，我没意见。"蔡友娣说，"就芝麻那么一点大的事体，动弗动就开队委干部会议商量，有这必要吗？爽快答应下来吧，大队领导都没意见，让你做个顺水人情弗好吗？"

蔡金龙又喝下蔡友娣敬他的一碗酒后说："既然大队主要领导都同意了，我弗同意也就没道理了。我同意。"

就这样，一九七八年正月半一过，蔡兆洪就去卫东併铁厂上班了，被本队的年轻人羡慕死了，却被上了年岁的社员在背底里议论了一番，都说蔡兆洪能进併铁厂，全靠蔡友洪的势。蔡友娣听后，不语，只是笑笑罢了。

四

蔡兆洪去卫东併铁厂上班后，被分配到了专门运输厂里的冷压块铁到无锡钢铁厂的船上撑船。自古以来，有三种活人们都认为最苦：一是磨豆腐，二是打铁，三是撑船。这三种活之所以最苦，是因为不分寒暑，不分昼夜，不分晴雨，所以，一般人是吃不了这种苦、干不了这种活的。蔡兆洪却吃得了这种苦，干得了并干得好撑船这种苦活，没给蔡友洪坍台。蔡友洪心里很欣慰。关于蔡兆洪，在此就按下不表。

我们还是说蔡友洪。

苏东坡有诗道："竹外桃花三两枝，春江水暖鸭先知。"惯于敏锐观察、捕捉商机的蔡友洪，就似那只"先知""春江水暖"的"鸭"，比一般人先感到了改革开放的春风已习习吹来。他敏锐地看到，停靠在锡澄运河无锡钢铁厂专用码头等待装运钢材的外地大吨位驳船日益增多，无锡钢铁厂对废钢的需求量也日益增多。通过这两个增多的表象，蔡友洪由朦胧到清晰地意识到，国家大规模经济建设的帷幕已悄然拉开，无限商机已呈现在眼前。于是，蔡友洪除併铁厂用铁屑、刨花冷压块铁外，决定併铁厂悄悄地（因为当时国家政策不允许）收购社会零星废钢废铁，有多少收多少，并用现金结账。但蔡友洪的手脚被严格的"国家计划"捆住了，江阴县物资部门没有那么多废钢计划指标给卫东併铁厂，因而使不少废钢铁囤积在厂内场地，资金搁死，而无锡钢铁厂又急需废钢。怎么办？如何寻找一条突破之路？蔡友洪苦苦思索后决定两条腿走路：一面再通过在江阴县政府办公室工作的金子才疏通与县物资部门的关系，争取增加计划指标；一面由他直接公关无锡钢铁厂，争取计划外直供无锡钢铁厂所需的废钢。功夫不负苦心人。在金子才的帮助下，在蔡友洪的努力公关下，卫东併铁厂不仅多争取到了江阴县物资部门的计划内废钢指标，而且争取到了直供无锡钢铁厂所需废钢的一部分计划外指标。鉴于此，蔡友洪打算长年坐镇无锡，交割与无锡钢铁厂的废钢供给业务。

蔡友洪把自己的想法跟蔡和云、匡炳兴汇报后，他们一致赞同，并予以大力支持。蔡友洪欲起身离开书记办公室时，蔡和云叫住了他："友洪，刚才当着炳兴的面，有些话我弗好直说。现在我要说的，你如果常住无锡，就忍心把你那个家全丢给友娣一个人管？国明和苏华还小，你就放得下心？""没办法，和云书记。你想过的问题，我何尝没想过？我曾苦想了好几个晚上。我的一些想法说出来，你听后，恐怕会笑话我，会说我友洪是在唱高调。其实，我没有也弗会更弗是一个唱高调的人。那是我真实的想法，是我心底里的想法。"

"什么想法？"蔡和云问。

"在那几个困弗着觉的夜里，弗晓得是什么原因，我总会想起牺牲在李沟头河的解放军。他们也是有家的人，有父母，有兄弟姐妹，有的还有妻儿，渡江后却牺牲在了李沟头。他们图的是什么？又是为了什么？还弗是想让穷苦人过上好日子？"

"……友洪，我好像弗认识你了，你真的这样想的？"蔡和云惊喜地问。"我已近五十岁的人了，弗是穿开裆裤的小孩子，说话会弗着边际？"蔡友洪说。蔡和云握住了蔡友洪的手，不是叔侄间的握手，而是一个基层党组织书记的手，紧握住一个普通百姓却有着不普通思想觉悟和境界的蔡友洪的手。

得到大队主要领导的同意与支持后，蔡友洪主持召开了全厂职工会议。全厂十四名职工与会。会上，蔡友洪讲了他对国家形势发生重大变化的看法与想法后，要求全体职工恪尽职守，各司其职，把自己负责的那份工作做好；要求扩大冷压块铁的生产能力，多收购废钢，严把质量关，决不许徇私情、吃人情，高价收购劣质废钢。职工会议后，蔡友洪又把财务人员留了下来，给他交代了相关事宜，并规定，厂里每笔正常的业务往来收支情况，必须在第二天上午告诉他；不属于正常业务支出的，必须由他审批同意，任何人不准擅自做主。自此起，併铁厂乃至后来成立的新沟废旧物资回收站的每笔业务往来收支，蔡友洪都了如指掌，全面掌控。

蔡友洪开始在无锡城里寻找作为自己常年居住和办公的地方，找来找去，终于在北塘区靠近锡澄运河的地方找到了一处民房，虽离闹市区还有一段路，但距无锡钢铁厂在锡澄运河边的专用码头比较近，装卸货物也很方便。这是两间平房，已好久无人居住了。与屋主谈妥房租后，蔡友洪叫来厂里的几位职工，帮着打扫收拾，购置办公桌椅、简易床铺及煤球炉与餐具、餐桌等，自烧自吃；还请邮局派人来装上了手摇电话机。一切准备就绪时，已近年关了。

一天，蔡友洪从併铁厂下班回到家，一吃过晚饭，妻子说有事要跟蔡友洪说，蔡友洪就没出门。儿子蔡国明出门去了。小女儿蔡苏华伏在客厅里的八仙桌上做家庭作业。为了不影响女儿做功课，夫妻俩就走进房间，关上房门，蔡友娣坐在床沿上，蔡友洪坐在一张方凳上，说起了话。"友洪，在无锡的办公、居住地方都收拾好了吧？"蔡友娣关心地问。"全都收拾好了。新年一过，我就去无锡。"蔡友洪说。"嗯，"蔡友娣说，"多少辰光家来一趟？""……这个说弗准。业务忙，就少家来几趟，业务弗忙，就多家来几趟。"蔡友洪说。

"……我没别的意思。"蔡友娣说，"友洪，我想说的是，明年你常驻无锡后，家里这头就顾弗了多少了。现在，我们家还养着两只老母猪，因为有你帮衬，我还忙得过来，明年恐怕忙弗过来了。友洪，你想过这个问题吗？""想过。"蔡友洪说。"你怎么想的？有什么好的安排？说出来让我听听。"蔡友娣说。"把两只老母猪全卖了。"蔡友洪说。"全卖了？凭你那核定的几个死工资，凭我在队里挣的那几个死工分，能养活全家老少？你让我和孩子喝西北风去？"蔡友娣说着说着有些激动起来了。"我弗反对你为集体多出力，多作贡献。你进厂近十年来，我也一直支持你。可你总弗能到头来是长袖子换成短袖子吧（方言，意即收入大不如以前）。如果是这样，我明天就去跟和云书记说，让他阻止你过年后去无锡。"

　　要是往常，蔡友洪听了妻子这一席话后可能要跟妻子急了。可今晚，蔡友洪非但不急，居然还呵呵地笑了。"笑，你笑什么？居然还笑得出来？有什么好笑的？"蔡友娣说，"要笑，也是别人嘲笑你蔡友洪是个白痴，只顾集体，弗顾家庭。天底下哪有像你蔡友洪这样思想好的人？你还弗是党员啊。你如果是党员了，是弗是要把家里这三间平房卖了再倒贴给集体？集体给了你什么好处？给了你多少好处呀？我越来越弄弗懂你了。"

　　"说完了？"蔡友洪问。"先说到这里。"蔡友娣说，"友洪，你也弗细想想。你把两只老母猪都卖了，明年家里要减少多少经济收入？你算过这笔账吗？所以，你今晚如果说弗服我，明年你休想去无锡。"

　　"别急，"蔡友洪点燃一支烟后说，"阿珍娘，你一直是一个把家的好女人。这个家要是没有你，弗晓得会是啥样子。这一点，我友洪心里一直有数着呢。阿珍娘，你担心卖了两只老母猪后会大大减少家里经济收入的事，我也想过，弗止一次地想过。我只能这样跟你说，卖了两只老母猪后你弗仅轻快着，而且明年家里的经济收入保证只增加弗减少。""天上掉下来？我弗信。"蔡友娣说。"弗要弗信，阿珍娘。"蔡友洪说，"现在时代在变。我已跟大队提出了这样的要求：明年我的工资，由大队根据我全年的经营业绩和上缴大队利润情况来核定。所以，我明年生意做得越好、越大，厂里的利润就赚得越多，上缴大队的利润也会越多，我的报酬收入也就越多。阿珍娘，你放心，也请你相信：你老公蔡友洪从来弗会说大话，从来都是做弗到的一句也弗说，说出来的必定要做到。""真的？怎样按业绩核定你的工资？"蔡友娣满脸喜色地问。"这，你就弗用多问了。"其实，蔡友洪是在哄妻子。那时，改革刚起步，谁敢按绩效分配？

　　蔡友娣似乎被丈夫说服了。

　　一九七九年正月半过后，蔡友洪安排好厂里的生产就去了无锡。他两头兼顾，而且兼顾得很好。

第十二章 纾忧解难

一

去无锡前，蔡友洪有桩心事需要了结，那就是儿子蔡国明的工作问题。蔡国明于一九七八年七月中旬参加中考，因为差几分未能考上高中。蔡友洪夫妇曾要求儿子复读，准备第二年再考，可蔡国明不愿意复读，其理由是，上高中、上大学不是每个人的唯一出路。他想早点工作，早点踏上社会，早点担起家庭和社会责任。蔡友洪未能说服儿子，就让初中毕业、年仅十五虚岁的儿子参加生产队劳动，学做农活，靠挣工分养活自己。

从小就很有主见且不怕吃苦的蔡国明，初中毕业刚走出校门，就参加了生产队"双抢"（抢收前季稻、抢栽后季稻）大忙。正是酷暑时节，每天气温高达三十六摄氏度以上，人赤着脚踩在地上，脚底会被炙痛。小青蛙从田埂上跳到即将莳秧的水田里，肚皮即刻朝天，被田中的水烫死了。"双抢"期间，虽只有半个月时间，却是很难熬的，每天要劳动十五六个小时，"从鸡叫做到鬼叫"，既没好的吃，又没阴凉设备，午休和晚上，人们大都在家中泥地上摊一块化肥袋的塑料纸，就睡在上面了，也顾不得蚊虫的叮咬。蔡国明熬过来了，尽管被烈日晒脱了几层皮。他人生中头一次深刻体验到了劳动的不易，农民的不易，以及农民的那种耐劳、坚忍、坚韧的品性与精神。

一九七九年正月十二的晚上，蔡友洪与儿子进行了一次谈话——

蔡友洪：新年快过了，你对自己的今后有什么打算？

蔡国明：知识青年在农村，也可以大有作为。

蔡友洪：说具体点。

蔡国明：在队里干农活也弗错。

蔡友洪：你一世人生就在地里干活？没有别的想法了？

蔡国明：有别的想法。我以后想干一番事业。

蔡友洪：什么事业？

蔡国明：还弗清楚，但有这种想法。

蔡友洪：跟阿爹学做生意去吧。

蔡国明：进你的併铁厂？

蔡友洪：是。去弗去？

蔡国明：……去。阿爹，有一句话必须说在前头，我弗会一直跟着你的。

蔡友洪：你什么时候翅膀硬了，就什么时候飞走，我弗拦你。

随着业务日益增多，生意越做越大，蔡友洪要处理的方方面面的关系也日渐增多，而蔡友洪又不是一个纵横捭阖的人，且脾气又急躁，因而在处理棘手的事体或矛盾时，容易得罪人。同时，因有时火气大，又到了知天命的年纪，再加上日常的操心劳累，自己又不会很好地自理生活，进而使得蔡友洪微恙不断。

蔡友娣知道后，很是心疼丈夫。一九八〇年四月的一天，正是吃早饭的时候，蔡友娣去了大队书记蔡和云的家里。"和云阿叔，友洪近来身体不太好，你晓得吗？我很心疼他。"蔡友娣说。"听说了。我心里也着急。友洪可弗能倒下来。他是我们大队工业经济的顶梁柱。"蔡和云说。"光着急也没用，大队里总得拿出一个好办法来呀。"蔡友娣说。"你有什么好办法，友娣？"蔡和云问。"只有一个办法，就是让友洪家来。"蔡友娣说。"你这个办法弗行。"蔡和云说，"友娣，你心里也弗要太着急。我们上午商量一下，拿出一个办法来。"

上午上班后，蔡和云就召集副书记蔡阿才，党支部委员石志林、匡云湘、匡菊秀等人开会，研究蔡友洪的问题。蔡和云的意见是大队派个得力助手去无锡协助蔡友洪。接任匡炳兴分管大队工业的石志林，则认为派任何人去无锡都不能解决问题，因为没人能很好地照顾蔡友洪的生活。大队妇女主任匡菊秀则建议，最好的人选还是蔡友洪的妻子蔡友娣。"这弗是好办法。"蔡和云说，"今年春节期间，友洪的二女儿华娣刚刚出嫁，如果友娣去了无锡，家里就只剩下她儿子国明和正在读小学的小女儿苏华。两个小佬在家里无大人照看，能行吗？一旦出了什么事，我们承担得起吗？最根本的问题是友洪与友娣会同意这样做吗？"

会议难以继续。

"这样吧，把友洪从无锡叫回来，我们当面跟友洪、友娣具体商量一下，听听他俩的意见。"蔡和云说。

两天后的中午，蔡友洪回家了。蔡和云和其他几个支委，在下午三点多钟，来到蔡友洪家，征求蔡友洪夫妇的意见，议来议去，大家认为最好的办法还是蔡友娣去无锡协助蔡友洪工作，照顾蔡友洪的生活，并当场商量决定：蔡友娣作为大队併铁厂职工，其工资在年终由大队核定。最终，蔡友娣同意去无锡。

第二天晚上，蔡友洪主持召开家庭会议，父亲蔡顺灿、儿子蔡国明、小女儿蔡苏华参加会议。蔡友娣做主旨讲话。在子女们心中，在家庭里，蔡友娣的亲和力要大于蔡友洪，她的话子女们听得进耳朵里去。"阿爹，有一件棘手的难事要你帮帮友洪和我。昨天大队领导已商量定了，过两天我要去无锡，帮帮友洪，照顾好他的生活。他在无锡一年多来，我弗在他身边，他又弗会洗，弗会烧，吃东西随便凑合应付，结果把身体弄坏了。我看着就心疼。"蔡友娣对公公蔡顺灿说。

蔡顺灿七十三四岁，身体健康一般，由两个儿子蔡友洪与蔡禹洪轮流赡养着，一年一轮，今年刚好轮到蔡友洪赡养，就吃住在大儿子家里了。"没事，我腿脚还行，能烧给国明、苏华他们吃。友娣，你就放心地跟友洪去无锡吧。你们是在为大队集体做事，我理应要帮衬你们。你心里千万弗要过意弗去。"听公公这么一说，蔡友娣心里感到很温暖，眼泪顿然不听话地流了起来，用右手掌抹了一把泪后说："阿爹，有你在，我友娣什么都放心。"

接着，蔡友娣又对两个孩子说："国明，姆妈去无锡后，家里要靠你了。你既要照顾好阿公，还要督促你妹妹做功课，更要上好班，做出当哥的好样子来。""姆妈，你就别多说了。"蔡国明说，"我已是个十六七岁的人了，已到了承担家庭责任的年纪。你就放心地去无锡吧。我会照顾好阿公和妹妹的。"正在读小学五年级的蔡苏华，却没有哥哥蔡国明坚强，听蔡国明这么一说，反倒哭了起来。"我弗要国明哥哥管我，他对我太凶了。我要跟阿爹、姆妈去无锡上学。"

蔡友娣把小女儿揽进了怀里。"苏华，别哭，国明平时凶你，那是为你好，这一点你要懂。你想去无锡上学，想法蛮好，但很难实现。我们的户口弗在无锡城里，所以，你还是安心在金家店小学读书吧。"蔡友娣让小女儿坐直身子，接着说，"我也弗想去无锡呀。我放心弗下你们两个孩子，还有你们的阿公。可我也难呀，国明、苏华，你们都晓得，你阿爹一直以来就是一个只顾集体、很少顾家的人。他在无锡一年多，没人给他烧饭，没人给他洗衣，没人照顾他，结果，小毛小病都来了。你们说，我能弗管你们的阿爹吗？况且，你阿爹没日没夜操心劳累，全是为了大队这个集体。为了集体，我和你们的阿爹，对弗住你们了……"说到这里，蔡友娣禁不住哽咽起来。

一九八〇年四月中旬的一天，受卫东大队的指派，蔡友娣去无锡协助蔡友洪工作，同时照顾蔡友洪的日常生活。

由于蔡友洪整天忙于厂里的事，很少有时间过问儿子的学习、生活，使蔡国明从小就培养起了较强的独立性，自己的事自己做，遇到困难自己想办法解决，所以，母亲蔡友娣去无锡后，对蔡国明并没有产生多大影响。他每天一早就起来烧早饭，到自留地上寻好菜到大池河码头洗干净，淘好米，然后吃早饭上班。午饭、晚饭由爷爷烧，他下班、蔡苏华放学回家后吃现成饭。蔡国明吃过晚饭，见水缸里没水就到井上挑，没什么其他家务可做了，也很少串门，在家里一边督促妹妹做功课，一边看自己喜欢的《中国青年》等杂志，过十点后，就上床睡觉。

蔡国明在独立生活、独立思考和很早就进入社会、了解社会、了解农民中快速健康成长、成熟起来。

二

一九八一年清明前三天，蔡友洪夫妇回家祭祖，先是上午在家"祝飨""过清明"：先在一张八仙桌上摆放三荤三素六盆菜，在朝南、朝东、朝西的位置上摆放二十四只小酒盅和二十四双筷子，朝北的位置上置香炉、点蜡烛、放供果，然后给小酒盅里倒黄酒，敬过三巡，让祖宗们喝高兴后，再按辈分长幼，依次跪拜祖宗，以示思亲之诚。

大概从一九七八年"过清明"起，每年"过清明"后，中午吃饭前，蔡友洪总要把自己的叔、婶及近房里的堂兄弟们叫到家里喝酒，共同追忆蔡氏先辈为国家、为社会做出贡献的业绩，凝聚堂兄弟们的心，鼓励他们多做有益于社会的事。午饭后，蔡友洪则带领着全家老小，来到尖里垯，给爷爷蔡应川、奶奶张氏、母亲马英娣的坟上"填坟"祭奠，以示哀思。在一九五八年冬的"大跃进"中，蔡友洪往上三服的祖先的坟都被平整掉了，只保留他爷爷、奶奶和母亲的坟。

蔡友洪回家过完清明、到併铁厂处理了一些事情后，准备于清明节后的第二天一早，跟妻子一同乘车去无锡。正当蔡友洪夫妇准备出门时，卫东大队党支部副书记蔡阿才敲响了蔡友洪家的大门。蔡友洪开了门，见是同村的蔡阿才，就惊讶地问："阿才，天刚亮，就来敲我家大门，有什么急事？""火烧眉毛的急事。"走进屋里，坐下，蔡友洪递给蔡阿才一支烟，两人吸了起来。见蔡友洪一时走不了，蔡友娣开始烧早饭。

"什么急事，阿才，你快说，我和友娣还要去于门汽车站赶头班车呢。"蔡友洪说。"友洪，帮大队里一个忙。大队里的两座砖窑，共欠户上七八窑砖瓦，实在拖弗过去了。可要点火烧窑，又没有烧窑的燃料。我被人家骂都快骂死了。"蔡阿才说。

当时砖窑厂普遍缺乏燃料，为了解决燃料问题，卫东大队两座砖窑上的负责人，也学别地方的样：用小麦秸秆串换砖瓦。结果，本大队的、附近大队的需要砖瓦造房子的人，就先把小麦秸秆挑到卫东大队砖窑上，过秤记好斤量，余缺再用钞票结算，之后就排队等着出窑的砖瓦。由于经营管理不善，两座砖窑亏了很多，烧不出砖瓦来，这就把等着急用砖瓦造房子的人家急坏了，一趟趟找砖窑上的负责人，但解决不了问题，便又一个个地找分管农副业的蔡阿才了。蔡阿才没路可退了，总不至于把责任推给大队书记吧，于是，就一早来找蔡友洪救急了。

听蔡阿才诉完苦，蔡友洪问："阿才，到底缺人家几窑砖瓦？""七八窑吧。"蔡阿才说。"到底是七窑还是八窑？"蔡友洪认真地问。"友洪，跟你这个顶真的人蛮难缠的。"蔡阿才笑了笑说，"七窑。""晓得了。"蔡友洪烧过砖窑，晓得烧一窑砖瓦需要多少燃料。蔡友洪说："友娣，起来，让国明烧粥吧，我们到于门车站赶头班车还来得及。"

赶到无锡办事处，蔡友洪处理完积攒起来的几桩生意上的急事后，就与有关客户联系落实用钢材串换焦油的事。半月后，蔡友洪解决了卫东大队两座砖窑所急需的燃料，使两座窑上当年全部付清所欠的砖瓦，缓和了干群关系，维护了社会稳定。

五月中旬的一天上午，蔡友娣接到儿子蔡国明的电话，说他爷爷近几天突然眼红眼痛，并伴有侧头痛、呕吐，已开始看不清东西了。电话中，蔡国明说得很急，说话的声音似哭声。放下电话，蔡友娣也急了起来。蔡友洪去了无锡钢铁厂，不知什么时候回到办事处。"怎么办？"蔡友娣有些坐立不安，禁不住流下泪来。"公公正需要照顾伺候的时候，我和友洪却来到了无锡，还让公公为孙子、孙女操着心，这算什么事呀。"想到公公对自己的好，想到公公一生的不易，蔡友娣饮泣了。

还好，午饭前蔡友洪回到了办事处，听妻子说自己父亲得了眼病、已开始看不清东西后，急得连吃午饭的心思都没有，赶紧打开碗橱门，端起放在碗橱里一碗早晨吃剩下来的冷粥，就站在碗橱前，不用筷子，也不用搭粥菜，直着喉咙就把一碗冷粥灌进肚里，放下空碗，用右手掌抹下嘴，对妻子说"阿珍娘，我赶家去了"。说完就走了。

蔡友洪坐公交车来到无锡汽车站，再买无锡到江阴的汽车票；到江阴西门汽车站下车后，又立即买江阴到常州的末班车票，到于门汽车站下车时，已暮色降临。回到家时，蔡友洪看到父亲、儿子和女儿三人正伏在桌上吃晚饭。见儿子从无锡赶回来，蔡顺灿问："友洪，家里无事无体，你这个时候家来，大队里有什么急事要找你？"当蔡友洪坐下时，儿子蔡国明已舀好一碗粥，端到了蔡友洪的面前。小女儿蔡苏华也机灵地给父亲拿了一双筷子。

喝着粥，蔡友洪说："阿爹，你眼睛到底怎么啦？还痛吗？""友洪，谁告诉你说我眼睛疼的？"蔡顺灿问。"阿公，是我打电话告诉的。"蔡国明说。"看你这孩子，"蔡顺灿说，"我跟你说过几次，弗要告诉你娘老子，弗要分他们的心。眼睛痛是小毛病，用弗着大惊小怪。""眼睛快看弗清东西了，还是小毛病？阿爹，明天跟我去医院。"蔡友洪说。"弗去。"蔡顺灿说。"那……"蔡友洪一时找不到什么说辞。"阿爹，你明天把阿公带到南闸的二姐那里去玩几天。"蔡国明提醒父亲。蔡友洪心领神会，明白了儿子话中有话的意思了："国明说得对，阿爹，明天我把你送去华娣那里住几天，怎么样？"蔡顺灿望望儿子的脸，又看看孙子的脸，看他们一脸平静，没有什么特别的变化，便心安地说："也好，我也想苏丫头了，去就去吧。"

第二天天刚亮，蔡国明就起来烧早饭。蔡友洪和父亲一吃过早饭，就去于门汽车站赶头班车了。到江阴汽车站下站后，蔡友洪又排队买了两张去无锡的汽车票。两人上车后，蔡友洪让靠窗坐的父亲闭会儿眼睛，不要老是看窗外。蔡顺灿则说："老子难得坐汽车，有点兴奋，闭弗住眼睛，就想看看窗外的世界。"蔡友洪还是一个劲地劝说父亲闭会儿眼睛。"友洪，你真烦。"蔡顺灿咕哝一句后，听话地合上了双眼，让疼痛的眼睛休息一会儿。

去无锡要经过南闸。当汽车从南闸汽车站开动时，父亲还睡着，蔡友洪在心里笑了："终于被我骗过去了。"见睡着的父亲不时地流淌着口水，蔡友洪从裤袋里掏出一块手绢，不时地揩着父亲从嘴角处流淌下来的口水。将近无锡时，父亲醒了："友洪，南闸到了吗？""已到无锡了。"蔡友洪说。"你怎么弗早点叫醒我？苏丫头在家里会等急的。"蔡顺灿说。"没事。"蔡友洪说。

从无锡汽车站出来后，蔡友洪又带着父亲坐上一辆公交车。"去哪里？"父亲问。"去北塘医院。"儿子答。"去医院干什么？"父亲急了。"弗去医院怎么行？看着你眼睛变瞎？"儿子更急了。"……弗能拂你的一片苦心，一片孝心。"父亲说。儿子听后笑了。

来到无锡北塘医院眼科，经医生一番检查后，蔡顺灿被确诊为绿风内障病，也就是青光眼。医生给蔡顺灿的右眼敷上药包扎好后，还开了口服的一些药，并叮嘱蔡友洪："病人要少见阳光，少吹风，多闭眼休息；要按时服药，十天后再来医院换药。"

来到办事处，已过中饭时间。其他几个职工都吃过了饭，蔡友娣还没吃，等着丈夫和公公从医院回来。见丈夫和公公回到办事处，蔡友娣又忙着热菜，盛饭。吃过午饭，安排蔡顺灿午睡后，蔡友洪夫妇上了街，给蔡顺灿买了几身新衣服，买了一张新床，还专门为父亲安排了一间房间。蔡顺灿在医生的及时治疗下，在儿子、媳妇的精心照料下，几个月后，其青光眼病基本痊可。

蔡顺灿回家后，蔡家店村上上了点年纪的人见到他就会说："顺灿，快认弗出你来了，看你养得又白又嫩的。"蔡顺灿则笑着说："全托友洪和他媳妇的福。"

三

一九八一年十月中旬的一天中午，蔡友洪接到儿子蔡国明的电话，说队长蔡兴度让他回去，队里明天要分田到户了（实行农村家庭联产承包责任制）。接完电话，蔡友洪跟妻子说了儿子在电话里说的事。"真的会分田到户吗？"蔡友娣疑惑。"国明会在电话里瞎说吗？"蔡友洪说，"再说，去年这个时候，朝阳大队的朱家店就把田分到每家每户种了。看来，他们的试点成功了，要推广了。""是啊，去年秋朱家店分田到户，只是听个大概罢了，也没去多想，因为这件事还没落到我们自己的身背上。如今，我们队里也要分田到户了，友洪，你说说看，是弗是我们走了二三十年的集体道路走错了？""阿珍娘，这种话弗好乱说。"蔡友洪说，"上头要分田到户，肯定有上头的想法，有上头的一套说法，我们跟着走就是了，用弗着我们这些平民百姓去多想，即使多想也没用。""想想也是，手臂总是扭弗过大腿的。当年有些人反对和破坏土改，结果土改弗是照样进行。当年搞合作化时要把自己的田、农具交给集体，心里也全弗是情愿的，但都交给了集体。"蔡友娣说，"我估计，这次分田到户，是弗会有人反对了。""你倒蛮像一个干部的，说起话来一套又一套。"蔡友洪说，"阿珍娘，要弗我们一同家去一趟？""都家去了，这里的事谁管？"蔡友娣说，"友洪，还是你一个人家去吧。至于怎么分田，我想，上头一定会有具体说法的。"

第二天上午，卫东大队第五生产队召开会议，队长蔡兴度传达大队党支部召开的两级干部会议关于在全大队推行家庭联产承包责任制会议精神。蔡兴度说："这几天外面都在传要分田到户了，这种说法弗正确。正确的说法是家庭联产承包责任制，具体地说，就是队里把现有的田，按照人头，分为口粮田和公粮田，分给每家每户去种，以队里前三年的平均亩产为基数，实行家庭承包，超产部分归自己，减产部分自己赔。换句话说，每家每户只有种的权利，田的所有权仍归生产队集体所有，任何个人没有权力将自己的承包责任田挪作他用。"

　　点燃一支烟后，蔡兴度接着说："为了保持承包责任田的稳定性，在一段时间内，实行生弗添，死弗拿，也就是说，哪家娶了媳妇、添了人丁，队里弗会分田给他们；哪家老人过辈、女儿出嫁、孩子上大学户口迁出生产队了，其所种的田队里也弗收回。"接着，蔡兴度又说了划分责任田的原则：远近搭配、优劣搭配。

　　蔡兴度说完，有社员问："今年秋忙怎么搞？收割、脱粒、晒场、卖公粮，还是集体干活？""种麦，由各家各户自己种，队里不再负责任了。"蔡兴度说。又有社员问："分田到户后，队里原有的脱粒机、治虫的植保机、队里的仓库屋和猪舍等，怎么处理？"蔡兴度说："折价卖给本队社员。至于灌溉、排水、机耕等，由大队实行专业有偿服务。"还有社员问："是弗是说，分田到户后，社员家就与生产队没有任何关系了？"蔡兴度说："有关系。比如说，社员要造房起屋，屋基要由队里安排；再比如说，小麦种什么品种，水稻种什么品种，队里会根据上面的要求做出安排的；什么时候治虫，用什么农药治，队里也会提醒大家的。"

　　见大家没什么问题要问了，蔡兴度就让会计公布责任田的划分方案。社员们听后，感觉还算公平，也就没有多说什么话。于是，会计再把承包合同发给每户当家人。承包农户与卫东大队签订的合同上明确规定了承包土地面积、承包土地年限、上缴国家公粮任务等。大家没有异议后，每户户主就在承包合同上签了字。下午，每家户主参加生产队里承包责任田的丈量、敲桩等工作，共分了两天才完成。

　　蔡友洪家四个半人（蔡友洪夫妇、儿子、女儿四人，再加上蔡友洪父亲蔡顺灿半个人的口粮田，另一半口粮田分给了弟弟蔡禹洪），分到了四亩多责任田。去无锡前的隔夜，蔡友洪去了蔡阿才家，对他说："阿才，责任田已分到户上了，我明天就要去无锡，动忙时也无辰光家来，想请你照顾一下我家里，安排大队机耕队早点到我家责任田里去耕田，拜托了。至于浸种、撒麦种，种麦开沟，我已交代我大女儿、大女婿和国明了。""友洪，你弗亲口跟我说，我也会优先照顾你家的，放心吧。"蔡阿才说。两人坐着抽烟，聊天。

　　"对了，友洪，"蔡阿才像突然记起什么事似的，拍了几下自己的后脑袋后说，"和云书记有没有跟你通过气了？""啥事体呀？"蔡友洪有点丈二和尚摸不着头脑，"他没跟我通过什么气呀。""那就算了。"蔡阿才说。"想吊我的胃口？"蔡友洪说，"都姓蔡，又是同一个村上人，有什么话还要遮遮瞒瞒？弗相信我友洪？"蔡友洪说。"弗是弗相信你友洪。"蔡阿才说，"和云是大队一把手，他没跟你说，我这个二把手就弗好先跟你说了。他知道后可能会误会我的。""什么天大的事体，"蔡友洪站了起来，"你弗肯说，我友洪也没有闲辰光听你说。我走了。"看到蔡友洪有点不高兴，蔡阿才便说："友洪，弗要急着走，坐下来，我跟你说。"

蔡友洪重新坐下后，蔡阿才说了："前两天，大队党支部开了个会，研究了明年开春后造大队部房屋的事。""就这事？与我友洪又没什么关系，刚才用得着说了上半句就没下半句吗？"蔡友洪说。"与你关系大着呢。"蔡阿才说，"话既然已开了头，那我就说吧，弗过，我仅是跟你通个气而已，一切以和云书记跟你说的为准。根据需要，我们研究准备造八间平房，用于大队干部办公用房、农药化肥种子供应用房等。问题是现在大队账上没钱，要你友洪的併铁厂里出钱。""可以，抵上交款啊。"蔡友洪说。"弗抵上交款，要你为大队做出奉献。"蔡阿才说。"……可以商量。"蔡友洪说，"等和云书记跟我说了，我们再商量。"

十一月初，蔡友洪对妻子说："阿珍娘，你家去一趟，看看刚分的责任田里的麦种好了没有？今年是头一年种，我心里有点弗放心。""你正说到了我心上，"蔡友娣对丈夫说，"你弗提，我也想跟你说了。明天，我家去一趟。"

蔡友娣到家时已近中午了，公公已把饭菜烧好。蔡友娣没在家里待着，急忙从后门出去，经过生产队打谷场，只见女社员们正在起劲地脱粒稻谷，见是蔡友娣回来，她们纷纷跟她打招呼，蔡友娣则边跟她们搭话，边走向田间，来到自家的责任田头，只见儿子蔡国明背对着她，躬着腰用铁锹在撩麦沟。走下田，蹲下身，蔡友娣看见在收割稻谷前就撒在稻田里的麦子，已开始发芽，吐出白的嫩芽来。种麦是"懒种麦"，稻谷收上场后，拖拉机就开进田里犁沟，犁沟时飞溅出来的细泥土就覆盖在稻板田的麦子上面，省工省时，产量也不低。

蔡国明见是母亲，就问她怎么从无锡回来了？蔡友娣说："你爹弗放心，让我家来看看情况。刚才一看，我放心了，儿子可以顶事了。""本来就是嘛。"蔡国明说，"忙前阿爹去无锡前，我就跟他说了，要他放心，家里的事有我呢。"母子俩边说着话边回家吃中饭。"这地里的麦子谁撒的？蛮均匀的嘛。"蔡友娣说。"我撒的麦子。"蔡国明说。"你撒的麦子？"蔡友娣有些不信。"撒麦子有什么难？只要用心学，就弗是什么难事。"蔡国明说。

转眼就接近年终了。

厂里职工工资全结清，该维护的重要客户的关系也都维护好，大队干部的年货已一一送上门，大队核定的全年工资收入，也使蔡友洪夫妇比较满意。蔡友洪准备定定心心过年了。

腊月二十八日中午，蔡阿才从大队部回家吃饭时，特地绕道来到蔡友洪家，通知蔡友洪下午两点去大队部碰个头。吃过午饭，有午睡习惯的蔡友洪午睡了，醒来时刚好下午一点半。蔡友洪一起床，第一件事就是点上一支烟，然后穿好衣服，出门走着去了大队部，到达时两点差五分钟。

在书记蔡和云办公室，除蔡和云外，还坐着副书记蔡阿才、分管工业的党支部委员石志林、党支部委员兼大队会计匡云湘，还有一张空位置是留给蔡友洪坐的。待蔡友洪坐下后，蔡和云就开口了："友洪，今天请你来，我们是有一件事要跟你商量，听听你的意见。"蔡友洪心里有数了，估计十有八九与建造大队部房屋有关。"有什么事，和云，别客套，我们都是自家人，快直说。"蔡友洪说。

蔡和云了解蔡友洪的脾气，说话不喜欢拐弯抹角，也就开门见山了："友洪，大队里希望你明年三月，从厂里拿出五千元钱来，建造新大队部，再添置些办公桌椅。必须说明，弗抵扣你们併铁厂一九八二年的上交款。""就这事？"蔡友洪问。"……就这事。"蔡和云注视着蔡友洪的脸部变化。"应该的，应该的。"蔡友洪说，"这破旧的房屋，该翻造了。大队部必须造好，它是我们卫东人的面子。五千元钱，过了明年正月半，我就给云湘，不够，再向我开口。"

在座的四位大队主要领导，都没想到蔡友洪会这么爽快地答应，而且还那么大度。

一九八二年四月，新的卫东大队部造起来了。

五六年后，那八间平房被拆后又造起了八间二层楼房，作为新沟村村委会办公楼，所有费用又全是蔡友洪创办的新沟物资回收站承担的，而且同样不抵扣上交款。

四

一九八一年腊月二十二日中午，蔡友洪家祝飨祭祖，俗称过年。晚上吃晚饭时，蔡国明一本正经地跟蔡友洪说："阿爹，我决定了，我要离开併铁厂。""……"良久地望着儿子严肃的脸，蔡友洪问："你要去哪里？""去大队螺帽厂工作。我已跟厂长金志泉说定了，过年后就去上班。"蔡国明说。"为什么要离开老子？"蔡友洪问。"……你为我提供的舞台太小。还有，我跟着你，被你罩着，我舒服是舒服了，但弗利于我成长。我要自己闯一闯。"蔡友洪点头默认了。

一九八二年三月初，蔡国明进了刚创办不久的卫东大队螺帽厂。金志泉看在蔡友洪的面子上，欲安排蔡国明一份轻快的工作，但蔡国明并未领情，自愿到金工车间，跟着外聘来的师傅学习车工技术。

关于蔡国明，这里也搁下不表。

但说蔡友洪。在这一年，蔡友洪经历了不少事，唯独有两件事让蔡友洪记忆深刻，并且一直引为鉴戒。

第一件事——

一九八二年七月上旬，蔡友洪由无锡回併铁厂处理几笔业务。一天晚上，六点半的《江阴新闻》节目，准时在小喇叭里播出。正伏在桌上吃晚饭的蔡友洪，被一条新闻震惊住了：新桥公社的社办企业——江阴县毛纺厂创办人、党支部书记兼厂长孙永根，利用职务之便，贪污、受贿一万零三百四十一元，受到江阴县委纪委的查处，开除党籍，并将其移送法院，被法办。

〔史料链接（一）〕

据二〇一一年四月，由方志出版社出版的江阴市《新桥镇志》记载："1966 年，新桥公社（党委）决定由木匠出身的复员军人孙永根任建筑站站长。1976 年开始，因建筑业务（站）与无锡几家毛纺厂都有接触，建立了长期稳定的协作关系。1977 年 5 月，孙永根在无锡协新毛纺厂和第三毛纺厂的支持帮助下，办起了新桥印染厂，9月生产出合格产品。印染厂良好的运转，带来较好的经济效益。随着业务的增多，企业规模迅速扩大，染缸增加到6只，仍然无法满足市场需求，特别是接到的大部分业务是腈纶条，要染整还需要找其他的纺织厂帮忙。这不但受制于人，又外流不少利润。因此经党支部决定在办好印染厂的基础上，先建纺纱车间，从腈纺、精纺着手，向精纺发展，再搞织造。1978年春，开始筹办毛纺厂，当年七八月间，纺出了第一批腈纶针织绒。1979年春夏之交诞生新桥毛纺厂。是年产值119.79万元，翌年产值932.8万元。到了1981年，机器设备逐步完善、更新，毛纺形成漂染、纺纱、织布'一条龙'生产。同时为了解决生产污染问题，又花50万元添置了污水处理设备。在苏州地区领导的支持下，一个社办企业挂上了大集体牌子——江阴县毛纺厂。是年，产值1599.81万元。1982年，毛纺厂因创办人孙永根被法办而发生变故……"

〔史料链接（二）〕

据一九九八年十一月，由党建读物出版社出版的《芙蓉春秋》记载：一九八二年二月起，江阴"县委组成调查组，查处……孙永根的经济问题。经过4个月的工作，查清孙在职期间，贪污、受贿10341元。1983年2月5日，县委做出决定，开除孙永根党籍……1983年2月2日，经县人民法院判决，同年12月5日由无锡市（一九八三年三月施行市管县体制，江阴县隶属无锡市）中级人民法院裁定，判处孙永根有期徒刑8年。"

孙永根贪污、受贿一万零三百四十一元，为什么会被判处八年有期徒刑？

一九八二年三月八日，全国人大做出《关于严惩破坏经济的犯罪的决定》；四月十三日，中共中央、国务院做出《关于打击经济领域中严重犯罪活动的决定》，"严惩""打击"走私贩私、贪污受贿、投机诈骗、盗窃国家和集体财产等严重犯罪活动，重点对象是国家机关、企事业单位中少数犯罪分子，目的是保卫我国的社会主义制度和各族人民的利益，保证我国现代化建设沿着社会主义的轨道前进，正确执行对外实行开放和对内搞活经济的基本国策。

"国明，刚才小喇叭里播出的关于孙永根贪污受贿被开除党籍的新闻，你听清楚了没有？"蔡友洪问。"听了个大概，"蔡国明说，"看来，又要搞运动了。"蔡国明比较关心国家大事。"信号,这是信号。"蔡友洪说,"宁愿少赚点钱,也弗能乱来,弗能违背国家政策。那个孙永根,为了一万多块钱,把自己搭了进去,弗值得,一点也弗值得。国明呀,我们每天都在生意场上走,可千万弗能湿鞋呀。""阿爹,我是弗会犯经济错误的,一弗是厂长,二弗掌握财权,仅是一个队办企业小职工。倒是你阿爹要当心,每天由你经手的现金就有几万元,你可弗能出错。"蔡国明说。"我会当心的,"难得跟儿子交心的蔡友洪,心里很是高兴,"我已五十多岁了,对钱早已想明白了。钱能使人成为英雄,也能使人成为败类。问题的根本,在于取之有道,用之有度。钱要赚,但要赚干净的钱。赚了钱后怎么花,也大有讲究。是给大多数人花,还是少数几个人花,从中可以看出一个人的胸襟、觉悟。"

第二件事——

一九八二年十月的一天下午,无锡市纪委、无锡市中级人民法院,在无锡钢铁厂召开公审大会。作为无锡钢铁厂长期的重要客户代表蔡友洪,也参加了公审大会。公审对象是无锡钢铁厂一位分管供销经营的副厂长。无锡钢铁厂是一家县团级地方国营企业。按厂里规定,副厂长批条低价售卖钢材的权限是:至亲至眷,一次批条三百公斤,最多五百公斤;一般关系的一次批条二百公斤。可那位副厂长滥用职权,给至亲至眷每次批条八百公斤,给一般关系的每次批条五百公斤,而且批条的次数很频密。后有人举报,说那位副厂长批出去的钢材都被倒卖掉了。无锡市纪委找他谈话时,起初他拒不承认,态度恶劣,后来在确凿的证人证词面前,他低头承认了。根据两个"决定"的精神,同时也是为了警示党员干部,尽管那位副厂长没有从中收受好处费,但还是被判处一年有期徒刑。

公审大会结束回到办事处,蔡友洪突然变得呆呆的,坐在凳上只是一个劲地抽烟。蔡友娣连喊了他好几声"吃夜饭"了,蔡友洪才回过神来。蔡友洪扒了几口饭,就放下饭碗不吃了。"怎么啦,友洪?看你开会回来后,像变了个人似的,发生了什么事?"蔡友娣关心地问。"某厂长乱批条子,钱被别人赚了,他自己没得到一点好处,却被判坐牢一年。"蔡友洪说。"怎么判得这么重?批条子的又弗是他一个人?"蔡友娣说。"他是个滥好人、吃交情的人,没有把握住原则,结果倒霉了。还好他没收人家的好处费，否则判得还要重。所以啊，阿珍娘，本来我还想在年底给锡钢的几位领导、几个关键岗位上的人送过年费的，看来钞票这个东西千万动弗得。要吸取人家血的教训。本分做人，靠信誉、靠质量，才是做生意的长久之计。"

然而，人是有感情、讲交情的。人与人之间也需要一定的物质来润滑的。随着所谓的越来越开放，不知从什么时候起，行贿、受贿之风在社会上也越来越盛行，而且无人管饬，像是平常稀松之事。如果不送礼、不受贿，反倒是不正常。社会已然腐败到这种程度。

在这大染缸里，蔡友洪始终保持清醒头脑，坚守为人为事的底线与原则，不送人一分钱，不送人贵重礼品，每年只送两次礼：清明前送长江刀鱼，霜降前后送长江鳗鱼，全都是水产品。二十世纪九十年代起，因水污染严重，长江刀鱼、长江鳗鱼几近绝迹后，蔡友洪仅送些长江蟹或人工饲养的河豚等。这些东西虽值不了多少钱，但表达的是蔡友洪真诚的人情、人味。他常驻无锡二十多年，与无锡钢铁厂生意做得很大，靠的不是送重礼，不是走歪门邪道，而是靠信誉质量、合法经营、厚道为人。

第十三章 一视同仁

一

随着改革开放的不断深入，对内不断搞活，国家新政策的不断出台，使蔡友洪的经营手脚越来越被松绑。由于蔡友洪经营有方，管理严格，讲究质量不掺假，注重信誉守合同，经过几年的艰苦奋斗，使得併铁厂回收的废钢铁货源充足，每年创造净利润数十万元，发展前景很乐观。

按当时的国家政策规定，厂矿企业的废旧金属和机电设备，由江阴县物资局金属回收公司负责收购；拆解废旧船体和拆解废旧设备的回收利用，由江阴县经委拆船公司与乡镇拆船厂经营。此外，其他单位和个人绝不允许回收废旧金属。同时按规定，江阴县物资局金属回收公司每年回收的近四万吨废钢铁，其中百分之六十用于县内回炉冶炼；百分之二十上缴国家或串换钢材，议价销售；百分之二十销往外地。

併铁厂在发展中，得到了江阴县物资局金属回收公司（后升格为县金属回收公司）的大力支持。在几年的生意往来中，蔡友洪与江阴县物资局金属回收公司经理吴少定（音）建立了亲密的朋友关系，深得吴少定的信任。于是，在不违反政策规定的前提下，县金属回收公司将七八千吨销往外地的回收废钢铁的业务，交给卫东併铁厂经营，使收购废钢铁业务得到快速发展。

一九八四年起，社会上废钢铁回收站像雨后春笋般地一茬又一茬地不断冒出来，且良莠不齐，鱼目混珠，无序地冲击着生产性废金属收购市场。一九八五年七月，江阴县政府下发《关于加强废钢铁、废有色金属管理的通告》，在全县范围内对废钢铁、废有色金属回收行业进行清理整顿，规范市场秩序。《通告》对废钢铁、废有色金属收购做出了具体规定：江阴县金属回收公司负责全县范围内废钢铁、废有色金属的收购，并具有管理废钢铁、废有色金属收购市场的职能；县内的併铁厂允许回收铁屑、刨花；县内的冶炼厂允许回收铜屑、铜灰、铝灰。除此以外，其他单位一律不准收购生产性废旧金属。

升格后的江阴县金属回收公司，根据《通告》精神，于八月在乡镇设立金属（物资）回收站。敏锐的蔡国明获悉这一信息后，积极建议父亲蔡友洪抢抓机遇，乘势而上。一天晚上，在无锡办事处，蔡友洪与蔡国明就积极主动、尽快筹办金属回收站事宜进行了深谈。

蔡友洪："我现在业务做得好好的，估计以后也弗会差到哪里去，有必要急着办回收站吗？县金属回收公司会弗给我饭吃？"

蔡国明："阿爹，你这是只看眼前。我对《通告》进行了研究。我认为，县金属回收公司在乡镇设立的回收站，是独立的法人单位，是加强对废旧金属收购市场管理的一个暂时性措施，从长远来看，县金属回收公司将弗具有管理废旧金属收购市场的行政职能。因此，阿爹，我们如果抓住今天这个机遇，成立回收站，主动权就掌握在我们手里了。"

蔡友洪："我们成立回收站后，还弗是同样受县金属回收公司管？业务还弗是照样通过县金属回收公司？"

蔡国明："阿爹，你还是没有弄明白。我再给你讲，根据《通告》精神，我们村的併铁厂是弗允许收购废钢铁的。我们成立回收站后，就可以名正言顺地收购废钢铁了。尤其重要的是，回收站成立后，阿爹，你就是独立的法人代表，就弗会受制于县金属回收公司了。阿爹，我理论上说弗清，但有一个预感：以后会越来越开放，上头对企业的管理会越来越趋向于大的方面，至于具体业务将弗会管了。"

蔡友洪："……国明，那你有什么具体想法吗？"

蔡国明："有一些想法，但弗晓得对弗对。"

蔡友洪："说给阿爹听听。"

蔡国明："我想协助你筹办村里的回收站。"

蔡友洪："你又想跟老子一起干了？"

蔡国明："暂时的。回收站成立后，我仍回螺帽厂工作。"

蔡友洪："说说你的具体想法。"

蔡国明："阿爹，併铁厂里的业务很多，你在无锡又很忙，脱不开身。这是一。第二，若办回收站，按规定要办理营业执照、税务登记证等，要填写这表那表，要找人盖这章盖那章，很烦琐，要跑好多路，要进好多门，要看好多难看的脸。而你已是五十五六岁的人了，又弗会骑自行车，靠你两条腿走路，你吃得消吗？第三，我年轻，头脑反应比你快，上学比你多，又会骑摩托车，在乡里、县金属回收公司、工商管理部门，也认得几个人，办起事来弗一定比你差。更重要的，我这样做，既是体贴阿爹，弗忍心让你太受累。同时也是为了锻炼我自己，提升我自己。"

蔡友洪："你们厂长会同意你出来协助我？"

蔡国明："阿爹，在新沟村，由你出面，还有什么事办弗成？"

蔡友洪沉吟少顷后，点了点头，并发给了儿子一支大前门香烟。

就这样，由村委出面，把蔡国明从螺帽厂借了出来。蔡国明找乡里有关领导，找县金属回收公司的经理们，找工商部门中的熟人，按照规定要求，经过层层审批，在三个多月内办妥了所有手续。在併铁厂基础上，夏港乡新沟物资回收站（以下简称回收站）终于成立了。作为法人代表、站长的蔡友洪，并没有大办宴席，而像往常一样，潜心于自己的工作中。他不搞花架子，不讲大排场，讲究的是实实在在地干，干出利润来。

一九八五年一月始，根据省里要求，无锡钢铁厂对高炉进行扩容改造，提高产钢能力。回收站成立后，蔡友洪抓住这一机遇，凭借自己良好的声誉和充足的货源，与无锡钢铁厂签订长期合作协议，作为代理商，全方位对外收购废钢铁，直供无锡钢铁厂。同时按协议规定，回收站还可经营销售无锡钢铁厂返回给他们的钢材。

由于北塘的办公地方小，已不适应回收站的发展需要。于是，蔡友洪把自己的办公地点由北塘迁到南长的关王庙。租用的房子是两间两层老楼房。由于在东郊，蔡友洪居住的周围还是比较空旷的。蔡友洪很快与房主、一位村书记搞熟了关系，住在那里有种宾至如归的感觉，很称蔡友洪的心。

更让蔡友洪称心的是儿子蔡国明办事的能力、协调关系的水平。这次筹办回收站，没要蔡友洪操多少心，都是蔡国明一人经办。从得到的多方反馈的信息中，大家对蔡国明的善于处理关系的能力很是认可，大为赞赏。而善于处理关系，恰是一个基层领导干部尤其是一把手必备的基本素质。听到这些反馈的信息后，蔡友洪满心欢喜，认为儿子开始成熟起来了，比他这个老子有能力、有水平。

蔡友洪称心的还有，那就是他的准媳妇蔡铮。蔡铮是夏港三元村蔡花村蔡云清的女儿，不仅人长得秀美，而且明理懂事，虽未过门，但经常来到蔡友洪家做这做那，尽到一个准儿媳妇的责任。蔡友洪正准备着在一九八六年春节为儿子完婚的事呢。

蔡国明的工作能力与水平，受到了新沟村党支部书记蔡阿才的赏识，认为蔡国明是一棵好苗，有培养前途。于是，一九八六年一月，蔡国明被村党支部、村委会任命为村螺帽厂厂长。这一年，蔡国明年仅二十二岁。

二

二十世纪八十年代初期，夏港有两个"万元户"，一个姓徐，是个体专业户，名声很大，县广播站不时报道他的事迹，并被评为县、乡两级先进工作者，但如昙花一现，很快被新闻媒体遗忘了。另一个"万元户"就是蔡友洪。但蔡友洪不要媒体宣传，也不愿当先进，唯愿像一头老黄牛，默默无闻，脚踏实地，埋头苦干，为集体多出力，多做贡献，虽然知名度不高，没有奖杯，但在当地干部群众中口碑很好。

"万元户"的蔡友洪，一点也没有"暴发户"的那种张扬、高调、显摆，仍然很艰苦朴素。他长年穿的是中山装，偶尔穿件夹克衫，他说自己已是很现代化了。一年四季，他口袋或裤袋里总有一块手绢，时不时就要掏出手绢来揩鼻涕，因为他有严重的鼻炎。他的孙子蔡海威这样比喻："我爷爷的常流不息的两条清水鼻涕，就像京广铁路。"他手中常拎的是一只破旧的人造皮革包，包里有好几种牌子的高档烟，他抽的仅是红塔山烟，高档烟都是发给客户们抽的。但不要小看他手中的那只破旧人造皮革包，里面除香烟外，还有一本业务往来记录本，记得很详细很具体，回收站的所有商业秘密都在这本记录本里。包里还常装有千元人民币。那时，人民币最大面额为十元，一千元人民币，就是一百张十元面额的人民币，是一个可观的数字，相当于当时农村三个中小学民办教师的一年工资。但他从不乱花一分钱，没有客户来，他总是在住的地方自烧自吃。他最爱吃的一道菜是豆腐猪血汤。他包里的钱仅作为应付急需之用。

回收站新买了一辆天津大发面包车，专门用于每天送现金（回收站收购废钢铁都用现金结算，所以，每天上午都要把所需现金从江阴送到无锡）。蔡友洪向回收站职工宣布一条规定：从他做起，任何人不得私用回收站的公车。他是这样说的，更是这样做的。他每次回家，都是坐公共车，就是父亲因中风住在江阴人民医院半个多月，他都是每天下午处理完业务后坐公交车由无锡到江阴，陪护父亲一个晚上，第二天一早再坐头班车到无锡，从未私用过回收站的公车。

蔡友洪对儿子蔡国明要求很严格。他从不允许儿子无计划乱花钱，也不给钱让儿子大手大脚地花，要求儿子在生活上要低标准，艰苦朴素；在工作上要高标准，精益求精；在政治思想上要听共产党话，不能三心二意。在他的言传身教下，蔡国明传承了父亲的优良传统，自一九九一年担任村支书以后，始终艰苦朴素，为人低调，爱岗敬业，与时俱进，爱民亲民，在群众中同样有着较好的口碑。

一九八四年春，蔡友洪把原来的三间平房拆掉，在原宅基地上建造了三间两层楼房，就新沟村及周边地区来说，也算是较早造楼房的。按当时的经济实力，蔡友洪完全可以把楼房装潢得富丽堂皇，但他没有，仅是简装修，看上去他家的楼房就似一位穿着朴素的贵人，很不惹人注目。蔡友洪说过一句经典的话："房子是用来住的，而弗是用来摆阔气的。"

蔡友洪不仅严于律己，严格要求儿子，而且对职工也要求严格。当时，赌博陋习又沉渣泛起，屡禁效微。蔡友洪一生对酗酒、赌钱深恶痛绝。前文已述，蔡友洪有生以来仅喝过一次酒，虽喝得不多，却吐了，醉了，自此后，他从不沾酒。他虽不喝酒，但并不反对喝酒，他反对的是酗酒。在他看来，酗酒者大都是意志脆弱者、自控力不强者、建设能力不足者、难成大事者。蔡友洪自出生以来，从未摸过牌或麻将，从未赌过钱。在他看来，赌钱者大都是不思上进者、胸中无理想者、缺乏责任担当意识者、不具建设性意识者、难成大器者。所以，自回收站成立之日起，蔡友洪就向职工宣布两条纪律：一是下班后或聚餐时可以喝酒，但不许酗酒。谁若违反，第一次扣一个月工资，第二次则被开除；二是下班后可以打牌，但不许有钞票输赢。谁若违反，第一次写检查书、罚款一百元，第二次则被开除。

前文已述，蔡兆洪是在蔡友洪的力荐下才进得併铁厂。在併铁厂运货船上撑船三年后因表现好，蔡兆洪被蔡友洪提拔为过磅员，过磅每天进入无锡钢铁厂的废钢铁。过磅员这个职位很重要，其中猫腻、外快也很多。如果对回收站不忠诚、对岗位不敬重，那么将会出现肥了过磅员、亏了回收站的情况。所以，蔡友洪选拔过磅员时是非常慎重的，自己信不过的人，能力再强，他也不会用。蔡兆洪当了过磅员后，工作上没的说，认真负责，不徇私情，从未出过差错，深得蔡友洪的信任。但蔡兆洪也有一个小毛病，喜欢打牌，更喜欢来点输赢，寻找一点刺激。一天晚上，蔡兆洪与回收站其他三位职工在打牌，打到一半，蔡兆洪提议来点刺激性的，其他三人没吱声。蔡兆洪说："别担心，老大早困觉了，我们四人谁都弗说出去，老大弗可能晓得我们打牌是有钞票输赢的。就算被老大晓得了，我一人受处分，与你们无关。"经不住蔡兆洪几番怂恿，四个人就赌起小钱来了。

三四天后，吃过晚饭的职工还坐在桌上没散，蔡友洪就问："兆洪，前几天夜里，你们几个人有弗有赌钱？"蔡兆洪望了望其他三人，见他们微微摇头，说明他们三人没有一个把他们赌钱的事捅出去。于是，蔡兆洪胆壮了，贼忒兮兮地说："老大，没有的事。谁敢弗听你老大说的话？""真的没赌钱？"蔡友洪从口袋中掏出一张面额五角的纸币，纸币上还被香烟灰烫了个小洞。"这张五角钱是谁的？"蔡友洪问。这张五角钱是蔡友娣帮蔡兆洪他们住的房间扫地时在一张小方桌的台脚旁边捡到的。交给丈夫后，蔡友洪猜到蔡兆洪他们背着他赌钱了。这是绝对不允许的。

蔡兆洪认出那张五角钱纸币是自己的。对这五角钱纸币的不知去向，他在心里还纠结了两天。那天夜里小赌，是蔡兆洪独赢。根据其他三人输钱的总数计算，蔡兆洪该赢二十一元七角，可当时点来点去，只有二十一元两角。没想到那不知去向的五角钱，竟然到了老大的手里？这是怎么一回事？见瞒不过去了，蔡兆洪便承认了，并把所有责任都揽在他一人身上。"那好，"蔡友洪对他们四人进行了一番教育后接着说，"定的规矩弗能破。兆洪，既然你承担所有责任，那就先罚你写检查书，然后再罚你一百块钱，罚款从工资中扣除。其他三人罚写检查书。检查要深刻，要触及灵魂。态度要端正，要充分认识到赌钱对个人、对家庭、对社会的严重危害性。"

第二天，蔡友洪收到了蔡兆洪交给他的检查书，看后禁不住笑了。蔡兆洪检查书中错别字连天，把自愿"罚一百元"中的"罚"字写成了"发"。讲到赌钱的原因时，检查书中说是赌钱赢钱比在家中辛苦养小猪赚钱来得快，于是他把"养小猪"的"猪"字写成象棋中的"车"字。蔡友洪问蔡兆洪为什么要将"猪"字写成"车"字？蔡兆洪回答说他想不起来"猪"字怎么写，就想到了象棋中的"车"字。他说，人们走象棋时不是常说"吃车"吗？

自做了检查和被罚了一百元后，蔡兆洪在回收站当过磅员时再没赌过一次钱。二十六岁那年，蔡兆洪结婚了。由于新婚，蔡兆洪说他常驻无锡，照顾不到家，有许多不便，遂向蔡友洪提出辞职。蔡友洪同意了，并主动介绍蔡兆洪去邻村长江村拆船厂工作。蔡兆洪对蔡友洪感恩不尽。

蔡阿林，论辈分是蔡友洪的远房堂弟，人长得矮小，老实且勤快，但家里穷，还是住在两间水泥柱、水泥梁的平房里，讨老婆都很困难。蔡阿林听蔡兆洪他们说在回收站上班每年收入不低时，心里就很痒痒，也想进回收站工作，但他面嫩，不敢主动去找蔡友洪。蔡阿林找了曾当过队长的蔡和度，说了自己的心思。蔡和度把蔡阿林的心思给蔡友洪一说，蔡友洪满口答应蔡阿林去回收站工作。

蔡阿林平时手脚勤快，心很细，交代他的事，他一定做得刀刮水洗，一点不要蔡友洪费心。蔡友洪就把蔡阿林带在自己身边，既严格要求，也关怀备至，两年下来，蔡阿林家的条件得到了一定的改善，并找了一个外地姑娘结了婚，成了家。一九九五年，本村的蔡金忠要把自己的两间两层楼房卖掉，去江阴城里买房。蔡阿林看中了那两间楼房，认为价格也比较适中，可家里一下子拿不出那么多钱来，于是蔡阿林找了蔡友洪，开口向蔡友洪借钱。蔡友洪说："本村本家人，什么借弗借的，我出钱给你买下来，弗要你什么报答，只要你好好工作就够了。"就这样，蔡友洪帮蔡阿林买下了蔡金忠要卖的那两间楼房。

蔡和度说："是蔡友洪帮助蔡阿林摆脱了贫困，过上了小康生活。"

三

在蔡友洪匠心独运、苦心经营下，至二十世纪八十年代后期，回收站废钢铁的购销量已居无锡市第二（无锡市金属回收公司第一），拥有流动资金四五百万元，创造利润逾百万元，每个职工年平均创造利润七万余元，效益是很好的了。回收站的废钢铁货源，主要来自江苏、浙江两省和上海地区。有好多新客户都是慕名而来，因为在江、浙、沪地区的废钢铁回收行业中，蔡友洪的名气很大、信誉很高、口碑很好。但蔡友洪并没有因为货源充足而放松对废钢铁质量的检验，而是愈加重视质量，按质论价，确保回收站的利益不受损失。

一天，有个浙江嘉兴的老客户，姓杨，其装有十几吨废钢铁的一条机帆水泥船，停泊在了无锡钢铁厂在锡澄运河上的专用码头附近，上岸后找了蔡友洪。蔡友洪热情招待老杨几个人吃了晚饭，相谈甚欢。第二天早晨，蔡友洪去老杨船上验货，发现船中的废钢不符合合同上规定的质量要求。蔡友洪提出了两条处理意见：一是退货；二是重新按质论价。说完，蔡友洪就离开船上岸了。这可把老杨急坏了。他一路追到蔡友洪住的地方，从黑色人造革皮包里拿出一大沓面额十元的人民币送给蔡友洪。蔡友洪拒不受贿。他语重心长地对老杨说："老杨，你既是我们回收站的老客户，也是我蔡友洪多年的朋友，彼此很了解。如果你老杨家中遇到困难，我蔡友洪会尽力帮你。但是，今天，我是为集体办事，因此弗能讲情面，只能公事公办。如果我收了你的一千元钱，公家就要损失一万多元钱。这种事，我蔡友洪做弗出来。老杨，我们都是生意人，做生意必须讲信用，实事求是，弗能有半点假。以后你若再这样以次充好，弄虚作假，我们就中止业务关系。我们弗愁没有货源。"老杨只得收起钱，根据蔡友洪的要求，对船上的废钢铁重新按质论价。

像以上类似的事，自回收站成立以来，蔡友洪不知遇到过多少次，但他始终以集体利益为重，不徇私情，不捞好处，恪守本分。

有人也许会问：蔡友洪有没有遇到至亲至眷中做出类似以上的事？如果遇到了，他又将是怎么处理的呢？

还是让笔者来讲个小故事吧。

一天，蔡友娣大姐的儿子有一船废钢铁到了无锡，经验货，蔡友洪认为质量较差，只能按质论价。满以为可以靠着姨夫蔡友洪的牌头、以次充好多挣一笔钱的外甥，听蔡友洪说"只能按质论价"后，心里顿然很失望，同时又很着急，便在私下里跟蔡友洪好说歹说，恳求蔡友洪高价收下他的货。蔡友洪没答应。外甥便去找大姨蔡友娣求情，让她跟大姨夫说一声，高价收下他的货。外甥没想到的是，大姨居然跟大姨夫是一路人。不甘心的外甥再找蔡友洪求情，蔡友洪还是不松口。

蔡友洪对外甥说："外甥，我作为大姨夫，很想帮你的忙，但应该有个讲究，讲个原则，不能瞎帮忙。如果你家里起房造屋需要钢材，我可以平价卖给你；如果你做生意手头资金一时周转弗过来，我可以借给你。但是，我们现在是在做生意，我们现在的关系是客户关系。既然是做生意，就该按生意场上的规矩办。"

"大姨夫，你也太一本正经了吧。"外甥有些不满地说，"你的回收站家大业大，高价收下我的货，即使亏本，但对你来说，也是九牛一毛，而对我来说，像是一座金山了。大姨夫，我真的弗明白，你为什么还是这么死脑筋？你让我大赚了，某种意义上说，弗也是你大姨夫赚了吗？"

听外甥这么说，蔡友洪也不生气，而是耐心地开导他："外甥，你说得对，只要我大姨夫一句话，完全可以高价收下你的货，让你大赚一笔钱。但我弗能这样做，我也弗会这样做。这回收站是我一手创办起来的，也是我一手发展壮大起来的，但回收站弗是我个人的，是公家的，是新沟村的。我弗能拿公家的钱做人情。退一万步说，就算这回收站是我个人的，我同样弗会高价收下你的次货的，因为这弗符合生意之道，对你今后做生意没半点好处。"

无奈，外甥只得将一船废钢铁按质论价卖给回收站。

回收站还经销无锡钢铁厂返回的钢材，而钢材在当时还是属于国家计划调控的重要物资，且实行价格"双轨制"，即国拨价和市场价。比如，二十世纪八十年代末期，一吨六点五毫米的线材，国拨价只要近七百元，而市场价近三千元。当时，国家计划内钢材很难搞到，国家给县级地方的计划指标也很有限，根本满足不了地方上的建设需要。同时，就算是市场价格的钢材也不是敞开供应，也不是很容易就能买到的，因为钢材的生产能力满足不了市场需要，因而被誉为"钢材大王"的蔡友洪，在江、浙、沪一带很红，很吃得香，找他买钢材的人每天都排着队。蔡友洪则是乡情深厚的人，在钢材十分紧缺的年代，往往是优先满足于江阴客户，其次是江苏，再次是浙、沪。

比如，夏港乡要造夏港影剧院，一位乡领导去无锡找了蔡友洪，蔡友洪一口答应，以议价（政策允许的由当事人协商议定的不同于国家规定牌价的价格）解决建造夏港影剧院所需钢材。

比如，江阴邮电局要建造一座预制场，生产水泥电话线杆，用于替换老旧的木头电话线杆，以适应电话交换机扩容的迫切需要，但浇制水泥电话线杆所需的六点五毫米线材严重缺乏。于是，局长叶震青通过原副局长戚祥生的关系，找到江阴县金属回收公司经理吴少定（吴与戚是多年深交的老友），再通过吴少定去无锡找了蔡友洪。蔡友洪也是一口答应，以议价解决江阴邮电局水泥制品预制场所需的钢材。

比如，江阴红星染织厂要扩建厂房，急需钢材，负责基建的姚管荣（音），去无锡找了蔡友洪，蔡友洪又是一口应承，以议价解决红星染织厂扩建厂房所需的钢材。

再比如，沙洲县广播站准备自己生产水泥杆替换原来老旧的广播电线杆，因无门路解决急需的钢材，便派员通过关系去无锡找到了蔡友洪，蔡友洪同样一口答应，以议价解决他们所需钢材。

像以上例子，是不胜枚举。

二十世纪八十年代末九十年代初，也是江阴农村造楼房的高峰期，因而亲朋好友、新沟村村民，找蔡友洪买便宜钢材的人络绎不绝。那么，蔡友洪又是怎么处理的呢？

仍旧让笔者来讲个小故事吧。

一九八七年夏秋之交，蔡友洪大女儿蔡华珍家建造楼房。建造楼房前，蔡华珍和丈夫翟汉兴有一天乘蔡友洪夫妇回家的机会，去了娘家，跟父亲说她家准备造楼房了，想让父亲支持她。蔡友洪问："华珍，你要阿爹怎样支持你？""以国家白市价卖给我两吨六点五毫米线材，我用它去串换水泥、楼板、砖瓦等主要建房材料。"蔡华珍说。

蔡友洪听后没接话，只是一个劲地说："汉兴，丈母、丈人难得家来，你也难得来丈母家，你跟国明吃酒，我喝饮料陪你们。"翟汉兴与蔡国明喝着酒，笑而不语。急性子的蔡华珍坐不住了："阿爹，我刚才说的话，你有没有听进去？""听见了。"蔡友洪说，"你想要两吨钢材，还要国家白市价。这个弗大可能。华珍，汉兴也在，你们弗要以为回收站是我蔡友洪一个人的，根本弗是，是村里的。我没有那么大权力一下子以白市价给你两吨钢材。""阿爹，你能给我多少？"翟汉兴问。蔡友洪沉吟有顷，说："破例一次，同时我也立下一条规矩：我三个女儿，以后无论谁家造楼房，每个女儿以平价（略高于国拨价，按当时价格算，平价一吨六点五线材约为九百元，市场价可卖到近三千元）购买回收站一吨钢材。弗能再多了。"

蔡华珍委屈地哭了："阿爹，我还是你嫡亲女儿吗？我又弗要你白送我钢材，我出钱便宜地向你买两吨钢材还弗行？外面人都说我华珍靠你老子弗少势，我靠着你老子势了吗，阿爹？在我姐妹弟四人中，我上学最少，读了两年小学就辍学回家带国明，做家务，我认了，因为我最大。我从纸盒厂调到螺帽厂工作，阿爹你没帮我说一句话，是我找了人托了关系才进了螺帽厂。分田到户这么多年来，我和汉兴两个人，每个夏忙头里帮着家里莳秧；还有……阿爹，你想想，我提的要求过分吗？我是你女儿呀，我的生活也弗富裕呀，你就弗能帮我一把……"

蔡友洪听了大女儿的哭诉，心里也不是滋味，深感亏欠了大女儿，但他还是没有松口，只是一个劲地抽烟。妻子蔡友娣很体谅丈夫的难处，她很清楚，每天去无锡找蔡友洪要钢材的走了一批又一批，都想蔡友洪便宜地卖给他们钢材，可蔡友洪不敢随便松口。有一次蔡友洪对妻子说："阿珍娘，我快成了一只拉毛兔。谁都想要从我身上拉一把毛。""那你怎么办？"妻子问。"弗松口，坚持原则。恶人难人由我一个人来做。我弗能松口，我只要一松口，弗出半年，回收站就会大亏。我弗能亏。"懂得丈夫、理解丈夫的蔡友娣对大女儿说："华珍，你要理解你阿爹的难处。他很弗容易，他要应付方方面面的人。你要体谅你阿爹。"

翟汉兴开口了："华珍，听阿爹的，一吨就一吨吧。"翟汉兴喝了口酒后对丈人蔡友洪说："阿爹，我家里没有那么多现金，可以转账给回收站吗？""可以，"蔡友洪说，"你的款什么时候到回收站账上，我就什么时候给你发货。""阿爹，你就弗能通融一下吗？"翟汉兴问。"弗能。这是我几十年来做生意坚持的原则：一手付钱，一手交货。"

最终，大女婿翟汉兴交了九百元现金后，蔡友洪才给大女婿发了一吨线材。

四

一九八五年三月的一天，蔡友洪接到儿子蔡国明电话，说螺帽厂出了大事：职工蔡毛兴因不慎将衣服卷入电动机皮带中，人被轧死了。搁下电话，蔡友洪心里很是难受。蔡毛兴是蔡生洪长子，订婚不久，蔡友洪还吃了他的订婚喜酒，怎么一下子就死了呢？蔡毛兴比蔡国明大一岁，是蔡友洪的隔房侄儿，蔡友洪是看着蔡毛兴长大的。见丈夫接完电话后闷闷不乐，蔡友娣问。"刚才谁打来的电话？""国明。"蔡友洪答。"家里出事了？"蔡友娣急促地问。"毛兴，死了。"蔡友洪流下两行热泪。"啊——"蔡友娣一屁股坐到凳上，人顿然显出呆呆的样子。

没过几天，蔡友洪突然接到村书记蔡阿才的电话，听口气很急，他让蔡友洪立刻回村里，说有急事跟他商量。电话是中午接到的。放下电话，蔡友洪对妻子说："阿才来电话，要我赶快回村里。""什么事这么急？"蔡友娣问。"估计是为了毛兴的事。"说完，蔡友洪就叫上司机，坐面包车赶回村里去了。

下午一点半左右，蔡友洪来到新沟村村委，走进会议室，只见蔡阿才、金甫生、匡云湘、金甫泉等主要村干部，愁眉苦脸，低头抽着烟。蔡友洪刚入座，蔡阿才就说："友洪，要你急忙赶家来，是要你家来救急、救火。生洪大儿子毛兴因工伤而亡的事，你大概也听说了吧。""听说了。"蔡友洪说，"现在的情况怎样？""僵在那儿。"蔡阿才说，"我们横做工作竖做工作，做弗通，出事已第三天了，家属还弗肯让尸体火化，吵得螺帽厂都停工三天了。你们前蔡家店的事体蛮难缠的，我们已脑汁绞尽，焦头烂额了。看来，只有你友洪这个老大，才能摆平这件事了。"

"阿才，话弗好这么说。"蔡友洪发了一圈香烟后说，"你是村书记都做弗下去工作，我能有多大能耐？说给我听听，现在的问题出在哪里？""死者的赔偿款基本谈妥了，现在的问题是死者未婚妻肚里的孩子抚养问题。对方提出螺帽厂要每年出抚养费，一直到孩子满十八周岁为止。可这弗符合国家政策规定，因为他们未领结婚证，是未婚先孕，弗受法律保护。可我们是在农村，未婚先孕又是见怪弗怪的事，也是作兴的，女方肚皮一大，肚里的孩子就是男方的。这件事，把我们的头都搞大了，很棘手，弗好处理。"

"村里要我做什么？"蔡友洪问。"帮村里做做工作，说服生洪一家人及未过门的媳妇的娘家人回去，弗要再占着厂长办公室，让螺帽厂赶快开工。""我试试。"蔡友洪说，"走，去螺帽厂。"蔡友洪一行来到螺帽厂厂长室。厂长金志泉快被死者家属缠死了，为了躲避纠缠，已两天不上班了。蔡友洪站在厂长室门口一看，只见有的坐在办公椅上，有的坐在办公桌上，有的背靠在墙壁上，有的蹲着，有的就直接坐在水泥地面上。见蔡友洪站在门口，屋里的人见了，都站了起来。"老大，你终于家来了。你要帮我说话啊，我弗能让毛兴死弗瞑目地走啊……"蔡生洪握住蔡友洪的手，哽咽了，淌泪了。

当年新沟村螺帽厂仅有十五间平房，大多用作生产车间，非生产性用房很少，因而没有专门的厂部会议室。蔡友洪与蔡阿才等几个主要村干部，就站在厂长办公室，与蔡生洪一行人进行沟通、协商。"生洪，你说，你还有哪方面弗满意的？"蔡友洪问。"我未出生的孙子或者是孙女出生后的抚养问题，厂里和村里死弗肯答应。"蔡生洪说。蔡友洪没接口，只是从口袋里掏出香烟，发了起来，不够，又从那只破旧的人造革皮包里拿出一包烟，拆开，才使在场的会抽烟的人都拿到了烟。

"生洪，前几天接到国明电话，知道毛兴在厂里出大事……后，我和友娣心里很难过，眼泪都含在眼眶里。"蔡友洪说，"生洪啊，出了这么大的事，你要挺住啊。""我已好几天没合眼了，毛兴的尸体还放在火葬场的冰库里，后事还未办，我于心弗忍啊。可村里、厂里这班领导，良心都被狗吃了，一点也弗体恤我们死者家属，老是咬住政策弗放，说这弗行那弗行。俗话说，政策是死的，人是活的，政策是由人制定的，那也可以修改呀。老大，你说，我说的有道理吗？"蔡友洪说："生洪，你肚里有多少话，今天全部说出来，让大家听听，让大家评评。"

"好，老弟，有你这句话，我就全说了吧。"蔡生洪说，"第一，村里、厂里必须答应我家媳妇建芳接替毛兴进村里螺帽厂上班。"蔡毛兴的未婚妻叫徐建芳，申港徐村人。"第二，建芳的孩子生出来后，厂里必须每年出抚养费，养到孩子满十八周岁为止。第三，前面两个条件村里、厂里如弗答应，我蔡生洪就来个寻死弗如闯祸，点一把火把螺帽厂给烧了，反正我也弗想活了。"蔡友洪知道蔡生洪的脾气，他说得出就做得出。"生洪，你可弗能乱来啊，有话好好说，有事慢慢商量。"蔡友洪安慰住蔡生洪后，心里想，现在的问题很明显，都集中在徐建芳身上，应该问问她的想法。望着已哭干了眼泪的侄媳妇，蔡友洪心里有着一种疼。他走到徐建芳面前说："侄媳妇，你心里怎么想的？"徐建芳望着蔡友洪慈祥的脸，禁不住哽咽地说："我听阿伯的。"

"阿伯的话要听，但现在的事体都关系到你。你的想法是什么？"蔡友洪问。徐建芳低头不语。徐建芳母亲鼓励说："建芳，心里有什么话，说给你蔡阿叔听。"徐建芳犹豫再三后，终于鼓起勇气说："蔡阿叔，我公公那样说，那样争，完全是为了我，为我以后的生活着想。他想得远，想得周到，我很感激。弗过，话得说回来，我们也得为村里、厂里领导想想，他们也很难，他们弗能违背政策呀。所以，所以……阿叔，如果你一定要我说，我只想说一句话，就看你阿叔答弗答应了。"

在场的人把目光都集中在徐建芳身上，厂长室里一片安静，人们都竖起耳朵，想听听徐建芳要说的是怎样的一句话。"说出来让我们听听。"蔡友洪说。"我，我，我想做你的干女儿。"说出口后，徐建芳如释重负。在场人的目光又聚焦在蔡友洪身上。"这，这……"毫无心理准备的蔡友洪，搓着双手，有些手足无措。"我有三个女儿，又认了一个桂香做干女儿，再认你的话……"蔡友洪被难住了。"蔡阿叔，你看弗起我啊。"徐建芳说，"你弗答应，那就算了，算我刚才白说。"

蔡生洪脑子转得蛮快，听未过门的媳妇要认蔡友洪做干爹，认为是好事，心里也明白建芳的意思，便推波助澜起来。"老弟，答应了吧。建芳本来就是你的侄媳妇，现在做你干女儿，弗是好上加好，亲上加亲？"此时，村书记蔡阿才开口了："友洪，就应承下来吧。"蔡友洪说："这事弗急，等我跟友娣商量后再说吧。""还商量什么呀，"蔡阿才说，"如果友娣有想法，我去做她的工作。"蔡友洪默想一会儿说："好吧。"徐建芳当场就叫了蔡友洪一声"干爹"。蔡友洪迟疑一会儿后答应了。

于是，围堵了螺帽厂厂长办公室三天的死者家属，终于走了。蔡阿才等主要村干部终于松了一口气。他们没想到蔡毛兴工伤死亡事故，会如此戏剧性地得到圆满解决。厂长办公室里只剩下蔡友洪和村干部了。这时，匡云湘开玩笑了："老蔡，以后村里遇到棘手的事，只要请你出场，就能化险为夷。

你还再可以得个干女儿。""弗要，谢谢你俚一家门。"蔡友洪说，"我不欠你们什么，以后像这种事，少来麻烦我，我吃勿消。"

蔡阿才像总结性地说："玩笑归玩笑，友洪，我代表村里，感谢你。要弗是你出面，还真弗晓得毛兴这桩工伤死亡事故到什么时候才能了结。生洪这个人我了解，软硬弗吃，蛮难缠的。友洪，谢谢你，村里谢谢你。"

"谢我的话就弗要说了，"蔡友洪说，"教训倒是要吸取的。阿才，我就叫你名字了。村里企业的安全生产，你要抓抓了。这弗是小事，是大事。毛兴这件事一出，既在社会上造成了弗好的影响，又耽搁了厂里的生产，使螺帽厂今年半年的利润赔掉了，更给生洪一家造成了很大的伤害。这是血的教训，要吸取。"

第二天，螺帽厂复工了。

同日，蔡毛兴的尸体被火化。蔡友洪协助蔡生洪，料理完了蔡毛兴的丧事。

在以后的岁月里，蔡友洪对徐建芳照顾有加。

为了村里，为了集体，为了公众利益，蔡友洪常委屈自己，做出自己不愿意但又非做不可的诸如认干女儿之类的事。对一般人来说，认干女儿是好事喜事，但对蔡友洪来说，是一份沉甸甸的责任。

第十四章　梦想成真

一

一九八五年十二月中旬的一天，新沟村党支部书记蔡阿才、村委会主任兼村经济合作社社长匡云湘，乘坐回收站的面包车去了无锡，来到蔡友洪住处。蔡友洪是隔日下午接到蔡阿才电话的，蔡阿才在电话中说明天上午他去无锡，有要事跟蔡友洪商量。至于是什么要事，蔡阿才在电话中未说。入座后，喝着茶，抽着烟，蔡阿才就直奔主题："友洪，我跟云湘今天来，主要是就你儿子蔡国明担任村螺帽厂厂长一事，听听你的意见。"

"让国明当螺丝厂厂长？"蔡友洪没有思想准备，也没想过这个问题，因而有点惊讶。"弗行吧，他还是个嘴上无毛的愣头青，能管得了几十个人的螺丝厂吗？""年龄弗是主要问题，"蔡阿才说，"如从年龄上说，今年国明也只有二十二虚岁，是嫩了一点，但从经历和能力上看，让国明当螺丝厂厂长问题弗大。国明在螺帽厂工作了三年整，从车工干起，后是班组长，现在是车间负责人。国明技术硬、业务熟、人缘好，有一定的组织协调能力，特别是在前一阶段，在筹建回收站过程中，表现出色，你也服他了。所以，村里认为国明是一棵好苗子，想给他压担子，你友洪呢要在旁边多点拨他，必要时再帮他一把，让国明尽快成熟起来，在今后挑更重的担子。"

"阿才书记已把话说到这份上了，我还能说什么呢。"蔡友洪说，"既然村里这么器重国明，作为老子，我只有支持他的份。说吧，你们两位要我友洪做些什么。"

蔡阿才朝匡云湘努了努嘴。匡云湘已经会意，说："老蔡，我就直说了。螺帽厂今年形势弗算好，三月份又遇到毛兴工伤事故那档子事，年终了，厂里职工的工资都发弗出，弗要说给村里的上交款了。我们跟你商量一下，过几天能否从你回收站的账上划五六万元钱给螺帽厂发职工工资。我说明，是螺帽厂向你回收站借的，明年还给你回收站。我和蔡书记做担保人。"

　　蔡友洪听了不禁呵呵地笑了起来："阿才，云湘，你们是扎好了笼子让我友洪钻啊。""看你说的，"蔡阿才说，"村里有困难，弗找你蔡友洪让我们找谁去？你是我们村里的定心丸，是我们村里的宝。""弗要把我抬举得太高，我没有什么了弗起，仅仅是为村里出点小力气罢了。"蔡友洪说，"对国明的任命，村里什么时候宣布？""你今天同意，过几天我就宣布。"蔡阿才说。"你们找国明谈过吗？"蔡友洪问。"你老子是什么态度，他也就是什么态度。"蔡阿才说。"他是他，我是我，又弗是我当厂长，老子怎么能代替儿子？"蔡友洪说。"因为你弗是一般的老子。"匡云湘说。"那好吧，为了村里的发展，我会支持国明的，请你们两位主要村领导放心。"蔡友洪说。

　　吃午饭时，蔡友洪主动提起了一件事："你们两位都在，有一件事我要跟你俩说一下，年终开队长（村民小组长）会议时，你们跟队长说清楚，只要是新沟村的，无论哪家盖楼房，回收站供应每户平价钢材三百公斤，只要到村里登记，村里过段时间把登记名册交给我，我批一下，让他们到并铁厂去现钱提现货，弗要到无锡来找我，也弗要托人传口信，大家都很忙。"蔡阿才听后说："友洪，你就是会为别人着想。好事，好事，村里支持，赞成。"匡云湘说："老蔡，你这样做，回收站每年要少赚多少利润？""我弗算这个账。"蔡友洪说，"云湘，我问你，村里千方百计地办企业，一心想搞好企业，真正的目的是什么？还弗是为了好好本村群众。回收站是村里的，能为村民做的事也弗多，能做多少就多少吧。至于利润赚多赚少，只要是为了村民，少赚就少赚吧。我还有一个想法，今年回收站比往年多赚了几个钱，也想好好大年纪的人。从今年起，每年年底给全村年满六十岁的人，每人发五十元过年费。"当年，江阴县农民人均分配收入为六百九十一元。蔡阿才、匡云湘听后问："友洪，你说的这件事在社会上还没听说过，你怎么想到要这样做的？""这有什么好稀奇的。"蔡友洪说，"五十元钱数字弗大，但这是我的心意。我们这一代人太苦了。我现在有点能力为他们做点事就做点吧。"从一九八六年起，凡新沟村村民，无论是谁，只要起房造屋，蔡友洪都为其解决平价钢材三百公斤，特别困难的，蔡友洪还要送一些。

　　一九八六年一月上旬，蔡国明被新沟村党支部、村委会任命为村螺丝厂厂长。二月十日（正月初二），是蔡国明与蔡铮的结婚日。年前，蔡友洪就跟蔡国明商定：非请弗可的近亲挚友，必须请全；可请可弗请的远亲、普通朋友，一概弗请。蔡友洪说："国明你结婚，是人生中的大事，要隆重，要热闹，但弗要铺张，没有那个必要，弗图那个虚名。再说你刚当上厂长，以后的路还长着呢，要注意政治影响。"蔡国明听从了父亲的意见。

正当蔡铮妊娠反应明显且强烈的时候，蔡友洪父亲蔡顺灿即将走到生命的尽头。四月底得知父亲生命垂危时，蔡友洪立马回了家。父亲患的是中风，曾在江阴人民医院住院治疗大半个月，其间，蔡友洪每天晚饭前乘公交车从无锡赶到医院陪护，第二天一早再从江阴乘公交车到无锡上班，处理业务。父亲出院后，话弗能说，手脚弗能动。为了尽可能少留下遗憾，商量后，蔡友洪让妻子回家照料父亲，代他尽点孝道。父亲的生命一天天地走近终点，蔡友洪的心一天天地揪紧。他多么想陪父亲走完生命的最后一公里，可他实在脱不开身，他每天要处理回收站许多业务。

蔡友洪回家后，看到躺在床上瘦弱的已滴水不进的不会开口说话的手脚僵硬的父亲，泪水止不住地往下流。陪夜时，蔡友洪不时地握住父亲冰凉的手，用自己的手心摩挲着父亲的手背，早已没知觉的父亲，或是因为血缘的一脉相承，或是因为父子心灵的感应，父亲的手竟然有了一丝的暖意。就这样，父亲坚持五六天后，依恋不舍地于五月六日（农历三月二十八日）立夏这一天永远地闭上了双眼，小眼角处被流不出的泪洇湿了，享年八十岁。

父亲入殓时，长子蔡友洪跪捧着父亲的头，在喧闹的炮仗声中，再也控制不住自己的情感，失声痛哭……想到母亲早逝后父亲的孤寂；想到父亲一生勤俭，舍不得吃好穿好；想到父亲对自己种种的好……当父亲寿衣穿好，一条薄被子盖在父亲身上，两张黄钱纸盖住父亲脸，从此与父亲阴阳两隔时，蔡友洪终于放声痛哭。

父亲火化后，骨灰被安葬在尖里垛其亡妻马英娣坟旁。父亲的坟西南立向，坟前竖立石碑，种上松树。

蔡友洪还没从悲伤中缓过神来，父亲"五七"就到了。回家给父亲过完"五七"，按老规矩，把父亲的灵台撤了，他和弟弟也脱了孝，可以出远门了。

正准备出差浙江时，七月二十五日（农历六月十九日）下午两时左右，蔡友洪接到本村民小组组长蔡泉度的电话。蔡泉度在电话中告诉蔡友洪，说蔡祖荣在上午过辈了，要蔡友洪赶快回去，商量蔡祖荣的丧事如何操办。放下电话，蔡友洪对妻子说："阿珍娘，我要家去一趟，刚才泉度打来电话，说祖荣上午已经走了。"

"急吗？如急，坐面包车回去。"蔡友娣说。"弗用，我坐公交车家去，可以省一点。弗急，反正是明后天的事。"蔡友洪说。

按辈分论蔡祖荣是蔡友洪的阿叔辈，但年纪仅比蔡友洪大十岁。蔡祖荣就生一个女儿蔡爱娣，出生于一九五一年八月，嫁给申港乡东刘村杨家店杨坤度为妻，家庭经济比较拮据。女儿出嫁后，蔡祖荣就和妻子刘杏娣相依为伴，住在一间平房里，家庭条件也较差，虽不能说家徒四壁，但可说一担承行，家中没值钱的家具。

蔡友洪赶到家时，已是晚饭时间了。还没来得及进家门，已在蔡友洪家等候多时的蔡泉度，拉起蔡友洪就径直去了蔡祖荣家。村上的一些重要人物正坐在桌上喝啤酒，见蔡友洪来，急忙站起来与蔡友洪打招呼。蔡友洪坐下后，边吃边听蔡爱娣对蔡祖荣丧事如何操办的想法。

蔡爱娣说："我和我家坤度商量好了，我阿爹的丧葬费用由我们承担。我们最大的难处，就是我阿爹走后我娘弗晓得如何安置？我阿爹在时，好歹还可以照应我娘，阿爹走了，弗大会自理生活的我的娘怎么办？"说到这里，蔡爱娣哭了起来。"把我娘接走吧，我婆家又弗会同意，就算同意，我也没本事养活我娘，我的困难家境，在座的都晓得。我怎么办呢，友洪阿哥？"

"泉度，你看看，怎么办？"蔡友洪问。"祖荣是一了百了了，可活着的杏娣怎么安排，确实是一件伤脑筋的事。老大，叫你家来，就是要听你的意见呀。"蔡泉度说。"你们商量过了没有？"蔡友洪问。"商量过了，但商量弗出好法子来。"蔡泉度说，"我下午去找过村里，村里说我们队（组）里为什么弗早点给祖荣夫妻办理'五保户'手续？村里倒可以这么一说，那我去问谁呢？早已分田到户了，祖荣夫妻的田都由爱娣家来帮着种，谁还去管他五保弗五保的事？"

"杏娣还符合五保条件吗？"蔡友洪问蔡泉度。"下午我也仔细问了，"蔡泉度说，"根据现在的政策，杏娣弗符合五保条件，因为她有女儿在。"听蔡泉度这么一说，蔡爱娣哭得更凶了。此时，蔡友洪站起，找了个稍微隐蔽的地方去撒尿。蔡友洪前脚走出蔡祖荣家，蔡泉度后脚就跟了上去。两人并排站着撒尿。"老大，看来，杏娣今后的生活安排问题，只有你才能拿定主张。"蔡泉度说。"让我再想想。"蔡友洪掏出烟，递给蔡泉度一支，两人抽着烟。"从眼前的情况来看，最好的办法是把杏娣送到夏港敬老院去。"蔡友洪说。

"你说的这个办法，下午我们几个也议过，认为这个办法是好办法，问题在于是由谁出钱给敬老院？敬老院是弗会白白服侍杏娣的。"蔡泉度有意想探蔡友洪的口风。"老大，要弗这样，杏娣去敬老院的钱，由你来出？""如果实在无办法，就我来出钱。再怎么说，祖荣也是我的远房阿叔。"

听蔡友洪这么一说，蔡泉度心里踏实了。

两人回到蔡祖荣家里，重新坐下来后，蔡泉度说："刚才，我跟老大商议了一下。老大说，如果实在无办法，杏娣去夏港敬老院的钱由他出。"在座诸位听后一致说："只有老大才有能力解决这种难事。""有了钞票，还要有大的器量。"蔡泉度说，"老大是个有胸襟、有器量的人。他这样做很弗容易。""泉度，给我少说两句。"蔡友洪说，"你少给我戴高帽子。我哪有你说得那么好？"蔡友洪说。

就这样，过完蔡祖荣的"五七"，刘杏娣就被女儿女婿送进了夏港敬老院，直至一九九七年农历十月二十二日去世，整整十一年，所有费用都由蔡友洪个人承担。

二

一九八六年八月底，蔡铮的预产期日益临近。一天晚上，蔡友洪对妻子说："阿珍娘，估计阿铮就在这几天要生了，明天你坐回收站的车家去，好好准备一下。""友洪，你弗说，我最晚到后天也要家去了。阿铮诞这个生弗容易，我这个做婆婆的，没有尽到尽好责任，有点亏欠她了。"蔡友娣说。"阿珍娘，你说得在理，可是，我们也没有办法。弗过，阿铮很懂事，很明理，很理解我们，也支持我们的工作。她是一个好媳妇。"

蔡友娣拎了一只大的拉链皮包上了车，包里面都是她为未出生的孙子（孙女）买的衣服，以及媳妇产后要用的东西，想得很周到，买得也齐全。蔡友娣回家后一星期，儿媳妇蔡铮的肚子开始疼痛起来。蔡国明用车把妻子送到医院。九月十日（农历八月初七），蔡铮生了一个大胖儿子，把当爷爷的蔡友洪高兴得乐不可支。

一天，蔡友娣跟丈夫说："友洪，孙子已经生下来好几天了，还没名字，你当爷爷的，应该多想想了。""阿珍娘，我们是爷爷奶奶，给孙子起名，弗是我们要做的事，那是儿子、儿媳妇的事。我们要开明点，老脑筋已弗作兴了。"蔡友洪说。"你说的也是啊，我们几个孩子的名字，还弗都是我们起的。弗过，孙子过满月的事，我们可要做主。"蔡友娣说。"阿珍娘，我们也弗要做主。我们只能配合，只能支持，弗要代替。给孙子过满月的事，更是儿子、儿媳妇们的事。怎么过，听他们的。"蔡友洪说，"当然，建议意见，我们可以提的。""友洪，我发现，你在这件事上倒很民主嘛。"蔡友娣说。"阿珍娘，这弗是民主弗民主的事，而是明智弗明智的事。老话说得好：上代管下代，一代管一代。我们的责任是管好女儿、儿子这一代。以后啊，我们坚持一条：对孙子我们要帮着带好，至于教育问题，由他们做主。"

过满月前，蔡国明与蔡铮多次斟酌后，给儿子起名海威。征求父母意见时，蔡友洪夫妇皆说名字起得好，叫起来响亮。满月前，蔡友娣天天在家伺候坐月子的媳妇，蔡友洪则每星期回家一趟看望孙子。满月酒办完后，蔡友娣就去无锡了，但每星期回家一趟。蔡友洪因为生意忙，做不到每星期回家一趟看孙子，但只要抽得出时间，总要赶回家去看一眼孙子的。

蔡国明对父母不能照顾蔡海威，非但不埋怨，反而给予充分的理解和支持，尤其是蔡铮，个子虽小，但胸襟不小，比丈夫更理解、更支持公婆的工作。她总对人说："我公婆是个大公大爱的人。他们所做的一切，都是为了村里，为了集体。"就这样，蔡铮一边支持着丈夫蔡国明的工作，一边一人辛苦地带着儿子，直至满周岁。

一九八六年十二月上旬的一天，蔡阿才和匡云湘又去无锡找了蔡友洪。"友洪，我和云湘今天来，是有两件事跟你商量。"蔡阿才说。"阿才，其实你和云湘用弗着这样辛苦亲自跑到无锡，有什么事，在电话里给我说也是一样的，还省时间。"蔡友洪说。"你是我们村里的功臣，我们必须尊重你。"

蔡阿才说，"第一件事，村里想从今年起，为全村农户统一代缴国家农业税，还有村里奖给农户完成国家合同定购粮的奖金、减免农户的农田灌水费，所需的钱想让回收站承担；第二件事，村里正在筹建化工厂，到目前，地已征好，项目有，技术也有，就是投入大了一点，该由村里投入的那部分资金，还有蛮大的缺口。我们这次过来，是希望回收站能为村里挑挑担子，解决急需资金。"

新沟村化工厂是由马兴度牵线筹建的。马兴度是申港钱家巷村马家店人，在中国工商银行苏州分行工作。马家店与新沟村隔一条横沟河，一九五六年前都属于门乡。马兴度经常回家，回家后也常到新沟村走走，因新沟村北滨长江，便于发展化工，遂主动通过自己的人脉关系，找到了一项化工新项目：染料中间体——蒽醌。该新产品由高级化工工程师臧慕苏、许其毛团队成功研发，也在寻找转化成生产力的途径，经由马兴度穿针引线，臧、许他们经过实地考察，选中了靠近长江边的第九村民小组的一方地建造化工厂，并由苏州三家银行和新沟村共同出资兴办，总投资近五百万元，四方各出资一百二十多万元。新沟村工业经济还处在初步发展阶段，村级收入仅够支付村干部工资和其他必需的合理支出，没有余钱投资化工厂，村里其他企业效益又不太好，虽以土地抵作股份，还缺六十多万元。

"第一件事，没有问题，我照办就是了。至于办化工厂，村里还缺多少资金？"蔡友洪问。"还缺近七十万元。"匡云湘说。蔡友洪不语了，只是抽着烟。蔡阿才、匡云湘知道蔡友洪的脾气。这时不语的蔡友洪，其实是在肚里盘算着，所以，他俩也不去催蔡友洪。一支烟抽完，又续上一支后，蔡友洪表态了："最多只能给村里六十万元。如要多一分，回收站也拿弗出来。"听后，蔡阿才、匡云湘会意地微笑了。他俩在来无锡的路上就议过，认为蔡友洪能拿出五十万元，已是很不错了。没想到，蔡友洪居然答应六十万元。"说实话，阿才、云湘，"蔡友洪说，"今年回收站赚的利润，全给村里了。"资金到位后，化工厂于一九八七年初破土动工，九月调试设备，一次性试产成功，做到当年投入，当年产出，产品在市场上供不应求，效益很好。用新沟村村民的话说："没有蔡友洪，就没有化工厂兴旺的今天。"

一九八七年正月初三上午，蔡友洪在夏港三元村蔡花村的干儿子到他家拜年。拉家常时，蔡友洪问干儿子："去年全家收入还好吧？""还行。"干儿子说，"责任田自己种，家里还养了一头老母猪，自己在厂里上班，一年下来，也积余了三四百元钱，就是人吃苦点。""无苦弗来。"蔡友洪说，"弗吃苦，就算钞票长了脚，也弗会跑上门来。""干爹是做大生意的，听说多数是送上门的生意，想必赚钱要轻松得多吧。"干儿子说。"轻松？你问问你干妈，我一夜困几个钟头觉？常常盘心思盘到困弗着觉。你以为生意好做？只要一弗小心，就要被别人骗了。我吃的苦，是盘心思的苦，是动脑筋的苦，很吃力的。"

午餐喝酒时，干儿子对蔡友洪说："干爹，我明年准备造楼房，可我手头有点紧，到时干爹要借点钱我。""你只要开口，多少会借你些的。"蔡友洪说，"但话说在前头，你可弗能狮子大开口。今年我手头也有点紧。""干爹，我还要点便宜钢材。"干儿子说。"会给你点的，什么时候要，什么时候跟我说一声。"蔡友洪说。听蔡友洪这么说，干儿子心里很是高兴。

国庆节前，蔡友洪干儿子家卖了十五只小猪，价钱卖得也不错，卖了五六百元钱。国庆节一过，干儿子就揣了一千五百元钱去了无锡，来到南长蔡友洪的住处，见蔡友洪正和一位客户在谈生意，就没打扰，便来到楼上，只见蔡友娣手里抱着孙子蔡海威，高兴地说："干妈，这是海威吗？大半年弗见，有点认弗出来了。""是海威，"蔡友娣说，"你怎么来无锡了？见到你干爹了吗？""见到了，"干儿子说，"干爹那里有人。""你干爹呀，日里头来找他的人没完没了，分身都来弗及。"蔡友娣说，"找你干爹有事？""想买点便宜的钢材。"干儿子说。"你要买多少？"蔡友娣问。"弗多，只要两吨。"干儿子说，"干妈，我钱都带来了，"蔡友娣没吭声，心想，干儿子心太大了点，友洪不会答应他那么多的。

吃午饭时，因有回收站职工在一起用餐，干儿子就没有向蔡友洪提正事。午饭后，来到蔡友洪房间坐在床沿上，干儿子开口了："干爹，今天我来，想买点便宜钢材。""要多少？"蔡友洪抽着烟问。"两吨。"干儿子说，"干爹，我请内行人帮我算过了，串换两间三层楼的楼板、水泥、砖瓦等，有两吨六点五毫米的钢材就差弗多了。干爹，我把一千五百元钱都带来了，够弗够？"

"你胃口有点大。"蔡友洪说，"最多只能给你半吨。""太少了，我弗够串换，"干儿子有点急了。"干爹，帮帮你干儿子的忙，就这一回，好吗？""弗是弗帮你忙，"蔡友洪说，"我是帮弗过来。谁来都想要便宜钢材，我哪来那么多便宜钢材呀？这回收站弗是我个人的，是村里公家的，我弗好多拿村里的东西做人情。"

"干爹，你给阿珍姐弗是一吨吗？"干儿子说，"我退一步，和阿珍姐一样，也只要一吨。""刚才说了，最多给你半吨。"蔡友洪说，"这是我给亲侄儿、亲外甥的标准。一般人只有三百公斤。"干儿子无奈，最终只从干爹蔡友洪那里买到了半吨平价钢材。

蔡友洪就是这样的人。

三

给蔡海威过百日的那天晚上，蔡国明跟父母说："阿爹，姆妈，跟你们商量一件事：海威百日已过了，很快就要满期（读音 jī）的。我们想，海威满期断奶后，你们就把他带去无锡，阿铮也可以出去工作。""你这个想法很好。我们做大人的已是很过意弗去了。海威由我们带。"蔡友娣说，"国明，你弗说，你阿爹心里早有和你一样的想法和打算了。你弗要看他一本正经的严肃样，心里喜欢着海威呢，做梦时，还在喊着'阿威、阿威'呢。"听后，蔡友洪呵呵一笑，说："当爷爷的，有哪个弗喜欢自己孙子的？国明，说定了，阿威一期后，我们带他去无锡，只要有空，我一定帮着你娘带好阿威。"

蔡海威周岁生日那天，蔡国明为儿子办了几桌酒，俗称"过期（jī）"。过期后的第二天，蔡友娣要接过媳妇蔡铮手中的蔡海威时，蔡铮哭了，一时不肯松手，在蔡国明的劝说下，蔡友娣才抱起孙子，坐上面包车去了无锡。儿子去无锡后，蔡铮就去江阴市交通局下属单位夏港交通管理所上班了。

蔡海威去了无锡后，不仅给回收站增添了生气，而且给回收站带来了财气，这年第四季度，回收站的生意尤其好，因而蔡友洪常抱着长得像米粉团子似的孙子，亲够后笑呵呵地说："阿威，你弗仅是爷爷的好孙子，还是爷爷的财神爷呢。"每次看到这种情景，蔡友娣就会乐得掩嘴而笑。

对于蔡友洪，用他的大外甥翟江峰的话说："别看我舅公表面很严肃，弗苟言笑，其实心里很爱我们外甥的，有时还会做出令我动容的事来。"在采访他时，翟江峰给笔者讲了他舅公蔡友洪的一些事——

大概是一九八七年的暑假，读小学四年级的翟江峰第一次去了无锡舅公舅婆那里度暑假。过暑假的头一天，看到蔡友洪房间里的一张桌上摆放着一只电视机，翟江峰顿时两眼炯炯，也没征得同意，就打开了电视机，一开居然是彩色的，高兴得拍起了小手，嘴里不停地问蔡友娣："舅婆，你们的电视机怎么还有五颜六色，这叫什么电视机？"那时，在农村有黑白电视机的人家也是凤毛麟角，更不要说有彩电了。翟江峰家有一台黑白电视机，屏幕很小，而且常常是一片雪花，没有人影，只有声音，且声音嘈杂。"这叫彩色电视机，西湖牌子。"蔡友娣说。"噢，舅婆，我知道了，电视里有五颜六色的，就叫彩色电视机。"翟江峰说着，嫌音量小，就去拨了音量键，声音顿时很响。蔡友洪急忙走上前去，旋低了音量，并对大外甥说："江峰啊，电视机音量弗能开得很响，要低一些，只要耳朵听得见就可以了，弗好影响隔壁人，懂吗？"翟江峰似懂非懂地点着头，但以后看电视时，总会把音量开得较低。

第二天一早，蔡友洪就把还在熟睡中的大外甥推醒了："江峰，弗好困懒觉，赶快起床。"翟江峰打着哈欠，用右手背揉着惺忪的双眼，坐在床上不肯下来。"赶快下来，去把床头下的痰盂倒了。"蔡友洪说。"这痰盂还要我倒，舅公？"翟江峰说。"你撒的尿，你弗倒谁给你倒？"蔡友洪问。"舅公，你也往痰盂里尿尿的，应该你倒。"翟江峰说。蔡友洪的脸板起来了。"你倒弗倒？"蔡友洪厉声问。翟江峰有点怕蔡友洪，乖乖地去倒痰盂，倒后还用自来水冲洗几遍。

"走，跟舅公去菜场上买菜。"待翟江峰将痰盂放好后，蔡友洪对大外甥说。"好，我去。"翟江峰已走到了门外。"回来。"蔡友洪叫住了大外甥，走上去，递给大外甥一本小本本、一支圆珠笔。"给我这个派什么用场，舅公？"翟江峰不解地问。"给你记账用。"蔡友洪说，"等一歇到了菜场，我买一样菜，你就帮着记账，菜名、价格、总金额，每一项都要记清楚，弗能记错。"

走在马路上时，蔡友洪又对大外甥说："要靠右走，弗能靠左走，更弗能乱穿马路。这里是城里，弗是乡下农村。"交通规则意识还不强的翟江峰，不解地问："在乡下，可以乱穿马路，无人管你。为什么在无锡有人管？还要靠右走？""这叫文明。靠右走，这是交通规则规定的，违反了，就是野蛮，有时还会出人命。懂吗？这就是城市与农村的区别。"翟江峰听蔡友洪这么一说，就乖乖地跟着蔡友洪，靠右走在马路边上。

在菜场买好菜，已过七点半了。蔡友洪喜欢吃黄桥烧饼，就去买了，并给了翟江峰一块。翟江峰从未吃过黄桥烧饼，不知是甜是咸是苦是辣，接过蔡友洪手中的黄桥烧饼，先是谨慎地小口咬着，当吃了几小口后，感觉到黄桥烧饼又脆又香又甜后，就大口大口地吃了起来。看到翟江峰这种男子汉样的吃相，蔡友洪乘大外甥不注意，俯下身，搂住翟江峰，大口地亲了几下翟江峰的脸，亲得翟江峰既惊且喜，经久难忘。

采访时，也是搞企业的翟江峰对笔者说："那时我年纪小，弗理解舅公为什么要我那样做。长大后，我才真正明白，舅公是要我从小就学会独立，从小就学会为别人着想，从小就学会记账理财，从小就要遵守规则规矩。舅公那样对我，是对我的真爱。舅公对我的成长进步，影响很大。"

蔡友洪对外甥尚且如此，那么，对孙子又会怎么样呢？

一天半夜，蔡友娣赶忙起床拉亮电灯，并急促轻声地喊："友洪，友洪，快起来，帮我一把。"蔡友洪起床，一看，孙子拉了一尿布鸡蛋黄似的稀屎。那时，还没有尿不湿，给婴儿用的都是从旧衣服上裁剪下来的布缝制而成的尿布，吸尿性差且不能包裹住婴儿拉的稀屎。由于孙子睡相顽皮，结果稀屎弄脏了他的下半身，还弄脏了床单。蔡友洪抱住孙子，蔡友娣给孙子揩屁股，揩好，再拿起一只水盆，提起热水瓶往里倒了热水，再到自来水龙头下放了点自来水，用手指试了几次水温，感到水温适宜后，将一块毛巾放进盆里，绞了一把后，再擦洗孙子的屁股、双腿。孙子却闭着眼睛在"哇哇"地哭。"拉了半床屎，还要哭着表功啊。"蔡友洪呵呵地笑着对孙子说，尽管孙子听不懂，但他还在说，"看你本事大的，把爷爷、奶奶弄得都屁颠屁颠地围着你转。你快成了我家的皇子了。"

蔡友娣边换着床单边说："友洪啊，你这才像当爷爷的样。""阿珍娘，你怎么说话的，什么叫我才像当爷爷的样？我什么时候弗像？我才宝贝孙子呢。""友洪，反正是半夜，我们轻声说话就行。友洪你这个人呀，我晓得你心里怎么想的。你呀就是面上凶，弄得我们几个外甥都很怕你。友洪，你平时如果也像现在这个样子，像弥勒佛似的，笑呵呵个弗停，慈眉善目的，我估计，外甥们就弗会怕你了。"

"阿珍娘，你是晓得的，我是很喜欢外甥们的。"蔡友洪说，"但是，要喜欢在心里，弗要喜欢在面上。如果喜欢在面上，就难管教他们了。""那么，"蔡友娣已换好干净床单，正在收拾丢在床头旁地下换下来的脏尿布。"孙子懂事后你也会凶他吗？""该凶的时候还是要凶。"蔡友洪说，"但凶弗是打或骂，而是严格要求，要给他讲道理，讲规矩。"

正说着，蔡友洪突然嚷了起来。"快，快，孙子又给我兆运兆运（尿尿）了。"蔡友娣抱过孙子，蔡友洪上半条裤子几乎被孙子尿湿了。这时，在蔡友娣怀中的孙子，恰到好处地笑了起来。看到孙子的那种可爱样，蔡友娣喜欢得亲个不停，孙子发出了"咯咯"的笑声来。

"你还笑得欢。"蔡友洪换好干净裤子后，喜欢地轻轻地用右手掌，拍了几下孙子的小屁股。

这时，东方已露出鱼肚白。

四

一九八八年三月上旬，中共夏港乡党委下发通知，要求各村、各企事业单位，根据中共中央关于"坚持标准，保证质量，改善结构，慎重发展"的发展党员的方针，注重在一线工人、农民、知识分子、青年、妇女中发展党员，并于三月底将本单位的党员发展对象名单上报乡党委组织科，由组织科负责考察。

接到文件后，新沟村党支部及时召开支委会，专题研究今年村党员发展对象问题。支委会上出现了两种意见：一种意见是必须将蔡友洪作为今年村党员发展对象。五个支委中有三个支委同意。另一种意见是蔡友洪既没写入党申请书，也不是建党积极分子，还没参加过乡党委党校培训，不宜作为今年村党员发展对象，而应该从村里的两位建党积极分子中挑选一位作为村党员发展对象。

鉴于两种不同意见，村书记蔡阿才说："根据蔡友洪同志的政治表现和对村里做出的重要贡献，为村民做的大量的好事善事，早该被发展入党了。但到今天，蔡友洪同志为什么还没入党？责任在于我这个书记。我对蔡友洪政治上很不关心，村里遇到难事急事，却总去找他帮忙解决。我在这里做检讨。蔡友洪之所以到今天还没递交入党申请书，还是因为我们村党支部在政治上对他很弗关心，因此，要找原因的是我们，而弗是他。"

听了村书记蔡阿才的话后，持"另一种意见"的两个支委先后说："实事求是讲，蔡友洪这样的人弗能入党，还有谁能入党？我弗反对蔡友洪入党。我有疑问的是蔡友洪入党的程序问题。如果今天支委会一定要形成把蔡友洪作为党员发展对象的决议的话，我服从多数。"

经过再次讨论商量，形成一致意见：向夏港乡党委汇报。如果乡党委同意，村党支部迅速派人去无锡找蔡友洪谈话，让他递交入党申请书，按入党程序进行。

第二天上午刚上班，蔡阿才就去找了夏港乡党委书记於中堂，汇报了蔡友洪的入党问题及村党支部的意见。听后，於中堂表态：发展党员的组织程序要遵循，但有时可以特事特办。我原则同意你们村党支部的意见，具体的去找负责党务工作的副书记殷国荣汇报。说着，於中堂拿起办公桌上的电话机，跟殷国荣通了电话，表明了自己的态度。

蔡阿才来到殷国荣办公室时，组织干事张静华已在座了。蔡阿才做了具体汇报后，殷国荣说："这样吧，过几天，我和静华去你们村里，召开座谈会了解情况后再说吧。"蔡阿才没听到殷国荣明确的表态性意见，走时心里有些忐忑。他想，如果在自己当村支书时还不能解决蔡友洪的入党问题，那就太对不起蔡友洪了。蔡阿才先后当了四年卫东（后更名为新沟村）大队管委会主任（大队行政一把手）、五年新沟村党支部书记。

一星期后的一天上午，殷国荣和张静华等一行三人，骑自行车来到新沟村。殷国荣主持召开了上午和下午的两个座谈会。上午的座谈会对象主要是村、厂干部，下午的座谈会对象主要是各村民小组组长。在两个座谈会上，与会者纷纷为蔡友洪评功摆好。殷国荣被蔡友洪所做的一桩桩一件件为民惠民的事深深地感动了。殷国荣是申港东街人，一九八五年三月，由外省一家县团级国营企业的党委副书记调入江阴，被县委分配到夏港乡党委工作。

座谈会结束后，殷国荣与新沟村党政主要领导交换意见："关于蔡友洪的先进事迹，我曾耳闻了一些。今天，通过上、下午的两个座谈会，我对蔡友洪有了比较全面详细的了解。他的事迹很感人，也很典型，体现了时代精神和要求。我们弗仅要发展他入党，而且要好好宣传他的先进事迹。"

根据乡党委的意见，新沟村党支部委派村党支部委员、村委会主任匡云湘和党员石志林赶赴无锡，找蔡友洪谈话："友洪，我和志林同志，受村党支部委派，并作为你的入党介绍人，郑重地找你谈话。"匡云湘说。"慢点说，"蔡友洪说，"云湘，你把你刚才说的话再说一遍。我是否听错了。"匡云湘又严肃地把刚才说的话复述了一遍："听清楚了吧？""听清楚了。"蔡友洪开始激动，夹烟的手有些颤抖。"村党支部怎么想让我入党了？"听蔡友洪这么一说，匡云湘不知说什么好，但见蔡友洪一脸真诚，才知道他说的不是气话，而是充满期待的话。"我们来晚了。"匡云湘说，"但是，入党没有先后，也弗分先后。""云湘，你们弗要误解我的意思。我的意思是，党组织终于找我了。"

于是，匡云湘给蔡友洪简要地讲了中国共产党的性质、宗旨、纲领及撰写入党申请书的格式、内容要求，并送给蔡友洪一本中共十三大通过修改的新的《中国共产党章程》。

匡云湘他们找蔡友洪谈话的那个晚上，五十九虚岁的蔡友洪，一夜未眠。他戴起老花眼镜，认真地读着党章，一连读了三遍。他用圆珠笔在"中国共产党党员是中国工人阶级的有共产主义觉悟的先锋战士""中国共产党党员必须全心全意为人民服务""所有共产党员都不得谋求任何私利和特权""努力提高为人民服务的本领""在生产、工作、学习和社会生活中起先锋模范作用""克己奉公，多做贡献""维护群众的正当利益"等句子下，画了一道道横线。

蔡友洪在琢磨："假若我入了党，成了一名党员，那就属于工人阶级了。"蔡友洪从一九七〇年当供销员起，就与工业企业打交道，也可以说是与工人打交道，与不少企业的供销员、干部很熟悉，同时回收站里也有十多名职工，自己还是站长，但对于什么叫工人阶级，蔡友洪还是不甚了解。他不了解工人阶级与具体的单个企业职工间的区别，更不了解工人阶级与农民阶级之间在政治上有什么区别。他想，假若我入了党，我还不是农民吗？户口还不是在农村吗？怎么就成了"中国工人阶级"呢？还是"有共产主义觉悟的先锋战士"？对于这些重大而深奥的政治理论问题，蔡友洪实在不易理解。但对"共产主义"并不陌生。一九五八年"大跃进"时提出的"电灯电话，楼上楼下"的口号，就是当时人们期盼的"共产主义"模样。可当时的"共产主义"并没有实现，然而现在快要实现了。"难道实现了'电灯电话，楼上楼下'的目标，就是共产主义了吗？"蔡友洪摇着头苦笑，"看来，我晓得的了解的东西很少，只晓得做生意。以后有时间的话，我要多多学习了。"

对于重大的深奥的政治理论问题，蔡友洪虽然不是很懂，但是"听共产党话、跟共产党走"的政治信念，四十年来，无论逆境、顺境，从未动摇过。在这个难眠的夜里，蔡友洪不禁又想起了他的启蒙老师谢先生。谢先生当年对他说的话，蔡友洪始终没忘，始终践行着，虽然人们、家人，有时对他不理解。

蔡友洪努力地让自己的心情平静下来。他铺开纸，握住圆珠笔，工工整整地在一张白纸上写下了"入党申请书"五个扎眼球的字。此时，蔡友洪的右手又开始抖动起来。当写完"尊敬的新沟村党支部"时，蔡友洪哽咽了……

此时，妻子来到他身边，问："友洪，这么晚了还弗困觉，你在写什么呀？怎么哭了？"蔡友洪抹去流淌的泪，有点腼腆地说："我在写入党申请书。""今天云湘他们来，就是为你入党来的？"妻子问。"嗯。"蔡友洪说，"阿珍娘，我是高兴。我这个出身中农的农民，终于也能入党了。""友洪啊，我懂你。"妻子说，"你盼望几十年的东西，终于被你盼到了。你好好写吧，弗要写错了，让人笑话你。""放心，阿珍娘，我弗会写错的。"蔡友洪说。

收到蔡友洪入党申请书后近一个月，按照党章规定和村党支部要求，作为入党介绍人的匡云湘、石志林，又去无锡听蔡友洪的思想汇报，并再次跟他谈了话。六月底，村党支部电话通知蔡友洪回去。蔡友洪回去后，村党支部书记蔡阿才代表组织，又亲自找蔡友洪谈了一次话。之后，受村党支部委托，两位入党介绍人将"入党志愿书"当面交给蔡友洪，并指导他如何正确填写。

一九八八年七月一日，是蔡友洪终生难忘的一天。这天上午，中共新沟村支部委员会召开支部大会，审查并一致通过了蔡友洪入党。当蔡阿才宣读完支部大会决议后，蔡友洪流泪了。

上午十点半支部大会结束后，蔡友洪来到村党员活动室，面对墙壁上悬挂着的鲜艳的中国共产党党旗，高举握拳的右手，在蔡阿才的领读下，在党支部委员的见证下，庄严宣誓：

我志愿加入中国共产党，拥护党的纲领，遵守党的章程，履行党员义务，执行党的决定，严守党的纪律，保守党的秘密，对党忠诚，积极工作，为共产主义奋斗终身，随时准备为党和人民牺牲一切，永不叛党。

第十五章　为民代言

一

　　浙江人做生意讲究用现金结算。回收站的不少客户来自浙江，因而每天现金的支付量较大。为此，回收站有专人负责与江阴几家银行联络接洽调头寸，确保每天从银行提取所需的现金，然后用面包车专程送到无锡蔡友洪的住处。

　　一九八九年十月中旬的一天下午三时左右，回收站专程送现金的人到达无锡蔡友洪的住处，把一只旅行手提拉链大皮包交给了蔡友洪，并说包里是十万元现金，还当场拉开拉链，让蔡友洪点清了数目。当时在场的有一位浙江客户，还有回收站职工蔡云其等人。

　　交割完毕后，面包车要回去，蔡云其和其他三个职工便向蔡友洪请假，说有段时间没回家了，想坐面包车顺便回家看看。蔡友洪点头同意了。

　　这天下午是阴天。到了傍晚，天下起了秋雨，淅淅沥沥，不紧不慢，如泣如诉。由于四位职工乘坐面包车回家了，蔡友娣带了孙子又于前两天去了在江阴南闸的二女儿蔡华娣家，因此，蔡友洪自己动手在煤球炉上烧了一碗泡饭，就当作一顿晚餐了。平时，一吃好晚饭，在蔡友娣洗涤碗筷时，蔡友洪就抱着孙子逗他玩。蔡友娣洗好碗筷后，就和丈夫上楼看电视去了。可今晚，蔡友洪感到特别冷清，一种孤独感紧紧地包裹着他，使他看电视也不定心，心里总有一种隐约的说不清的感觉。看到近晚上九点时，蔡友洪就关了电视机，下楼在一只木盆里洗澡，然后上床睡觉了。

　　洗过一个热水澡，躺在床上，听着秋雨拍打窗玻璃时发出的清脆声，再加上气温适宜，蔡友洪浑身舒坦，很快进入梦乡……在睡梦中，蔡友洪依稀听到有紊乱的脚步声走向楼上，便清醒过来，摸索着电灯的开关拉线，正摸着拉线拉亮电灯时，两个蒙面汉手持凶器窜进了蔡友洪房间。"不许出声。"

蒙面汉甲南腔北调地威胁说。蒙面汉乙用一把尖刀抵住蔡友洪的胸，不开口说话，只是示意他下床。蔡友洪上穿一件汗背心，下穿一条短裤，在蒙面汉乙用刀逼迫下，浑身颤抖地来到楼下，坐到一张靠背椅上。蒙面汉甲立即用带来的绳索，将蔡友洪绑在靠背椅上，用一块布蒙住了蔡友洪的眼睛，还用胶布封住了蔡友洪的嘴。

蒙面汉甲低声威胁蔡友洪说："我们不要你的命，只要你的钱。如果你不拿出钱来，我们就把你杀了。""要多少？"蔡友洪努力地让自己镇定下来。"十万。"蒙面汉甲说。蔡友洪听后心里一惊，想："十万？怎么会是十万？一点弗多也一点弗少？这十万弗是下午刚送来的吗？""好汉，"蔡友洪说，"钱，可以给你。弗过，你能弗能用土话跟我说话？弗要老是卷着舌头，你说的话，我听弗懂。""少废话。说，钱在哪里？"蒙面汉甲用一根一米左右长、直径四五厘米的钢管抵在蔡友洪胸间。"在床头的那只保险箱里。"蔡友洪说。"把钥匙拿过来。"蒙面汉甲说。"钥匙在楼上我脱下的长裤的皮带上。"蔡友洪说。蒙面汉甲像猴子的地迅捷爬上楼，找到蔡友洪脱下来的长裤，从皮带上取下保险箱上的钥匙，但打不开。他不知道密码。

蒙面汉甲又急匆匆地奔到楼下。两个蒙面汉嘀咕了几声后，蒙面汉乙撕掉封在蔡友洪嘴上的胶布，并把手中的一把尖刀架在蔡友洪的颈项上，低沉地问："保险箱的密码是多少？"蔡友洪闭住眼，就是不开口。"说不说？不说，就别怪我手下不留情。"蒙面汉乙说。在威逼下，蔡友洪无奈地说出了"……密码是……"刚说完，蔡友洪的嘴又被封住了。蒙面汉甲再次窜到楼上，终于打开了保险箱，抢走了十万元现金。离开作案现场时，两个蒙面汉威胁蔡友洪："不许报案。若报案，就杀了你。"

两个蒙面汉逃离作案现场后，雨却大起来了。被绑的蔡友洪努力挣扎着，但无济于事。坐在黑暗中，蔡友洪思潮翻涌，心想，今晚是他一生中又一次大劫难，能破财消灾，是不幸中的万幸。早晨七点后，邻居发现蔡友洪住处的门还未开，觉得异常，就推门，但推不开，转到屋后，从厨房间打开的窗户跳进去……解开了绑着蔡友洪的绳索。蔡友洪即刻去当地派出所报了案。

蔡友娣知道丈夫被不明来历的人绑架后，急忙从江阴南闸的女儿家，坐车来到无锡的住处，一进门就扑在丈夫身上失声痛哭。蔡友洪搂着妻子说：

"阿珍娘，弗要哭。钱是身外之物。那两个蒙面人没要我的命，已是万幸，我又逃过了一劫。阿珍娘，幸亏你和孙子不在，否则，后果难以预测。"

很快，蔡友洪被绑架案惊动了无锡、江阴两地公安局。因为是雨天，无锡公安局刑侦人员在作案现场没发现有价值的线索。于是，两地公安局联手展开了案件侦查工作，该排查的对象都被排查遍了，仍没有发现线索。由于当时的侦查设备和手段还比较落后，所以侦查了半年多时间还没有破案，但他们并没有不了了之。直到几年后，在另一起案件的侦破中，无锡公安局刑侦人员发现了蔡友洪被绑架案的线索，顺藤摸瓜终于抓捕了当年的犯罪嫌疑人。原来那两个蒙面汉，就是当年在场的那位浙江客户货船上的人，在雇主的唆使下，趁雨天，摸到了蔡友洪的住处，绑架了蔡友洪，抢走了十万元现金。

案件真相终于大白于天下。

该受到法律制裁的人都受到了制裁。

被抢走的十万元现金也被追回，并悉数交还给了蔡友洪，但蔡友洪没有收下，而是捐给了公安机关，用于购买侦查案件的先进设备。

绑架案虽然最终被侦破，但是对蔡友洪来说，是他人生中经受的又一次沉重的打击，同时也是一次深刻的几乎是流血的教训。他怎么也想不通，在社会主义中国，竟然会有人绑架他。绑架在中华民国及以前，叫绑票，或叫吃大户。这种事只有强盗或土匪才会干得出来。而绑票的事在如今怎么也会发生？蔡友洪想不明白，唯有感叹。同时，绑架案也再次使蔡友洪警醒和清醒：做人要低调，不要露富，不要出名。人怕出名猪怕壮。老话是有道理的。

绑架案发生后，夏港镇和新沟村领导、无锡钢铁厂有关领导、知己朋友，纷纷前往看望慰问蔡友洪，给他以关怀，给他以温暖，给他以鼓励。蔡友洪深为感动。他对镇、村领导说："我是一名共产党员，弗会被吓怕和吓倒的，更弗会意志消沉。十万元现金被抢走了，这是回收站的钱，是公家的损失，但我一定多做几笔生意，多吃一点苦，把被抢走的十万元钱的损失补回来。"

鉴于父母住处不很安全，蔡国明建议找新的住处。父母同意了。于是，他们看了几处房子，都不甚满意，最终选择了距关王庙不远的光明旅社。

光明旅社的条件怎样？

笔者曾于一九九三年三月采访过蔡友洪，并为其写了一篇通讯《奉献者之歌》。文中这样写道："无锡光明旅社，是一座旧式两层木楼，楼层很低，光线阴暗。同时它的楼梯，与第比利斯地下印刷所的楼梯相差无几，既窄且陡……那天正是雨天。当我来到光明旅社时，眼见的事实告诉我，我原来的疑虑是不必要的。我完全相信了。由于我是近视眼，当我一脚踏进旅社大门时，险些滑了个跟头。我稳住身体，扶正眼镜，就着昏黄的灯光，低头一看，才看清了，原来水泥地上一片潮湿。我在服务员的引领下，吃力地既要顾及脚下，又要抬头看路，艰难地爬上了既窄且陡的木楼梯。我每挪上一步，脚下就发出'咯吱'的响声来。"

他们看中光明旅社的是环境的相对安全。

在发生绑架案后的十一月、十二月两个月中，蔡友洪铆足了劲，加满了油，创造的利润比上年同期增长百分之三百多，补回了被抢走的十万元现金的损失，践行了他的诺言。

二

一九八九年十月下旬，江阴市人民代表大会代表换届选举工作开始。经过阶段性工作，经提名推荐、协商，蔡友洪被确定为正式代表候选人。一九九〇年一月五日下午，经过选民直接投票选举，蔡友洪以高得票率当选为江阴市第十一届人民代表大会代表。

在这次江阴市人大代表换届选举中，笔者也当选为市人大代表，跟蔡友洪同在夏港镇代表小组。夏港镇共选举出十名市人大代表，其中两名是市里下选代表。

一九九〇年三月二十七日至三十日，将举行江阴市第十一届人民代表大会第一次会议。三月二十六日下午一时，八位市人大代表在夏港镇政府集中，在代表小组组长、镇长修华林带领下，乘坐一辆白色面包车前往江阴市政府第三招待所报到。办理报到手续、领取了有关会议材料后，我们来到了大会会务组安排的住宿处。笔者跟蔡友洪同住一间宿舍。下午四时左右，修华林召集第一次代表小组会议，议程两项：一是各位代表作自我介绍；二是传达澄西片代表团会议精神，建立临时党小组，以及会议期间必须遵守纪律。通过自我介绍，笔者才知道蔡友洪就是新沟村物资回收站站长，是经济界代表。通过交谈，他说他认识笔者的岳父，就这样，笔者和他相识了。

二十七日上午九时，江阴市第十一届人民代表大会第一次会议，在长江影剧院举行。会议主要听取市长吴新雄所做的《政府工作报告》。下午，以代表小组为单位，审议《政府工作报告》。笔者是夏港中学高三政治教师，是教育界代表。笔者在审议《政府工作报告》时，侧重点放在了九年制义务教育方面。蔡友洪把侧重点放在农村、农业和扶贫上。他说："我虽然长年住在无锡，很少家来。但据我亲眼所见亲耳所闻，有三个方面的情况，建议市政府要引起高度重视，并要想办法解决：一是农村赌博成风的问题。弗仅百姓赌，一些党员干部也参赌，败坏了风气，这怎么行呢？党员干部的赌风必须首先刹住。二是农业投入少的问题。这个问题，吴市长在报告中也讲了。我认为，农业投入少的问题，根本弗在于有钱没钱，而在于重视弗重视的问题。比如，现在农村小河道，河面上全是水葫芦草，河底河泥很厚，水流很弗通畅；灌溉渠道多年失修，田头的排水渠道的渠底比田还高。这种状况在实行承包责任制之前是根本弗可能出现的。清除河面上的草，清除河泥，清理沟渠，要花很多钱吗？弗需要花多少钱。关键是领导弗重视，无人过问。这几年老天比较帮忙，比较风调雨顺，但会一直风调雨顺下去吗？如果一旦老天作起怪来，发起大水来，田里的水往哪里去？我想，后果将会很严重。三是扶贫问题。我发现，现在扶贫变成了济贫。每年两次给困难户照顾些钱，送些生活用品，是必要的，但解决弗了根本问题，几年下来他们还是贫穷。我们应该想办法，通过安排就业或扶持搞家庭副业，让他们脱贫致富。"

笔者没想到，蔡友洪会观察得这么细致，思考得这么深入，讲得这么到位。吃过晚饭，笔者跟蔡友洪在第三招待所院内边抽烟边散步时，他说："王老师，我没多少文化，平时也弗太会说话。你说，我下午在讨论会上的发言，有没有说错的地方？""没有。"笔者说，"老蔡，你讲得很好。""说弗上讲得好。"蔡友洪说，"我是看到了什么，就说什么。我想，我想把今天下午讲的三方面情况，作为代表的建议意见，反映给大会秘书处。可我水平有限，恐怕写弗好，想请您王老师帮我整理一下。""行啊。"笔者一口答应。

晚上是代表在长江影剧院观看文艺演出。观看完回到住处刚过九点。笔者乘其他代表在闲聊时，执笔为蔡友洪填写了"人大代表建议意见"表格。填写好交给他，他连看了几遍后说："简明扼要，写得弗错。"蔡友洪在表格上面签了自己的姓名，并于三十日上午交给了大会秘书处。

会议进入到第二天的下午，小组讨论会结束，市里下选的两位代表刚走，修华林又把我们七位代表聚拢在一起，给我们说了这样一件事：为了解决江阴城区居民吃蔬菜问题，市政府于一九八七年十月，在夏港镇夏东村征用了一百多亩水稻田，作为市里的蔬菜基地。可市里没有建设那方蔬菜基地，一百多亩水稻田一直荒着，市里也没有一分钱补偿的青苗费拨下来，农民意见很大，多次跑村里，村里再多次跑镇里，作为镇长的修华林，也跑了几次市里，市有关部门来了个"只听楼上响，弗见下楼来"，拖着不办。修华林的意思，想以人大代表的建议意见，把这个问题直接反映给市政府。

修华林刚说完，市人大代表、夏东村村委会主任闻相荣接着说："一提到这个问题，我就要火冒三丈。市里说话弗算数，弄得我常被老百姓骂得狗血喷头。我支持修镇长的想法。"

这时，蔡友洪问："修镇长，那一百多亩田每年的青苗费要多少？"修华林说了一个数。"要弗这样，"蔡友洪说，"青苗费由我们回收站来出。"我们很是惊讶。"为什么要由你们回收站来出青苗费？"修华林问。"弗是市政府有困难嘛。作为市人大代表，能帮一点就帮一点吧。"蔡友洪说。"老蔡，这个青苗费你弗能出。你师出无名，名弗正言弗顺。"人大代表朱荣清快人快语地说。

于是，修华林提议由笔者执笔，写一份代表建议意见，把夏东村青苗费补偿问题直接反映给市政府。笔者说："建议意见弗够分量，应写一份人大代表议案。"蔡友洪立即表态支持，说："人多力量大。"修华林："人大代表议案固然好，但需要三十位人大代表签名才具有法律效力。我们虽有十位代表，估计市里下选的两位代表弗会签名，还缺二十多位，难办呀。我又弗便亲自出面。"

"让王老师出面。"蔡友洪建议，其他代表一致附和赞成。于是，笔者先起草了一份草稿，拿出来让代表们补充完善，改定后，笔者再誊到"人大代表议案"的表格上，然后在澄西片六个镇的人大代表中穿梭，找熟人签名，最终有三十六位代表在那份"人大代表议案"上签名附议。

按规定，市人大代表小组每月活动一次。江阴市第十一届人民代表大会第一次会议闭幕后，夏港镇代表小组开展第一次活动，一见面，蔡友洪就问："王老师，递上去的议案有下文了吗？"笔者说："还没有。我也去市有关部门跑了几趟。"蔡友洪说："要盯紧，弗要怕。我们是在维护农民的正当合法利益。"说完，他拉开那只不离手的旧皮包，拿出几包好烟给笔者，说："你去市里找人，要发发烟的。"笔者不肯收，他硬是把几包好烟塞到笔者中山装的大口袋里。

大概是第五次代表小组活动时，蔡友洪说："前几天，我收到了市里三个部门对我提出的建议意见做出的答复：一个是市公安局对刹住赌博歪风做出的答复。一个是市委农工部对加大农村投入的建议意见做出的答复；一个是市民政局对扶贫建议意见做出的答复。"他当场读了三份答复意见。他说："总的来说，我对市里三个部门的答复意见弗很满意。他们强调客观原因多，解决问题的具体措施少。明年会议期间，我还要提这三方面的建议意见。"

一九九〇年最后一次人大代表小组活动时，修华林告诉我们市人大代表：夏东村一百多亩田的青苗补偿费拖欠问题，终于圆满解决了。听后，我们很高兴。蔡友洪更高兴。他说："看来，我们人大代表还是有作用的。"那天中午用餐时，从来滴酒不沾的蔡友洪，竟然用小汤匙倒了点黄酒，站起来敬笔者酒。敬完，他说："我从弗吃酒。今天敬王老师，因为他领头（衔）解决了夏东村青苗费拖欠问题，为百姓办了件大好事。""老蔡，话弗能这么说。"笔者说，"夏东村青苗费拖欠问题的解决，是在座各位代表（市里的两位下选代表因年终忙而请了假）的功劳，也是澄西片其他镇的代表的功劳。同时也说明民主政治在弗断进步。"蔡友洪说："弗管怎么说，我们当了人大代表，就要为人民说话，就要反映人民的呼声，帮助政府把工作做得更好。"

在接下来的两年里，蔡友洪在人代会期间，每年都提出建议意见，主题仍是围绕加大农业投入，增强农业抗灾害的基础能力；加大扶贫力度等。由于蔡友洪忠诚履职，因而在一九九二年十月进行的人大代表换届选举中，再次以高得票率当选为江阴市第十二届人民代表大会代表。

三

　　两年评选一次（一九九四年后改为三年评选一次）的无锡市劳动模范工作，于一九九一年二月上旬开始。根据江阴市总工会对无锡市劳模的名额分配，夏港镇有一个名额。

　　无锡市劳模的评选标准是：

　　一、模范执行党的路线、方针、政策，坚持四项基本原则，坚持改革开放；具有强烈的社会主义事业心、责任感、创业精神和奉献精神；遵纪守法，有良好的思想道德素质，在本职工作中建功立业，在群众中有较高威信。

　　二、在各行各业中创造性地劳动或工作，成绩突出，为经济建设或社会事业的发展做出了重要贡献。

　　三、在保卫国家财产和人民生命财产安全、维护社会安定、增进民族团结、维护国家尊严方面有突出贡献。

　　根据《无锡市劳动模范评选和管理工作实施细则》的有关要求，夏港镇党委就推荐、确定无锡市劳模候选人人选问题，专门召开党委会进行协商、研究，经过反复对比，最终确定蔡友洪为无锡市劳模候选人。

　　根据无锡市劳模评选程序规定和夏港镇党委意见，新沟村村民委员会召开会议进行讨论，一致同意蔡友洪作为无锡市劳模候选人，并张榜公布，听取村民的意见。村民们一致认为蔡友洪能被评为无锡市劳模，是当之无愧。

　　新沟村村民委员会在无锡市劳动模范候选人简要事迹表中对蔡友洪做出了这样的评价：

　　蔡友洪同志自一九五〇年以来的四十年中不断追求进步，对党忠诚，无论在顺境或逆境中，始终坚信和拥护中国共产党，特别在改革开放中，廉洁奉公，始终保持共产党人的先进性和纯洁性；具有强烈的社会主义事业性、责任感、创业精神和奉献精神，艰苦创业，一心为公，用自己带领回收站职工所创造的利润，全部用于村里工业发展、农田水利、教育事业、村民福利，成绩突出，贡献重大，在全村干部群众中享有较高威信和良好口碑。

　　按照评选程序，新沟村村民委员会将填写好的《无锡市劳动模范候选人简要事迹表》呈报夏港镇人民政府，签署主管单位意见后报送江阴市总工会，签署推荐单位意见后，再报呈无锡市劳模评选管理委员会评定，最后由无锡市人民政府批准。一九九一年四月下旬，蔡友洪被无锡市人民政府授予一九八九至一九九〇年度无锡市劳模称号。

当得知自己被确定为无锡市劳模候选人后，蔡友洪心里很是不安，总认为自己还距离劳模要求太远，总认为自己没做出多少成绩。一天晚上，蔡友洪跟妻子说："阿珍娘，你说，我有资格当无锡市劳模吗？"妻子问："你自己认为呢？""还弗够条件。"蔡友洪说，"要说我为村里、为村里群众做了些实事、好事，是弗假，但这是我应该做的呀。古代报恩桑梓者大有人在，我祖上就有。这几天我思来想去，总觉得现在的我还做得很弗够，还弗配当劳模。劳模是什么人呀？劳模是社会主义建设中的优秀代表。可我一点也弗优秀，脾气躁，常常伤人和得罪人。"

蔡友娣听后笑了："友洪，我觉得你很有自知之明。这很好。一个人啊，就是要在任何时候都晓得自己是谁，有几斤几两。弗过，话得说回来。你从一九七〇年进大队厂起到今天，整整二十年。在这二十年中，弗说你有多大功劳，苦劳总有吧，疲劳更有吧。为了集体，我们牺牲了多少家庭利益？这已过去了，弗提。友洪，这次评选你为劳模，也是领导对你二十年中所吃苦头的一种肯定吧。别去多想劳模的事了。我们原先怎么做，现在和以后仍旧是那样做，而且要做得更好些。"

蔡友洪接到江阴市总工会一个电话：无锡市劳模管委会要蔡友洪提供三张两寸免冠近照。这让蔡友洪纠结了几天。他主张穿中山装拍照，妻子建议他穿夹克衫拍照，儿子、媳妇要他穿西装戴领带拍照，说这样能体现二十世纪九十年代劳模的崭新形象。最终蔡友洪被儿子、媳妇说服了，买了一身浅色的西装、一条红色领带，穿着拍了照片。这是蔡友洪唯一一张穿西装的照片。他平时常穿的不是中山装，就是夹克衫。

下面说一件笔者亲历的有关蔡友洪买衣服的事，就可知道蔡友洪对穿衣服的态度了。

一九九一年三月下旬，江阴市第十一届人大二次会议期间的一天中午，蔡友洪邀笔者同去江阴百货大楼，说是给他当参谋，帮他选购两件衬衫。笔者欣然同往。我们进百货大楼后，沿着柜台东走西瞧，蔡友洪老是决定不下来。"太贵了。"他不时自言自语。"老蔡，我很少见过像你这样买东西的。"

笔者说。听笔者这么一说，蔡友洪像下定决心似的，站定，默想一会儿，最终买了两件二十元一件的白色衬衫。于是，笔者跟蔡友洪开玩笑："老蔡，你这么节俭，弗怕你枕头底下大沓的钞票发霉吗？"蔡友洪宽厚一笑："人的欲望是无底的，生活上只要过得去就蛮好了。再说，现在花钞票容易，可要寻钞票就没那么容易了。应该精打细算，细水长流。"

蔡友洪对自己是如此"小气""抠门"，对村里社会事业的支持却是非常慷慨。有口皆碑盛传蔡友洪慷慨之事的是他捐资办学，捐资兴学。金家店小学校舍破旧低矮，外面下大雨，屋内落细雨。蔡友洪每次回家看到这破旧的校舍，心里就阵阵发寒。为此，蔡友洪曾多次向村领导提出新建小学的建议意见，因诸多因素限制，未能付诸实施。一天晚上，蔡友洪跟已是村总厂副厂长的儿子蔡国明聊起这个话题时这样说："我读书很少，识字弗多，因为是在旧社会。现在，在党的富民政策鼓励下，大部分农民都住上了楼房，可孩子们还坐在阴暗破旧的教室里读书。我心里很难过。国明啊，你在村里也能说上一些话了，方便时多跟村里和镇里的领导提提新建学校的事。只要领导决定新建学校，资金上我一定全力支持。"

随着入学人口高峰的到来，金家店小学原有校舍根本不能适应。同时，邻村李沟头村的朝阳小学也存在同样的问题。经过新沟与李沟头两村领导多次协商，遂于一九八九年六月，决定在两村的交界处各征地九亩，共同出资六十万元，新建金铺小学，并得到夏港镇政府和江阴市教委的支持。听到新建金铺小学的消息后，蔡友洪兴奋得夜不能寐，一下子捐助了三十万元，本应由新沟村村委承担的建校资金，全由蔡友洪创办的回收站承担了。

经过两年的建设，一所占地近二十亩、建筑面积达一千二百多平方米、软硬件设施配套齐全的堪称江阴市农村一流的金铺小学，于一九九一年八月底建成投运，九月十日举行金铺小学落成典礼。被推举为金铺小学董事会董事长的蔡友洪，在落成典礼上做了发言。他在发言中这样说："办学校，弗仅是国家的事、政府的事，也是我们大家的事。现在国家还弗富裕，要办的事又很多，弗可能一下子拿出很多钱来办学。怎么办？只能靠地方自筹资金。我捐资办学，图啥？图孩子们有个好的学习环境，图孩子们能健康成长。教育既是国家的事，更是我们每个人的事。国家建设，需要很多有知识的人。同样，我们地方搞建设，也需要一大批有知识的人。那么，有知识的人从哪里来？由学校培养出来。所以，我们再苦也弗能苦了教育，苦了孩子。我捐资给学校，仅是尽我应尽的一份责任与义务。同时，我也是圆了我阿公办学堂的梦。"蔡友洪讲到这里没有具体展开，却引起了与会者的好奇。会后，蔡友洪讲了他爷爷蔡应川办学堂梦想的事；还讲了他祖上创办澄江书院、在江阴城里率先办义塾的故事。人们听后会意地点头首肯蔡友洪慷慨捐资办学的义举。

举行金铺小学落成典礼前，蔡友洪与儿子蔡国明，又以个人的名义，向学校各捐助了五千元，共一万元。一九九一年的一万元，相当于一个中学青年教师六至七年的工资总收入。在后来的金铺幼儿园建造中，以及为小学、幼儿园购置教学设备，蔡友洪又先后捐助三十多万元。

四

一九九一年，对蔡友洪来说，是最被"掏空"的一年。这一年，蔡友洪把回收站在前几年所创造利润的账面结余的近百万元，全都拿出来给了村里，用于新建拆船厂，开办村五金交电服务部。回收站成了新沟村工业企业发展的孵化器。

当时，回收站和其他所有乡镇工业企业一样，也实行"一包三改"，即实行经营承包责任制；改干部任命制为选聘制，改固定工制为合同工制，改固定工资制为浮动工资制。根据上级要求，蔡友洪作为回收站法人代表，与新沟村村委签订了承包合同，并按合同规定，每年上缴村委的利润一分不少。按理说，回收站除按规定比例留足一定的积累外，剩余利润完全可以归蔡友洪个人支配，就算用于个人高消费，在当时，也不会有人对他说三道四。可蔡友洪严格执行"国家得大头，集体得中头，个人得小头"的承包责任制分配原则，从不偷税、漏税，也不逃税、避税，老老实实依法纳税，确保国家税收收入；从不用集体的钱铺张浪费，摆排场讲阔气，而是精打细算，没有重要客人或客户去无锡，从不进饭店，总是在自己的住处自烧自吃。

当时，曾有人"点拨"蔡友洪，让他留一手，不要心太直，做好两本账：一本是自己看的实打实的暗账，一本是用于应付查账的明账。不要把所有的利润都做在明账上，明账只要做得说得过去、查不出大问题就行了。有位"高人"曾对蔡友洪说："友洪，记住这句老话：'树直必空，人直必穷。'"蔡友洪听后仅是一笑而已。在当年的经营承包责任制改革中，负盈不负亏的现象普遍存在。如果蔡友洪通过做假账，也来个负盈不负亏，那么，蔡友洪早就是百万富翁了。能在二十世纪八十年代末九十年代初成为百万富翁，堪比现在的亿万富翁，那是非常了不起的。可蔡友洪就是不会作假，也从未想过通过非法手段使自己成为百万富翁。蔡友洪就是这样一个一根筋的"心直"人，在他心中，国家、集体利益高于一切，重于一切，大于一切。

蔡友洪同样用严于律己的标准来严格要求自己的儿子蔡国明。

蔡国明自一九七八年七月初中毕业后，先后任过村办企业职工、螺丝厂厂长、村团支部书记、村总厂副厂长；一九九〇年六月，光荣加入中国共产党；一九九一年十一月下旬，被夏港镇党委任命为新沟村党支部书记。

蔡友娣从回收站职工口中得知儿子蔡国明当了村书记后，开始根本不相信，以为是他们在开玩笑，当最终证实是事实后，心里着急起来了，便乘坐回收站的面包车回了一趟家："以前从未有过什么风声，国明，你怎么当上了村里的书记？""我也没有思想准备。当殷国荣副书记代表镇党委找我谈话时，我也惊讶了。"蔡国明说。"你答应下来了？"蔡友娣问。"我弗答应行吗？"蔡国明说，"我是党员，应该服从组织决定吧。""你当得了书记吗？你今年只有二十八虚岁。"蔡友娣担心地说。"当着试试再说吧。"蔡国明说，"谁一生下来就会当书记的？""你也是的，"蔡友娣说，"答应之前，也应该先跟我和你阿爹商量商量。我们村里的书记弗是好当的。你看看，你当书记的事，你阿爹都弗晓得。他还在宁波开会呢。"

蔡友洪从宁波开完华东地区钢材协作业务会议回到家，已是十二月上旬了。蔡友洪回到家的当天晚上，儿子蔡国明一脸愁容地说："阿爹，你要帮帮我，否则，这个年村里是过弗过去的。""为什么要我帮你？"蔡友洪问。"村里日觉弗好过。"蔡国明说，"弗当书记前，总以为村里的日觉蛮好过的。可当了书记后，才知道村里的底细。现在，村里欠小型水利工程款、拖拉机运输费、饭店餐费、代销店香烟费等，累计二十多万元。年终快到了，村干部的工资、独生子女费、五保户扶养费、困难户救助金、现役军人优待金和老党员老干部慰问金等，要开支十多万元，总共要支出近四十万元。可几家厂里的效益并弗好，规定上缴村里的利润肯定缴弗足的。我当书记第三天起，要债的人就排着队在找我了。阿爹，你可要帮我，否则，我这个村书记是当弗下去的。"

"国明，你还没有回答阿爹的问题。"蔡友洪说，"为什么要我帮你？""……你是我阿爹呀。"蔡国明说，"哪有老子弗支持、弗帮助儿子的？""如果我没有能力帮你，你就弗当这个书记了？"蔡友洪说。"有是有巴望，无是无巴望。谁叫你是我阿爹呢。"蔡国明说，"当然，如果阿爹弗想帮我，我也会想尽办法把这个年过过去的。我就弗信，这点困难能难住我蔡国明！"

蔡友洪听后笑了起来。"像老子。就冲着你这股弗怕难的劲头，老子帮你。"蔡友洪说，"弗过，话要说清楚：村里的账目一定要清楚，开支一定要合理。这样吧，国明，村里给我一份开支明细账单，欠款多少，欠谁的，欠的是什么款；支付多少，其中村干部工资多少、独生子女费多少、现役军人优待金多少、困难老党员老干部补助多少、各队队长（村民小组长）工资多少、特困户补助多少，一项项、一笔笔给我列清楚。只要是合理开支，我一分钱弗少给；如果有的开支弗合理，我一分钱弗会多给。国明，你记住了：你前任所欠的债，我给你还清，让你轻装上阵；以后若因乱开支欠了债务，与我无关，绝弗会因为你是我儿子，我就会多给你一分钱，弗会多给的。你要准备过紧日子。"

"阿爹，你说的话，我记住了。"蔡国明说，"对了，阿爹，过了元旦，村里准备召开各厂厂长会议，签订明年的承包合同。阿爹，你们回收站明年上缴村里的利润指标，能否再提高些？""还是暂时弗要动吧。"蔡友洪说，"你也晓得，今年除上缴村里的利润外，回收站额外支持村里已弗少了，再加上这两年正处在治理整顿期间，国家宏观经济趋紧，生意也没有前几年好做了。弗过，我想好了，有一个方面我会好好支持你的。"

"哪方面？"蔡国明问。"给村里满六十岁人的老人费，每人每年由原来的五十元提高到八十元。以后生意做好了，再逐步增加。"蔡友洪说，"村里给我一个名册，我按人头给村里划钱。""阿爹，你还要老年人花名册？大概估算一下就行了吧。"蔡国明说。"弗行，怎么能大概估算一下？"蔡友洪说，"大概估算很容易出纰漏。我要确切的人头名册。国明啊，我提醒你，你现在是村书记了，必须时时严格要求自己，事事认真对待，弗能有丝毫大意。你的一言一行，上级领导注视着你，村、厂干部盯视着你，全村群众监视着你。既然当了书记，就要把它当好，让上级放心，让群众相信。我对你只有一个要求，宁愿自己吃亏，也弗要多占公家一分便宜，多拿公家一分钱。一句话：弗义之财弗要拿。"

一九九一年，江阴市农村人均分配收入为一千零五十八元。这年农历年底，新沟村年满六十岁的村民拿到村里发的八十元老人费后，高兴得合不拢嘴，都夸蔡友洪刚赚了几个钱心里就想着他们了，实在是思想好，真不愧是劳模。在一九九一年，八十元钱相当于一个镇办企业职工一个月的工资收入，比中学教师的月工资还要高。

一九九二年新年刚过，后蔡家店的六组村民小组长蔡永生，连找了蔡国明两次，反映村东北的迎九河北面的田块，由于地势高，灌溉比较困难的久拖不解决的老大难问题，建议村里在迎九河北岸建一座水泵站。蔡国明和几位村干部进行实地踏勘后，认为建造一座水泵站非常必要，必须尽快动工，并选定了地址。三月底，水泵站开始施工，但遭到了一位蔡姓村民的阻挠，使得工程不得不停工。那位村民的理由是，水泵站建在他家自留地上，村里既没给他置换好的自留地，也没满足他的自留地青苗费补偿要求。村里则认为，青苗费补偿标准，市里有文件规定，不能任意突破。双方僵持不下。

清明前，蔡友洪从无锡回家过清明，给父母扫墓。过完清明、得知此事后，蔡友洪亲自去了那位蔡姓家，跟他商量，说愿意把自家在迎九河岸上的自留地置换给他，同时表示，除村里按市里标准补偿他青苗费外，不足部分由自己掏腰包给他。见蔡友洪为了村民大家的利益，是如此大度、慷慨，那位蔡姓村民除接受蔡友洪家的自留地置换他家自留地和村里给他的青苗费补偿外，没好意思再接受蔡友洪答应给他的额外补偿费。一桩看似棘手的难事，就这样被蔡友洪三下五除二地解决了。

第十六章 不干名利

一

一九九三年四月下旬的一天上午，夏港镇党委书记钱峰专程去无锡看望蔡友洪。

钱峰于一九九二年二月，由江阴市周庄镇副镇长调任夏港镇镇长，十一月任镇党委书记。上任伊始，钱峰的工作重心是深入骨干村、厂调研，熟悉和了解情况。当年夏港镇的骨干企业和行政村有青山棉纺厂、无缝钢管厂、拆船厂、冶炼厂、服装联营厂、针服五厂和长江村、夏港村、新沟村、普惠村、三元村、缪庄桥村、静堂里村"六厂七村"，它们的工业年产值均超过千万元，其中长江村突破两亿元、新沟村超过五千万元。

一天，钱峰来到新沟村调研，先看了两家企业，后召开座谈会听取工作汇报。蔡国明代表新沟村党支部、村委会进行工作汇报时，多次提到回收站对新沟村经济社会发展做出的重大贡献，更强调回收站的年产值占全村工业总产值的百分之五十以上，其创造的利税占全村工业企业利税总额的百分之六十以上。

蔡国明汇报结束后，钱峰问："回收站站长叫什么名字？""蔡友洪，今年六十三岁了。"蔡国明说。"六十三岁的老人还这样劲头十足地搞企业，真弗容易。"钱峰对蔡友洪产生了兴趣："国明，跟我说说，蔡友洪是个怎样的人？""钱镇长，蔡友洪是我父亲，共产党员，江阴市第十一届人大代表，无锡市劳动模范。"蔡国明说，"我就说这么多，具体的让在座的其他同志说。"于是，参加座谈会的村、厂干部十五六个人，开始具体说起蔡友洪为村里经济社会发展所做出的重大贡献、为村民谋福祉的一件件一桩桩的实事。听完与会者的介绍，钱峰感慨地说："我还弗认识友洪同志。听了大家刚才对他事迹的介绍后，我被友洪同志的三种精神深深感动了：第一是友洪同志二十年来舍小家、为大家，集体利益至上的忘我牺牲精神；第二是友洪同志在刚赚了少许钱后就开始回报社会、利民惠民的无私奉献精神；第三是友洪同志敢于抓住机遇、弗畏艰难、开拓发展的改革创新精神。这三种精神，真正体现了共产党人的先进性，真正体现了新时代的改革创新精神。在改革开放中，我们每一位党员干部，都要学习和发扬友洪同志的这三种精神。"

之后，因人大代表小组活动，钱峰与蔡友洪有所接触，但没有深入交谈，仅停留在熟识这个层面。但一九九二年下半年的一次市人大代表小组活动时，蔡友洪主动向夏港镇政府捐资十万元，给钱峰留下了深刻的印象。事情是这样的：夏港镇政府新大楼已封顶一年多，因镇财政困难，没钱装修。钱峰任夏港镇镇长后，再次筹资装修政府新大楼。在那次市人大代表小组活动时，钱峰讲到装修缺钱时，蔡友洪当即表态赞助十万元，并在一星期内把赞助款汇到夏港镇财政所账户上。因此，在一九九三年的五一国际劳动节来临之际，作为刚任镇党委书记不久的钱峰，在节前去看望劳模蔡友洪，就显得十分必要了。

钱峰是近视眼，长得又魁梧，当他跨进无锡光明旅社时，因室内光线不好，差点一脚踏空。在服务员于彩英引领下，钱峰吃力地爬着陡且窄的木楼梯，来到蔡友洪的房间。钱峰和一位镇党委宣传委员走进蔡友洪房间时，毫不夸张地说，真的被挤得水泄不通了。钱峰估摸了一下，蔡友洪住的房间不足十平方米，简直可以称为斗室了。三人坐在蔡友洪的床沿上，抽烟聊天。

"友洪同志，没想到你会住如此条件简陋的旅社，怎么弗换一个住宿条件好一点的？"钱峰关心地问。

"钱书记，这里的条件确实差些，根本弗如我家里的住房条件，但开销小。村里多次要求我换地方，我没答应，能为集体省一个钱就省一个吧。"

"老蔡啊，"钱峰换了口吻。"你们一日三餐是怎么解决的？"

"钱书记，为了减少开支，我们一日三餐都是在煤炉上自烧自吃的。"蔡友洪说。

钱峰难以相信：废钢、钢材生意北面做到山东泰安、东面做到上海、西面做到南京、南面做到浙江嘉兴、西南做到云南曲靖，最多一天要发钢材四百多吨、年销售额两千多万元、创造利润一百多万元的蔡友洪，过的竟是如此简朴的生活。

钱峰有点动容："老蔡，你有条件享受而弗肯享受，你可以退休享福而仍在奋斗创业。你真弗简单啊。老蔡，你给我钱峰上了一堂好课。老蔡啊，今天，我们一是来看望你这个劳模，在五一劳动节即将来临之际，表达镇党委、镇政府对你的一份崇高敬意；二是来征求一下你的意见。我们镇党委已开会讨论过了，计划请市报社、市电视台的记者，集中采访报道你的先进事迹，树立起你这个先进典型。"

听钱峰这么一说，蔡友洪赶紧从坐着的床沿边站起，显得诚惶诚恐，摇着右手说："钱书记，千万弗要宣传我。我没什么好值得宣传的。"钱峰又没想到，蔡友洪居然不要宣传？然而当时有些人，却花了集体的钱，"买"来记者为他们的所谓政绩、所谓先进事迹，吹喇叭，抬轿子，歌功颂德。钱峰拉着蔡友洪的右手，让蔡友洪坐下。"老蔡，为什么弗要宣传你？"钱峰问。"钱书记，我为村里、村里群众做的那些事，都是一件件小事，摆弗上台面，弗值得宣传。钱书记，再说，我仅是入党还弗到五年的新党员，稍有空，我就要翻翻党章，对照对照党员条件，总觉得自己离合格党员还有很长一段距离，总觉得自己还做得弗够好，所以，恳求镇里弗要宣传我，否则，我会吃弗香饭、困弗着觉的。"

钱峰很想走进蔡友洪的内心世界，便进一步问："老蔡，镇里准备集中宣传你，这有助于提高你的社会知名度，也有助于提高夏港的美誉度。这种好事，有些人是求之弗得，你却一口拒绝。你是怎么想的？"

"我的想法很简单，"蔡友洪说，"我是个商人，做生意靠的是诚信，而弗是靠宣传。我很忙，没时间接待记者。我弗善于应酬，周旋弗过记者。所以，我弗要宣传，这是其一。其二，我是个共产党员。我所做的一切，离全心全意为人民服务的要求远着呢。况且，我入党前早就那样做了，入党后我仍是坚持那样做。我那样做，仅是尽一个人的本分。这有什么好宣传的呢？如果是为了出名，贪图名利，我就弗会那么做了。其三，我六十四岁了，也可以说是老人了，应该而且必须给后代留下些能够传得下去的东西了。"

什么东西是子孙后代最需要的？

什么东西是能够传得下去的？

蔡友洪的话，意趣深长，耐人寻味。

二〇一八年二月四日上午，在江阴临港新城的欧亚大酒店接受笔者采访时，钱峰如是说："在一九九三年，蔡友洪如果同意宣传他，那么，他的社会知名度、社会地位或许会更高，他获得的荣誉或许会更多，荣誉的级别或许会更高。然而，如果是那样的话，蔡友洪也或许弗是原来的蔡友洪，也或许更弗是今天的蔡友洪了。我认为，蔡友洪弗仅仅是一个为人低调的人，而且是一个极富人生智慧的睿智之人。他洞若观火，看清楚了人性的光明面与黑暗面。他一生绽放的是人性的光明，他一生努力战胜的是人性的黑暗。所以，他年且九十高龄了，还在为社会做出他力所能及的贡献。从这一点上讲，有几人能与蔡友洪相比？"

二

一九九三年暑假，是蔡友洪一生中最忙乎最快活的一段时光。蔡友洪不仅要忙于生意，更要忙活于外甥翟江峰、花卫君、翟小峰、金一帆和孙子蔡海威。每天早晨，蔡友洪做的第一件事，就是推醒贪睡的四个外甥和一个孙子。他们起床洗漱后，蔡友洪就领着他们去菜市场买菜，买好菜再请他们吃早餐。蔡友洪每天的早餐是一小碗稀粥和一块大饼夹油条。外甥们不喜欢大饼油条，都喜欢黄桥烧饼，蔡友洪则满足他们。吃完早餐，蔡友洪再给外甥们买两纸袋他们喜欢吃的糖炒板栗。

回到光明旅社，蔡友洪就要求大外甥翟江峰练字，每天上午写三页，不得少写，不得敷衍。中午吃饭前，蔡友洪就要检查翟江峰的练字簿。如练得不认真，蔡友洪就让大外甥重写三页，直到满意，才允许大外甥吃饭。被重写了两次后，翟江峰再也不敢马虎应付了，才真正领教了外公的那种认真较真劲儿。对于其他四人，蔡友洪允许他们看电视，但有两个条件：一是电视机音量要开低些；二是要求他们午饭后讲讲看了什么电视内容。四个年龄差不多大的孩子，在复述所看电视节目的内容时，时常争得面红耳赤。蔡友洪要的就是这种效果。他就是要从小培养外甥们的记忆力、口头表达能力。

上午，蔡友洪忙于接待客户或从江阴去的重要客人。每次有江阴重要客人去，蔡友洪总要在光明旅社附近的状元楼订上一桌，总会特地关照厨师把菜的味道烧得好吃些，还要关照哪两样菜要做两份，一份上桌，一份打包。那时，无论公家、私人请客，都不作兴把吃剩下来的菜打包拿回家去，但蔡友洪那时就开始打包了。曾有人背后说过蔡友洪小气，但蔡友洪知道后一点也不生气，仅是一笑罢了。蔡友洪常这样说："节俭是中国人的美德。我打包自己吃剩下来的菜，有什么错？"蔡友洪把吃剩下来的那份打包菜，留给自家吃，把另一份没上桌的打包菜，送给光明旅社服务员们吃。

午睡起来后，如果没有什么要紧事，蔡友洪就带着孩子们，或去不要门票的无锡公花园玩，或去人民路上的新华书店，里面有空调，既可以纳凉，也可以看书。如孩子们要买什么书，蔡友洪掏钱掏得特别快。

为什么这个暑假四个外甥都来到蔡友洪夫妇所住的无锡光明旅社？因为大外甥翟江峰暑假后要读高中了，二外甥花卫君要升小学五年级，翟小峰、金一帆两个外甥和孙子蔡海威，暑假后都要上小学了。因此，蔡友洪夫妇主动邀请四个外甥来无锡过暑假。

一天吃午饭时，大外甥翟江峰对蔡友洪说："舅公，我们五人已说定了，舅婆也同意了，吃过午饭，我们想去锡惠公园白相。""弗行。"蔡友洪说，"我弗放心。今天下午我有事，脱弗开身。这样吧，明天下午，舅公陪你们去锡惠公园白相。"五个孩子一声不吭。"你们同意了？"蔡友洪问。五个孩子把头摇得像拨浪鼓。此时，蔡友娣笑了。"阿珍娘，你笑什么？"蔡友洪不解地问。"笑你太会做舅公了。"蔡友娣说。"阿珍娘，你说的是什么意思？"蔡友洪问。"他们要你这个舅公给他们自由。"蔡友娣说："江峰是中学生，卫君将要读小学五年级了，小峰他们也要上小学了。他们有他们的世界，你这个老头老是掺和进去，他们会舒服、会感到自由吗？"蔡友娣刚说完，翟江峰就鼓起掌来，其他四个也跟着他拍起手来。"舅婆就是了解我们。"翟江峰说，"舅公，你什么都好，就是对我们弗放心这一点弗好。""管你们严一点有什么弗好？"蔡友洪说，"再说，你们四个外甥到舅公舅婆这里来度暑假，我们就要对你们的安全负责。城里弗是乡下，人多车多，你们一旦走失了，谁负责？我是弗放心这个。"

"我负责。"翟江峰说，"我都十六岁了，还怕走丢？还带弗好这四个弟弟？他们四个敢弗听我的话？舅公，请放心，也请你相信我们，弗会走丢任何一个人的。再说，舅公，你弗是给我讲过你小时候的故事吗？你说你像我现在这个年纪，已跟你爹学做生意了。那时候还有日本鬼子，还有伪军，经常要打仗的，你什么都弗怕。现在，你还怕什么呢？"

"一个人在长大过程中，总要吃些苦头，经历一些事的，大人只能帮助他们，弗能代替他们，也代替弗了他们的。"蔡友娣说，"友洪，让他们去吧，都是坐公交车的，弗会有什么事的。"听妻子这么一说，蔡友洪也就默认了，但他反复强调："下午五点前必须家来。"五个孩子答应了。

吃过午饭，五个孩子还是坐着不动。"怎么，你们想午睡后出去白相？"蔡友洪说，"平时让你们午睡，你们弗肯睡，今天怎么变乖了？"四个小的望着翟江峰。翟江峰咽了几下口水，涨红着脸，说："舅公，给我们钱。""呵呵，你们五个坐着弗动，原来是在等我给你们钱啊？"蔡友洪开心地说，"要几块钱？""弗晓得，没算过。"翟江峰梗着脖子说。蔡友洪扳起了手指头："每人门票一块五，五个人共七块五；每人来回公交车费六角钱，五个人共三块钱；每人一支棒冰三角钱，五个人共一块五角钱，合计十二块钱。江峰，舅公给你十二块钱，但你要切实负起当大哥哥的责任，下午五点前必须把他们四个安全带回家。""舅公，就你话多，我记住了。"翟江峰说，"弗过，外公，你要再给我十块钱。""为什么还要再给你十块钱？"蔡友洪说，"我刚才弗是给你们算好了吗？""弗是，舅公，你也算得太紧了吧。这么热的天，如果我们一个人要吃两根棒冰呢？如果我们还想喝鲜橘水、喝汽水呢？舅公，再给我十块钱吧。""对，舅公，再给我们十块钱。"花卫君帮腔说，"舅公，你太会算账，我和江峰哥加起来，都算弗过舅公。""没有，一分钱也弗会多给你们。"蔡友洪说，"人从小就要学会精打细算，学会一个铜板掰成两半花，弗能大手大脚。老话说得好，吃弗愁用弗愁，算盘弗到一世愁。你们从小就要学会算着过日子。这样，日子才能越过越好。"

暑假过了一大半后，四个外甥先回去了。蔡友洪派回收站的面包车将外甥们送回家。上车时，蔡友洪给每个外甥六十元钱。翟江峰不解地问："舅公，你给我们的是什么钱？"蔡友洪说："你们的工资。""工资？"花卫君惊奇地问，"舅公，我们还有工资？"其他三个外甥好奇地望着蔡友洪。"是呀，你们来舅公舅婆这里有三十多天，去掉零头，取个整数，算三十天，每天两元工资，三十天就是六十元。""我们没做什么呀？"花卫君说。"你们每天一早跟着舅公去菜场买菜，回来后，你们帮着舅婆做家务事，这些算弗是算劳动呀？你们劳动了，舅公就要付你们工资。"翟江峰说："舅公，弄弗懂你。肚量小起来，比苋菜籽还小，肚量大起来，谁也大弗过你。""大外甥，你会慢慢弄懂你舅公的。"蔡友洪呵呵地笑了。望着手中的六十元钱，四个外甥很是高兴，他们第一次有这么多钱。那时，一碗豆浆只要两角钱呀。

蔡海威还要在爷爷、奶奶身边待几天后才能回去上小学。关于孙子蔡海威的上学问题，蔡友洪曾与儿子、媳妇商讨过几次，就蔡友洪本意而言，他是非常希望孙子在无锡读小学，并且已通过其在无锡的干儿子赵小卯联系好了曙光小学，但一九八九年十月的绑架案给蔡友洪造成的严重的心理阴影，使得他对孙子留在无锡上小学产生了某种隐隐约约的担忧。儿子、媳妇充分理解蔡友洪的心情，同时认为蔡友洪夫妇把一周岁的蔡海威带到上小学，已然很辛苦，不能再让年事渐高的父母吃苦了，便决定让蔡海威回到他们身边读小学，这也更加有利于蔡海威身心的健康成长。

蔡海威回父母身边读小学前，蔡友洪带领着孙子，专程上门去感谢两个人：一个是光明旅社女服务员于彩英，一个是蔡海威幼儿园老师季老师。

于彩英在光明旅社是最年轻的服务员，年龄与蔡海威母亲蔡铮相仿。周岁后的蔡海威就来到在无锡工作的爷爷奶奶身边，因想念母亲，常常哭着喊"我要妈妈"。每遇到这种情况，只要于彩英在班上，就会主动抱过蔡友娣手中的蔡海威，哄他，陪他玩，久而久之，蔡海威对于彩英产生了一种依恋感。见于彩英对自己孙子这么亲这么好，蔡友洪也把于彩英当自家人看待，只要蔡友洪在状元楼请客，每次总要带一两样好小菜给于彩英吃；逢年过节，还会送些礼物给于彩英。由于于彩英把蔡海威视作自己的孩子，所以，蔡友洪夫妇就让孙子叫于彩英"叫叫妈妈"，而且叫了五年多。

一天下午，于彩英不在班上，她上的是夜班。蔡友洪领着孙子，拎着礼物，坐公交车去了于彩英家。"蔡伯，你今天是怎么啦？"于彩英感到惊讶，没想到蔡友洪会带着孙子上她家的门。"'叫叫妈妈'，过几天，我就要走了。"蔡海威说。"你要去哪儿，威威？"于彩英问。"'叫叫妈妈'，我要回去上学了。爷爷说，我回去上学之前，一定要到你家来看望你'叫叫妈妈'。爷爷对我说，我弗能忘记'叫叫妈妈'。'叫叫妈妈'我弗会忘记你的。"听蔡海威这么一说，于彩英感动地流泪了，紧紧地搂住了蔡海威："威威，'叫叫妈妈'也会想你的。"

几年后，因城市建设需要，光明旅社一带被拆迁了，蔡友洪迁居到了关王庙十四号，于彩英被安排在五爱广场附近的一家商场工作。上小学后的蔡海威，还会在暑假或寒假，去无锡后在爷爷的带领下，去五爱广场看望"叫叫妈妈"于彩英。

季老师是赵小卯的邻居。上幼儿园期间，季老师对蔡海威特别好。蔡海威离开无锡、回父母身边读小学前的一天上午，蔡友洪带领着孙子，买了两只大西瓜去季老师家看望她，感谢季老师三年中对孙子的关怀；让孙子记住季老师对他的种种好，让孙子懂得感恩季老师。就是到了现在，有时蔡友洪还会和三十多岁的孙子蔡海威，一起回忆季老师……

三

作为生意人，蔡友洪是很精明的，就连无锡钢铁厂的调度员赵大梅（音），对蔡友洪在生意上的精明，也是佩服得五体投地的。蔡友洪既是无锡钢铁厂所需废钢的长年供货商，无锡钢铁厂又要按比例返回给蔡友洪钢材，因而也是无锡钢铁厂钢材的重要销售商。这废钢的进厂、钢材的出厂，都要经过赵大梅的手，所以，蔡友洪跟赵大梅打交道最多，因而交情也很深，双方彼此深入了解。赵大梅似个女包公，铁面无私，原则性很强，从未给蔡友洪徇过私情。蔡友洪像个方先生，一是一，从不作假，诚信经营，也从未要过赵大梅给自己行过方便，一切按章办事。这两个人也会吵闹，但不是出面出相的那种吵闹，而是一种文闹文吵。但奇怪的是，每吵过一次，两人的关系反而更进一步。

蔡友洪是难得与赵大梅吵闹的。如吵闹，也大都是为了钢材的规格问题。直径十毫米及以上的钢材，生产时每根的长度都有规定的，符合长度规定的称为定尺；也有不符合长度规定的，则被称为乱尺。比如，同样是直径二十毫米的螺纹钢，定尺与乱尺，其价格是很不一样的，乱尺的价格要远低于定尺的价格。蔡友洪很会经营，善于根据不同工程项目要求，给用户提供定尺或乱尺钢材。比如，一九八七年上海火车站新建工程所需要的直径二十至二十五毫米规格的螺纹钢，都由蔡友洪提供。对于这样重大的国家级工程项目，蔡友洪严格按供货合同规定，严格验货，确保出厂的钢材定尺合规，因而受到施工方的广泛好评。但如果是小型的一般性工程项目，蔡友洪则会供给乱尺的钢材，但价格与定尺钢材价格一样。在那钢材紧缺的年代，用户只要买个有，至于定不定尺无关紧要，只要焊接一下，一样不会影响工程质量。因此，为了提升利润空间，蔡友洪时不时地会为乱尺钢材的出厂价格，与赵大梅讨价还价。蔡友洪千方百计要说服赵大梅让价，赵大梅则往往咬住一个价不松口，两人就禁不住吵了起来，吵到最后，双方各自让价，达成双方都能接受、又不违反无锡钢铁厂规定的最低出厂价。

蔡友洪与赵大梅这两人，很有研究价值。赵大梅是共产党员，党性原则很强，处处维护厂里的利益，在与蔡友洪近二十年的交往中，从未暗示过蔡友洪向她行贿过，一切按厂里规章办事。当然，能为蔡友洪通融的地方，她也会通融。蔡友洪也是共产党员，党性原则也很强，但他靠质量取胜，靠诚信经营赢得无锡钢铁厂的信赖，从不走歪门邪道，从不非法牟利。他挣的钱、赚的利润，全都用于村里的经济社会发展，用于村民的福利，自己则过着苦行僧般的生活。这些，赵大梅都了解，因而很敬佩蔡友洪，也很欣赏蔡友洪。蔡友洪则认为赵大梅是个规矩人、正派人，跟她打交道，放心安心不用担心。他从未想过要给赵大梅送钱或送什么贵重礼物。但人非草木，孰能无情。出于友情，在逢年过节时，蔡友洪也会给赵大梅送些江阴的土特产，赵大梅也会笑纳。在生意场上相处近二十年，像赵大梅与蔡友洪这样洁身自好、清廉干净，实乃罕见。他们算得上是商海中的奇葩了。

蔡友洪在做生意上很精明，但在对待客户上，有时也会犯糊涂、不识人。蔡友洪最大的优点是心直，相信别人。同时最大的弱点也是心太直，轻信别人，因而会上当受骗。蔡友洪这个人有点怪。自古以来，只有"以小人之心度君子之腹"，但蔡友洪恰是以"君子之心度小人之腹"。所以，也只有别人负他，他从不负别人，因而他活得坦然、安宁、知足、长寿。

一九九四年七月的一天早晨，太阳一出东方地平线，刚露出脸，就似一只大火球，炙得树上的知了叫个不停。这天早晨，蔡友洪照例洗漱后就去菜市场买菜，吃早饭，遇到熟人再抽上一支烟，聊上几句话，然后优哉游哉地回到住处。回来的路上，蔡友洪的右眼皮老是跳，心想，晚上虽天热，但房间里有空调，睡眠还是好的，眼皮怎么会老跳呢？回到关王庙十四号住处，蔡友洪对妻子说："阿珍娘，今天我的眼皮老是跳个弗停。""现在还跳吗？"蔡友娣问。蔡友洪用力地眨了几下眼睛，说："怎么弗跳了？""心上事。"蔡友娣说，"可能与天热也有关系。你又特别会出汗，又喜欢用手绢擦眼睛，用力大了一点吧。""也有可能。"蔡友洪说，"可是，前两天天也很热，我也经常擦汗，可眼皮一点弗跳呀。""是左眼皮跳，还是右眼皮跳？"蔡友娣问。"右眼皮跳。"蔡友洪说。"今天，你可要小心些。"蔡友娣说，"当心丢财。""丢财？"蔡友洪问，"我有什么财好丢的？""我只是提醒你。"蔡友娣说，"老话说，辰时右眼皮跳，有可能丢财。现在是辰时吧。"蔡友洪"嗯"了一声。

　　上午十时多，浙江嘉善的老客户陈祥荣来到蔡友洪住处。"老陈，你的船弗是要明天下午才到吗？怎么今天上午就到了？""老蔡，你看看这天是人过的吗？热得要扒皮。"陈祥荣边说边递给蔡友洪一支红塔山烟。蔡友洪接过烟，点燃后说："老陈，今天太阳从西边出来了。""是吗？"陈祥荣被蔡友洪说得一头雾水。"我怎么没发现？"陈祥荣突然意识到了什么，马上圆场。"老蔡，你也会开玩笑？在中国，太阳怎么可能从西边出来？""我是打个比喻。"蔡友洪说，"老陈，你说，你每次来我这里，你发过一支烟吗？从没有过，是吧？都是我发烟给你。今天，你怎么一进门就掏烟敬我烟呢？这弗是很稀奇的事吗？""是吗？"陈祥荣尴尬地一笑。"从今天起，我每次来你这里，第一个发烟给你。""当真了，老陈？"蔡友洪微笑。"我是跟你开开玩笑的。老陈，你算算，我们打交道多少年了？"陈祥荣沉吟一会儿说："已有七八年了。"

　　陈祥荣是个体户。他今天租了一艘铁驳船，从上海川沙运来了六十多吨废钢。因是老朋友、老客户，相互信任，所以，陈祥荣每次运废钢来无锡，蔡友洪总要在状元楼请他吃饭，同时，对他的废钢验收也不是很严格。

　　中午，蔡友洪照例请陈祥荣在状元楼吃中饭。没人作陪，蔡友洪也不喜欢来一个重要客人或客户就邀上三四个人作陪，就他和陈祥荣两人。蔡友洪不喝酒，喝鲜橘水陪陈祥荣。陈祥荣平常喜欢喝白酒，可今天居然也想喝鲜橘水，不想喝酒。蔡友洪似乎感觉到了陈祥荣今天有点反常，但又说不出来。"老陈，我晓得你喜欢吃泸州老窖，每次半斤。今天你怎么弗吃了？弗会有什么心事吧？"蔡友洪说。"哪有什么心事？"陈祥荣说，"今天天特别热，下午又要卸货，我怕误事。这样吧，我喝太湖水啤酒吧。"

因天热，到下午两点半才卸货。在卸货时，蔡友洪一直在现场。当发现废钢中有十多块普通中厚铺路钢板时，蔡友洪就问陈祥荣："老陈，这钢板还未用过，怎么当废钢卖了？哪来的？""放心，老蔡，你还不相信我？"陈祥荣打着马虎眼。"是一家快关门的小厂里的。"听陈祥荣这么一说，蔡友洪也没多想，更没深究。过磅结束，按实磅吨位数，蔡友洪当天就用现金结清了陈祥荣的废钢款。

蔡友洪没想到的事，一星期后突然发生了。

一天下午二时左右，一辆上海牌照的警车停在了无锡关王庙十四号，并引来了一些围观者。从警车上走下三个警察，来到蔡友洪住处，一个警察向蔡友洪出示证件，证明他们是上海市川沙县公安局的；一个警察严肃地站在蔡友洪身边，随时准备拘捕蔡友洪；一个警察将一副手铐往桌上一掼。阵势有点吓人。门外的围观者交头接耳，议论纷纷。蔡友娣呆在一边说不出话来。蔡友洪先是一惊，稍后镇定地说："有什么事，请你们好好问。弗用跟我来这一套，我弗是被吓大的。你们要知道，这里是无锡，弗是你们上海川沙。莫名其妙，我犯了什么法，你们要用手铐吓唬我？笑话。"

见蔡友洪如此镇定，若无其事，川沙县公安局三位警察也就找凳子坐下来，出示证件的那位警察向蔡友洪说明他们的来意。听完，蔡友洪心里暗暗叫苦："老陈，你害了我，更害了你自己。"

原来，那十多块钢板板材是川沙县某机械厂的，是这家厂里的几个职工，买通了厂里的门卫，伙同陈祥荣，在一个深夜从厂里偷运出来的。事发后，厂里立即报案，川沙县公安局随即派出刑侦人员进厂勘查作案现场，排查嫌疑人员，最终是那个门卫先招供了，然后顺藤摸瓜，将川沙地方上的作案嫌疑人一个个揪了出来。根据他们的交代所提供的线索，一星期后，他们来到无锡，找到了蔡友洪的住处。

川沙县公安局三位警察对蔡友洪进行了严肃的审问，没审出什么可疑问题；审查了回收站近五年的账目，没查出任何破绽；对无锡钢铁厂与蔡友洪常往来的人员进行调查，他们一致认为蔡友洪是个依法经营、诚信经营的人，从未出过什么差错；调查关王庙十四号周围的居民，他们对蔡友洪的口碑好得不得了。在无锡待了四五天，该查的都查了，该问的都问了，结论：蔡友洪与陈祥荣偷盗团伙没有丝毫牵连，是清白的。处理结果：被陈祥荣他们偷来的、已过磅进无锡钢铁厂堆放在废钢场地还没被焊割进炼钢炉的那十多块钢板，每块约重一吨，作为偷盗赃物，悉数退还给川沙县某机械厂，其经济损失由蔡友洪承担。

蔡友洪一算账，那十多块钢板的废钢价钱要超过两万元。他心里很是一疼。"老陈啊，老陈，我错看你了。我那么信任你。你却差点把我坑了。"自此以后，蔡友洪对废钢的验货就更加严格了，再未出现过类似陈祥荣等的情况。

蔡友洪最终获知，陈祥荣被判了五年有期徒刑。"老陈啊，在里面，该好好想想了。在世上钱很重要，但还有比钱更值钱的东西。遗憾的是你把它丢了。"

四

一九九五年十月、十一月，通过对苏中苏北、安徽等地苗猪市场的调研考察，新沟村委认为苗猪食用的配方饲料市场前景较好，遂决定创办饲料厂。一天村书记蔡国明去无锡找父亲蔡友洪商量，征求意见。"村委如果已决定上马饲料项目，我支持；如果未做出决定，我反对。我弗看好饲料项目。"蔡友洪说。"为什么弗看好饲料项目？"蔡国明问。"你还没回答我，村里是否已做出决定。"蔡友洪说。"已决定了。"蔡国明说。"那好，我支持村里的决定。"蔡友洪说，"说吧，需要回收站拿出多少钱来创办饲料厂？"

"这个问题等会儿说，"蔡国明说，"阿爹，你给我说说，你为什么弗看好饲料项目？""打住话头，"蔡友洪说，"蔡书记，现在是在谈公事，弗是在谈家务事，我们现在弗是父子关系，而是上下级关系。作为上级村书记，你应该晓得我的脾气，村里在做出决定之前，就某一问题或某一事项征求我意见时，我会有什么说什么，有多少说多少；一旦做出了决定，我弗会多说什么的，只有支持。作为一名党员，这点组织纪律性，我还是有的；一些政治规矩，我还是懂的。"

　　"弗要摆老子的架子。"蔡国明笑笑说，"给我提个醒，你为什么弗看好饲料项目？""一定要我说？"蔡友洪问。"我想听。"蔡国明说。蔡友洪递给蔡国明一支烟，抽着烟说："据我所知，安徽、苏北等地都建有饲料厂，如安徽的正大源饲料，都是品牌，且生产规模大。可我村要上马的饲料项目，我估计规模弗会大，同时要培育出一个品牌，需要时间。更主要的是，我们江阴及周边地区，因为工业经济发达，所以养猪业已在日益萎缩，以后养猪的人将会更少。这一点要看到。特别要看到的另一点是，养猪对周围环境的污染。所以，我村上马的饲料项目，以后将会面临很大的市场竞争压力。我有点担心。"

　　"有什么好担心的，"蔡国明说，"商场就如战场。哪有百战百胜的常胜将军？当然，阿爹你刚才提醒的问题，我们也会考虑的。"接下来，两人商量了回收站出资的问题。"除上缴村里的、留足明年的周转资金、付清职工的工资福利外，剩下的几十万元全部给村里创办饲料厂。"蔡友洪说。

　　蔡国明对蔡友洪给予村里的极大支持很是满意。

　　通过选址征地，办理工商执照、税务登记，江阴超虹饲料厂于一九九六年三月破土动工，至八月开始投入生产。遗憾的是，江阴超虹饲料厂没过多久，因销售渠道不畅而关门了。

　　一九九五年，新沟村工业产值超一亿元，受到了夏港镇党委、政府的表彰；新沟村总厂被江阴市委、市政府评为明星企业；新沟村被江阴市委、市政府表彰为江阴市先进村。这说明，新沟村经济社会发展进入了新阶段。

　　当年流行着这么一句话："大路大富，小路小富，无路不富。"新沟村委深感村级道路新沟路，已很不适应村经济社会发展，决定拓宽新沟路，并摊铺沥青。

　　新沟路，一九八四年前名为卫东大路，修筑于二十世纪七十年代初，为拖拉机机耕道路，宽三米左右，是泥路。一九八〇年春，卫东大路被摊铺为沙石路面；一九八五年春，拓宽至六米，仍为沙石路面，可以直通汽车。一九九六年八月，新沟村委决定再次将新沟路拓宽至十米，并摊铺沥青路面。经过预算，包括青苗补偿费、工程款等，拓宽新沟路又要投入五六十万元。村委决定由村各企业分摊，可在协商时，企业间相互扯皮，哭穷哭难，最终蔡友洪表态，回收站承担一半工程款。新沟路拓宽工程遂于九月中旬动工，至十一月上旬完工，成为江阴市首条村级沥青路面道路。

一九九七年四月下旬的一天下午，新沟村党支部、村委会，召开村办企业改革会议，传达江阴市委、市政府召开的全市深化企业改革动员大会精神以及有关企业改革的文件精神。全体村干部、各企业负责人、各村民小组组长、老党员老干部代表等出席会议。

对镇村企业进行产权制度改革，是二十世纪九十年代后期苏南地区掀起的一场运动式改革，声势浩大，时间仓促，工作粗糙，既没有公开透明的总体改革方案，又不具备基本的制度安排和法律的监督规则，仍然是摸着石头过河，有的河里根本没有石头可摸，是自由式游泳抢着过河上岸。

为什么要对镇村企业进行产权制度改革？当年的宣传口径是：随着市场经济体制的建立，改革开放的全面深化，国家对乡镇企业优惠政策的减少，镇村企业原有的发展优势已逐渐消失；企业高负债、"二资"（产成品、应收款）高占用、"三费"（非生产性人员费、非生产性开支费、非生产性建设费）高开支、企业承担社会职能的高负担的"四高"问题始终难以解决；众多的中小型企业产品质量低、技术水平低，干部素质低、经营行为短期化，普遍发展不快、效益不高、实力不强、机制不活。那么，产生这些问题的根本原因是什么呢？是产权不清，责任不明。如何解决"产权不清"的问题？唯一选择是进行企业的产权制度改革。通过产权制度改革，使镇村企业真正成为"自主经营、自负盈亏、自我发展、自我约束"的市场主体和经济实体。

江阴的镇村企业改制工作，要在两年左右的时间内完成。改制的步骤是先小后大、先易后难。改制的思路是"抓大放小"，即"大型企业集体控股上水平，中型企业多方参股增活力，小型企业拍卖转让搞民营"。改制的要求是"产权清晰、责权明确、政企分开，确保集体资产保值增值"。

蔡友洪在听传达报告的时候，心里就不断地长出一个个问号来："家庭联产承包责任制，实行的是土地所有权归集体，种植权归农户所有，走的还是社会主义集体道路。而这次企业改革，要把集体企业改变为私营企业，这弗是倒退吗？这弗是要走资本主义道路吗？"蔡友洪很有点心酸。"近三十年来，我踏遍千山万水闯市场，吃尽千辛万苦办企业，说尽千言万语找客户，历经千难万险谋发展，图的是什么？弗就是图村里集体经济强盛起来，村民生活富裕起来吗？如果是为了一家人的生活，我用得着吃这么多苦，担那么多惊吗？"蔡友洪默默叹息。

那天晚上，本来有应酬的蔡国明，把应酬推掉了，回家陪父亲吃晚饭。在会上，坐在主席台上做传达报告的蔡国明，不时用眼睛瞟着坐在第二排的父亲，只见蔡友洪老是低着头，抽着烟，脸色凝重，心事很重的样子。知父莫如子。蔡国明知道父亲对企业改制在思想上一下子转不过弯来，所以推掉晚上的应酬，欲在晚上在家吃晚饭时，与父亲沟通沟通，摸摸父亲对企业改制的内心想法。

吃晚饭时，虽然媳妇蔡铮做了几道蔡友洪平时爱吃的菜，但蔡友洪似乎没有什么食欲，吃了半小碗饭，搛了几筷子蔬菜，喝了几勺子汤，就把饭碗放下了，随即从口袋中摸出香烟，点燃，抽了起来。此时，蔡友洪终于憋不住，开口说话了："这次企业改制，非改弗可吗？""非改弗可。"蔡国明说，"这是农村第二次重大改革、第二次艰巨革命。""我接受弗了。"蔡友洪说，"如果改成私有制了，我，还有村里的其他两个厂长，我们都是共产党员，弗就成了剥削工人的资本家了吗？党章明确规定，中国共产党是中国工人阶级的先锋队，是中国人民和中华民族的先锋队，代表中国最广大人民的根本利益。可是，企业改制后的共产党员厂长、经理，就要变成资本家了。这是怎么一回事？国明，你是村支书，你说这次一刀切的企业改制，符合党章要求吗？共产党员能同时成为资本家吗？我想弗通，转弗过弯来，心里矛盾纠结着。"

"阿爹，你比我想得深。你刚才讲的问题，我从未想过。这既是一个重大的政治问题，也是一个重大的理论问题，我和你都无法解决。这是上头的事。作为下级的我，作为普通党员的你，我们现在唯一要做的是服从上级，做好这次企业改制工作。"

"国明，我再问你一个问题。"蔡友洪说，"这次大规模的企业改制，中央有文件规定吗？"蔡国明被问住了。他既没看到中央的有关文件，也没看到江苏省委的有关文件。他参加了江阴市深化企业改革动员大会。会上就发了江阴市委、市政府《关于全面推进乡镇村企业改革的意见》《关于镇村集体企业改制中若干具体问题的处理意见》，江阴市委农村工作办公室《关于明确改制企业主要形式和企业改制操作程序的意见》《关于改制过程中资产评估工作的若干意见》等文件。"阿爹，我这样级别的书记，怎么能看到中央与省里的文件？市里的文件倒有几份。阿爹，别多想，我们按照上级的要求做就是了。"

第二天一早，蔡友洪就乘车去了无锡。他有一笔重要业务要处理。他径直去了无锡钢铁厂，欲找调度员赵大梅，正巧在厂区的路上碰到了。这时，蔡友洪嘴上叼着一支烟，抽着游烟。赵大梅见了，火冒三丈："蔡友洪，你这么大岁数了，连不许在厂区抽游烟的规矩都不懂？你知不知道抽游烟被发现一次，要被罚款一百元吗？怎么这么不守制度？乡下人终究是乡下人。"赵大梅与蔡友洪为了生意上的事也曾有过争执，但赵大梅从未像今天这样辣面火烧地训斥蔡友洪。蔡友洪被训得满脸赤红，赶紧把半支烟掐灭，然后放进口袋里。"下次弗会这样了。"蔡友洪说，"我也是第一次嘛。""你还想第二次？"赵大梅不满地说，"没有下次。"

跟赵大梅讲完事，在回住处的一路上，蔡友洪闷闷不乐，心里一直耿耿的，有股无名火在胸腔燃烧着。他掏出口袋中那半支烟，看了半天，终没点燃，而是把它掷在地上，再用脚尖一蹍蹍成粉末。"弗抽烟了。"蔡友洪这个念头刚冒出来，就把自己吓了一大跳。"我抽了近五十年烟，能戒得掉？"蔡友洪问自己。他摇头，但一想到刚才被赵大梅训斥的尴尬相，心里就不是滋味了。"下决心，戒了吧。抽烟对自己身体也没什么好处。"蔡友洪万没想到，赵大梅的训斥竟然成了他决心戒烟的外在助力。

回到住处，蔡友洪当着妻子的面，把口袋里的烟、打火机掏出来，交给妻子，说："阿珍娘，我下决心了，从今天起开始真正戒烟。"蔡友娣莞尔一笑："你戒得了烟，全国的烟厂都要关门。"但蔡友娣也根本没想到的是，将近五十年烟龄、每天起码抽两包香烟的丈夫，竟然真的彻底戒掉了烟瘾。

根据市里的文件精神，在上级有关领导和有关部门的指导下，结合村里企业的具体实际情况，新沟村实行了以拍租的形式对村集体企业进行改制，即将集体的土地、厂房租给改制后的企业使用，将生产设备、设施拍卖给改制后的企业，企业则将属于集体的净资产结算给村委。通过改制，新沟村原有的十多家村办企业全部改制为民营企业。

改制后的企业，为了降本增效，纷纷采取了裁减职工的办法。于是，一批下岗职工待业在家，没了工资收入，生活受到影响，便成群结队来到村委要工作，要饭吃。为了维护社会稳定，同时为了切实解决下岗待业职工的生活困难，村委决定给予每位下岗待业职工每月八十元的生活补助。

可钱从哪里来？一九九七年初村委与各企业签订的利润上缴合同，因企业改制而难以执行，同时改制后的企业又未能按约如期将拍卖转让金、有偿使用金、租金等上交村委，使村里拿不出钱来补助下岗待业职工。怎么办？村里又想到了蔡友洪。蔡友洪除按约如期上交村里转让金、有偿使用金和租金外，还预付给了村里下年度应上交村里的有偿使用金和租金，帮助村里渡过了难关，并没有因为企业改制而忘记了一位共产党员应该承担的一份社会责任与义务。

第十七章　责有攸归

一

一九九七年爆发的亚洲金融危机，给中国经济发展带来严重困难，影响深刻。

蔡友洪也直觉到了：他的废钢、钢材生意越来越难做了；也直观到了：无锡钢铁厂的钢材严重滞销，因而不得不减产，并导致了企业职工的下岗分流。

蔡友洪只能"直觉"，也只有"直观"，虽然他是无锡钢铁厂的长期合作伙伴，但毕竟仍是局外人和旁观者，对无锡钢铁厂的内情终究知之甚少。

其实，无锡钢铁厂至一九九六年到达辉煌的顶峰后，从一九九七年起就开始走下坡路，并且一路下滑，一蹶不振，最终被重组，由华菱集团和华润集团合作经营，并于二〇〇五年十二月，被确定为无锡市首家跨地区"退城进园"企业，落户江苏省靖江经济开发区新港产业园；二〇〇九年五月下旬，搬迁工程奠基，二〇一〇年十二月，整体搬迁工程结束。无锡钢铁厂搬迁后腾出来的土地，被无锡市用于发展物流、商贸、房地产等现代服务业。

无锡钢铁厂创办于一九五八年大炼钢铁时期，是国内老牌钢铁企业，曾为中华人民共和国的钢铁产业发展做出过不可磨灭的贡献。它由小到大、由弱到强，再由强到弱，直至被重组的发展历程，也是中华人民共和国发展历程中的一个有机组成部分。

粗略分析无锡钢铁厂由盛至衰的原因，大体有二：从外部环境方面讲，是钢铁产能过剩使然。一九九二年春，邓小平南方谈话后，中国经济发展猛然提速，进入了发展快车道，随之不可避免地出现了发展的盲目性，其中重复建设就是无序竞争发展的一个副产品。钢铁行业的重复建设，是有过之而无不及。因此，一九九四年，开始出现钢铁产能过剩问题。为此，国务院开始认定钢铁行业为重复建设行业。一九九八年国务院要求全国钢铁产量压缩百分之十，在此基础上，又于一九九九年决定，三年内停止新批炼钢、炼铁、轧钢项目。二〇〇三年，国家发改委、银监会、环保总局、商务部、国土资源部下发《关于制止钢铁行业盲目投资的若干意见》，明确指出了钢铁行业存在着盲目投资所导致的严重产能过剩问题。二〇〇四年四月，国务院严肃查处了江苏省常州市"铁本事件"。

钢铁产能严重过剩，直接导致了钢材价格处于低位，使钢铁行业严重亏损。而我国汽车工业等新兴产业发展所急需的高端的高附加值的板材，却产量很低，尤其是特殊钢材的产能更低，使得国家不得不花大量外汇从国外进口。于是，国家制定了新的钢铁产业发展政策，利用经济手段和经济杠杆，引导钢铁产业转型升级，促使钢铁行业重新洗牌，或重组，或兼并，或破产。在这种严峻的外部环境逼仄下，已无竞争优势的无锡钢铁厂无奈地被重组了。

从内部来讲，由于无锡钢铁厂长期生产长材产品，囿于粗放型发展模式，不很注重技术改造升级，最终导致产能利用率低，形成落后产能，使生产设备、生产工艺的技术水平，远低于国内钢铁全行业平均水平的生产能力。因此，一方面是低附加值的钢材价格处于低位难以反弹，多生产多亏本，不生产更亏本；另一方面，由于国家对粗放型钢材的刚性限产，再加上银行对粗放型发展的钢铁企业信贷的限制，这就使得无锡钢铁厂仅靠自身的能力，是很难生存下去了，不要说还会有新的发展。但无锡钢铁厂毕竟是一家资深的钢铁企业，在外有着一定名声，于是，无锡钢铁厂被我国钢铁巨头华菱集团和华润集团兼并重组，就成为不二选择。重组后，无锡钢铁厂的牌子还在，但人事迥异。

面对钢材市场的不景气、生意越来越清淡，蔡友洪还是不气馁。二〇〇二年春节上班后，蔡友洪主持召开了回收站职工会议。他说："去年，由于大家的努力，我们克服了许多困难，勉强没有亏损，略有盈利。今年的钢材市场前景，我们弗乐观，但我们决弗能泄气，仍要像去年一样，弗怕困难，各自做好自己负责的一份工作，齐心协力，团结一致，努力争取盈利。弗过，我们回收站，自从它成立之日起，近二十年来，就与无锡钢铁厂结成了命运体，它荣我们回收站就盛，它衰我们回收站就弱。这种命运体，我改变弗了，也弗想改变。我对锡钢太有感情了。我今年七十三虚岁了，老了，没能力再创新业了，只能守守旧摊子了，所以，我还是要重复说，有谁弗想在回收站干的，要另找新的出路的，我蔡友洪还是那句话：弗阻拦，热情欢送。人往高处走嘛。"

说到这里，蔡友洪停住了，用慈祥的目光望着大家。"我们弗走。""谁说要走的？""我们一直跟着你。"职工们七嘴八舌。"那好。"蔡友洪说，"我还是那句话，愿意留在回收站的，我会像对待家人那样对他，弗会让他吃亏。""站长，你就弗要多说了。如果你对我们弗好，我们会愿意一直跟着你吗？"

回收站的职工，说的是真话，道出的是实情。自回收站改制四五年来，蔡友洪没有因为回收站改制后由"公"变"私"而亏待职工，更没有如朱镕基于二〇〇二年四月三十日在国务院第五十七次常务会议上的讲话《当前要抓紧研究解决的几个经济问题》中所指出的那样："当前，有些私营企业用原始积累那一套残酷剥削工人的办法来发展自己，这个问题值得注意。它们只顾追求利润，而置工人的利益和生命、健康于不顾，这是与发展社会主义市场经济是根本不相容的。"（《朱镕基讲话实录·第四卷》），反而比改制前还要做得好，不仅职工收入、福利待遇逐年增加，而且注重改善职工的工作环境，特别在夏天，切实执行夏季作息时间，避高温，从未出现过安全事故。同时，职工家庭中如遇有困难，蔡友洪只要知道，总会伸出援助之手，帮其解决困难。

二〇〇三年，是蔡友洪难以忘怀的一年，也是他最痛苦的一年。这年五月，因江阴沿江开发建设的需要，坐落在横沟河东岸边、由蔡友洪亲手创办的回收站必须拆迁。从感情上讲，哪怕是被打破头，蔡友洪也是不肯拆迁回收站的。但他是共产党员，必须服从市委、市政府的决策，必须支持地方经济社会发展，必须顾全大局，因而必须带头拆迁，因为群众的眼睛都看着他这个共产党员、这个劳模。

一天，蔡友洪最后一次主持召开回收站职工大会，向职工宣布回收站将被拆迁，讲明了职工下岗后的一次性生活补助问题。最后，蔡友洪深情地说："我今年七十四虚岁，心里还很想带着大家继续干，无奈回收站被拆迁，我已无能力再继续征地把回收站办下去了。同时，大家也清楚，废钢、钢材生意实在做弗下去了。所以，我决定，回收站从此停办了。感谢大家这么多年来与我一起同甘共苦，对我弗离弗弃……"

就这样，七十四岁的蔡友洪退休了。

二

蔡友洪退休后遇到的第一件"闲事"，就是新沟村新沟双庙因江阴西气东输工程建设需要被拆迁的事。新沟村及周边地区的信佛群众听说新沟双庙要被拆迁的事后，顿时情绪激动，纷纷来到新沟双庙里静坐，日夜守护着不让拆迁。新沟村委干部深入信佛群众中做工作，同时与江阴市宗教部门联系沟通，商讨如何妥善解决新沟双庙的拆迁问题。

做信佛群众的思想工作，比做一般群众的思想工作难度大，因为它具有其特殊性。它无关乎经济利益，用经济手段根本无法解决问题。它关乎国家宗教信仰自由的政策问题，只能积极引导，不能简单粗暴地采取行政手段，否则要出大事的。正当村委干部做工作遇到最大阻力的时候，村委领导又想到了蔡友洪。蔡友洪没有推辞，答应出面做信佛群众的工作。

村上的几个老弟兄知道后就劝蔡友洪："友洪，你刚退休，又是七十多岁的人了，弗要去管念佛老太婆们的闲事。她们吃着食无事做，坐在新沟双庙里瞎闹腾，由她们去闹，弗要去管她们的闲事。""我弗是要去管闲事，而是去看看她们，跟她们说说话。她们能听我的，最好；弗听，我也无能为力。我去试试看。"蔡友洪说。

一天上午，蔡友洪来到新沟双庙，匡金凤、蔡林娣等信佛群众一下子站起来，像围住明星般地围住了蔡友洪。匡金凤一把鼻涕一把眼泪地说："友洪，你终于来了。你再弗来，过两天，我们就要去找你了。友洪，新沟双庙刚建十年，现在就要拆了，我们心里受弗了。再有，我们弗是弗讲理，也支持地方建设，但总要给我们这些信佛的人一个活动的场所吧。友洪，当年建这新沟双庙时，是你支持我和蔡林娣出面牵头建造起来的。现在，只要村里安排造庙的地方，我们什么意见都没有。友洪，你在村里说得上话，你一定要帮我们说说话。"

"我会的。"蔡友洪说,"金凤,你是她们的头。我跟你说啊,要想再造像新沟双庙这样规模的庙,估计弗大可能。为什么?因为现在征地难度很大,上面控制得很紧。这样吧,我去跟村里商量商量,能否想出一个比较好的办法来,既能让你们有念佛的地方,又弗影响新沟双庙的拆迁。金凤,你们如果信得过我友洪,你就让大家散了吧,弗要影响建设。""友洪,我们信你。"匡金凤说,"弗过,你得为我们说话。""金凤,相信我。办法总比困难多。"蔡友洪说。

为什么信佛群众这么相信蔡友洪?其中是有原因的。

历史上,新沟村有两座庙,一座叫上双庙,一座叫下双庙,因而庙会很兴,每年农历九月半,就要做戏祝节三天。庙会范围包括申港的上马家店、下马家店,夏港的大铺头、小铺头、朱家店、前北庄、后北庄、孙家店、曹家店、金家店、施家店、蔡家店、匡家店、赵家店、蛇沟等自然村。每年九月半,祝节的人家都要领亲眷,不管新亲老亲、新友老友,来了就是吃饭看戏,连续三天。

上双庙门口有七十多亩地,为了每年九月半的三天庙会,田里只种籼稻鱼叉仙,到农历八月二十四日前后就可成熟收割,九月上旬已种好麦子了。到做戏的时候,麦子已长出嫩叶来了。等到三天戏做完,七十多亩的麦叶,一片也不见,全被看戏的人踩掉,但麦根在地里,经过一个冬天雨雪的滋养,立春后,麦苗就像从地底下突然冒出来似的,又粗又壮。

戏台是搭在上双庙门口的麦田里的,先是用二十几个牛车水的水车墩芯排成田字形,然后再在上面铺上门板,如此,戏台就算搭好了。当时演的都是滩簧(后称为锡剧)戏,内容大多为民间的婚姻恋爱故事,有悲剧,有喜剧。看戏祝节三天,上双庙的正门敞开三天,四面八方的香客和各路善男信女,纷纷赶来烧香拜佛,人山人海,盛况空前。同时,各地的小商小贩也赶来铺摊做生意,大小摊位上百个,有卖小馄饨、阳春面、烧烂肉、猪头肉、拖罗饼的,有卖水果、花生、瓜子的,有卖小玩具、小口琴、布娃娃、洋囡囡的……应有尽有,一应俱全。

新沟村的庙会,历史悠久,绵延了明、清、民国三个时代,直到二十世纪五十年代,才自行终止,原因有二:一是属于上双庙的十多亩地在土改中都分给了少地的农民,没有了主办庙会的经费来源。同时僧人也先后还俗,无人主持。二是新沟村在历史上是长期属隶于于门乡的，因而上双庙庙会得到了当时于门乡政府的支持，但到了二十世纪五十年代中期，随着撤小乡并大乡的行政区划的几次调整，于门乡被一分为二，横沟河西划归申港，横沟河东划归夏港，再加上当时的政治因素，上双庙庙会不得不停办了。

但新沟村庙会的文化传统还在，信佛的善男信女还在，只要社会环境适宜，就有恢复的可能。一九七八年实行改革开放后，各领域相继拨乱反正。江阴市全面贯彻落实党和国家的宗教政策，逐步恢复并开放宗教活动场所，不断满足信教群众过正常的宗教生活。在这样的时代背景下，一九九二年春，信佛的匡金凤、蔡林娣等人找到蔡友洪，说了她们想筹款建庙的事。蔡友洪表示支持。

新沟历史上的两座庙，其中下双庙被历史尘埃湮没了；上双庙于一九四一年被日军纵火烧毁后，在抗日战争胜利后被重建，一九五○年九月起，被用作金家店小学的校舍。

中共党章规定，共产党员信仰社会主义和共产主义。国家宪法和法律也规定，信佛群众尽管是少数，但他们"有信仰宗教自由"的合法正当的基本权利也必须受到法律保护。作为共产党员的蔡友洪，支持匡金凤她们筹款建庙，并不代表他信仰佛教，而是表明他在维护信佛群众的正当权益，更是在维护社会稳定，因为"民族宗教工作无小事"。

于是，蔡友洪跟村委多次商量，建议新建一座庙，以满足本村及周边地区信佛群众正常的宗教生活。新沟村委采纳了蔡友洪的建议，并请示夏港镇政府和江阴市宗教局，最终获批同意建造一座新庙，并取名新沟双庙。匡金凤、蔡林娣等人则出面化缘，筹到建造新沟双庙所需的善款，经过一年多的建设，新沟双庙建成投用，成为信佛群众过宗教生活的场所。同时，蔡友洪也因此在信佛群众中具有较高的威信。

蔡友洪与新沟村委反复商量，初步决定将新沟双庙重新迁回上双庙旧址，因为金家店小学于一九九一年九月整体搬迁到了新建的金铺小学后，原校舍还闲置着，稍做改建，就可作为庙堂。新沟村委又多次请示夏港镇政府与江阴市宗教局，并进行多次协商沟通，最终同意新沟双庙回迁到上双庙旧址。在新沟双庙静坐了几天的信佛群众获知新沟双庙可以回迁的消息后，虽然心里还有点纠结，但是默认了。就这样，在蔡友洪和新沟村委的努力工作下，信佛群众也体谅蔡友洪和村干部的不易，因而也顾全大局地配合地方建设，开始做好新沟双庙的回迁工作。

　　二〇一〇年，因江阴临港新城中央商务区开发建设需要，新沟村最后三个自然村施家店、金家店和曹家店都要被拆迁，将成为"无村"村。回迁七年后的新沟双庙也在被拆迁之列。三月八日，新沟双庙被顺利拆迁。八月，根据江阴市佛教协会和夏港街道的统一规划，通过多方协商，新沟村千方百计筹集资金，在夏港兜率庵内建了地藏殿，以满足被拆迁后聚居在普惠苑社区的新沟村信佛群众及社区内其他信佛群众过宗教生活的需要。

　　"兜率天"是佛教中弥勒佛的住地。取"兜率"作庵名，用意为护佑地方风调雨顺、百姓安康。据明朝嘉靖《江阴县志》卷十九《外记第十三》中记载："兜率庵在夏港西（今新夏港河东岸边），宋淳祐间建。元季火废。国朝洪武四年重建。有宋许奕《次魏了翁韵》。"但此诗早已失传，宋人魏了翁的《夏港僧舍》诗则被保存了下来：

　　　　　　迅商呼不来，午汗如翻浆。

　　　　　　道人空万缘，邂逅赞公房。

　　　　　　虚室千世界，园满一钵囊。

　　　　　　碧云护兜率，白日照普光。

　　　　　　萧萧芦苇中，着此清净坊。

　　　　　　鉴师从西来，一喝登慈航。

　　　　　　唾手举慧刀，斫断烦恼缰。

　　　　　　邀我供煮饼，心地陡清凉。

　　　　　　官焙破苍壁，桃笙涨寒江。

　　　　　　从师问究竟，室西照残阳。

　　据史料记载，兜率庵曾在清朝乾隆十八年重修过。一九五〇年后，兜率庵中止佛教活动。一九八八年经地方申请、由江阴市宗教局批准，兜率庵为念佛堂，还派来一位尼姑做住持。一九八九年至二〇〇三年，兜率庵先后经过了三次翻建和扩建。

　　新沟村在兜率庵内建造地藏殿前，已是八十高龄且是大病初愈的蔡友洪，第一个带头捐助了三万元。在他的示范作用下，新沟村很快募集到了三十万元善款。同时，蔡友洪还出面牵头、操办地藏殿建设中的具体事宜，不辞辛劳。二〇一〇年八月，夏港兜率庵地藏殿建成开光前，蔡友洪带领大外甥翟江峰前去义务打扫卫生，开光后仍不时前去帮着打扫。蔡友洪说："我老了，没什么能力了。我帮着打扫，仅是为念佛的群众过宗教生活时提供一个干净整洁的卫生环境，也算是为信佛群众做点实事吧。"

三

蔡友洪退休、回收站停办后，跟随蔡友洪近二十年的老职工蔡云其也回到了家。见蔡云其待业在家无工作，蔡友洪心里很着急，一心想再帮他找份适合他的工作。蔡友洪是个十分重情重义的人。蔡友洪之所以一心想帮蔡云其再找份工作，是因为在蔡友洪看来，蔡云其跟随他近二十年，为回收站的发展壮大做出过积极贡献，有恩于自己，他必须报恩于蔡云其。如果蔡友洪不帮蔡云其找工作，蔡云其也说不到他什么，社会舆论也不会有什么，回收站停办后，蔡云其有无工作，也与蔡友洪无关，蔡友洪也没有责任与义务要去帮蔡云其再找工作。然而，蔡友洪帮蔡云其找到了一份好工作。这就是蔡友洪不同于一般私企老板的地方。

蔡云其于一九八四年进併铁厂工作，就在无锡帮着撑船运货，这份工作很辛苦，能坚持下来的人不多，但蔡云其坚持了下来。见蔡云其吃得了苦，人又忠厚老实，蔡友洪就将蔡云其从船上调到岸上，从事废钢的现场检验工作。由于蔡云其善学习，肯钻研，在十四五年的工作中，摸索积累了丰富的废钢检验工作经验，凡是经他之手的废钢，从未出现过虚报吨位、以次充好的情况，从未使回收站遭遇一次损失。废钢现场检验工作，是一碗良心饭，说多说少，说好说坏，全凭检验员一张嘴说了算。如果蔡云其稍微动点歪脑筋、坏心思，不说会发大财，但发小财是完全可以的。然而，蔡云其没昧过良心，没动过歪脑筋、坏心思。蔡友洪报恩于蔡云其，就是报答蔡云其对回收站的赤胆忠诚。

蔡友洪虽然退休了，但他"钢铁大王"的名声在外，还是很有影响力的。蔡友洪找了在西城钢厂的一位朋友，把蔡云其介绍推荐给了他。那位朋友再把蔡云其介绍给了公司领导，经过面试，西城钢厂聘请蔡云其从事废钢现场检验工作。

西城钢厂的全称叫江阴市西城钢铁有限公司，创办于一九九七年，是年销售收入逾百亿元的大型民营企业，是中国制造业五百强和中国民营企业五百强企业。蔡云其进入西城钢厂工作后，传承了在回收站工作时的那种严谨、细致、认真、较真的优良传统，不徇私情，不收好处费，严格检验，按质论价，获得了公司的好评，却遭到了一些不规矩做废钢生意的人的非议，甚至是仇恨。

二〇〇四年五月上旬的一天，蔡云其像往常一样在废钢检验现场忙碌着，没有注意到一辆满载废钢的汽车正在倒车，并且向他逼近，等到他反应过来时已来不及了，他被撞倒了，一只后轮胎已碾压在了他的身躯上……蔡云其因一起意外车祸离开了人间，留下了三十九岁的妻子成玉及不到十岁的女儿蔡兴娣。

帮着料理完蔡云其的丧事，蔡友洪当着族人的面嘱咐儿媳蔡铮："阿铮，云其走了……你要在生活上关心成玉和兴娣，在经济上要资助她们，特别在学习上要关心、督促兴娣。我住在江阴，年纪大了，照应弗了她们了。你辛苦点吧。"

蔡铮当着族人的面答应了。十多年中，蔡铮给予成玉母女俩以亲人般的关爱，如今，她们在普惠苑社区生活得很幸福。

蔡友洪退休后，就在江阴南街买了一套房子，一家五口居住在一起。他和老伴的主要任务是照料好孙子蔡海威。为什么蔡友洪和老伴要全力以赴照料好孙子？因为蔡海威正在就读江苏省重点高中南菁高中，而南菁高中的前身是江苏学政兼兵部左侍郎黄体芳，于清朝光绪八年（1882 年），在军机大臣、两江总督左宗棠的协助下创办的"南菁书院"，在清末是江苏省最高学府和教育中心，所以，他们为孙子能考上这样的重点高中而感到骄傲和自豪。还因为南菁书院是礼延书院的文脉相承，而礼延书院的前身，则是由澄江蔡氏始祖蔡以忠于元朝至正年间（1349—1353）创办的澄江书院，所以，他们为孙子能考上南菁高中而感到十分荣耀。再因为"南菁"取于朱熹的"南方之学，得其菁华"之意，而朱熹与蔡氏先祖蔡西山，有着深厚的学术渊源关系，所以，他们为孙子能上南菁高中而感到无限荣光。蔡海威是走读生，南菁高中则坐落在中街，距南街仅隔一条街。每天早晨五点多，蔡友洪就去城中菜场买菜，买早点，仍然保持着在无锡工作时的早起习惯。隔夜，蔡友洪总要问儿子、孙子想吃什么菜，有时问多了，孙子还会不耐烦，但蔡友洪不介意，反而乐呵呵地笑了。六点半左右，蔡友洪就会买了新鲜的菜和热腾腾的早点到家，顺便在路上再买一份当天的《扬子晚报》。儿子、媳妇也常对蔡友洪说："阿爹，你年纪弗小了，买菜、买早点就让我们去吧。你辛苦了一辈子，该享享福了。"蔡友洪则说："我忙活了一辈子，如果让我真的闲下来弗做事体，我还弗晓得每一天怎么过呢。习惯了，也忙惯了，改弗了了。"每天吃过早饭，儿子、媳妇上班去了，孙子上学去了，老伴在忙着洗菜做家务，蔡友洪则戴上老花眼镜，一版一版地翻阅着《扬子晚报》，关心着国内国外发生的大事。

二〇〇五年六月，蔡海威参加完高考就在家里等待成绩公布了。等待的过程就是受煎熬的过程。见孙子有些坐立不定、心里焦虑，蔡友洪决定带孙子去徐州玩玩，以缓解孙子的焦虑心情。蔡友洪为什么要带孙子去徐州？有两个因素：一是蔡友洪退休后拿出了一点积蓄，与蔡国明的干兄弟金帅，在徐州贾旺区马庄村合办了一家拉丝企业。他要去看看企业的生产经营情况。二是蔡友洪是个历史迷。他要去看看古城徐州的名胜古迹。

蔡友洪和孙子去拉丝厂后，看到车间生产秩序井然，产品销路好，企业效益好，心里特别欣慰。在企业落地之前，蔡友洪心里是不踏实的，因为他听说徐州地区的投资环境不是很好，可事实让他放心了。第二天起，金帅开着车，带着蔡友洪和孙子，先后游览了徐州的楚王陵和淮海战役烈士纪念塔园林等。

在游览楚王陵时，蔡友洪说："看楚王陵墓，我们就该想到汉高祖刘邦，因为第一代楚王是刘邦当皇帝后由他封的，以后的皇帝都是学他的样子而已。我最佩服刘邦的，是他容得下能人，会用人。如果论出身、本领，刘邦根本不能与项羽比，但最终为什么还是刘邦当了皇帝呢？根本原因在于刘邦这人容得下能人，会用人。"

在游览淮海战役烈士纪念塔园林时，蔡友洪则如是说："在淮海战场上，与其说是国民党军队败给了共产党军队，倒不如说是蒋介石败给了毛泽东。如果论实力，一开始，共产党及其军队，根本不能与国民党及其军队相敌，但最终为什么是蒋介石败给了毛泽东？重要的原因也在于毛泽东能吸引能人，善于用人，而蒋介石最终是众叛亲离，不得党心、军心、民心。"

在徐州的一周内，蔡友洪每到一处名胜古迹游览时，总会有感而发，且往往能深中肯綮。"徐州自古以来就是军事要地，为兵家必争之地；现代起，又是铁路交通枢纽，地理位置十分重要。"蔡友洪跟金帅和孙子蔡海威强调着。

一周后，估计高考成绩要出来了，蔡友洪就和孙子回江阴了。那时还没有高铁，蔡友洪买了特快车票，从徐州到常州还需要六个多小时。徐州站是中转站，卧铺票只能上车后再补。七十六岁的蔡友洪上车后，站了两个多小时才有一个硬卧铺位空出来，而且是中铺。蔡友洪很吃力地爬上去后，倒头便睡。望着爷爷攀爬时艰难吃力、动作迟钝的样子，蔡海威禁不住热泪盈眶。

回家没几天，高考成绩出来了。蔡海威高考成绩比较理想，并于七月下旬，收到了南京人口管理干部学院的本科录取通知书。孙子成了大学生，作为爷爷的蔡友洪高兴得像个孩子似的，老是围着蔡海威，问他需要什么。蔡海威则说："我什么都弗缺。""你怎么会什么都弗缺呢？"蔡友洪有点絮叨地说，"阿威，你缺什么，跟爷爷说，爷爷给你买。"这次，蔡海威不厌烦爷爷了，反而觉得爷爷十分可爱。蔡海威深知，那是爷爷深爱他的一种特有的表达方式。他与爷爷的关系，不同于一般的爷孙关系，而是感情很深、相互懂得的那种独特的关系。"爷爷，我需要的是您永远身体健康。"蔡海威说。蔡友洪听后心里乐开了花。

在广州工作的表兄花卫君（后去了美国），知道蔡海威已被大学录取，就打电话给他，让他去广州玩几天。蔡海威答应了。蔡海威在广州没玩几天，就接到了父亲蔡国明电话，让蔡海威迅速回江阴，说爷爷蔡友洪身体很不妙。

放下电话，蔡海威禁不住大声哭了起来。

四

二〇〇五年八月的一天上午，蔡友洪正戴着老花眼镜看着江阴市总工会为劳模订阅的《工人日报》，突然喉咙哽噎，感觉有异物卡在喉咙头，咽口水也顿然困难起来，且声音也突然嘶哑了。蔡友娣急忙打儿子手机，手机关机。蔡国明正在夏港镇政府参加一个会议。蔡友娣再打小女婿金晨旭手机。金晨旭是新沟村党总支副书记，接到岳母电话后，赶紧放下手头上的事，开车来到江阴南街岳母家，欲带着岳父去医院看医生，但蔡友洪不肯去医院，认为自己或许受了凉，用不着去医院。可蔡友洪老是打着冷噎，很是痛苦难受的样子。接近中午时，蔡国明的手机开机了，接了金晨旭的电话后，迅速开车回家，劝父亲去医院看医生。蔡友洪却很固执，说自己一辈子都没生过大毛病，没什么事的，因而死活不肯去医院。三个女儿知道父亲身体不好后也都回了家，反复劝说父亲去医院。无奈之下，蔡友洪终于松口了。

下午，金晨旭在江阴市中医院为岳父找了位最有名的叶医生。蔡友洪先做了胃镜，片子出来，叶医生一看，没事，又安排蔡友洪去拍片子，可蔡友洪再也不肯去拍片子了，最后是在女儿们的哭求下，才又勉强去拍了片子。片子出来，通过切片，叶医生最终确诊蔡友洪为食道癌晚期。金晨旭与叶医生是多年朋友，便问叶医生："确诊率究竟有多大？""百分之九十五。"叶医生说。听后，蔡国明身子突然冷起来。"怎么办？"蔡国明问。"要么动手术，要么保守疗法。"叶医生说。"我父亲，还有多少时日？"蔡国明声音颤抖地问。"估计，最长弗超过半年。"叶医生说。

蔡国明为父亲办了住院手续。蔡友洪躺在病床上，整天挂着盐水。子女们的脸色很是凝重。蔡友娣常常是老泪纵横。他们很难接受蔡友洪食道癌晚期这个残酷的现实。看着父亲一天天消瘦下去，儿女们心如刀绞，可又不敢把患有食道癌这个严酷的事实告诉父亲，怕他发脾气，怕他承受不住……

蔡友洪住院后的第三天，蔡海威从广州赶回江阴，径直去了江阴市中医院，奔向爷爷的病房。"爷爷，我从广州回来了。"蔡海威记住父亲蔡国明在电话中叮嘱的话，见到爷爷要克制情绪。"阿威，回来了？"蔡友洪说，"阿威，你去广州后没几天，我突然感到喉咙头像被什么东西卡住似的，咽食都困难。我是怎么啦？""爷爷，你可能感冒了。"蔡海威说，"重感冒了，喉咙头就会弗舒服的。""嗯，还是阿威懂。"蔡友洪说，"他们太大惊小怪了，兴师动众地把我弄进医院，又是做胃镜，又是拍片，结果，还弗是每天挂挂盐水？"

　　蔡友洪不知道的是，儿女们正在商量要不要给他动手术的事。"我的想法是，采取保守疗法，弗动手术。叶医生说，动手术与保守疗法的结果一样，弗同的是时间问题。至于做弗做化疗，听阿爹的话，他想做就做，弗想做就弗做。阿爹的倔脾气，大家是知道的。弗过有一点我们要做到：要尽量装出开心的样子，尽可能地满足阿爹的要求。"听蔡国明这么说，三个姐妹也无其他意见。

　　蔡友洪是个聪明人，已感到自己身体每况愈下，又看到儿女们情绪低落，有一天，病房里暂时只有蔡友娣一人在陪护，便问："阿珍娘，我们结婚多少年了？""友洪，你怎么想到会问这个问题？"蔡友娣说。"告诉我。"蔡友洪说。"五十五年。"蔡友娣说。"阿珍娘，说实话，嫁给我，你后悔过吗？""友洪，今天，你怎么啦？说话怪怪的。告诉你，我从未后悔过。"蔡友娣说。蔡友洪吃力地笑了笑。"阿珍娘，你再跟我说实话，我是否得了什么绝症毛病？"蔡友娣没回答，只是转过身，抹着不断往下滚的泪。"阿珍娘，我这辈子经历了很多事，从未怕过什么，就算阎头王现在要来收我，我也弗怕。我这一生过得值了。"说完，蔡友洪慢慢坐起，毅然拔掉输液针头，下床趿着鞋，说："阿珍娘，弗住院了，我们家去吧。"护士知道后来劝阻，可哪里劝得住呀。

　　回家后，蔡友洪身体状况虽不好，但他很乐观，精神状态很好，每天保持看报的习惯，看完《工人日报》，还会走到街上的报亭去买《扬子晚报》和《健康报》。蔡友洪不但关心国内国际重大时政，还对报上的养生、保健产品广告感兴趣，并且开始研究。通过对比研究，感觉到某种保健品适合自己时，蔡友洪就打电话联系厂商，邮购起了保健品，并按照使用说明服用。蔡友洪就这样，每天读报、看广告，看到中意的保健品就邮购、服用，乐此不疲。妻子、儿子、媳妇见蔡友洪心情好，心里很是高兴。不知是蔡友洪的乐观豁达，还是保健品的作用，出院半年后，蔡友洪没服过医院配的所谓治癌药，也没做过一次化疗，竟然胃口好起来，吃得也一天比一天多起来，且喉咙口也不那么卡了。家人们看到蔡友洪的新变化后心里很开心，但又觉得不可思议。金晨旭打电话问叶医生，叶医生也无法说清楚，只说是"奇迹"。

　　蔡海威放寒假从南京回来，见到爷爷与住院前并无两样时，简直惊呆了，不禁问："爷爷，你用什么功夫把病魔打败了？"蔡友洪呵呵一笑："阿威，爷爷可弗会武功，但爷爷有一个信念。""什么信念？"蔡海威问。"谢先生要让我活着。他好几次托梦给我，不许我倒下。""谢先生是谁呀？"蔡海威第一次听爷爷提起。"阿威，爷爷讲给你听。"蔡友洪跟孙子讲了当年谢先生和他之间的事。"谢先生影响了爷爷一辈子，引导了爷爷一辈子。"蔡友洪说。

蔡友洪的身体渐渐好起来，两年后就恢复到像往常一样健康。他又坚持每天早晨五点多起床，洗漱后去菜场买菜、吃早点，九点多回家，然后看报纸。午饭后午睡，两点左右起床，或看报，或看电视，或下楼到社区、老年活动中心走走，看看，与熟人聊聊天，说说话，每天过得很平淡，却充实，且有规律。

二○○七年十月，江阴市夏港镇普惠苑社区成立爱心俱乐部，其中有一项内容就是每年春节七天假期，请戏班子演出七场戏，以满足社区老人喜欢看锡剧、越剧、黄梅戏等文化生活的需要。住在江阴南街的蔡友洪知道后，主动加入了爱心俱乐部，并且从这年起，每年捐助三千元给爱心俱乐部。有人劝他说："友洪，加入爱心俱乐部的人，大都是企业老板，而且比较年轻。你已年届耄耋，身体又弗是太好，还加入爱心俱乐部干啥？"蔡友洪听后笑了笑，说："帮助别人，其实就是在帮助自己。"

二○○九年十二月十三日（农历十月二十七日），是蔡友洪孙子蔡海威结婚的日子。十一月下旬的一天晚上，蔡国明就如何操办儿子的婚事征求父母的意见。母亲蔡友娣说："阿威的婚礼，一定要办得隆重，体面。弗过，我的想法是，国明，除了收受至亲至眷的礼外，其他人的礼一概不收。"妻子刚说完，蔡友洪接着说："国明，你娘的想法，我赞同。弗过，我要补充一点：至亲至眷的礼也弗要收。""为什么？"媳妇蔡铮问。蔡友洪说："国明既是新沟村的书记，又是普惠苑社区的书记。他不收人家一分礼，海威的婚礼场面就算大一点，别人也不能说什么，组织上也不会说什么。国明，你仔细想想，阿爹的话有没有道理。""有道理，阿爹，你是在提醒我，更是在爱护我。"蔡国明说，"阿爹，听你的，海威结婚，我们不收一分礼。"

二○一○年，蔡友洪拿到了在普惠苑社区的拆迁安置房，于是与妻子一起，又从江阴南街搬到普惠苑，住在三楼，独立生活。新沟村的拆迁户大都被安置在普惠苑社区。住到普惠苑后的蔡友洪，恰似一条鱼又回到了水里，与原来的村人们在一起，那种惬意，那种自在，难以形容。每天早晨吃过妻子做的可口的早饭，蔡友洪就和妻子一起下楼，走出小区，去北面的澄西船厂菜场买菜，九十点钟再优哉游哉地回到家，到家后，妻子做中饭，他看报纸。午饭后午睡到两点左右，起床后或看报纸，或看电视，或看《党员之友》杂志。原蔡家店村上有办红白喜事的，蔡友洪总会去帮忙，出出主意，点拨点拨，村上人都很听他话。

石顺芳自二〇〇二年担任夏港镇工会主席起，每年五一劳动节前都要去看望蔡友洪。二〇一〇年四月三十日，星期五上午，他和镇工会其他干部一起，前去普惠苑社区看望劳模蔡友洪。在交谈时，蔡友洪说："石主席，谢谢镇工会多年来对我的关心、关怀。弗过，我有一句心里话想跟石主席说说。""蔡伯，你说，我听着呢。"石顺芳说。"我要说的，就是镇工会不仅要关心我们劳模，更要关心广大职工、劳动者，要多为他们说话，多为他们解决实际困难，让他们感到家的温暖。""蔡伯，你说的话，我们记住了。我们会努力地去做的。"因为石顺芳跟蔡国明是朋友，所以，他称呼蔡友洪为"伯"。

这年的六月一日，新沟村委为进一步发展慈善事业，构建长效扶贫机制，使村民无论迁到哪儿、搬到哪儿、住到哪儿，只要符合帮扶条件，都能享受到救助，遂发起成立村慈爱基金会；七月十四日，被江苏省民政厅批准；十月二十八日，江阴市新沟村慈爱基金会成立。基金会原始基金三百万元，其中村集体出资一百五十万元，企业、个人认捐一百五十万元。慈爱基金主要用于对本村弱势群体的救助，包括扶贫、济困、助学、扶幼、安老、就医、赈灾等。基金会拟于每年的五月八日为"慈爱日"，由秘书长向基金会理事们报告上一年度慈爱基金的保值增值与使用情况，并筹集下一年度的慈爱基金。

蔡友洪知道村里要成立慈爱基金会后，就与老伴商量，一致决定，积极认捐，并商定，以蔡友洪家庭名义，在有生之年，每年认捐慈爱基金近万元。蔡友洪的善举，起到了示范效应，赢得了人们的敬重，因而被推举为村慈爱基金会理事。

二〇一四年十月二十五日，是蔡友洪第二个外甥花卫君的结婚日。花卫君自读小学一年级起至毕业，每个暑假都是在外公外婆那里度过的。在他眼里，外公蔡友洪就似一个"大小孩"，因而与蔡友洪感情很深。二〇〇五年蔡友洪病重期间，花卫君从广州回江阴看望了蔡友洪后，就于二〇〇七年去了美国纽约，二〇一三年又搬迁到匹兹堡，一直从事财务方面的工作。他很想念外公，蔡友洪也很想念他。所以，在花卫君结婚那天，蔡友洪特别高兴，也很想跟外甥说说话，但外甥很忙。晚上宴席中，当花卫君和妻子在花卫君父母陪同下，给蔡友洪敬酒时，蔡友洪激动地站起，握住外甥的手，说："卫君，舅公跟你说啊，你人虽在美国工作，但弗要忘记，你永远是中国人。在中国，有你的父母，有你的舅公舅婆……"蔡友洪动情地流泪了。"卫君，舅公祝福你，祝你们幸福。卫君，你要记住，你的根在中国。在美国要好好工作，为中国人争脸。""舅公，你的话，卫君铭记在心。"花卫君也动情地说。花卫君放下酒杯，拥抱住了蔡友洪。

第十八章　寻找未来

一

二〇一七年十二月七日下午二时，笔者按约准时来到夏港普惠苑社区蔡友洪家，对其进行第一次采访。采访进行了两个半小时。蔡友洪对其一生做了简要的回顾后说："二十岁前，我是大难弗死，在苦水浸泡中长大；二十岁到四十岁，我是苦寻致富路；四十岁到七十岁，我是一心为集体；七十岁到八十岁，我捐助了部分资金，做了三件大事：一是主修了《九贤堂·蔡氏支谱》，二是为了寻根问祖而建了一座祖宗坟墓，三是牵头建造了兜率庵内的地藏殿。"

笔者问："蔡老，你为何要把七十岁后做的三件事，称作是大事？"

"是大事，"蔡友洪说，"因为我做的三件事，都关系到历史文化的传承，非常重要，比钱还重要。至于重要到什么程度，我由于文化弗高，水平有限，具体的也说弗出来，但心里觉得非常重要。"

说完，蔡友洪起身，迈着碎步，走进房间，出来时，手里拿着一本《新沟记忆》，翻到某页，说："我这一生，三次牵头建庙，这本书里有记载。我是共产党员，不信佛，但佛经里的劝人为善的东西，读点有好处。它能让人心里干净、宁静，少些贪欲。还有信佛在我们新沟村是有传统的，有两三百年的历史。我牵头建庙，也是为了满足信佛人的需要，也是在为信佛群众办实事、好事。电视里常常在说，人民群众无小事嘛。"看样子，蔡友洪经常翻阅《新沟记忆》，书几近被翻烂了，因为这本书中记载着他三十多年奋斗的足迹。

喝了一口茶，蔡友洪接着说："二〇〇九年八月，我们蔡家店村拆迁。拆迁前，我做的第一件事，就是将我父母、阿公阿婆、太公太婆三代先祖的坟，迁移到夏港安息堂，给他们重建新墓，让他们再次入土为安。我每年清明前，都要祭奠祖先的。有人说，清明祭奠祖宗，是为了弗忘祖宗，是一种大孝。这句话说得有道理，但我觉得还弗全面。我觉得祭奠祖宗最重要的，是让后辈晓得'你是谁''你从哪里来'。一个人如果忘记了自己姓什么，弗晓得自己从哪里来，还能成器吗？所以，我重新给父母他们建墓，是弗是一件大事？"

蔡友洪说完给祖辈建墓的事后，又站起身，拿了《新沟记忆》去了房间，出来时手里拿了一厚本《九贤堂·蔡氏支谱》。坐下后，蔡友洪指着家谱说："这部谱先后共修了两次。第一次是二十世纪五十年代中后期。那时我仅有二十六七岁，按老规矩，是没资格参加修谱的，但因为我读过初小，识些字，在当时来讲，也算是一个有文化的人，于是就被长辈们叫去修谱了。我的主要任务是整理资料，负责抄写。因受当时的政治影响，修谱被迫中断，资料也散失了。二〇〇〇年起，我牵头并主修家谱，组织人员征集资料，花两年多时间，终于修成《蔡氏支谱》，了却了我一生的心愿。"

蔡友洪显得有些激动。他翻家谱的右手在颤抖。"你看，"蔡友洪边翻边说，"南宋的文天祥，明代的王鏊、黄毓祺，清代的韩菼等高官、名人，都给蔡氏家谱作'题'，或'赞'。"他竟然读起了清代礼部尚书韩菼的《题蔡氏谱》："家之有谱犹国之有史也。史纪存亡而谱则系昭穆。昭穆不明宗派，焉得而辨哉？蔡氏谱牒粲然，可传万千百年，守而不失祖功宗德。开卷一览，非善继善，述者能之乎？"由于是文言文，又没有标点断句，所以，蔡友洪读得有些结巴，有些句子还读破了，但读得很认真，很虔诚。读完，蔡友洪说："开头一句说得太好了，'家之有谱犹国之有史也'。一个国家没有历史行吗？弗行啊。所以，修家谱很重要。我做了一件重要的事，算弗算是大事啊。"蔡友洪呵呵地笑了起来。

北宋的苏洵认为，是苏氏宗谱孕育了他两个天才的儿子苏轼和苏辙。父子三人均为北宋著名的文学家，都被列入唐宋八大家。

清代杰出史学家和思想家、中国古典史学的终结者、方志学奠基人章学诚认为，修家谱，能使国家长志气，能使民族长人气，能使族人长底气。家谱是孕育国家栋梁、民族精英的摇篮。

当代学界有一种流行的观点认为，中国五千年文明史之所以没有中断，是因为有了国史、地方志和家谱。

其实，在笔者看来，修家谱不仅仅是为家族寻找历史，更是为民族寻找未来。没有历史的民族，是没有未来的民族；忘记历史的民族，是没有希望的民族。

蔡友洪有一个夙愿——有生之年去祖籍地——福建省南平市建阳区麻沙镇，祭拜蔡氏祖先。蔡友洪与福建建阳蔡氏宗亲联谊会早有联系，多次捐款用于建造蔡氏大宗祠，并被推举为建阳蔡氏宗亲联谊会终身名誉会长。

儿子蔡国明帮助父亲实现了夙愿。二〇一五年清明节假期，蔡友洪全家祖孙四代七人去了福建。他们首先来到建阳的蔡氏西山公祠。

祠堂是族人祭祀祖先或先贤的场所。西山公祠建于二十世纪四十年代，是河婆蔡氏族人祭祀祖先蔡元定（号西山）的场所。

在文节堂，望着高大、斯文、从容、安详的蔡元定汉白玉雕像，蔡友洪感到既陌生又很熟悉。他不知道自己怎么会有这种感觉。他率领全家，双膝跪在蒲团上，向蔡元定雕像三叩拜。

蔡家店蔡氏为于门蔡氏，是江阴澄江蔡氏中的一支，其始祖为蔡以忠，是蔡元定的后裔。小时候，蔡友洪听过爷爷讲过蔡元定的一些事，还先后两次参加过修家谱，但对蔡元定的了解仅是大概的，只知道蔡元定从小就读书刻苦，三上西山，饿时边吃着荸荠边读书或著书，是南宋的大学问家。

叩拜毕，蔡友洪他们仔细看着对蔡元定及蔡氏九贤的事迹介绍。看完事迹介绍，蔡友洪沉默不语。坐到车上后，他才开了口："来西山公祠祭拜，我感触很深，感受很多。我虽然八十六了，有点累，但值，很值。""阿爹，那就说说你的感触和感受。"蔡国明说。"我感触、感受最深的有这样几点：一是蔡元定弗屈的坚强意志和信仰。他在西山绝顶上，能'忍饥啖荠读书'。能有几人做到这样？在贬所道州（今湖南永州道县）还坚持讲学，能有几人做到这样？他为什么能做到那样？因为他有信仰——他相信南宋理学是真理。所以如果他没有坚定的意志和信仰，是万万做弗到那样的。二是蔡元定的弗干利禄，有终生弗做官唯做学问的胸襟。当年，他只要答应当官，朝廷立即给他高官做。他若要利禄，只要肯当高官，要什么有什么。可他都弗要。为什么？因为他听父亲的话，要'穷究天理'，要做大学问。而现在，有几人能做到给他官做而弗肯做的？他那种大胸襟我蔡友洪远远弗如他。三是蔡元定在逆境中的乐观精神。他被贬途经建阳考亭书院，朱熹与众人跟他饯别时，哭的人很多，但他和平时一样，沉静、平静，明知自己被贬去湖南是凶多吉少，他却笑着与朱熹他们握手相别。被贬了，他为什么还笑得出？要我说，是他晓得朝廷贬他贬错了，是他坚信自己一生研究的学问是对的。在命都弗保的情况下，他还能笑得出，这种在逆境中的乐观精神，我们该好好学习啊。最后是蔡元定的严以律己。刚才在看蔡元定事迹介绍中，他说的'独行不愧影，独寝不愧衾（jīn）……'"蔡友洪话没说完，就被孙子蔡海威打断了："爷爷，不读 jīn，读 qīn，被子的意思。"

蔡友洪不恼，反而呵呵地笑了。"爷爷是秀才识字读半边。读错了，爷爷改，读 qīn。阿威，还是要多上学的。你看，那个'衾'字，很多人会读成 jīn。我接着说吧。蔡元定说的那句话的大概意思，就是说，独自一个人在路上走，弗要愧对自己的影子；独自一个人困觉，也弗要愧对给自己保暖的被子。他说这句话，就是在告诫蔡氏子孙后代，就算一个人独自活动，没有人监督，也要有高度的自觉性，要按规矩原则做事，弗做任何违背道德、法律特别是信仰的事。国明、阿威，我们都是蔡元定的后代子孙，该把这句话作为祖训，作为我们的座右铭。"

见老伴如此开心，难得这么话多，妻子蔡友娣调侃道："友洪，你一路嘴弗停，口干吗？""阿珍娘，你弗说倒弗觉得口干，你一说倒觉着口干了。"蔡友洪旋开手中茶杯的盖头，喝了两口茶，旋好茶杯盖头，继续说下去。"阿珍娘、国明，你们说，我是否有点像老祖宗蔡元定？""阿爹，仔细想想，你有好些地方蛮像蔡元定的。"蔡国明说。"爸，你说，爷爷哪些地方像蔡元定？"蔡海威妻子缪铭霞好奇地问蔡国明。

"铭霞，对于爷爷的一些事，你可能从未听说过。今天机会难得，你又想听，我就说给你听听。"蔡国明说，"你爷爷一九六〇年起因所谓的'盗米案'蒙受不白之冤达十年；一九七〇年冬作为所谓的投机倒把分子，在'一打三反'政治运动中，被错误地关在毛泽东思想学习班半个多月；一九八九年十月遭遇绑架……但你爷爷从弗气馁，从弗消沉，仍是热爱生活，要求进步。这种刚强弗屈的精神像蔡元定。你爷爷一生艰苦朴素，有条件享受奢侈生活而从弗享受，严于律己重慎独，这方面像蔡元定。你爷爷为村里做出了很大贡献，上级要宣传他，但他弗要宣传，时时低调为人，在弗求名利方面像蔡元定。二〇〇五年八月，你爷爷被医生确诊为食道癌晚期，但他弗惧死亡，乐观向上，在弗动手术、弗做化疗的情况下，竟然病愈了。这方面，也像蔡元定。我觉得吧，这或许就是你爷爷对祖先优良传统的传承吧。"

"国明，听你这么一说，倒真有点像那么一回事了。"蔡友洪说，"可是，当年，我还弗晓得蔡元定有这些方面的好品质。还有，我对他弗太了解。我只晓得当年我必须那样做，否则就弗是我蔡友洪。你们说：这奇怪弗奇怪？"

对蔡友洪这种做而不知的现象，最好的解释是《周易·系辞上》中说的"一阴一阳之谓道。继之者善也，成之者性也。仁者见之谓仁，知者见之谓知，百姓日用而不知，故君子之道鲜矣。"

"说一千道一万，说句心里话，"蔡友洪说，"对我这一生影响最大的人，还是谢先生。他让我始终相信，美好幸福生活一定会来，共产党是为人民谋幸福的。同时，对我这一生帮助、支持最多、最大的是阿珍娘。"

蔡友洪一家又来到南平市建阳区麻沙镇。建阳蔡氏宗亲联谊会副监事长蔡光明接待了蔡友洪一家。握手寒暄落座后，蔡友洪就从手提包里取出《九贤堂·蔡氏支谱》递给蔡光明。又聊了一会儿，蔡友洪他们起身，径直去了蔡氏大宗祠。

麻沙镇位于建阳区西郊，地处武夷山市、邵武市、建阳区三地交界处，是闽北文化古镇，宋代名人朱熹、蔡元定、游酢等在此讲学、著书。游酢出生地长坪村是宋代三大雕版印刷中心之一，以印刷建本著称于世，被誉为"图书之府"。境内山峦起伏，沟谷纵横，溪流交错。

蔡氏大宗祠坐落在麻沙镇水南村，坐西偏北，朝东偏南，分上下两大堂，三进十开间，为清代建筑。蔡氏大宗祠大门西边，建有两座亭廊，一边亭廊内石刻着"蔡氏九儒"简介，另一亭廊内石刻着捐资建祠者名录。两大堂分别为济阳堂和九贤堂。

济阳堂正中建有大红色的大龛楼，可放一千一百三十个先祖灵牌。大龛楼正中安放着福建蔡氏始祖蔡炉的木雕像，左右两旁分别是民族英雄蔡桂和蔡樟的灵牌。蔡炉以下按世次排列名祖和外迁归宗的先祖灵牌。蔡友洪把于门蔡氏始祖蔡应楠的灵牌，恭敬地安放在大龛楼内。大龛楼前设有祭台香案，两边是木质雕刻对联，上联是"念先人立身教家不外纲常大节"，下联是"嘱后裔继志述事勿忘忠孝初心"。两壁上还悬挂着十六幅古代名祖画像，用于裔孙瞻仰。济阳堂的门联为，上联"先贤圣学传家训"，下联"我族精英遍全球"。

九贤堂正中也建有大红色的龛楼，内放蔡氏九贤蔡发、蔡元定、蔡渊、蔡沆、蔡沉、蔡格、蔡模、蔡杭、蔡权的雕像。龛楼前也设有木雕香案桌，两边挂有木质柱对联，上联为"图衍九畴通易象春秋天道人道九贤相继"，下联为"书兼四代朔商周虞夏心法治法四世递承"。九贤堂门口两旁也有一副石刻对联，上联为"家祠顶立四世九贤千秋颂"，下联为"祖先懿德五经三注万古传"。

蔡友洪在济阳堂和九贤堂都至诚地上香，虔诚地跪拜，专诚地瞻仰先祖画像和雕像。他尤其对两堂内的对联，细品慢咂，怕自己记不住，就悄悄对孙子说："阿威，把这些对联给我抄下来。""爷爷，现在还用得着用笔抄啊。"蔡海威说，"我用手机把对联拍下来。""好，好。你们年轻人赶上了好时代。爷爷老了，只会用老式手机，新式（智能）手机这辈子是学弗会了。"

在回宾馆的途中，蔡友洪又说开了。这次他对孙子、孙媳妇说得多一些："阿威、铭霞，你们要记住，我们于门蔡氏的根在建阳麻沙。我们家谱上有三句话说得很好：'山必祖于昆仑之脉，千峰万岫皆其支也；水必祖于天一之精，千汇万川皆其派也；人必祖于有生之源，千子万孙皆其胤也。'你们正年轻，务必要学蔡元定等蔡氏名祖的样，务必要晓得自己是谁，是从哪里来，要往哪里去，走好你们以后的每一步路。阿威啊，你要向你爸学习。学习他什么？在我看来，主要有三方面：一是国明党性原则强，底线意识强，他现在担任新沟村和普惠苑社区的党总支书记，村里和社区工作都搞得较好，我很满意。二是国明虽读到初中毕业，但他坚持自学，参加函授，获得大专文凭，最主要的是他能成为中国小康大讲堂村、社区干部培训部教授，到全国各地讲课；还爱好写歌词，写了十多首，并获了全国大奖，走进中央电视台和中央人民广播电台，很不容易，很不简单。三是国明心里装着群众，想为群众所想，急为群众所急，不忘初心。我很自豪。还有，阿威啊，你们头胎生了个女儿，现在铭霞又怀孕了，我想说啊，阿威，如果铭霞二胎能生个儿子，最好。如果还是女的，也很好。现在已是新时代了，生男生女都一样，只要教育培养好，成为对国家对社会有用的人，就是最好。"

［链接］

在对蔡友洪的采访中，新沟村和普惠苑社区的干部群众，不时地对笔者说起蔡友洪的儿子蔡国明。他们对笔者说——

自 2003 年起，随着江阴沿江开发和临港新城建设的不断推进，因开发和建议需要，至 2010 年 6 月，新沟村土地全被征用，农户全被拆迁，企业全被搬迁。面对"无地""无村""无企"的"三无"的严峻挑战，村党总支书记蔡国明和村干部们一起，抢抓发展机遇，大胆改革创新，勇于探索实践，积极融入城市，造就"五金"新型农民：一是实施充分就业，让农民拥有"薪金"；二是成立新沟村股份经济合作社和富民物业合作社，让农民拥有"股金"；三是合理置换住房，让农民拥有"租金"；四是统筹资金到位，让农民拥有"保障金"；五是成立新沟村慈爱基金会，让农民拥有"慈爱金"。

2003 年起，蔡国明兼任普惠苑社区负责人，与社区干部一起，随着边拆迁边建设，不断探索社区管理，创新工作方法，把江阴最大的农村社区，建设成了江阴市示范社区，使社区先后获得全国和谐社区等 20 多项无锡市级以上先进荣誉，并担江阴市首个社区党委——普惠苑社区党委书记。

干部群众对笔者说：蔡国明之所以能成为群众拥戴的农村基层党组织书记，除了党对他 20 多年的培养外，他父亲蔡友洪对其影响深刻。蔡国明像他老子，亦是一个听党话，跟党走的人。

"阿威、铭霞，"蔡国明接着父亲的话头说，"你爷爷的本意，并不是在夸我，表扬我，而是要求你们传承蔡氏家族的优良传统，了解蔡氏家族走过的两千多年的艰难曲折的历史，总结历史经验，吸取历史教训，汲取思想营养，把握历史发展大势，走向美好的未来。"

蔡铮也开口说话了："阿威、铭霞，我们希望你们和你们女儿的未来是：弗求大富大贵，但求做一个对社会有贡献的人；弗求高官厚禄，但求做一个受人敬重的人，像你们的爷爷那样。你们爷爷虽没有多少上级奖给他的金杯，但在群众中有很好的口碑。这种好口碑会口口相传下去的。"

"对。阿铮说的，就是我们全家这次福建之行的主题。"蔡国明说。

"妈、爸，我们记住了。"缪铭霞说，"这次福建之行，弗仅使我了解了蔡氏家族的历史、优良传统，更让我了解了爷爷。我和阿威一定会传承好我们家的好家风、好传统，做个有好口碑的人。"

美国前总统尼克松曾在《1999 不战而胜》一书中预言："当有一天，中国的年轻人已经不再相信他们老祖宗的教导和他们的传统文化，我们美国人，就不战而胜了……"

让尼克松的预言见鬼去吧！

美国政客对中国的所有预言，没有一个能成为现实的。

并非尾声

八十九岁的蔡友洪，思维清晰，听力尚好，身体比较健康。他跟老伴住在三楼。他每天早晨坚持下楼，到户外活动。活动完上楼后吃早餐，餐后看报纸；吃过午饭，午睡至下午两点左右，起床后或看电视，或看报纸，或跟老伴说说话。周末，读小学的重孙女蔡怡林陪曾爷爷说说话，讲讲学校里的开心事，常引得蔡友洪呵呵地笑。他生活很有规律，安享着晚年。

二〇一八年八月十三日，夏港街道召开教育发展恳谈会，筹建夏港教育发展基金会。蔡国明参加了会议。蔡友洪从儿子口中得知筹建夏港教育发展基金会的事后，立即表态说，他要捐资基金会，支持夏港教育事业的发展。老伴听后没有吱声。蔡友洪到二〇〇三年退休，不享受社保，虽靠多年省吃俭用，有一点积蓄，但那是他和老伴的养老钱。退休十五年来，他和老伴虽过着粗茶淡饭的俭朴生活，但他们的积蓄也所存不多了。如果要向基金会捐资，那么捐多少？捐了以后会不会影响生活？这些都是实际问题。

见老伴和儿子不吱声，蔡友洪说："我晓得你们的心思。弗用担心日子过弗下去。国明，我跟你娘都快九十岁的人了，一天三顿能吃多少？一年能穿多少，能花费多少？人越老花钱越少了。我盘算了一下，就捐五万吧。再要多捐，我也没有这个能力，只能尽份责任罢了。办学堂，这是我们蔡氏家族的传统。如今，我没能力办学校，但捐点钱支持地方教育发展，是必须的。否则，我百年后，是无颜见我的列祖列宗的。"

儿子蔡国明代替父亲去街道办理了捐资手续。蔡友洪积极主动捐款助学的行为，深得街道领导的赞赏。

一个人能力有大小，但只要有奉献精神，只要有担当精神，只要有责任意识，就是一个高尚的人，就是一个伟大的人。蔡友洪向筹建中的夏港教育发展基金会主动捐资五万元，虽数额不大，但这是他和老伴的养老钱！他是尽力而为，已然尽到了一位老共产党员的一份社会责任，难能可贵，实属不易！

在全国近九千万名中共党员中，有多少人能做到像蔡友洪这样啊！

后 记

由于蔡友洪为人十分低调，谢绝宣传，所以，关于他的文字记载资料很少很少。我要写他，全靠采访。

我虽然早就熟识蔡友洪，对其也有所了解，但为了写他，还是采访了数十人；除采访蔡友洪本人外，还采访了他的妻子、儿子与儿媳妇、女儿与女婿、孙子与外甥，以及新沟村干部、夏港镇退休领导和普通村民等。有的采访对象，甚至经历了数次面聊。

通过全面的多层次的深入采访，我掌握了十分丰富的有关蔡友洪的资料。通过对采访笔记进行梳理、分析、综合和研究，我逐渐明晰了一条主线：蔡友洪自青少年时代起，始终为自己、为家庭、为村民能过上幸福日子而不懈地奋斗着，始终信仰共产党。

明晰了这条主线后，如何谋篇布局、结构全书，又让我颇费思量。根据蔡友洪的具体事迹和全书的体量，经过反复斟酌后，我决定采用史学体与传记体相结合的写法，在事件中展现蔡友洪的鲜明个性，在章节中叙述蔡友洪不凡人生的特征，在真实中揭示蔡友洪的平凡与不凡，进而彰显蔡友洪生命的浓墨重彩。

对于通过采访获得的口碑资料，有的因为年代久远，记忆有误；有的因为囿于认知水平，当事人的回忆、众多采访对象的回忆，并不一定全部正确或准确，亟待考证。为了史实的准确、结构全书所不可或缺的有关时代背景资料，我在写作时参考了有关文献资料（详见《主要参考文献》），查阅了相关网上资料（恕我在这里不一一列出）。

树碑立传，古今皆然。太史公写本纪、列传，帝王宣诏为忠臣名将立传，都是为已故的所谓大人物立传。所以，生不立传成为规矩，小人物入传成为禁区。我则不以为然。人民是历史的创造者。人人都在创造自己的历史，每个人的一生就是一部传记；每个人的生前、墓前都有一块有形或无形的碑。既然这样，为什么非要等人死了以后才准树碑？为什么不能给普通人立传？

《听党话　跟党走——蔡友洪传》是一部传记文学作品。写传记不同于写小说。写传记不许任凭作者丰富驰骋的想象力，决不可违背真实，需要对资料进行翔实的考证，对是非善恶有透彻的看法，但又不可缺少作者一定的想象力，比如对资料的剪裁去取，写景叙事，气氛、对白的安排等，都需要艺术的表现手法。所以，书中所叙事件都是真实的，这是史实真实；同时，传记文学也要求注重艺术的真实，即要写出历史的可能性和人物在特定历史年代中的可能性。本书在讲究史实真实的同时，也讲究艺术真实，努力写出蔡友洪所处历史阶段的历史可能性和其所处特定历史年代中的可能性。史实真实与艺术真实，是由传记文学的属性所规定了的。史实虽然是历史的，但我在叙述时是有所选择、有所强调的。我凭借一定的想象力，注意重新说明蔡友洪那已过去了的一件件、一桩桩活生生的往事。其中，蕴含着我的立场、观念、眼光和情感。

大历史纠缠于个人命运。个人内心构成历史的深度。《听党话　跟党走——蔡友洪传》注重表现人物的生存状态，努力寻找人物命运与历史进程的关联点、历史与现实的关联点，逼真亲近地写出人物的沧桑感、命运感，真诚地润泽人物的灵魂。所以，作者希冀本书能打动读者的，不是生硬的思想观念，也不是历史事件的真实，而是蔡友洪身上所蕴含的精神力量。文学是精神的发现。《听党话　跟党走——蔡友洪传》体现出的文学精神，根本的是蔡友洪身上所集中表现出来的劳模精神、中国精神和共产党人精神。

江阴的地形是东西狭长，所以，自古以来就有东乡与西乡之说。传统上，以江阴城为界，往东称为东乡，往西称为西乡。江阴虽属吴语区，但东乡与西乡的方言还是有明显不同的。西乡方言中有两个较为明显的特点：把"不"说成"弗"，把名词"家"当作动词用。《听党话　跟党走——蔡友洪传》中的绝大多数人是西乡人，作者也是西乡人，为了体现个性，书中运用适量的为读者所读得懂、所理解的江阴西乡方言。同时，20 世纪 60 年代前出生的西乡人，一般都将父亲叫作"阿爹"，把爷爷叫作"阿公"，把奶奶叫作"亲娘""阿婆"等；但 70 年代后出生的，开始将父亲叫作"爸爸"，把祖父叫作"爷爷"，把祖母叫作"奶奶"。这体现了时代变化。这种语言变化在本书中也有体现。艺术效果如何，期待读者的评判。

为了力求史实的准确，2018 年 10 月 18 日，曾在普惠苑社区举行《听党话　跟党走——蔡友洪传》审稿会。我将初稿送给蔡国明、石顺芳、蔡海威等人审阅。他们花了一个月时间进行审阅，并提出了数十条修改建议和意见。我又花了半个月时间，根据他们的建议和意见，逐条进行梳理，择善而从，或纠错，或补充完善。

在采访中，蔡海威先生给予我较大帮助，其中有一些采访任务，是由他帮我完成的，同时他还为我的采访提供必要的交通便利。为我采访多次提供交通便利的还有刘明云先生。在此，我向他们表示由衷的感谢！

我更要感谢蔡国明先生。在采访与写作过程中，他与我多次沟通交流，对本书的写作出谋划策。同时，他还拨冗为本书作序。可以这么说，在《听党话　跟党走——蔡友洪传》中，他也倾注了不少心血，是我不能忘记的。

王荣方

2018 年 12 月于藏晖斋

主要参考文献

1. 赵锦主修：明嘉靖《江阴县志》，嘉靖二十七年（1548 年）刻本。

2. 江苏省江阴市地方志编纂委员会编：《江阴市志》，上海人民出版社，一九九二年十一月版。

3. 江阴市史志办公室编：《江阴市消失自然村图志》，方志出版社，二〇一五年十二月版。

4. 李顺之主编：《澄西风云》，江苏古籍出版社，二〇〇四年十二月版。

5. 江阴市政协学习文史委员会编：《新四军在江阴》，上海人民出版社，二〇一五年八月版。

6. 江阴市军事志编纂委员会编：《江阴市军事志》，二〇一〇年十月印刷，内部发行。

7. 中共江阴市委组织部、中共江阴市委党史办公室、江阴市档案局（馆）编：《中国共产党江苏省江阴市组织史资料（1925.5—1987.10）》，一九八八年八月印刷，内部发行。

8. 新沟村村民委员会编：《新沟记忆》，二〇一二年十二月印刷。

9. 蔡友洪主修：《九贤堂·蔡氏支谱》，二〇〇三年十月印刷。

10. 中共江阴市委办公室、江阴市史志办公室编：《江阴五十年（1949—1999）》，中央文献出版社，二〇〇〇年五月版。

11. 江阴市史志办公室编：《芙蓉春秋》，党建读物出版社，一九九八年十一月版。

12. 中共江阴市委党史资料征集研究委员会编：《江阴人民革命史

（1919—1949）》，南京大学出版社，一九九一年六月版。

13. 江阴市史志办公室著:《中共江阴历史》第二卷（1949—1978），中共党史出版社，二〇一四年十二月版。

14. 有林、郑新立、王端璞主编:《中华人民共和国国史通鉴》第三卷（1966—1976），红旗出版社，一九九三年十二月版。

15. 有林、郑新立、王端璞主编:《中华人民共和国国史通鉴》第四卷（1976—1992），红旗出版社，一九九三年十二月版。

16. 当代中国研究所著:《中华人民共和国史稿》第二卷（1956—1966），人民出版社、当代中国出版社，二〇一二年九月版。

17. 李景田主编:《中国共产党历史大辞典》（1921—2011），中共中央党校出版社，二〇一一年四月版。

18.《朱镕基讲话实录》编辑组编:《朱镕基讲话实录》第三卷，人民出版社，二〇一一年九月版。

19.《朱镕基讲话实录》编辑组编:《朱镕基讲话实录》第四卷，人民出版社，二〇一一年九月版。

20.江阴市地方志编纂委员会编:《江阴年鉴》（1988—1992），苏州大学出版社，一九九四年一月版。

21.江阴市史志办公室编:《江阴年鉴》（2011），方志出版社，二〇一一年六月版。

22.唐麒、陈元主编:《江阴人文风情》（二），古吴轩出版社，一九九三年八月版。

23.《申港志》编审委员会编:《申港志》，二〇一三年十月印刷，内部发行。

24.中共江阴市利港镇委员会、江阴市利港镇人民代表大会、江阴市利港镇人民政府编:《利港镇志》，苏州大学出版社，一九九七年九月版。

25.江阴市政协学习文史委员会、夏港街道政协工作委员会编:《夏浦记忆》，上海古籍出版社，二〇一二年三月版。

26.江阴市政协学习文史委员会、申港街道政协工作委员会编:《申浦画卷》,上海古籍出版社,二〇一二年三月版。

27.江阴市政协学习文史委员会、顾山镇政协工作委员会编:《红豆故里》,上海古籍出版社,二〇一二年三月版。

28.江阴市政协学习文史委员会、南闸街道政协工作委员会编:《紫金流虹》,上海古籍出版社,二〇一二年三月版。

29.江阴市政协学习文史委员会、城东街道政协工作委员会编:《蟠龙春晖》,上海古籍出版社,二〇一二年三月版。

30.江阴市政协学习文史委员会、月城镇政协工作委员会编:《卧龙春秋》,上海古籍出版社,二〇一二年三月版。

31.江阴市政协学习文史委员会、云亭街道政协工作委员会编:《云亭史絮》,上海古籍出版社,二〇一二年三月版。

32.史仲文、胡晓林主编:《中国全史·教育卷》,中国古籍出版社,二〇一一年八月版。

33.中共江苏省委党史工作办公室编著:《陈丕显在苏南》,中共党史出版社,一九九八年八月版。

图书在版编目（CIP）数据

听党话　跟党走：蔡友洪传/王荣方著. -- 上海：文汇出版社，2019.4

ISBN 978 - 7 - 5496 - 2827 - 8

Ⅰ.①听… Ⅱ.①王… Ⅲ.①纪实文学—中国—当代 Ⅳ.① I25

中国版本图书馆 CIP 数据核字 (2019) 第 056592 号

听党话　跟党走
——蔡友洪传

作　　者 / 王荣方
责任编辑 / 乐渭琦
特约编辑 / 孙　健
装帧设计 / 薛　冰

出 版 人 / 周伯军

出版发行 / 文匯出版社
　　　　　上海市威海路755号
　　　　　（邮政编码200041）
经　　销 / 全国新华书店
照　　排 / 上海歆乐文化传播有限公司
印刷装订 / 浙江经纬印业有限公司
版　　次 / 2019年4月第1版
印　　次 / 2019年4月第1次印刷
开　　本 / 787×1092　1/16
字　　数 / 280千字
印　　张 / 18（插页4）

ISBN 978 - 7 - 5496 - 2827 - 8
定　　价 / 58.00元